한국 동화문학의

흐름과 미학

어른을 위한 어린이책 이야기 07

한국 동화문학의 흐름과 미학

2007년 11월 29일 1판 1쇄 발행 / 2009년 3월 5일 1판 2쇄 발행

엮은이 김종회 · 김용희 / 펴낸이 임은주 / 펴낸곳 도서출판 청동거울 / 출판등록 1998년 5월 14일 제13-532호
주소 (137-070) 서울 서초구 서초동 1359-4 동영빌딩 / 전화 02)584-9886~7
팩스 02)584-9882 / 전자우편 cheong1998@hanmail.net

주간 조태림 / 편집 이선미 / 마케팅 김상석

값 16,000원

잘못된 책은 바꾸어 드립니다.
지은이와의 협의에 의해 인지를 붙이지 않습니다.

First published in Korea in 2007 by CHEONGDONGKEOWOOL Publishing Co.
Printed in Korea.

ISBN 978-89-5749-097-6

어른을 위한 어린이책 이야기 07

한국 동화문학의 흐름과 미학

김종희 · 김용희 엮음

청동거울

머리말

'한국 동화문학의 흐름과 미학'이라는 제목으로, 그리고 '배익천의 문학과 인간'이란 부제를 달아 이 책을 내기로 계획한 것은 벌써 한 해 전의 일이다. 30여 년의 창작 활동 끝에 풍성하고 값있는 작품 세계를 이룬 동화작가 배익천의 문학을 전반적으로 조명해 보고, 그것이 한국 동화문학사의 흐름 속에서 어떤 미학적 의미를 가지는가를 검색해 보자는 뜻이었다.

거기에는 단순히 한 작가를 집중적으로 연구한다는 차원을 넘어서, 그 비중 있는 작가와 더불어 동화문학이 우리에게 무엇이며 앞으로 우리는 동화문학을 통해 무엇을 추구해 가야 할 것인지를 반성적으로 성찰해 보자는 의미도 담겨 있었다. 지금껏 그와 같은 방식의 아동문학 현장 연구가 흔치 않았다는 사실도 고려되었다.

물론 이 책에 자신의 실명을 내놓아야 하는 배익천 작가는 강력한 반대의 의사를 밝혔다. 그러나 이 책을 간행하는 일의 추진이 한 개인의 문제를 넘어 한국 동화문학사 연구의 내용을 포괄하고 있고, 또 30여 년간 작품을 써 온 작가가 2008년 2월에 직장의 정년을 맞이하는 전환기에 이르렀다는 사실 등을 들어 강행하기로 했던 터이다. 그 숨은 바탕에는 그동안 편자들이 곁에서 지켜 본 배익천의 문학과 인간에 대한 신뢰가 깔려 있기도 했다.

이 책은 모두 세 부분으로 구성되어 있다. 첫 번째 부분에서는 한국 동화문학의 역사적 흐름을 해방 이전과 이후로 나누어서 살펴보고, 창작동화와 아동소설의 미학적 특질을 다루는 한편, 동·서양 아동문학의 보편성에 대해 검증하는 글을 실었다. 두 번째 부분은 배익천 문학 세계에 대한 분석과 비평들을, 그리고 세 번째 부분에서는 '내가 만난 인간 배익천'에 관한 글들을 구분하여 실었다.

책이 이처럼 산뜻한 모양을 갖출 수 있도록 옥고를 허락해 주신 필자들과 배 작가를 향한 맑고 깊은 우정으로 모든 도움을 아끼지 않으신 홍종관 선생, 그리고 책을 엮어 준 도서출판 청동거울에 뜨거운 감사의 말씀을 전한다. 이 책이 한국 동화문학의 발전에 긴요한 디딤돌이 되기를 소망하며, 아울러 배익천 작가에게는 자신의 문학 세계가 보다 성숙되고 심화되는 계기가 되었으면 한다.

2007년 11월

엮은이 김종회 · 김용희

차 례

제1부 한국 동화문학의 발자취와 미학

제2부 배익천 문학 세계의 탐색

제3부 내가 만난 인간 배익천

제4부 배익천 연구 자료

제1부

한국 동화문학의 발자취와 미학

한국 현대아동문학의 흐름 | 이재철

1970년대 한국 동화문학 | 최지훈

한국 창작동화의 형성 과정과 미학적 특질 | 김용희

한국 아동소설의 미학적 특질 | 전명희

동·서양 아동문학의 보편성 탐구 | 황정현

韓國 現代兒童文學의 흐름

— 동화문학(童話文學)을 중심으로

이재철(李在徹)

1. 머리말

현대적인 개념의 아동문학에는 반드시 '아동을 위함'이라는 적극적 의도가 내포되어 있다. 따라서 현대한국아동문학사는 아동을 위하여 의도적으로 창작한 문학의 발생과 함께 기술된다. 그러므로 아동문학은 아동을 하나의 독립된 인격체로 인식하고, 아동을 사랑하며 인간으로서 존엄성을 부여하는 인식의 형성과 더불어 나타나게 된 것이다.

물론 이 땅의 근대적 아동문학은 신문학과 함께 탄생한 것이다. 그것은 신문학이란 배경 곧 근대화의 과정 속에서 발아하고 형성된 근대정신의 소산이다. 그 가운데 다수의 민중을 발판으로 한 가장 투쟁적이요, 획기적인 근대화운동인 동학사상은 루소의 민약론에 비유되는 '인내천(人乃天)' 사상으로 '보국안민(輔國安民) · 제폭구민(除暴救

民)'의 자율적 자각적 근대사상이었다. 특히 이 동학사상 중에 어린이의 인격을 인정하고 소중히 여겨 받들어야 한다는 아동인권보호사상은 아동문학의 발흥성장기를 담당했던 소파의 아동문화운동시대를 여는 결정적인 정신적 배경과 그 연원이 되었다.

그러나 한국의 근대화는 그 근대적 성장의 문턱이었던 갑오경장이 역사적 필연성에 의한 자연발생적 소산이 아닌, 외세에 의해 조성된 의도적 소산이었던 것처럼 그 과정이 사뭇 이질적인 모순과 특수성을 수반했다. 서구의 근대와 현대를 동시에 수용함으로써 일어나는 시대 사조의 어지러운 뒤섞인 상태로써, 봉건적 체제를 구한말의 개화체제로 이행하는 무리가 마침내 식민지로까지 전락하게 되는 비주제적인 정치 환경을 조성하게 된 것이다. 따라서 이러한 역사적·시대적 배경의 이해 없이 현대한국아동문학을 논의 할 수 없다. 그것은 타율에 의한 암흑의 시대요, 동양적인 불모의 역사 속에 정체된 문학적 배경이기 때문이다. 이것이야말로 한국현대아동문학의 특수성이며 한국현대아동문학사의 현실적 조건이기도 하다. 그러므로 여기서는 역사의 기복(起伏)을 따라 외부적 조건과 작품 형식상의 조건을 아울러 감안하면서 그 사적 과정을 크게 광복 전과 그 후로 나누어 동화문학을 중심으로 정리해 보기로 한다.

2. 아동문화운동시대(兒童文化運動時代, 광복 이전)

한국현대아동문학은 한국근대사의 여러 특수성를 배경으로 하였기 때문에 문학운동으로서의 자각적인 출발이 있기 전에 과도기적 계몽기간을 갖지 않을 수 없었으니 그것이 곧 아동문화운동시대의 출현이다. 우선 아동문학은 문학으로서의 자각보다 유교적·봉건적 요소에서 급격히 탈피하려는 아동인권회복을 위한 감성 해방과 주권을 상실한 내일을 걸머질 어린이들에게 개화·계몽사상과 모국어를 통한 민족의식을 고취하는 게 가장 급선무였다. 따라서 적치하의 아동문학 정신은 바로 조국과 어린이에 대한 사랑의 정신일 수밖에 없었고, 그것을 통한 문화운동이 바로 문학운동이었던 것이다.

1) 태동초창기(胎動草創期, 1908~1923)

(1) 소년문학의 태동과 그 배경

태동기의 아동문화운동은 한일합방 강제조약(1910)을 전후한 정치적·문화적 여러 계몽·구국운동을 배경으로 맹아(萌芽)가 텄다. 곧, 갑오경장(1894)을 전후한 신문화운동이 '신교육령'(1895) 아래 창설된 신식학교와 《한성순보》(1883), 《독립신문》(1896) 및 《대조선독립협회회보》를 필두로 간행된 신문, 잡지 그리고 '독립협회' 이래 우후죽순처럼 창립된 각종 단체를 중심으로 진행된 것처럼 그것은 개화사상의 실천으로 표면화되었다.

산문문학에 있어서는 1906년 『만세보』에 기재된 이인직의 「혈의 누」에서 비롯된 신소설의 전성기는 비록 고소설의 탈을 완전히 벗어나지 못했으나, 국한문 혼용의 번안소설에서 순국문 전용의 창작소설로 언문일치운동과 한글전용운동의 과정을 밟으면서 현대 소설로 넘어오는 교량적 기능을 다했다. 더욱이 신소설 중 1908년 간행된 안국선의 「금수회의록」은 놀랍게도 이 나라 최초의 우화체 아동소설이라는 점은 특기할 일이다. 「금수회의록」은 금수회의소에서 모인

길짐승, 날짐승, 벌레, 물고기, 풀, 나무들이 주인공으로 등장시켜 이솝우화처럼 인간을 풍자한 것으로 발표 당시에 큰 사회적 물의를 일으켰지만, 스위프트의 「걸리버 여행기」처럼 동화나 아동소설로 개작될 수 있는 신소설이었던 것이다. 따라서 이러한 신문학의 근대적 전개상에서 볼 수 있는 신소설의 흐름은 그대로 춘원의 초기소설을 낳는 단단한 과도기적 기반을 제공하게 되었다.

(2) 육당과 춘원의 초기문학

1883년 《한성순보》가 간행된 이래 육당의 『소년』(1908)지가 창간되기까지 모두 35가지의 잡지가 발행된 가운데 아동물이라고는 『소년한반도』(1906~1907)밖에 없었다. 그러나 이것은 신학문 소개의 아동교육지였다. 『소년』지야말로 이 나라 최초의 근대적 종합교육지이자 아동잡지의 효시였다. 4년간 23권에 걸쳐 주로 육당·춘원·벽초가 집필한 내용은 계몽 교훈물이 중심이 된 한주국종문(漢主國從文)으로 초창기의 한국근대문단을 형성한 신문학 운동의 기반이기도 했지만, 엄밀히 따진다면 『소년』지야말로 그 내용과 정신에 있어 아동문학지의 효시있던 것이다. 그것은 첫째, 창간사에서 밝힌 바와 같이 다사다난한 시대에 국가와 민족의 장래를 소년에게 의탁하려는 원대한 포부로 차 있으며, 둘째, 그 내용 또한 소년의 읽을거리 일색으로 아동교양물이어서 대부분의 소설류가 아동물인 「거인국 표류기」, 「이솝이야기」, 「로빈슨 무인절도 표류기」, 「어른과 아이」 같은 번안물과 춘원의 「어린 희생」들이었을 뿐만 아니라 셋째, 소년이라고 제목을 정한 점, 넷째, 육당 및 관계인의 연령이 불과 스물도 채 안된 소년들이었고, 다섯째, 아동문학적 요소를 가진 문예물이 대부분이며, 또 이들이 본격적 아동문학 작품을 출현시킨 촉진제요 본보기가 되었다는 점으로 보아 분명히 『소년』지는 아동문학의 선구적 잡지였던 것이다.

『소년』지의 소년문학적 성격은 그 뒤를 이어 나온 후계지들인 육당의 『붉은 저고리』(1913, 통권 12호), 『아이들 보이』(1913~1914, 통권 12호), 『새별』(1913~1915, 통권 16호)같은 본격적 아동잡지에 이르러 한층 구체화되었다. 『붉은 저고리』는 제목은 물론이거니와 한글을 중심으로 한 동화·동요·우화 같이 분명한 장르 이름으로 작품구분을 함으로써 순수한 아동잡지임을 과시했다. 『붉은 저고리』가 발간된 그해 9월에 나온 『아이들 보이』는 우선 목차부터 순한글로 표현한 순수 어린이 잡지였는데, 특히 소년 문단격인 '글꼬느기'난은 소년문학과 신문장 건립운동에 크게 이바지하였다.

남을 물에 너려면 저부터 드니
저를 앗기면 엇지 남을 다칠가
남잡이가 저잡이 되는 보람을
적은 이야기가 밝히 보이네.

이것은 12호에 발표된 모두 14절 56행의 「남잡이가 저잡이」의 일부다. 이는 분명히 최초의 근대적 동화요였다. 그것은 다음과 같은 「검둥이와 센둥이」라는 같은 호의 동화문장과 더불어 이 잡지의 아동문학적 선구성을 한층 선명히 해주는 자료라 하겠다. 『새별』지는 앞의 잡지들에 비해 '읽어리' 난 등 문예면에 역점을 두어 뒷날 '소년문학의 선구'라고 『청춘』 제3호(1914. 12) 광고문에서 자부하기도 했다. 이같이 육당은 신문관과 조선 광문회를 통하여 조선주의적 민족

자주성을 확립하여 신문화운동을 일으켰을 뿐만 아니라, 네 가지의 아동잡지를 펴내어 새로운 아동관과 아동문학관을 제시함으로써 아동문화운동에 선구적 발자취를 남긴 것이다.

한편 춘원 이광수도 육당에 못지않은 기여를 했는데 육당의 여러 간행물에 직접 간접으로 관여함은 물론, 이미 그는 「무정」(1917)보다 10년이나 앞서 「정육론」(1908)을 발표하여 새로운 근대적 아동관 형성에 획기적 이정표를 세웠다. 그리고 그것은 개성적 감정의 개방 동의에서 시작하여 그의 초기소설인 「어린 희생」(1910), 「소년의 비애」(1917), 「어린 벗에게」(1917)로 표출되었고, 또 「민족개조론」(1922)으로 집약되었다. 이같이 육당과 춘원은 소위 2인 문단시대(1908~1919)를 통하여 한결같이 아동문학적 신문화운동의 주축으로 이 나라의 근대적 아동문학운동에 그 중요한 기반을 제공하였다.

2) 발흥성장기(勃興成長期, 1923~1940)

(1) 근대적 아동문학의 형성(1923~1930)

소파 방정환(1899~1931)의 출현은 한국의 아동문학을 위한 구세주의 출현과도 같았다. 육당에 의해서 겨우 명맥을 이어오던 초창기 아동문학이 그로 인해 비로소 근대적 아동문학이 형성되기에 이르렀다. 그것은 소파의 『어린이』지가 동요 황금시대와 아동잡지의 족출시대를 가져와 그가 작고할 무렵까지 소위 전기(前期) 아동문화운동을 주도하고 있었기 때문이다. 그 아동문화운동은 독립전취기간(강점~3·1운동)이라는 정치·문화적 배경 속에서 발흥(勃興)하였다. 3·1운동을 전후하여 형성된 일련의 자기 재발견 내지는 자아 각성의 과정을 비단 문화운동에만 관계된 것이 아니라, 문학운동에도 그 영향을 크게 미쳐 근대문학의 새로운 전기를 마련하는데 큰 원동력이 되어주었던 것이다. 그리하여 젊고 역량 있는 신인들이 새로이 문단을 형성하기 시작했고, 수많은 동인지와 종합교양지가 등장하였는데, 이것은 전기 아동문화운동의 특징인 아동잡지의 족출에 직접적인 배경과 영향이 되었던 것이다.

어린 시절부터 소년문제와 청년운동에 남달리 관심이 깊었고, 3·1운동의 주도자인 의암의 사위로서 자주독립 의식에 충만해 있던 소파는, 기미운동이 끝난 후 조국 광복의 길은 기성의 힘보다 자라나는 제2세들에게 걸어야 되겠다는 소신을 지니고 있었다. 그래서 그는 천도교 안에서 국권회복의 먼 장래를 내다보고 소년운동을 극구 주장하며 천도교회 간부를 설득하여 1921년 '천도교 소년회'를 결성하였고, 1922년 5월 1일 '어린이날'의 제정을 주창하는가 하면, 같은 해 세계명작동화집 『사랑의 선물』을 번안 출간하였다. 1923년 3월 20일에는 드디어 우리 나라 최초의 본격적인 아동문예지요 명실 공히 전기 아동문화운동을 주도한 『어린이』(1923~1934)지를 창간하였다. 그는 이로써 아동인권의 역사적 회복을 의미하는 '어린이'라는 호칭을 보편화시켰으며, 1923년 5월 1일에는 손진태, 윤극영, 정순철, 고한승, 진장섭, 조재호 등과 함께 동경에서 최초의 아동문화운동단체인 '색동회'를 조직하고, '어린이날'을 범사회적으로 재정하는 데까지 이르렀다.

『어린이』지는 통권 123호가 간행되기까지 수없는 삭제, 정간, 압수, 편집인 구금 등 우여곡절을 겪었지만, 색동회와 천도교 소년회를 배경으로 개벽사에서 출간되어 전기 아동문화운동을 지탱하는 민족주의적 본격 아동지로서 빛나는 업적을 쌓았던 것이다. 비록 소파가

서거한 다음엔 편집인이 이정호, 신영철, 최영주, 윤석중의 순으로 바뀌었지만, 동요·동화·동화극본 등 분명한 장르의식을 확립했다. 그리고 특기할 일은 종종 이 나라의 역사와 위인 및 산수지리에 대한 특집과 함께 「어린이 독본」의 연재를 통해 어린이에게 자주민의 긍지와 민족의식을 고취하였으며, 소년운동을 통해 항일민족운동의 밑거름이 되어주었다는 사실이다. 대체로 동화 집필진은 방정환, 진장섭, 고한승, 마해송, 이정호, 최병화, 연성흠 등이었다. 오늘날 명작으로 손꼽히는 마해송의 「바위나리와 아기별」, 「토끼와 원숭이」도 이 잡지가 거둔 수확이라 할 것이다. 이 『어린이』지의 창간을 전후한 1920년대는 아동잡지의 전성기를 이루었는데, 아동문학사에 큰 비중을 차지하는 주요 아동지와 동화작가는 다음과 같다.

『신소년』지는 신명균, 김갑제, 이주홍이 편집을 맡은 절충적 다양성이 특징이었다. 이호성, 신명균, 맹주천, 김석진, 마해송, 연성흠, 고장환, 정열모, 권환, 정지용, 이주홍 등이 주 집필진으로 초기(1923~25)에는 교화적 요소가 강했고, 중기(1926~30)에는 색동회 회원들의 참여로 민족주의적 경향이 두드러졌으나, 말기(1930~34)에는 프로문학의 강력한 영향을 받아 진형남, 이동규, 정청산, 홍구 등에 의해 계급의식을 강조하는 잡지가 되어버렸다. 특기할 일은 이주홍이 처녀 동화 「뱀새끼의 무도」(1929)가 발표되었다는 점이다. 『새벗』지는 고병돈, 이원규, 이적성, 신재황 등이 편집진용으로, 1929년경까지는 『어린이』와 『신소년』의 중간지적 성격과 흥미위주를 일삼았으나, 후기에는 좌경 아동지가 되어버렸는데, 소설의 주집필진으로 홍은성, 박인범 등이 참여했다. 『아이생활』지는 일제치하 아동지 중 가장 최장수의 잡지로 해방 전 해의 1월까지 19권 1호를 출간하였는데, 조선야소교서회와 조선주일학교 연합회를 배경으로 다수의 외국 선교사들이 발간과 재정 면에 관여했던 기독교 포교지적인 아동지였다. 18년 동안 편집인도 여러 차례 바뀌어 한석원에서부터 송관범, 전영택, 이윤재, 주요섭, 최봉측, 강병주, 장홍범의 순서로 이어가다가 다시 한석원에 이르러 폐간됐다. 편집 경향도 다소 변모하여 초기(1926~33)에는 박낙준, 유영기, 신흥우 등이 편집에 관여했고, 동화와 아동소설의 주집필자는 김동길, 최봉측, 주송은, 최인화, 주요섭, 남궁랑, 최창남, 김창제, 이성락 등이었다. 중기(1934~39)에도 종교 중심적인 색채는 변화가 없었으나, 이 시기는 일제의 유형무형의 탄압에 의해 모든 아동잡지가 폐간된 뒤, 유독 『아이생활』만이 외국 선교사 및 종교를 배경으로 존속되었다. 그러나 총독부의 조선문화말살정책의 입김을 극복할 수 없었던지 일제의 정책과 타협하여 1937년부터 일문을 섞어 사용하며 황국신민화정책에 부응하면서 구차스런 연명을 하고 있었다. 이즈음의 동화 · 소년소설 및 동요 · 동시의 주집필진은 김복진, 강승한, 최병화, 노양근, 정명남, 송창일, 전영택 등이었다. 말기(1940~44)에는 선교사들이 일제히 귀국한 뒤여서 기독교 전도지적 특성이 극도로 흐려진 대신 순친일적인 치욕상을 노골적으로 드러냈다. 다만 기록에 남길 수 있는 일이라면 강소천, 김관호, 장동근, 김응주 등의 신인작가를 등장시켜 문단을 풍성하게 했다는 점이다.

『별나라』지는 창간 초부터 무산아동을 위한다는 취지 아래 사회주의적 계급의식을 철저히 나타낸 잡지였다. 당시 이 나라에 뿌리박기 시작한 프로문학의 영향을 전적으로 받아 오히려 1920년대의 프로성인문학지보다 훨씬 극성스러운 고발적 · 선동적 · 행동적인 아동지였다. 이에 관여한 사람은 대부분 좌익문인으로 편집에 안준식과 박세영, 집필진에는 이들과 함께 이기영, 송영, 박아지, 손풍산, 윤곤

강, 정재덕, 이주홍, 임화, 엄흥섭, 김해강, 염근수, 이동규 등이 참가하여, 시종일관 『어린이』, 『아이생활』 양잡지와 소년회 등의 민족진영에 도전하며 살기등등한 편집 자세로 선전비라나 구호 같은 작품을 현실의식과 리얼리즘의 표본인 양 내세웠다. 이밖에도 이 시기에는 여러 군소 아동지들이 많았는데, 단명으로 끝나거나 문단적 영향과 문학적 성과가 아주 미미한 것들이 대부분이었다.

이렇듯 전기 아동문화운동은 초기에 소파 중심의 동심제일주의가 주류를 형성했으나, 국내외의 정치 사조를 직접 반영하여 사회주의의 사조가 유입되자 다같이 민족주의 문학관을 내세우면서 극단적인 대립상을 보였다. 하지만, 그것이 민족주의 아동문화운동이란 점에서는 수미일관 변함이 없었다.

(2) 근대적 아동문학의 전개(1930~1940)

이 시기에 와서는 프로아동문학 작가들이 민족주의적 아동지와 그 작가들에 대해 적대시하는 양상마저 빚어져 그야말로 빙탄(氷炭)불상용(不相容)의 현상을 빚어냈다. 이 무렵의 프로아동문학의 대표적 작가로는 이기영, 안준식, 박세영, 송영, 박아지, 임화, 신고송, 이주홍 등이었는데, 이들은 『별나라』지를 주무대로 경중은 차치하고 모두가 프로문학에 관심을 갖고서 그런 경향의 작품을 양산하였던 것이다. 이들의 문학 활동은 다분히 목적의식적 정치문학운동이었지만, 굳이 긍정적인 점을 찾는다면 현실의식을 깊게 하고 문학적 다양성을 가져다준 점일 것이다. 그리고 순수문학이 자위적인 입장에서 이론적 무장을 하게 했으며, 소박한 동심주의적 아동문학관에 현실적 서민의식을 불어넣어주었다는 점에서 전기와는 다른 양상을 전개시켰다. 그것은 『신소년』지 말기의 좌선회(左旋回)는 물론이거니와 심지어 소파가 죽은 뒤의 『어린이』까지 그 영향을 받도록 광분하고, 『어린이』지 폐간 뒤 수삼 년 간 완전히 그들의 독무대로서, 『가톨릭소년』(1936)과 『소년』(1937) 두 잡지의 창간까지 아동문학사의 조그만 사적 분수령을 설정해야 할 정도로 극심하였다. 따라서 이 시기는 크게 주관적 동심주의 사조와 사회적 현실주의 사조로 나눌 수 있었는데, 전자는 방정환, 연성흠, 고한승, 이정호의 동심제일주의적 경향, 마해송의 탐미적 경향, 이구조의 신동심주의적 경향 등 여러 갈래로 확산되었고, 후자는 마해송, 이원수, 임마리아, 노양근, 최병화, 임원호 같은 이의 풍자적인 저항성 현실주의 경향, 박세영, 정청산, 박아지, 신고송, 이주홍, 송완순, 안준식, 엄흥섭, 김우철, 이동규 같은 이들로 대표되는 투쟁적 계급주의 경향으로 나누어 볼 수 있다.

소파가 서거한 뒤에는 전기 아동문화운동 시대보다 오히려 발표무대가 그렇게 넓지를 못했다. 그것은 일제가 만주사변(1931)을 일으킨 후 경제적 수탈로 출판 · 잡지계의 경영이 어려워졌고, 설상가상으로 언어말살정책과 언론탄압이 가혹해져 버틸 수 없게 된 것이다. 이런 극악한 상황이 전개된 40년대가 시작되기 이전까지 김소운의 『아동세계』(1934~35), 『신아동』(1935), 『목마』(1936~38), 『소년중앙』(1935), 『아동문예』(1936, 손완윤), 『동화』(1936~37, 최인화), 『가톨릭소년』(1936~39), 『빛』(1937~40), 『소년』(1937~40), 『유년』(1937) 등과 이밖에도 『어린빛』(연성흠), 『종달새』(장무조), 『고향집』(김영일), 『어린 동무』, 『새동무』들이 잇달아 나와 후기를 장식해 주었다. 그리고 이러한 아동잡지 외에도 일간신문인 《조선중앙일보》, 《동아일보》, 《조선일보》에 이르기까지 다투어 아동판을 냈으며, 특히 《조선일보》에서는 토요 부록판으로 《소년조선일보》(1937~40)까지 내면서 한글로 된 어린이 '읽을거리'난을 만들어 주었다.

그 중 『가톨릭소년』은 만주땅 간도 용정에서 연길교구 재단의 후원으로 발간된 준 선교적 아동잡지로, 간도지역뿐만 아니라 한반도 전역의 신자 가정에 배포되었다. 동화의 주집필진은 이구조, 노량근, 송창일 등이, 소년소설에는 강승한, 김독영, 안수길 같은 순문학가들이 대거 참여했다. 한편 『소년』지는 조선일보사에서 윤석중의 편집으로 나온 오락적 아동 교양문예지로, 사업성을 두드러지게 드러낸 잡지였다. 김내성, 박태원의 연재탐정소설을 싣는 등 요즘의 아동잡지다웠는데, 그 주집필진만 보더라도 아동소설에 박태원, 김내성, 이석훈 등, 동화·수필·기타에 조풍연, 홍난파, 채만식, 계정식, 김희준, 등으로, 당시로서도 지명도가 높은 인사만 필진에 참여시키고 있었다. 이 『소년』은 현덕, 송창일, 김홍림 같은 이를 등장시켜 옛이야기 스타일을 벗어나게 했다.

아무튼 30년대 동화문학은 동시문학에 비하여 대부분이 전래 또는 재래물의 개작, 재구로서 고작 옛이야기의 형태를 크게 벗어나지 못하고 있었으나, 우리 나라의 두 번째 창작동화집인 마해송의 『해송동화집』(1934)에 이어 노양근의 장편소년소설 『어깨동무』(1942), 이구조의 단편 아동소설집(생활동화집) 『까치집』(1940)이 나오자 각각 동화·소년소설·생활동화의 한 타이프를 각각 제시하는 성과를 낳았다. 또한 30년대에 이르러 평론활동도 그런대로 간헐적으로 있어 이구조의 동화론이 볼만했으나, 대부분이 인상주의적인 작품편이나 아전인수격 잡문들이었고, 전통적 보수주의와 계급주의 이론은 이전투구식 양상만 보여줄 뿐이었다. 따라서 일제치하의 아동문학은 총체적으로 아동문화운동에 결정적인 의의를 부여했을 뿐, 문학으로서는 일본 아동문학의 강력한 입김과 문화 이전의 상태를 전반적으로

면하지 못했고, 다만 해방 후의 아동문학운동시대를 갖게 하는데 역사적 과도기 구실을 다했다고 할 것이다.

3) 암흑수난기(暗黑受難期, 1940~1945)

일제는 만주사변(1931)때부터 국군주의적 침략근성을 노골화하더니, 1937년 중·일 전면 전쟁을 일으키면서부터는 대륙침공의 교량적 존재인 한반도에 대해서는 그 수탈과 탄압을 나날이 격화시켜 갔다. 그리하여 태평양전쟁(1941)을 일으키기 전해(1940)는 《조선일보》, 《동아일보》를 강제 폐간시키고, 드디어 1941년에는 이 나라의 단 두 가지뿐이던 민족문학지 곧 『문장』, 『인문평론』마저 폐간시키는 상황까지 몰아넣어 암흑기와 공백기를 맞이하지 않으면 안 되었다. 따라서 이 시기엔 아동문학도 1940년 《소년조선일보》가 폐간됨을 시발점으로 거의 진공상태를 면할 수 없었고, 아동문학을 위하여 많은 고정지면을 나누어 주던 일간신문들마저 전면적으로 자취를 감추자 작품 발표는커녕 호구와 도피에 영일이 없었던 것이다. 그동안 아동문학의 최후의 교두보인 『아이생활』은 선교사의 도움으로 1944년 1월까지 그 명맥을 유지하기는 했으나, 1940년 5월부터는 본의 아니게 굴욕적 친일색을 공공연히 띠지 않을 수 없었다. 다만 임인수, 이윤선, 우효종, 이종성 등이 중심이 된 육필 또는 등사판 회람잡지 『동원』, 『초가집』, 『파랑새』 등으로 발표욕을 달래며, 마지막으로 등장하여 햇빛도 못 본 김요섭(동화, 《매일신보》, 1941)과 함께 암흑기의 가슴을 어루만질 뿐이었다.

한편 이 시기에는 문학열을 버릴 수 없어 정인과 최병화, 강승한, 김상덕, 송창일, 이종성, 장동휘, 이인덕 등 일어로 문학 활동을 하는 작가도 나타났는데, 이들은 성인문학계의 친일작가처럼 일어로 동요·동화를 쓰기도 하고 심지어 그 중에는 적극적으로 군국주의 일본의 침략전쟁에 협력하는 자도 나타났다. 아무튼 일제하의 아동문학은 당시의 정치·사회적 영향에 의거 문화운동으로 시종했다. 그것은 궁극적으로 민족운동의 한 방편이었다. 하지만 그것은 본격 문학에 선행되는 과도기 문학운동으로 매우 중요한 과정이었던 것이다.

3. 아동문학운동시대(兒童文學運動時代, 광복 이후)

광복이 되면서 아동문학은 문화운동의 차원에서 벗어나 비로소 새로운 문학으로서의 아동문학을 위한 운동으로 전개되었다. 그것은 일제치하 아동문한의 주과제가 주권이 상실된 상태에서는 조국광복의 염원에 불타는 민족운동의 일환으로 우리말과 우리글을 통해 이루어진 문학 이전의 아동감각해방 운동이요 사회적 문화운동이었다면, 해방한 조국에서의 과제는 그러한 문제들이 해소된 후의 진정한 의미의 아동문학운동이요, 아동해방 운동이기 때문이다. 따라서 여기서는 전대의 문화운동적 관점에서 벗어나 문학운동적인 관점에서 1975년까지의 동화문학을 정리하기로 한다.

1) 광복혼미기(光復昏迷期, 1945~1950)

(1) 시대적 배경 및 출판물과 중요 작가들

비단 문학에서 뿐만 아니라 모든 영역에 걸쳐 해방은 우리 민족사상 엄청난 사건이었다. 그러나 그 거창한 민족적 해방은 비주체적 외부 정세가 안겨준 '해방의 국제성'에 의해 처음부터 타율적으로 다가왔기에 흥분과 혼란은 극에 달했다. 곧 민주·공산 양대 진영의 권력음모의 제물로 결정된 남북 양단, 좌우익의 정치적 암투와 빈번한 테러행위, 경제 질서의 파괴와 생산위축, 유통구조의 마비, 통화량의 팽창과 물가 폭등 등이 그것이다. 이 같은 혼미상은 문학계에도 그대로 반영되어 성인문단은 과열된 좌우익 대립으로 민족문학 논쟁을 야기했으며, 또 그것은 급기야 아동문단에까지 그대로 파급되었다.

아동문단에 나타난 좌우익의 대립상은 성인문단의 그것처럼 그렇게 조직적인 정돈된 것은 아니었다. 그러나 좌익에 의한 기존 민족주의적 아동문학에 대한 도전은 참으로 격심한 것이어서 문학가동맹의 아동문학위원회를 중심으로 한 박세영·송완순·이동규·김동석·박아지·한효·신고송 등이 윤석중·최병화·박영종 등 이른바 낙천적 동심주의에 대한 공격은 무모하리만큼 저돌적이었다. 반면에 우익 진영은 뚜렷한 문학 조직체를 통한 활동은 없었으나 박영종 등 청년문필가협회 참여로, 또는 윤석중, 조풍연 등을 중심으로 조직된 조선아동문화협회를 통해 이에 대처하기도 했다. 그러나 대부분의 작가들이 이러한 와중에 휩쓸리기를 피하는 소극적인 태도를 보임으로써, 아동문단의 양상은 방향감각을 상실한 무지향적인 혼미현상을 그대로 나타내기도 했다.

출판물이나 작가를 막론하고 이러한 시대적 혼미상에 편승되었음은 제언할 여지도 없을 것이나, 특히 출판물은 그 양적 풍성함이 어느 시대 못지않게 두드러진 것이 또한 이 시기의 특징이기도 했다. 그것은 광복 후 잃어버렸던 국어를 다시 찾은 기쁨에서 우후죽순처럼 설립한 출판사의 급증이 아동출판계에까지 파급되었기 때문이기도 하다. 따라서 불과 5년 동안에 간행된 것만 해도 20여 가지를 웃도는 유명무명의 아동잡지들이 쏟아지듯 나왔다. 그 중에 손꼽을 만한 것은 『소학생』(1946~50), 『소년』(1948~50), 『어린이』(1948~1949), 『어린이 나라』(1949~50), 『아동구락부』(1947~50), 『아동』(1946) 등의 우익잡지와 『새동무』(1945), 『별나라』(1945), 『아동문학』(1946~48), 『신소년』(1946) 등의 좌익잡지, 『아동문학』(1948) 등의 아동문학 전문지이다. 그러나 이들 대부분은 경제적 배려도 없이 무모한 정열만을 무기로 삼거나 당시의 인쇄 사정과 용지난, 또는 편집의 구태의연한 답습에서 오는 자가 당착 등에 의해 단명으로 끝난 것이 무엇보다 문제였다.

단행본류 역시 조악물의 범람과 만화의 위세로 혼란의 양상은 동일했지만, 마해송의 『토끼와 원숭이』(1946), 이주홍의 『못난 돼지』(1946), 현덕의 『포도와 구슬』(1946), 임인수의 『봄이 오는 날』(1949), 노량근의 『열세 동무』(1946) 등의 동화집 및 아동소설집의 출간은 대부분 해방 전 작품을 수록하거나 개고한 것이었지만, 정리와 지양을 의미했다는 점에서 그 의의는 깊다. 그밖에 주풍연·서항석·이영철 등의 외국 명작물 번역도 이 시기의 큰 수확이었다. 다만 주요섭의 『웅길이의 모험』(1945)을 필두로 한 수십여 가지의 소년소설 및 탐정모험물의 대량 출간은 아동문학의 대중화 내지는 독자와의 거리를 밀착시키며 조악한 만화의 독소를 제거했다는 점에서는 유익했지만, 통속화의 요람이 되었다는 비난을 면치 못했다. 하지만 이 시기 신인작가 김요섭의 등장은 중요한 수확이었다.

(2) 광복혼미기의 제 특성

아동문화운동 시대에서 아동문학운동 시대로 전환하는 과정에서 가장 두드러진 문학적 특징은 문학의 판도가 운문 중심에서 산문 중심으로 이행되었다는 점이다. 운문문학의 위축현상에 따른 산문문학의 득세 요인은 대체로 크게 두 가지를 지적할 수 있다. 그것은 본격 소년소설의 대두와 동화문학의 생성으로, 전자가 산문의 양적 득세를, 후자가 산문의 질적 득세를 가져왔다는 데 그 특징이 있다.

먼저 소년소설의 경우, 철저한 소설적 골격을 바탕으로 한 본격적인 소년소설이 처음으로 이 시기에 대두되었다는 점이다. 곧 정인택의 「봄의 노래」(1948)를 시발로 방기환·염상섭·정비석·김내성·이종환 등 주로 성인소설가들에 의해 출현을 본 이 소년소설은 자체적 속성이라 할 강한 전달력이 작자의 문화운동적 욕구와 독자의 대중적 취향추세에 영합됨으로써 당시의 아동 독서계를 크게 매료시켰다. 그러나 이것은 양적인 풍성함만 가져왔을 뿐 별다른 문학적 기여는 못했으며, 다만 50년대의 통속 팽창상을 가져오는 직접적 계기가 되고, 침체했던 동화문학의 생성에 영향력을 남겼을 뿐이다.

동화문학의 경우, 「바위나리와 아기별」의 수준을 뛰어넘지 못하던 것이 이 시기의 소년소설에 자극을 받아 비로소 그 생성을 보았다는 점이다. 곧 전례 없는 양적인 풍성, 마해송·이원수에 의한 최초의 장편동화 탄생, 생활동화의 유행으로 인한 장르의 다양화, 구성상 합리성과 환상성의 중시로 동화의 수준향상 등이 그것이지만, 마해송·이주홍의 풍자문학 시도와 이원수의 동화에 대한 적극적인 관심, 신예 작가 김요섭의 등장에 따른 그 본격적인 생성은 결정적인 의미를 띠게 되었다. 또 그것은 이 시기 동화문학의 질적인 성과를 확인하는 것으로 1960년대 본격 동화운동과 깊은 맥락을 갖게 된 것이다.

2) 통속팽창기(通俗膨脹期, 1950~1960)

(1) 통속적 상업문학의 대두와 배경

6·25동란은 한국 자체 내에서 스스로 만든 폭발이었다기보다 국제적 동서냉전의 여파로 일어난 약소민족의 비참한 수난이었다는 데 처음부터 민족적 비극이 내재해 있었다. 따라서 그것으로 정치체계의 도괴가 빚어낸 정치적 무질서와 그것이 가져온 각종 사회문제들, 곧 300여만을 육박하는 피난·이재민의 홍수, 완전히 파멸된 경제체제 등으로 인한 '허위와 타성과 비리·부덕·불법의 충일'한 정치·사회적 혼란의 비극적 양상이 야기되었던 것이다. 또한 그것은 전통적 가치 기준과 정신적 유산의 상실, 동란으로 유입된 외래풍조의 무비판적인 수용, 학계와 종교계의 타락과 매스미디어의 대중영합 등 문화적 혼란까지 겹쳐 이른바 전후의 배금주의적 찰나적 향락풍조가 일세를 풍미하기도 했다. 이러한 정치·사회·문화적 풍조 및 문단 여건은 불가피하게 이 시대의 아동문학을 통속대중화의 와중으로 몰고 갔다. 그러나 아동문학의 통속대중화는 이러한 환경 외부적 요인만으로 초래된 것은 아니다. 아동문학 자체 내에서 조성된 본격 소년소설의 대두가 이미 통속화의 불씨를 안고 있었다. 그것은 전시에 아동을 위한 변칙적인 문화운동적 요구에 대거 참여한 성인작가들의 아동에 대한 몰이해와 아동문학을 얕잡아 보는 데서 일어난 작품의 표피적 처리 등 그 자체 내부적 여러 요인들도 통속화에 중요한 역할을 했던 것이다.

(2) 통속팽창기의 양상

통속적 양상이 본격화된 것은 휴전이 성립되고 정부가 다시 서울로 환도한 1954년 이후의 일이다. 동란 초에는 동란이 안겨준 긴장 때문에 출판사정도 어렵고, 책 읽고 있을 대중의 여유도 없었으므로 거의 작품 발표조차 이루어질 수 없었기 때문이었다. 그리고 그런 와중에도 피난지에서 창간된 잡지들의 경향은 전쟁을 치르는 국민의 어린이를 위한 윤리적 의식이 통속적 경향을 자제한 것일 수도 있었다. 곧 1952년을 기점으로 환도 이전에 창간된 어린이잡지인 『소년세계』, 『새벗』, 『학원』 등은 대체로 공통적으로 아동 독물(讀物)의 특수성을 띠고 나온 아동지였다는 점에서이다. 환도한 뒤 20여 가지의 어린이 잡지의 격증이 의미하는 문화운동적 경영체제에서 상업주의적 경영체제로의 변모, 그것을 나타내는 소년소설 · 탐정모험물의 대폭적 증가와 만화 및 입시위주의 편집 추세 등은 통속화 현상을 그대로 보여주었던 것이다. 그러나 대중 독물의 범람 요인은 공기성(公器性)이라는 그 자체의 속성을 가지고 있는 잡지 · 신문에서보다는 오히려 자기 정체를 숨기고 유령 출판으로서도 능히 경영의 수지타산이 가능한 통속 대중적 단행본류의 범람에서 더욱 조장되었다. 인기 있는 연재물이라면 끝나기 무섭게 단행본으로 출판되는 현상, 심지어는 유행물을 모방한 사이비 소년소설, 탐정모험물, 외국 것의 번안 · 번역물의 범람, 악질 만화의 홍수 등은 어린이의 읽을거리에 대한 심각한 타락상이었던 것이다.

바로 이 시대 통속 대중문학의 중추는 소년소설이었고, 이에 동원된 자의 80%가 성인문학가들이었다. 가장 인기 있는 작가로 손꼽혔던 정비석 · 박계주 · 김내성을 위시하여 곽학송 · 김영수 · 김말봉 · 김

광주 · 임옥인 · 최정희 · 최인욱 · 전영택 · 홍효민 · 최태응 · 박영준 · 안수길 · 곽하신 · 장덕조 · 이봉구 · 손소희 · 안동민 · 손창섭 · 박용구 · 박경리 · 김송 등 주로 순정 미담물을 쓴 작가들과, 방인근 · 조남사 · 조풍연 · 박태원 등 모험탐험물을 쓴 작가, 명랑물로 인기 있었던 최요한 · 조흔파 · 박홍민 · 유호 등 모두가 성인작가들이며, 이런 경향이 짙은 이종환 · 방기환 · 장수철 · 손동인 등도 성인문학 출신으로 아동문학가로 전업한 이들이다. 순수하게 아동문학가로 출발하여 아동문학에 선님했던 이로서는 강소천 · 최태호 · 한닉원 · 이계훈 · 이원수 · 김요섭 등 불과 몇 명에 지나지 않았다. 그리하여 이들 성인작가들은 성인문단 안에서 순수 · 통속 작가의 구별 없이 누구나 아동문학에 대한 깊은 이해도 없이 호도적 아동애호심만 가지고 서로 비슷한 통속화 경향을 보여주었던 것이다. 따라서 그것은 아동문학에 대한 피상적 자세를 증명했을 뿐 결국 무책임한 참여에 끝나고 만 것이다. 따라서 그들의 작품들은 줄거리 중심의 서술법, 소재의 획일성과 사건의 편협성, 사상의 비형상적 노출, 허구로서의 비진실성, 안이한 상황 설정, 등장인물의 유형화 내지 몰개성화 등에 의한 경험의 도식화로 작가의 창조적 상상력의 결핍을 누구나 공통적으로 범하고 있있던 것이다. 그리하여 후대에 소위 반공주의사상(反共主意思想)의 무조건적인 범란이 비판적인 반성 없이 공공연히 용인됨으로써 후대에 문학 이전의 읽을거리로 매도될 소지를 안고 있었던 것이다.

(3) 이 시기의 출판물과 중요 작가들

이 시기의 출판계도 수난과 비난을 한몸에 감수해야만 했다. 특히 그러한 현상은 이 시기의 아동잡지에서 더욱 짙게 드러났는데 그것은 잡지 간행량의 감소와 간행 잡지의 단명 현상 등 출판 사정의 악순환, 그리고 50년대 통속 팽창을 조장시킨 중심체였다는 비난에서 볼 수 있는 바와 같이 이 시대 잡지계 일반적 경향이기 했다. 그러나 이러한 아동잡지의 통속화 양상은 동란으로 인해 경영체제가 전대문화운동적 경영체제에서 영리적 상업주의 경영체제로 전환됨에 따라 일어난 현상이기도 했으나, 그것은 초기의 피난시절보다는 후기인 환도 후에 더욱 두드러지게 나타났다. 곧 초기 피난지에서 출간된 어린이잡지인 『소년세계』(1952~56)는 순수문학적 경향으로, 『어린이 다이제스트』(1952~54)는 국제적 종합 교양성으로, 『새벗』(1952~86)은 종교적·문학적 특성으로 동란의 와중에서도 제각기 고군분투했고, 특히 『새벗』, 『학원』(1952)은 최장수 소년잡지였다는 점에 비해, 후기인 환도 후에 출간된 『학생계』(1954), 『어린이 세계』(1955), 『어린이 동산』(1956), 『대한소년』(1958), 『새동화』(1958), 『소년계』(1958), 『소년생활』(1958), 『초등학교 어린이』(1958), 『착한어린이』(1959) 등은 불과 한두 해의 단명으로 끝나 경영부실과 안이한 창작태도의 무모성을 속속들이 보여주었다.

그러나 이 시기에는 《소년한국일보》(1958), 《소년조선》(1958)을 위시한 10여 가지의 주간 및 일간 어린이 신문의 간행이 중요한 어린이 읽을거리 구실을 했으며, 단행본도 대부분 통속문학의 와중에 영합한 타락상을 면하지 못했으나 강소천의 『꽃신』(1953), 『꿈을 찍는 사진관』(1954), 마해송의 『떡배 단배』(1953), 『모래알 고금』(1958), 이원수의 『숲속나라』(1953), 이주홍의 『아름다운 고향』(1954), 박화목의 『부엉이와 할아버지』(1955), 김요섭의 『깊은 밤 별들이 울리는 종』(1957), 신지식의 『감이 익을 무렵』(1958), 이영희의 『책이 산으로 된 이야기』(1958) 등의 동화와 아동소설집이 잇달아 출간되어 이 시대가 전적으로 통속화로만 치닫고 있었다는 비판은 면해 주었다.

한편 이 시기의 문단상은 출판물의 개황처럼 어느 시대보다도 커다란 변화를 따르게 했다. 해방 당시부터 노골적으로 표면화된 좌·우파의 대립이 6·25가 일어남으로 정리, 정비된 현상이 가장 큰 변화로서, 한정동·강소천·장수철·박홍근·박경종 등의 월남과 윤복진·현덕·송돈식·박인범·임서하·임원호 등이 월북한 것이 가장 두드러진 문단 재편현상이라 할 것이다. 곧 이러한 재편과 정비가 실현되는 동안 내부분의 작가들은 당시의 전시체제에 참여하여 문총구국대·종군작가단 등을 바탕으로 또는 피난지에서 잡지 간행·작품 발표 등으로 국난의 극복에 힘을 기울이면서 사상적으로 단합된 통일체제를 최초로 보여주기도 했던 것이다.

결국 이 시기는 통속의 와중을 딛고, 반공문학이란 악조건 속에서도 본격문학으로서의 아동문학이 미흡하나마 서서히 그 모습을 드러내고 있었다. 곧 사상성에 근거를 두면서도 풍자문학의 건설로 '동화 세계의 확대'를 보여준 마해송, 동화와 소설을 겹치면서도 전대의 현실의식에의 집착으로 또 다른 사상적 패턴을 제시한 이원수, 교육적 미학을 승화시킨 강소천, 환상적 미와 현실의식의 접목을 시도했던 김요섭 등의 끈질긴 모색과 50년대 후반기에 등단한 신지식·이영희·장욱순·윤사섭 등의 출현으로 그토록 극성스런 상업주의적 통속문학의 유혹을 헤집고 동화문학의 본격화를 실현했던 것이다. 동화문학은 비로소 이때부터 통속과 본격문학의 뚜렷한 양립현상으로 현대적 의미를 부여받을 수 있었던 것이다.

3) 정리형성기(整理形成期, 1960~1976)

(1) 문단적 풍토와 동화문학 본질의 탐구

50년대 말기의 뚜렷한 변모를 보이기 시작한 현대적 문단의 형성은 유능한 신인의 등장, 각종 문화단체의 결성, 잡초 제거 시비 논쟁 등 청신한 문단 기풍과 함께 60년대로 넘어서고 있었다. 이러한 문단 안의 기풍은 4·19의거와 합세하여 정신적 자양을 더욱 풍성하게 하여 자각과 반성을 불러일으키며 본격문단을 형성하기에 이르렀다. 이러한 문단의 형성배경은 몇 가지 요인으로 압축할 수 있다.

첫째로, 신인의 등장과 문단 풍토의 개선을 들 수 있다. 1950년대 후반에 들어서면서 각 일간지의 신춘문예에 동화분야가 설치되고 60년대 들어서는 더욱 활성화되었으며 아울러, 『아동문학』, 『월간문학』, 『가톨릭 소년』 같은 잡지를 통해 유능한 신인들이 대거 등장하게 되었다. 그들의 문단 풍토 개선을 위한 노력은 참신한 작품과 더불어 과거의 모순을 지적하고 그것을 극복하려는 열정적인 자세로부터 출발하였다. 그것은 곧 기성세대에 대한 비판으로 나타나게 되었는데 그 직접적인 영향은 4·19였다. 타성에 젖은 보수적 기성질서의 벽을 서서히 무너뜨리고 새로운 문학 풍토를 건설하려는 신인다운 패기가 문단 전체에 흘러넘치게 된 것이다.

둘째로는 동인(同人)체제 중심의 문학단체 결성이다. 4·19직후 재결성된 문협 아동문학 분과위원회와는 별도로 전국 각 지역에서 우후죽순처럼 동인운동이 일어나기 시작한 것이다. 이미 4·19이전에 결성되었던 대구아동문학회(1957), 한국동화작가협회(1957), 부산아동문학회(1958), 아동문학소백동인회(1959)의 뒤를 이어 아동문학연구회(1960), 조약돌동인회(1960), 전남아동문학연구회(1961), 아동문학교단동인회(1963), 뉴 칠드런 문학회(1963), 신작동인회(1965), 소파아동문학동인회(1966) 등 무수한 유 · 무명의 동인회가 전국 지방 곳곳에서 조직된 것이다. 이러한 동인회운동은 60년대 후반을 넘어서면서 보다 정비 발전되어 한국동화문학회(1968) 등 전문 장르 중심으로 정예화되어 발전적 단계로서의 연구와 모색을 하게 되었다.

셋째로는 출판물에 의한 정리작업이다. 우리 아동문학은 그동안 출판물이 쏟아져 나왔지만, 문학사적 문단적인 확고한 의식 속에서 의도적인 기획에 의해 출간된 것은 거의 없었다. 그러나 4·19이후 『한국아동문학독본』(전10권, 을유문화사, 1962), 『한국아동문학전집』(전12권, 민중서관, 1964), 『강소천아동문학전집』(전6권, 배영사, 1964), 『소파아동문학전집』(전6권, 삼도사, 1969) 등 개인전집 및 세계 명작까지 시리즈로 출간되면서 작가들의 창작의욕을 돋구어 질적 향상을 높여 주었다.

넷째로는 문학상 제정과 발표 무대의 확장이다. 60년대 중반에 들어서면서 소천아동문학상(1965), 해송동화상(1967), 세종아동문학상(1969), 한정동아동문학상(1969) 등이 제정되고, 또한 『새벗』, 『새소년』(1964), 『소년세계』(1966), 『어깨동무』(1967), 『소년중앙』(1969) 등 아동잡지들이 잇달아 복간되거나 창간되면서 발표 지면이 그만큼 확장되었다. 여기에 일간 어린이신문인 《소년한국일보》(1960), 《소년동아일보》(1964), 《소년조선일보》(1965)의 창간, 아동문학을 주로 한 어린이 잡지임을 표방한 『카톨릭 소년』(1960)의 복간은 퍽이나 고무적인 일이었다.

본격 동화운동은 1960년대 등단한 장욱순·윤사섭·최효섭·권용철·최인학·손춘익·오세발 등의 신인들이 이원수·김성도·김요섭 · 박홍근 · 이영희 · 신지식 등 기성중진들과 더불어 한국동화문학회(1968)를 결성하면서 아동관의 확립, 전통성의 발굴, 동화문학의 체질개선, 동화문학의 효용성 재발견 등 이념 구현에 이바지하였으며, 그 시도적 양상도 환상의 필요성에 대한 자각, 주제의식의 강화, 상징적 수법의 다양화, 전승설화 정리에의 의욕 증대, 동화 문체의 확립, 재미에 대한 재인식, 생활동화에의 반성 등 다채로운 문학적 성과를 낳았다.

아동소설은 전위작가라 할 강렬한 문학 의식의 소유자들에 의해 차분한 실천을 계속함으로써, 본격 동화의 적극적 자세와는 다르게 문학적 성과를 올렸다고 볼 수 있다. 곧 이들은 아동 산문문학의 정수로 통용되는 동화문단에 흡수되어 독자적이 문단의 형성이나 문학단체의 결성도 없이 자신의 문학적 모색을 계속했다. 그리하여 아동소설만이 획득할 수 있는 시도적 경향들이 그 특징을 드러내었는데, 문학으로서의 재인식(이영호 · 최인학 등), 상황 의식의 강화(마해송 · 이원수 등), 서정적 아동소설의 탐색(장욱순 · 신지식 등), 동심주의적 아동소설의 새로운 변모(윤사섭 · 최효섭 · 황영애 등), 그리고 통속성의 극복(이주홍 · 최효섭 · 황영애 등) 등이다.

특히 '한국동화문학회'(1968)의 결성은 동화문학의 뚜렷한 방향성을 제시하여 동화가 문학으로서 정착되기를 바랐지만, 역시 팬터지와 리얼리티의 조화 문제, 그리고 올바른 동화 정신의 구현이라는 숙제를 1970년대에 물려줄 수밖에 없었다. 따라서 70년대의 아동문학은 이렇게 60년대로부터 물려받은 무겁고 힘겨운 문제들을 어떻게 수용하여 계승 · 발전시키며 조화시키느냐 하는 어려운 과제를 안고 출발하게 되었다. 그것은 '아동문학이란 무엇인가' 하는 본질의 탐구를 필연적으로 제기하며 비평의 필요성을 절실히 요구하게 되었다는 것이다.

(2) 동화문학의 특징적 현상

❶ 1970년대 초기

이 시기는 동화의 개념이 갈수록 분명해지는 경향을 보였다. 그것은 아동소설과 동화를 혼동하던 전대의 유산이 거의 사라져가고 있다는 점을 우선 꼽을 수 있다. 대부분이 동화작가들은 동화의 본질을 이해하고 있었으며, 동화와 팬터지의 역학관계는 동화와 동심의 함수관계에 의해서 유지된다고 믿었다. 그러면서 동화작가 수가 갑자기 늘어가고 있는 사실까지도 고무적 현상으로 비쳐졌다.

이 시기 동화문학의 특징적 현상은 작가의 주제의식에 대한 강력한 확인이었다. 동화 주제의 개척, 주제의식의 확장이라는 테마톨로지에 의해 이 시기의 작품을 살펴보면, 김성도·김요섭·오세발·손춘익 등이 역사의식 속에서 자기 발견이라는 테마로, 김진태와 신송민·조대현, 이현주 등이 전대의 마해송 이상으로 과감하게 현실고발적 의식을 보여주었다. 인간 집단의 구조적 모순을 풍자하거나, 부조리한 사회구조를 드러내거나, 공해문제를 인간의 생존과 관련시켜 휴머니즘을 강조하는 이들의 작품 경향은 더욱 주위에 영향을 미치며 확산되었다. 휴머니즘을 바탕으로 한 인간 찬미적 작가로는 장수철·손동인·최효섭·권용철·이준연 등을 꼽을 수 있다. 그리고 신화의 창조를 꾸준히 검토해 오고 있는 이영희의 고독한 탐색도 기억할 일이다. 이 시기 또 하나의 특색은 동화의 강세와 반대로 아동소설의 퇴조현상이다. 특별한 시도나 특징을 보이지 못한 안이한 작품들이 발표되고 있었으나, 그 중에서 박홍근·유여촌·이영호·신지식·권태문·차원재·한상수·구진서 등의 작품들은 이 시기의 큰 수확이다.

❷ 1970년대 중기

70년대 동화문학을 양적으로 풍성하게 한 작가들은 60년대 후반부터 70년대 초 중반 등장한 신인들에 의해서이다. 그들은 권정생·임신행·오세발·이효성·권기환·이오덕·정진채·박택종·정채봉·강준영·배익천·강순아·김목·송재찬·김문홍·최균희·박춘희·이상교 등이다. 특히 이들 신인 중에 기성작가와 겨루며 계속 주목을 받은 작가는 임신행·김문홍·오세발·이효성·정진채·권정생·배익천·송재찬 등과 동시로 등단하여 동화로 전향한 강준영 등을 손꼽을 수 있다.

이 시기의 동화와 소년소설의 경향은 초기와 마찬가지로 강한 주제의식이 다양하게 확산되고 있었다. 그 주제들 중 즐겨 다루어진 것은 전통성의 재창조이다. 여기서 전통성이란 전래동화나 민화를 포함하여 향토성 내지 서민의식 등을 두루 포괄하는 말이다. 그때까지 많은 작품이 국적불명 문제가 운위되고 있었으므로 이 전통성 회복에 관심을 둔 작품이 클로즈업되었던 것은 당연한 일이었다. 그 외에도 물질문명에 의한 타락을 고발한 작품들도 끊임없이 발표되고 있었다. 또한 이 시기에는 장편물이 크게 증가하였고, 출판업이 크게 발전함에 따라 창작집 발간도 매우 활발해졌었다. 그러나 이 시기의 주요 쟁점으로 등장했던 서민문학론은 아동소설에서 작품으로 형상화시키기에는 역부족이었다. 이러한 가운데 이원수·김요섭·김성도·신지식·이영희 등과 권용철·조대현 등의 작품이 두드러졌다. 특히 이 시기의 특징이었던 주제의식이 강한 작품들 중에는 민족적 문제를 추구한 송명호·이관·권용철·오세발 등과 서민적 바탕 위에서 문학 본질의 모습을 추구한 이영호·권정생의 작품이 있다. 그리고 이준연·이효성·정진채·임신행·김문홍·조장희·정채봉·강준연·배익천·송재찬·김목 등을 비롯한 일련의 작가들이 꾸준한 작품 활동을 통해 동화·소설 속에 현실문제와 함께 종교적 문제, 인간성 회복의 문제, 전통성 회복의 문제를 제시하면서 동심을 재발견하는데 앞장서 나갔다.

4. 맺음말

1976년 이후에는 아동문학이 문학 본질면에서나 문단적 환경에서나 분명히 새로운 바람이 일고 풍토가 거세게 변화해 갔다. 그 변화는 1976년 창간된 월간 『아동문예』와 계간 『아동문학평론』지와 깊은 관계가 있다. 그것은 우리 나라 문학사상 처음으로 본격적인 평론전문지인 『아동문학평론』이 발행되면서 아동문학 평론의 불모지였던 이 땅에 작품과 평론이 함께 공존하는 시대를 열어주었기 때문이다. 오늘날 아동문학 연구가 활성화되고 아동문학이 학문의 영역으로 발전할 수 있게 한 것은 그 결과이다. 1976년 이후 많은 아동문학전문 평론가들이 등장하고, 왕성한 출판 활동으로 아동문학 작품집 간행이 활발해지고, 또한 신인들도 대거 등장하여 다양한 문학 활동을 전개하면서 우리 아동문학은 실로 대견스러운 성장을 보았다. 그런 성장의 한가운데 동화문학이 위치해 있다.

이제 육당의 『소년』지 이래 한국 아동문학의 연륜도 100년이 되었다. 그동안 이 나라 안에서 일어나는 문화적 모든 영역의 제반 분야가 겪어온 바와 같이 아동문학도 모질고 험한 바람 속에서 이어져온 것이다. 아직도 분단은 지속되고 있지만, 21세기의 주인공인 어린이들을 위하여 오늘도 수많은 동화작가들이 더욱 힘차게 붓을 휘두르고 있다는 것은 그만큼 우리의 미래가 밝다는 뜻이다. 앞으로도 동화문학이 어린이를 위한 문화의 핵심에 놓이고, 일반문학과 함께 떳떳하게 어깨를 나란히 하기 위해서는 보다 더 뼈를 깎는 자기 수련과 아동문학관에 대한 투철한 신념이 확보되어야 할 것이다.

1970년대 한국 동화문학[1)]

— 제2세대와 제3세대의 세대교체기

최지훈

1. 한국 동화문학에서 '1970년대'의 의미

1) 3세대에 걸친 현대 동화문학사

한국 현대 아동문학은 사적으로 접근함에 있어 크게 3개 세대기로 구분하여 보는 것이 타당하다.

제1세대기는 '아동문화 운동시대'[2)]로 일컬어지는 광복 이전까지로서 동화문학의 맹아기(萌芽期)라고 할 수 있고, **제2세대기**는 '아동문학 운동시대'로 일컬어지는 광복 이후 30년간에 해당하는 기간으로서 동화문학의 성장기(成長期)라고 일컬을 수 있다. 그리고 **제3세**

1) 이 원고는 필자가 현재 집필중인 「분단60년 남한의 아동문학(가제)」의 한 부분을 발췌하여 가필 재구성한 것임.

2) 李在徹, 「兒童文學史의 時代區分」, 『韓國現代兒童文學史』 일지사, 1978, pp.18~21.

대기는 그 후 다시 30년간으로서 2005년 현재까지 동화문학 전성기(全盛期)로 자리매김해도 좋을 것이다.

동화문학 성장기(제2세대기)는 1945년부터 30년간, 곧 광복 60년 기간의 꼭 절반점에 해당하는 '1975년'이 되고, 그 이후 오늘날까지의 30년간은 동화문학의 전성기(제3세대기)가 되는 것이다. 이는, 1970년대(이하 '70년대'로 약칭)가 바로 제2세대와 제3세대가 교차되는 시대에 해당한다는 것을 말해준다.

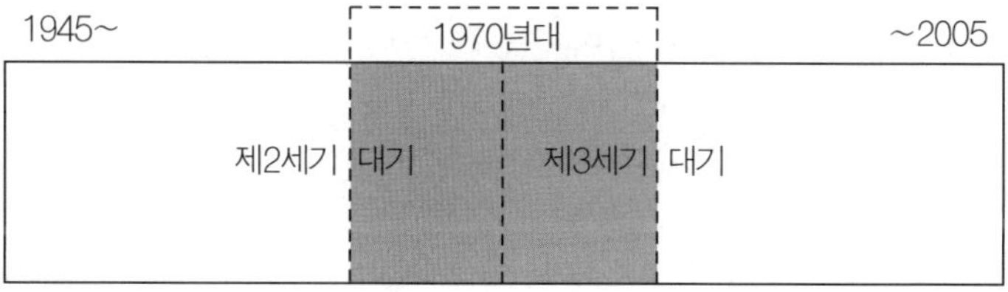

제2세대 작가는 소파의 잡지 『어린이』가 창간할 무렵부터 광복까지 태어나, 이 잡지와 함께 성장하여 광복할 무렵에는 한 가정을 이룬 세대이다. 이 세대는 광복과 더불어 우리말을 자유롭게 써서 창작하기 시작한 작가를 맏형으로 하고, 이후계속 70년대 전반까지 등단한 작가이다. 70년대 전반에야 창작활동을 시작하는 막내둥이 작가군은 이른바 해방둥이에 해당한다. 그러니까 이들 중 맏형은 일제의 교육을 받았으나, 막내둥이들 중에는 제3세대와 함께 막 우리 민족교육으로 성장한 세대가 된다.

제3세대는 1945년 전후에 태어난 이른바 해방둥이요, 광복의 세대로 또는 한글교육 제1세대로 손꼽힌다. 그들은 제1세대가 이루어 놓은 작품이나 제2세대 선두 주자들이 막 발표하기 시작하는 작품들을 읽으면서 초등학생 시절을 보냈다. 그러한 그들이 문단의 전면에 등장하여 주력 부대를 형성하게 되는 시점이 바로 1970년대인 것이다.

70년대는, 1972년에 새로 제정된 유신헌법에 의한 폭압적 정치 환경으로 그 전대와는 다른 양상의 사회 분위기가 조성된다. 60년대의 1, 2차 경제개발 정책의 지속으로 특정 재벌의 비약적 성장하게 되고, 나라 전체의 산업화가 가속화되고 빈부의 격차가 심해지면서 사회적 갈등이 발생하게 되었다. 이런 환경 속에서 사회주의 운동이 지하에서부터 준동하게 된다. 이 운동은 문학 활동 현장에 가장 적나라하게 영향을 미치게 된다. 이른바 70년대 현상이다.

2) '1976년'의 의미

1976년. 이 해는 광복 이후 60년의 후반 곧 제3세대의 아동문학이 전개되기 시작하는 해가 된다.

문학사에서 '한 세대'의 의미는 각별할 수밖에 없다. 비단 '한 세대'란 강산이 세 번 변한다는 세월의 의미보다도 세상을 이끄는 세대 자체가 완전히 교체되는 기간을 뜻한다. 30년 전에 세상을 주름잡던 세대는 가정에서부터 나라 정권에 이르기까지, 사회 문화 속에 이루어지는 모든 제도가 거의 완벽하게 퇴장하고 그 아들딸들의 세대에 의해서 장악되고 재편되고 형성되는 것이다.

광복이 되던 1945년은 1920년대에 태어난 사람이 신인으로 활동을 시작하던 시기이면서 일제 말기의 민족 말살 정책에 숨죽이고 지내던 기성 아동문학가들이 활동을 재개한 시기이다. 이들은 일본어를 국어로 배워서 일본어를 우리말처럼 능통하게 구사하던 한 - 일이중 언어 세대라고 할 수 있다.

그러므로 1975·6년을 중심으로 한 70년대는 제1세대가 거의 완벽하게 퇴장하게 되고, 제2세대의 선두 그룹이 문단의 중진에 해당하며, 그 세대의 신인은 새로 등장하는 제3세대와 겨루면서 세대 교체의 징검다리가 되는 시점인 것이다.

광복 60년이란 말은 소위 해방둥이가 화갑을 맞게 되었다는 뜻이다. 따라서 해방공간 5년 동안에 태어난 세대는 2005년부터 4~5년간 이들이 화갑을 맞게 될 연령층이 된다. 이들은 제1세대와 제2세대의 선두 그룹이 뿌려 거둔 문학작품을 먹고 자란 세대이다. 일본어를 전혀 구사할 수도 읽을 수도 없는 세대, 일본 문화나 그 나라에 대하여 무조건적 적개심만 배웠을 뿐 어떤 나라인지도 제대로 모르고 자란 세대이다. 그뿐 아니라 중국에 대해서도 6·25 동란에 개입한 '중공오랑캐'로 적국의 이미지만 가지고 있을 뿐 정작 그 나라에 대해서는 잘 이해하지 못한다. 즉, 이웃 나라에 대해서는 무지하고, 미국에 대해서는 무조건적 우호적인 교육을 받으면서 성장한 세대, 한자도 얼치기로 배운 한글 전용 세대가 사회의 주역이 되기 시작한 것이다. 그들은 자라면서 제1공화국부터 당시 제3공화국까지 겪었고, 어린 시절 6·25 전쟁과 젊은 시절 4·19 및 5·16을 겪었다. 그리고 대학시절과 군역을 치를 시절에 새마을 운동의 앞잡이가 되었다. 그들의 입에서는 유행가와 함께 건전가요가 입에 익어 있고 그들의 후배들이 즐기는 통기타를 부러워하고 있던 세대 그들이 바로 제3세대 맏형에 해당한다. 그러나 제3세대는 그 이후 30년간 계속 이어져서 속칭 386세대의 주부들이 90년대에 작가로 등장하면서 동화문학은 바야흐로 여성 문학이면서 그 전성시대를 이루게 된다.

그런데 아동문학의 경우, 1976년은 다른 문학 장르와는 또 다른 중요한 의미를 갖는다.

바로 그 때 계간 『아동문학평론』과 월간 『아동문예』가 서울과 광주에서 각각 창간되어 사라지지 않고 30년 동안 연면히 이어져 오늘에 이르러 있기 때문이다.[3)]

어느 문학도 마찬가지지만, 문학 전문지가 갖는 문학사적 의미가 대단하다는 것은 주지의 사실이다. 문학의 역사와 문단사는 문학전문지가 이끌어 가고 편성하고 선개한나고 해도 결코 지나친 말이 아니다. 그런 의미에서 중요한 문학 전문지의 창간은 문학사의 터닝 포인트로 작용한다고 말할 수 있다.

따라서 앞에 언급한 두 잡지는 오늘 이 시점에서 볼 때 매우 의미 있는 아동문학 판을 형성해 주었다고 할 수 있다. 왜냐하면 이 두 아동문학 전문지가 창간되던 1976년은 해방둥이가 30대로 접어들어서 막 문단 데뷔 적령기를 맞고 있었기 때문이다.[4)] 결국 이 두 아동문학지는 바로 아동문학의 판을 광복의 세대에게 새로운 판을 벌여 주기 위하여 때맞춰 태어난 셈이었던 것이다. 신인간류에 속하는 이 신세대를 새로운 아동문학인으로 대거 흡수하고 발굴 수용함으로써 아동문학 문단 자체를 확실하게 재편하는 효과를 거둔 것이다.

3) 1976년, 이 해 3월에 샘터사에서 엄마와 아기가 함께 보는 잡지 『엄마랑 아기랑』이 창간되었다. 이 잡지는 이후 거의 10년간 발행되었는데 유아교육과 유아문학에 각별한 의미 변화를 준 계기가 되거나 간접적인 영향을 나타냈다고 본다.

4) 이 이전 세대들의 문단 데뷔 적령기는 20대 초반이었다. 그러나 점차 그 데뷔 연령은 갈수록 문인을 꿈꾸는 예비역의 적체 현상을 빚으면서 등단이 해마다 느려지고 있었다. 따라서 이 무렵에는 20대에 데뷔하면 조기 데뷔한 듯한 느낌이 들기 시작했었다.

2. 제2세대기와 제3세대기의 차이

제2세대가 주로 활동하던 제2세대기(1945~1970년대)와 제3세대가 등장하여 활동하게 되는 제3세대기(1970년대~현재)는 어떤 차이가 있는가— 그것을 확인하는 것은 1970년대의 내면적 성격을 더욱 명확하게 드러내 줄 수 있게 될 것이다.

'제2세대기'에 활동해온 세대는 완벽하게 일제 치하에서 식민 교육을 받았거나 최소한 초등교육을 받고 있는 중에 해방을 맞은 세대(1930년대 말까지 출생자)이고, '제3세대기'에 대한민국 사회를 형성하고 이끌어간 세대(1940년대 이후 출생자)는 이와는 달리, 상대적으로 완벽하게 독립된 대한민국에서 우리말과 글로써만 교육 받은 세대라는 점이다.

따라서 이러한 사회 주도층의 변화는 아동문학의 경우뿐만 아니라 다른 문학 장르의 경우에도 꼭 같이 해당이 되고 나아가서 이 나라 이 사회를 형성하는 각계각층의 모든 분야와 제도와 활동에서 해당된다.

결국 아동문학의 경우도 일제 강점기에 발생하여 30여 년간 활동해온 제1세대가 우리 한국 아동문학 문단을 연속적으로 주재해 왔다.

그러면서 우리가 발견하게 되는 것은 그들의 정서 속에 녹아 있는 어쩔 수 없는 일제의 잔재와 이를 일시에 극복하고 개혁하며 새로운 문학 풍토와 세계를 펼쳐 보려는 의식 작용이 갈등을 보이면서 미학적인 혼돈을 나타내고 있었다는 점일 것이다. 그러한 갈등은 30년 세월 동안 꾸준히 이어져 왔다.

그것은 특히 언어에서 두드러졌다.

문학이 언어를 기초로 하는 것이고, 특히 아동문학은 언어를 처음 배우기 시작하는 세대를 대상으로 하는 언어 교육적으로 매우 중대한 역할을 담당한 문학이기 때문에 아동문학에서 언어가 어떻게 사용되고 있는가 하는 것은 매우 민감한 문제에 속한다. 그런데 놀랍게도 다행스러운 것은 아동문학에서는 다른 어떤 분야(특히 사회학 분야나 과학 기술 분야 등)보다도 일본제국의 언어 영향을 극복하는 데 가장 탁월한 업적을 나타냈다는 점이다. 결국 이 시기의 한국 아동문학의 가장 뚜렷하게 손꼽히는 업적으로 기억되지 않으면 안 되는 것이 바로 이 점이라고 말할 수 있다.

그리고 이 시기의 아동문학은 다른 모든 문학과 예술과 함께 이 사회를 지배해 온 통치 이데올로기와 이념적 환경 속에서 주제의 제약을 받아왔다는 점일 것이다.

1970년은 새마을운동이 전국적으로 거세게 시작되고 1972년에는 한국적민주주의를 내세워 유신 정권이 형성된 해로서 이전 10년간(60년대)과는 구별될 수 있었기 때문이다. 이 무렵 각급 학교의 교실에는 '국민교육헌장'이 나붙고 이를 낭독 암기해야 했으며, 심지어는 곡을 붙여 노래로 부르게도 했다.

1960년대 말부터 1970년대 전반에 등장한 일군의 초등학교 교사 출신 신인들은 60년대를 주도한 선배들이 이르켜 세운 문학적 경향을 그대로 계승 발전시키거나 실천해 나갔다.

이 시기는 문학의 순수와 참여라는 말로써 포장된 오늘날의 좌우 대립이 첨예하게 형성되었다. 문학은 정치나 사상의 시녀가 아니라 문학 미학에 성실해야 한다는 생각과 문학도 현실 생활을 벗어난 공염불 같은 글을 쓰고 음풍영월할 수는 없다는 참여문학이 아동문학계에도 예외 없이 대립적으로 존재했다.

특기할 일은 1970년대는 아동문학 단체가 난립한 시기이기도 하다.

70년대가 시작되는 1971년, 이원수를 중심으로 한국아동문학가협회가 김영일을 리더로 한 한국아동문학회에 분리되어 창립되었고, 다시 통합을 명분으로 제3의 단체로서 한국현대아동문학협회가 평론가 이재철을 중심으로 협회에서 갈라져 1977년에 창립되었었다. 그리하여 우리의 아동문학 문단은 기본적으로 3분하여 따로이 활동을 하고 있었다.

3. 1970년대에 활동한 기성 작가

1970년대에 생존해서 현역으로 활동하던 작가들로 형성되었던 아동문학 문단의 상황은 대충 다음과 같다.

이들은 1970년대에 등단한 신인인 이른바 '70년대 작가'들이 70년대 작가일 수 있도록 한 문학적, 문단적 환경과 조건이 된 이들이라 할 수 있다. 그들은 70년대 작가들을 태어나게(발굴) 했고, 이끌어서 음으로 양으로 창작 활동을 도왔으며, 그들의 문학에 직접적인 영향을 끼친 이들이다. 뿐만 아니라 '70년대 문학'의 실제적 모습을 형성한 이들이기 때문에 그들의 면모를 확인하는 것이다.

1) 광복 이전부터 활동해 온 작가

한국 동화문학을 일으켜 세운 맹아기 제1세대[5]에 해당하는 선배 동화 작가들은 이 무렵 실질적으로 현역 활동의 장에서 물러나 있었다. 대부분 이 시기에 이미 작고한 상태였으나 이주홍, 이원수, 김영일, 조풍연, 김성도, 장수철, 이주훈 등이 70년대에 생존해서 원로로서 활동하고 있었다.

2) 광복 이후로부터 50년대에 등단한 작가

한국 현대 동화문학의 수준을 크게 성장시킨 제2세대 작가[6]는 데뷔 연대에 따라 활동 양상이 크게 다르게 나타난다.

광복 전후로부터 50년대에 데뷔한 작가들은 이때는 이미 문단의 중진급으로서 작가로서의 역량이 평가된 이들로, 박화목, 김요섭, 최태호, 유영희, 박홍근, 손동인, 한낙원, 윤사섭, 신지식, 이영희, 정원석, 구진서, 송명호, 심경석, 오영민 등을 기억할 수 있다. 이들도 70년대를 고비로 그 이후 현역에서 급격히 퇴진하게 된다.

3) 60년대 등단하여 활동한 작가

그런데 60년대에 등단한 작가들은 대부분 한창 패기 있는 기량을 뽐내며 데뷔 10년차를 헤아리면서 자신의 역량으로서는 최고로 발휘하던 이들로, 차원재, 이준연, 김영순, 최효섭, 유여촌, 남미영, 이

---

5) 광복되기 전에 이미 등단한 선배 아동문학가.

6) 광복 이후에 등단하여 활동을 시작한 작가.

현주, 신송민, 이윤자, 한상수, 권태문, 권용철, 임신행, 서재균, 이영호, 손춘익, 고계영 정진채, 조대현, 최인학, 오세발, 이효성, 권정생, 강준영 등을 손꼽을 수 있다. 이들은 70년대에 실질적인 주역으로서 가장 활기차게 활동하면서 많은 창작품을 남겼다. 70년대에 발표가 된 작품집으로 놓고 검토한다면 그 대부분이 이들의 작품이 될 것이다.

이들의 대부분은 평균 수명이 크게 늘어난 우리 사회의 일반적 경향에 힘입어 2000년대에 들어선 현재에도 연부력강한 현역을 자처하면서 계속 창작활동을 하고 있는 문단의 원로들이다.[7]

제1세대 아동문학가나 50년대 이전부터 활동하던 선배들은 동시인과 동화작가의 구별없이 어느쪽이나 두루 자유롭게 겸하여 창작활동하더라도 거리낌이 없었다.

그러나 60년대 들면서, 모두 다라고 할 수는 없어도 대부분의 아동문학가들은 어느 사이에, 동시인과 동화작가를 확실히 구별하여 자신의 전문성을 확고히 하는 것이 불문율처럼 되었다. 양쪽 장르를 겸할 경우나 다른 쪽 장르로 전향하게 될 경우에는 새삼스럽게 다른 장르의 등단 과정을 거쳐서 문단의 공식적(?)인 인정을 받았다.

4. 1970년대에 등단한 신인 작가

70년대에 들어와 등단한 신인들은 제2세대 작가로서는 막내이면서 제3세대 작가로서는 선두그룹에 해당하는 싱싱한 신인들이라고

7) 2005년 현재 이들 중 작고한 이는 유여촌, 권기환, 손춘익, 오세발, 강준영, 권정생 등이다.

할 수 있다.

이들은 1970년대 현재로서는 신인이었기 때문에 그들 자신의 재능을 본격적으로 발휘하여 자신의 세계를 확실하게 인식하게 만들게 되는 것은 80년대 이후부터라고 할 수 있었다. 그래서 그들은 제2세대의 문학적 자양을 받고 자라서 제3세대[8]에게 새로운 문학 유산을 전하게 되는 작가들이라고 할 수 있다.

어느 시대나 마찬가지이지만 이 시대의 작가들도 각 개인별로 나타내는 문학적 성향이나 업적의 수준이나 우리 동화문학에 끼친 영향이 다 다를 터이다. 그런데 다른 것은 접어두고 이들 중에는 동시대의 작가이면서도 그 작품의 성향이 진취적이고 전과는 다른 새로운 이슈나 모습을 보임으로써[9] 새 세대(제3세대)의 만형이 되는가 하면, 보수적 태도로 동시대 선배들이 이루어 놓은 문학적 전통을 계속 유지해줌으로써[10] 한 시대의 문학적 경향에 마침표 구실을 한 앞 세대(제2세대)의 막내 노릇을 감당한 작가가 구분될 수 있을 것이다.

이들은 동화문학의 수준을 점진적으로 향상시킨 성장기에서, 급격한 향상으로 나아가게 된 전성기로 도약(take-off)하도록 하는 견인차 역할을 해냈다.

이들은 오늘날(2005년 현재) 대부분 회갑 전후의 연지가 되었음에도 예외 없이 활기 넘치는 현역으로 활동하고 있다.

이들은 어린이들을 직접 가르쳐 온 남성— 초등교사(전/현직) 중심의 동화 문단 시대를 마감하고, 어린이를 낳고 길러 온 여성— 어머

8) 1970년대 후반부터 활동을 시작한 작가.
9) 이는 레디컬한 의미로서 '진보주의' 자들이 말하는 진보와는 다른 태도이다.
10) 사회주의적인 의미로서 '진보주의' 에 대칭적 의미가 되는 '보수주의' 가 갖는 '보수' 와는 다른 일반적인 의미이다.

니 중심의 동화 문단 시대로 바톤을 넘겨주는 세대의 작가들이다. 그래서 동화문학이 교실문학에서 가정문학으로 변모하는 계기가 되었다고도 말할 수 있다.

1) 70년대 전반기 작가군

70년대 전반기에 등장해서 주로 80년대에 집중적인 업적을 남겨서 기억해둘 만한 작가들은 대충 다음과 같은 이들을 꼽을 수 있다.

김구연, 박택종, 심군식, 임교순, 김은숙, 박춘희, 강순아, 김선주, 정채봉, 박종구, 배익천, 윤수천, 정만영, 강정규, 김재창, 김옥애, 송재찬, 최균희.

이들 중에서, 김은숙[11]은 데뷔 초기에는 창작활동이 소극적이었으나 70년대 말부터 열심을 내기 시작하여 80년대에 대부분의 업적을 남긴다. 대한민국 문학상을 안겨준 단편 『빨간 왕관의 나라 하얀 왕관의 나라』는 동화그림책(효리원, 2007)으로도 펴냈을 만큼 그의 트레드마크가 되었다. 이 작품은 분단된 우리의 현실을 상징적이고도 우

11) 1947년 서울 태생: 1972 동화 「하얀 조개의 꿈」이 무크지 『아동문학사상』에 발표하게 됨으로써 작가로 활동 개시.
작품집과 수상 기록 : 「꽃을 몰래 가꾸는 거인」 - 대한민국문학상 동화부문 우수상 수상; 「낙엽 한 장 만한 바람」 - 제32회 소천아동문학상; 「숲 속의 시계방」 - 가톨릭문학상 수상; 「우주로 날아간 뒤주 왕자」 - 제13회 방정환문학상 수상; 「꽈리불」, 「빨간 왕관의 나라 하얀 왕관의 나라」, 「엄마의 일기」, 「뽕뽕돌과 성게」, 「날아라 구구」, 「작은 아이들의 세계여행」, 「핑키가 팬지를 만난 얘기」, 「고추 서리」, 장편소설 『1959년 솜리아이들(전2권)』, 『끝순이네 새 식구』, 단편단행본 『빨간 왕관의 나라 하얀 왕관의 나라』, 『새야 새야 녹두새야』 등.
참고자료 : 김자연, 「김은숙론/변증적 인식과 공존의 세계」, 『사계 이재철 교수 정년기념논총』/한국현대아동문학 작가작품론II, 청동거울 2001.(이하 『사계고희논총』), pp.175~186.

의적으로 표현하여 평화적으로 통일하려는 의지와 과정을 보여준다. 그의 그 외의 작품들도 이와 같이 대립되는 상화이나 캐릭터가 갈등을 거쳐 상호 보완적인 완성 지향의 결말을 보여주는 작품이 많다.[12)]

정채봉[13)]은 과작에 속하면서도 작품을 발표할 때마다 비상한 관심을 모았다. 그래서 그의 작품들은 대부분 명작으로 남게 되었다. 말년에는 지병으로 작품 활동도 여의치 못했지만 후진 양성에 힘을 기울여 유능한 젊은 작가들을 배출해냄으로써 그들끼리 '정채봉 사단'이라는 별명까지 듣고 있다. 그는 명성에 비하여 매우 제한적인 작품을 발표해서 남겨 놓고 한창 활동할 나이에 세상을 떠났다.[14)] 그의 작품들은 깊은 성찰을 요구하는 사색적 작품이어서 어린이들보다 어른들에게 호응을 받았으므로, 그의 동화를 '성인동화'라고 일컬어지면서 어른 독자를 위하여 편집된 작품집도 발행되었다.

배익천[15)]은 전형적인 단편동화작가라고 해도 좋다. 장편은 2000년

---

12) 김자연은 이러한 그의 작품 경향을 '정-반-합'의 헤겔식 변증 이론으로 해석하고 있다.(김자연, 위의 논문 참조)

13) 1946~2001. 전남 승주에서 태어나 광양에서 성장. 서울에서 별세. 1973 동아일보 신춘문예 동화「꽃다발」당선.
작품집 및 수상 기록 :「물에서 나온 새」- 대한민국 문학상 동화부문 우수상 수상;「오세암」- 제14회 새싹문학상 수상;「멀리가는 향기」,「솔바람 달빛 든 저 대금」,「초승달과 밤배」, 성인을 위한 동화선집『숨쉬는 돌』,『내 가슴 속 램프』,『꽃그늘 환한 물』,『바람과 풀꽃』, 그림책명상동화『이 순간』, 우화동화『나는 너다』, 단편단행본『노을』등
참고자료 : 졸고,「성인동화의 가능성」, 졸저:『한국현대아동문학론』, 아동문예사 1991, pp.135~146; 졸고,「고요함의 충격/중편동화 '오세암'」, 졸저: 앞의 책, pp.231~240, 김현숙,「정채봉론/동심을 의역하면」,『사계고희논총』, pp.206~224; 장영우,「정채봉 동화에 나타난 정신주의」, 정채봉5주기 추모 문학제(2005, 계간『아침햇살』, 동화세상 주최) 주제발표논문, 김용희,「천진한 눈으로 마음의 느낌표 찾기/정채봉의「하늘새 이야기」」,『아평』98호(2001. 봄), pp.160~167, 정채봉 선생 추모 특집(대표작 연보 및 김향이, 선안나, 목계선 등의 글), 계간『시와동화』15호(2001. 봄)

14) 정확하게 54년 2개월을 살았다.

대에 들어와서야 집중적인 관심을 가지고 열심히 써서 발표하고 있지만, 그 이전까지 등단 20여 년 동안 단편 창작에 집중해오다시피 했다.[16] 그는 80년대 초, 개인 작품 소식지 〈작은 글마을〉을 발행[17]하여 자신의 신작 단편을 발표해왔다. 그가 데뷔하던 당시에는 초등학교 교사였으나 70년대 말, 부산문화방송국에서 펴내는 월간 『어린이문예』 편집장(편집주간 동시인 선용)으로 발탁되어 활동 무대를 부산으로 옮기게 된다. 그러고서야 등단한지 6년 만인 1980년에 첫 작품집 『빛이 쌓이는 마을』[18]을 펴낼 수 있게 된다.

그의 작가적 능력과 한국 동화문학에서의 영향력은 그가 수상한 수많은 아동문학상으로 평가되었다. 대한민국문학상(아동문학 부문 우수상)을 비롯해서 한국에서 시행되는 아동문학 관련 상 중에서 신인상이나 공모상을 제외한 주요한 아동문학상은 거의 모두 휩쓸었다는 느낌을 갖게 한다. 특히 1988년에는 3가지의 상(이주홍, 해강, 세종)을

---

15) 1950년 경북 영양 태생: 1974 한국일보 신춘문예 동화 '달무리' 당선.
작품집 및 수상 기록 : 『큰 바위와 산새』 - 한국아동문학상 수상; 『거인과 소녀』 - 이주홍아동문학상과 해강아동문학상 수상; 『꽃씨를 먹은 꽃게』 - 제14회 대한민국문학상 아동문학 부문 우수상/KBS 라디오에서 드라마로 제작 방송; 『오이밭이 된 손수건』 - 제38회 소천아동문학상 수상; 장편동화 『꿀벌의 친구』 - 제21회 세종아동문학상 수상, MBC에서 애니메이션으로 각색하여 방영; 장편동화 『별을 키우는 아이』 - 박홍근 문학상 수상; 장편동화 『내가 만난 꼬깨미』 - 제11회 방정환문학상 수상; 단편 창작집 『떡갈나무네 식구들』, 『마음을 찍는 발자국』, 『눈사람의 휘파람』, 『꽃도깨비의 옛날 이야기』, 『므므와 재재』, 단편선집 『벽에서 나온 아이』, 『그림자를 잃은 아이』, 『이상한 옛 친구』, 중편동화집 『냉이꽃의 추억』, 장편동화 『비탈 위의 작은 집』, 장편동화 『은빛 날개의 사슴』, 장편동화 『별로 뜨는 민들레』, 장편동화 『밤도깨비와 싸우는 아이』, 장편동화 『오미(전2권)』, 장편동화 『안녕 이구아나』.
참고자료 : 박상재, 「배익천론/자연애를 통한 박애 사상의 구현」, 『사계고희논총』, pp.292~317, 송재찬, 「이 시대 마지막 선비」, 『시와동화』 제34호(2005. 겨울), pp.303~310.

16) 1995년 소년동아일보에 장편소설 『내 마음의 하늘』을 각각 연재하여 발표했으나 현재(2005)까지 두 편 모두 출판 되지는 못한 것 같다.(작가 연보, 『시와동화』 통권 34호, 참조)

17) 1982~1990 사이에 대체로 격월로 한 호씩 발행하여 62개호 발행.

18) 태화출판사, 1980.

받아 3관왕을 이룸으로써 80년대에 전성기를 이룬 작가로 확인했다.

그의 작품은 소설인 경우 60년대 산골을 배경으로 가질 수 있는 직업—농사, 벌치기, 산판 등—에 종사하는 집안의 아이들의 고달픈 삶이 소재가 되어 어두운 슬픔/애조 띈 정서와 밝은 소망을 가지고 절망하지 않은 의지를 함께 보이는 것이 특징으로 꼽힌다. 의인동화인 경우나 팬터지의 경우에는 우의적 교훈을 많이 발견할 수 있으며 단정한 문체, 차분한 어조, 전형적인 구조 등은 글쓰기의 전범(典範: 모델) 같아서 이는 장점이면서 단점으로 지적될 수 있다.

윤수천[19]은 애당초 동시인으로 데뷔해서 두 권의 동시집[20]을 내고 1970년대 말, 직장을 체신청에서 국방부로 옮긴 무렵 첫 동화집 『예뻐지는 병원』을 펴내어 동화작가의 가능성을 선보였다. 그리고는 활발하게, 그리고 꾸준히 동화집을 펴냈다. 그는 연령적으로 50대 이후 오히려 해가 갈수록 창작 의욕이 왕성해져서 작품을 꾸준히 펴내

---

19) 1942년 충북 영동 태생. 1974 『소년중앙』 문학상 동화 「산마을 아이」 우수상 입상. 1975 창주아동문학상 동시 당선. 1976 조선일보 신춘문예 동시 당선.
<u>작품집 및 수상 기록</u> : 동화 작품집: 『다섯개의 얼굴을 가진 여우』 - 제2회 올해의 경기인 대상 수상; 『돈키호테 소방관』 - 제7회 방정환문학상 수상; 『똥할아버지는 못말려』 - 제1회 자랑스런 경기인 대상 수상; 『잘가 고릴라』 - 한국동화문학상 수상; 『예뻐지는 병원』, 『피리섬』, 『난쟁이와 무지개 나라』, 『뽀숭이의 여행』, 『도깨비 마을의 황금산』, 『원시인은 살아있다』, 『꿈꾸는 굴렁쇠』, 『별난 생일 선물』, 『찌찌는 외롭지 않아요』, 『노래 도둑』, 『멍청이 도깨비와 살구나무집 할머니』, 『수박머리 우탁이』, 『최봉철 노인은 못말려』, 『병신 하느님』, 『야옹 망망 꼬끼오 버스』, 『지구를 먹어치운 공룡 크니』, 『은행나무 마을의 주먹코 아저씨』, 『인사 잘하고 웃기 잘하는 집』, 『별난 도둑 별난 가족』, 『멍깨비와 밥할머니』, 『웅천이는 단추 귀신』, 『엄마와 딸』, 『방귀쟁이하곤 결혼 안해』, 『까오탕 아저씨 힘내세요』, 『열살 아저씨』, 『다섯개의 얼굴을 가진 여우』, 『나 이제 동생 싫어』.
<u>참고자료</u> : 원유순, 「윤수천론/풍자와 해학으로 동화의 재미 회복」, 『사계고희논총』, pp.318~330; 원유순, 「윤수천론/현실문제 접근 방식 - 에둘러 말하기; 2천년대 발표작을 중심으로」, 『시와동화』 통권 38호(2006. 겨울), pp.351~368.

20) 『아기 넝쿨』 1976, 『겨울 숲』 1978.

고 있다. 그의 작품세계는 매우 낙천적이고, 유머러스하면서 '현실 문제를 에둘러 풍자하는 것'[21]으로 분석되거나 평가되었다.

강정규[22]는 제2세대기와 제3세대기의 접점에서 창작활동을 시작했다. 그는 60년대 작가인 이영호처럼, 다시 일반소설에 도전하여 등단[23]할 만큼 소년소설에 집중한 동화작가이다. 그의 관심은 사회 현실, 기독교, 인간성 회복, 전통성 회복 등에 있다. 그의 작품의 또 하나 특성은 호흡이 긴 편이어서 소년소설로서는 다소 부담스러울 수 있는 중편을 많이 생산했으며, 장편도 상-하 두 권으로 이루어질 만큼 대형장편을 발표했다. 1990년 말부터 계간 『시와 동화』 발행하면서 2000년대 한국 아동문학 발전에 적극적으로 기여하고 있다.

송재찬[24]은 작품의 절반 가량의 공간적 배경이 '제주도'인 것은 자연스럽다고 하겠다. 이 배경은 그 섬이 가지고 있는 역사적 비극과 직-간접으로 조응하여, 주인공 캐릭터 중에는 부모결손으로 빚어진 독특한 성격을 가진 것이 두드러져서 이는 우리 문학의 중요한 특질

---

21) 원유순, 앞의 논문.
22) 1941년 만주에서 태어나 충남 보령에서 성장. 1974 『소년』에 소년소설 「돌이」 천료. 1975 『현대문학』에 소설 「선」 추천.
작품집 및 수상기록 : 『작은 학교 큰 선생님』(전2권) - 대한민국문학상 아동문학 부문 우수상, 제8회 방정환문학상 수상; 『토끼의 눈』 - 제38회 세종아동문학상 수상인 중편 '흰무리' 소재; 그 외 제9회 한국아동문학상(동화 『민들레』로), 동화작품집: 『내 얘기 우리 얘기』, 『왕눈이와 달랑이』, 『별이 따라 다니는 아이』, 『병아리의 꿈』, 『짱구의 일기』, 『별나라에서 온 편지』, 『꾸러기의 달』, 『돌이 아버지』, 『별이 된 다람쥐』, 『이야기가 된 꽃씨』, 『큰 소나무(전2권)』, 『짱구네 집』, 『청거북 두 마리』, 『다섯시 반에 멈춘 시계』, 『작은 도둑』, 『못난 바가지들의 하늘』, 『오마니』, 『이제 조금씩 보여요』.
참고자료 : 정선혜, 「강정규론/회복의 문학」, 『사계고희논총』, pp.350~366.(이 논문은 계간 『아동문학평론』지 통권92호/1999 가을호에 발표한 정선혜의 '강정규론'을 다시 다듬어 보완한 논문이다.)
23) 1975년 『현대문학』지에 소설 「선」이 추천되고, 1978년 소설집을 펴냈다.

로 꼽히는 '한'에 닿아 있어 보인다. 그러나 그 한은 소망을 가지고 스스로 자기를 구원하는 치열한 의지로 치유된다. 역시 그 배경은 문화적 — 삶과 전설 — 소재와 결탁되어 환상적 효과나 표현을 창조한다. 그의 문체는 유려하고, 그의 글 구조는 환상과 현실이 모호하게 연접하거나 통일되어버림으로서 소설이면서 환상동화인 특이한 모습을 보여주고 있는 것으로 분석되고 있다.

2) 70년대 후반기 작가군

그런데 같은 70년대 작가라 할지라도 전반기에 등단한 작가와 그 이후에 등단한 작가들의 성향은 미묘한 성향의 차이가 드러난다.

1975년까지는 문단에 등단하는 길로서 신문의 신춘문예가 거의

24) 1950년 제주 태생. 1974 교육잡지 『새교실』 동화천료(이원수 추천). 1975 창주아동문학상 동화 「화가 아저씨」 당선 및 월간 『기독교교육』지 지령100호 기념 동화 공모 『종을 치는 마음』 당선. 1976 동아일보 신춘문예 동화 『찬란한 믿음』 당선.
작품집과 수상 기록 : 『안개와 들꽃』 - 제7회 한국동화문학상(수상 동화 『새는 다시 돌아오지 않았다』 수록 작품집); 『유리산 도깨비의 봄나들이』 - 제2회 대교문학상; 『날개를 잃어버린 사람들』 - 이주홍문학상; 『하얀 야생마』 - 제35회 소천아동문학상; 『나는 독수리 솔롱고스』 - 제15회 방정환문학상; 『노래하며 우는 새』 - 제39회 세종아동문학상 : 『민들레섬의 나비』, 『다시 찍은 사진』, 『아름다운 약속』, 『돌마당에 뜨는 해』, 『애국자 다바코』, 『작은 그림책』, 『먼 나라 이야기 섬』, 『어른 나라 콩콩콩』, 『어둠 속의 빈집』, 『작은 어린이 나라를 아십니까』, 『황금 열쇠의 비밀』, 『혼자서 움직이는 그림자』, 『찬란한 믿음』, 『지점토 인형의 저주』, 동화 그림책 『작은 예수 초롱이 포동이』, 『바늘 도둑』, 『돌아온 진돗개 백구』, 『큰불장군과 작은불 왕자(『먼나라 이야기섬』의 개작)』, 『숲속 이상한 샘』, 『아름다운 농보 원경선 이야기』, 『골목학교 할머니 선생님』, 『무서운 학교 무서운 아이들』, 『이 세상이 아름다운 까닭』, 『아버지가 숨어 사는 푸른 기와집(*단편 '늑대와 사냥꾼'의 개작)』, 『낙서 전쟁』, 그림책동화 『주인 없는 구두 가게』, 『양복 한 벌의 아버지』, 『독서가 즐거워지는 책』, 『제주도 할머니를 찾습니다』 - (『날개를 잃어버린 사람들』의 제명을 바꾸어 개판한 것임); 『요강 닦는 교장선생님』, 『하늘이네 식구는 모두 2학년7반』, 『주인 없는 구두 가게(『작은 그림책』의개정판)』, 『비밀 족보』 등.
참고자료 : 전명희, 「송재찬론/현실 속의 환상세계」, 『사계고희논총』, pp.367~384, 김현숙, 「송재찬론/찬란한 믿음을 향해: 이상교, 영원한 아이 영원한 첫사랑」, 『시와동화』 통권 32호(2005. 여름)

유일한 방법이었으므로 매년 등단하는 작가의 인구는 지극히 제한적이었으나, 1976년 월간 아동문예와 계간 아동문학평론 지가 발행되면서 추천제가 실시됨으로써 아동문학가는 '대량'이라고 표현할 만큼 매년 몇 십명씩 문단에 배출해내게 된다. 결국 문단 등룡의 기회가 크게 열렸지만 동시에 이들은 등단의 순간부터 불꽃 튀는 생존경쟁의 게임에 돌입하게 되었다. 등단했다고 해서 살아남는다는 보장이 없었기 때문이다. 즉, 1975년까지는 등단 그 자체가 문제였지 일단 등단하면 작가로서의 활동은 그대로 보장되었으므로 경쟁을 거의 의식하지 않아도 되었다. 그러나 1976년 이후는 그 양상이 완전히 뒤바뀌어 등단하는 것은 신춘문예보다 훨씬 쉬웠지만 막상 등단한 뒤에 작품을 발표할 지면을 얻거나 작품집을 내거나 작가로서 제대로 대접받아 인정받는 데는 새로운 단련과 경쟁이 필연화한 것이다. 그러므로 1975·6년을 경계로 그 이전의 작가들과 그 이후의 작가들에게는 창작에 대한 열의와 생래적인 능력에 각각 차별화가 없을 수 없었다. 물론 1976년 이후에도 신춘문예는 계속 시행되고 있었으므로 잡지를 통해서 일단 등단한 작가도 계속 신춘문예에 도전하여 실력을 인정받아 확실한 입지를 확보하려고 하는 풍속이 오늘날까지 이어지고 있는 것이다. 따라서, 제2세대와 제3세대 아동문학가는 1976년을 분기점으로 구별된다고 해도 지나친 말이 아니다.

김문홍, 유영선, 장문식, 한수연, 한윤이, 김상삼, 손수복, 이상교, 김병규, 김영희, 박성배, 이규희, 최영희, 강숙인, 강정훈, 김여울, 신충행, 윤옥자, 이동렬, 이슬기, 이동태, 홍봉아 들이 이 무렵에 등단한 이들이지만 모두 다 새롭게 발행된 두 잡지를 통해서 등단한 작가라는 뜻이 아니다. 이 중에는 전세대와 마찬가지로 신춘문예를 통하여 등단하기도 하고, 양쪽을 차례로 거치기도 했다. 이들 중에서 다른 동료들보다 한 걸음쯤 앞선 발걸음을 보이거나 다소 우뚝한 업적을 보인 이들은 다음 정도가 될 것이다.

김문홍[25]은 거의 비슷한 시기에 소설가와, 희곡작가로서도 등단해서 소설도 쓰고, 희곡도 발표하고, 연극평론까지 하면서 동화를 쓰고 있으니 동화 창작에 집중하지 못하는 것으로 보인다. 그는 소설가답게 소년소설에 주된 힘을 기울이는 듯하지만, 팬터지, 공상과학 모험, 다양한 관심을 드러내어 자신의 능력을 과시한다. 이러한 다양성은 화려함이 있지만 '동화작가 김문홍'의 브랜드를 확보하는 데는 취약성을 보이는 것도 사실이다. 그의 개성은 일반적으로 남성적 문체와 단편에서조차 광대한 배경적 스케일을 구사하는데 있다.

장문식[26]은 창작활동의 연륜에 비하여 많은 작품집을 내놓은 편이 아니다. 그는 단편동화 전문작가라고 말해도 된다.[27] 그의 작품 세계

---

25) 1945년 전남 완도 태생, 부산에서 성장. 1976『소년중앙』문학상 동화「바닷가의 소년」당선. 같은 해에 동시(월간문학: 1976)와 소설(한국문학: 1976) 장르에도 데뷔했다.
작품집과 수상 기록 : 장편동화『머나먼 나라』- 계몽아동문학상 수상; 장편소설『미래 특공대』등 9권 외에 일반장편소설『살인 방정식』등 3권, 희곡집『안개주의보』외2권, 연극평론집, 극작 실기론 등. : 한국동화문학상, 계몽아동문학상, 이주홍문학상 등.
참고자료 : 박상재,「김문홍론/인간성 회복을 위한 휴머니즘의 구현」,『사계고희논총』, pp.424~442.

26) 1948년 전남 화순 태생. 1976《전남일보》신춘문예 동화「형제」당선. 1980《한국일보》신춘문예 동화「신기료 할아버지」당선.
작품집과 수상 기록 : 단편동화집『도둑 마을』- 전남아동문학작가상 수상; 장편『출렁이는 물그림자』- 제13회 한국아동문학상 수상; 단편동화집『누나와 징검다리』- 제24회 세종아동문학상 수상: 단편동화집『신기료 할아버지』, 장편『가슴마다 뜨는 별』, 단편동화집『얼룩 귀뚜라미의 여행』, 단편선집『돈항아리』, 장편『땅에 내린 별』, 장편『고물택시와 호랑이』, 단편동화집『하루살이 이틀살이』, 단편동화집『멍순이』, 단편선집『멍텅구리 편지』,『희미하게 찍힌 사진』-(『멍텅구리 편지』로 개편발행); 단편동화집『방귀쟁이 풀빵장수』등
참고자료 : 선안나,「장문식론/세계인식과 비판정신」,『사계고희논총』, pp.703~716.

27) 앞의 각주에서 보듯이 2007년 현재까지 확인된 장편은 단 4가지에 그친다.

는 일반적으로 '현실의 비정함과 부정적인 면모가 작품 내적 세계에 사실적으로 재현되어 있고, 자아는 세계와의 대립에서 실망과 좌절을 경험한다.'[28]고 분석 평가되는 것에 동의할 수 있다. 그는 초기에 보여주던 리얼한 소년소설적인 경향이 후반기로 접어들면서 점차 동화다운 풍자성 우화, 상징성을 드러내는 의인동화와 팬터지 등으로 스타일의 변화를 보이기 시작하면서 독자를 향한 눈높이도 크게 낮추고 있다.

김상삼[29]은 1976년부터 1984년까지 8년간에 걸쳐 교단월간지 『새교실』 문예공모 동화부문 대상 수상을 비롯, 창주아동문학상, 매일신문과 동아일보의 신춘문예 등을 차례로 거치면서 데뷔 확인을 위한 여러 관문을 통하여 초기의 자신을 확인했다. 그의 문학적 개성을 나타내주는 작품 신호로서 ① 간결한 문체 ② 주제 주의 ③ 겸양체('입니다'체)보다 평어체('이다'체) 사용 ④ '탐미적 예술혼'의 숭상(주로 화가) ⑤ 논리적 서사 구조 등의 외형적 성취와 주제주의에 성실한 메시지와 주로 '찬이'로 불리는 남자어린이 고정된 주인공이 보여주는 캐릭터로 지적된다.

---

28) 선안나, 앞의 참조 논문.

29) 1944년 경북 상주 태생. 1976 교단전문지 월간 『새교실』 교사문예공모 동화부문 대상 당선. 1977 창주아동문학상 동화 「철이와 살구나무」 당선. 1979 매일신문 신춘문예 동화 「눈을 감은 누렁이」 당선. 1984 《동아일보》 신춘문예 동화 「꽃배」 당선.
<u>작품집과 수상 기록</u> : 장편 『두 사람』 - 계몽아동문학상 당선작.(장편 『느티나무가 있는 학교』로 개작); 한국동시동화문학상, 대구문학상, 도서저작상 등: 단편동화집 『흔들리는 뿌리』, 단편동화집 『꽃피는 모래성』, 장편 『고향별』, 장편 『엄마의 목소리』, 단편동화집 『꾀돌이는 왕짱구』, 단편선집 『가슴앓이새』, 중편동화집 『그림 속의 날개』, 장편 『외톨이가 된 보리문둥이』, 단편동화집 『떡볶이 반장』, 단편동화집 『숨바꼭질』, 장편 『탈을 쓰는 아이들』, 단편동화집 『동전을 낳은 교탁』, 단편동화집 『얼굴만큼 큰 귀걸이』, 장편 『아버지의 별나라』 외에도 다수 :
<u>참고자료</u> : 최지훈, 「단언적 간결체 문장에 담은 발언」, 『사계고희논총』, pp.506~538.

이상교[30]는 동시문학과 동화문학 양쪽 장르 모두에서 성공적인 평가를 받는 드문 작가다. 1990년대 말부터 그림책동화를 내놓자 높은 대중적 호응을 얻어서 스스로 그림 솜씨까지 발휘하여 전문 그림책동화작가로서의 입지를 확실히 굳혔다. 그의 80년대 작품은 동시로써 얻은 성취에 비하여 훨씬 떨어지는 것이 사실인데, 90년대 후반 이후부터 동화작가로서 스타덤에 올라설 만큼 눈부신 발전을 보여왔다.

김병규[31]은 80년대 들어 상경하여 기자 생활을 하면서 온전한 작

---

30) 1949년 경기 강화 태생. 1977《동아일보》신춘문예 동화「닭소리」및《조선일보》신춘문예 동화「풀꽃의 씨」가 당선. 그 이전 동시로『아동문학』문단 데뷔(1973 소년지에서 추천, 1974《조선일보》신춘문예 가작입선. 같은 해『월간문학』신인문학상 등.

<u>작품집과 수상 기록</u> : 장편『댕기 땡기』- 제16회 방정환문학상 수상; 한국동시동화문학상(수상-『숨은 별』); 해강아동문학상; 세종아동문학상; 불교아동문학상; 한국출판문화상 등 수상 :『꿈꾸는 사다리』,『열두 살의 봄』, 단편집『옴팡이 투상이』,『정국이형』, 단편선집『날개를 단 목마』,『나는 잠이 안 와』.『술래와 아기별』. 장편『푸른 휘파람』, 장편『머리가 하늘까지 닿겠네』. 그림책동화『아주 조그만 집』.『과자 딱 한 봉지』. 그림책동화『수염할아버지』. 저학년장편『꼼쥐가 사랑한 세상』.『외딴 마을 외딴 집에』. 그림책동화『야 비 온다』. 저학년장편『롤러블레이드를 타는 의사 선생님』. 저학년장편『수탉을 이긴 깜동이 토끼』. 저학년장편『초생이는 이동우 고양이다』. 그림책동화『너무 멀리 가지마』. 그림책동화『종묘 너구리네』. 장편『독도로 간 삽사리』.『안녕하세요 전 도둑이랍니다』.『처음 받은 상장』.『학교에 간 깜동이 토끼』. 그림책동화『책을 좋아하는 아이로 키워주는 동화』, 그림책전래동화『도깨비와 범벅 장수』,『엄마의 자줏빛 구두』, 장편『아직은 푸른 씨앗』, 저학년장편『내 친구는 덜렁이』등.

<u>참고자료</u> : 심후섭,「이상교론/섬세한 감성과 인간적 감동의 만남」,『사계고희논총』, pp.276~291(이는 동시인론이어서 동화작가로서의 참고자료로서는 부적합하다.)

31) 1948년 경북 군위 태생. 1977년 기독교아동문학상 공모에서 단편동화「한 송이 꽃의 의미」당선. 1978《한국일보》신춘문예 동화「춤추는 눈사람」당선. 1981《중앙일보》신춘문예 희곡 당선

<u>작품집과 수상 기록</u> :『까만 수레를 탄 흙꼭두 장군』- MBC창사 30주년 기념 장편 만화영화로도 각색 상연되었는데 내용 부분 수정하여『흙꼭두 장군의 비밀』; 단편집『은하로 가는 길』- 제5회 현대아동문학상 수상; 제7회 한국동시동화문학상(수상 중편『귀없는 돌미륵』); 장편『그림속의 파란 단추』- 제9회 해강아동문학상 수상; 단편집『나무는 왜 겨울에 옷을 벗는가』- 대한민국문학상 아동문학 부문 우수상 수상; 장편『푸렁별에서 온 손님』- 소천아동문학상 수상; 장편『아침에 부르는 자장가』- 제1회 물뿌리개 문학상 수상; 저학년장편『시집간 깜장돼지 순둥이』- 제25회 이주홍문학상 수상; 단편집『꽃으로 성을 쌓은 나

가로 태어난다. 그는 90년대 이후 기본적으로 휴머니티에 기초한 윤리적 미의식을 철학적으로 포장함으로써 어린이에게보다 오히려 독서력이 완성된 성인에게 접근하고자 하는 작품을 열심히 발표해 보인다. 이러한 작품들에는 으레 꽃의 이미지와 눈물의 이미지와 시적 이미지가 그려지는 환상적 분위기와 향기를 느끼게 한다.[32)]

이규희[33)]는 한국 동화문학 문단에 여성이 휩쓸기 직전에 등장하여 유니크하면서 즐겁고 재미있는 작품을 잇달아 발표하여 대중성을 확보하면서도 문학적 품위를 강단있게 유지하는데 성공한 작가라고 할 수 있다. 그는 성장소설에 각별한 관심을 가진 것은 그의 고난에 찬 유년 시절의 체험이 바탕을 이루었기 때문인 것으로 짐작된다. 유년동화

라』, 『공원의 은방울꽃』, 단편집 『요리사의 입맛』, 장편 『꽃골마을과 키다리 아파트』, 저학년장편 『열세번째 민주의 방』, 단편집 『다섯 게으름뱅이의 춤』, 『백 번째 손님』, 단편동화 『가시도 아프다』, 단편 선집 『희망을 파는 자동 판매기』, 『마음을 다는 저울』, 전기 『영원불명의 장군 이순신』, 동극집 『뿔』, 동극집 『춤추는 눈사람』 등.

참고자료 : 박상재, 「김병규론/꽃과 눈물과 사랑의 미학」, 『사계고희논총』, pp.617~641.

32) 박상재는 '김병규론'을 '꽃과 눈물과 사랑의 미학'이라고 제목하고, 내용 중 소제목에 '꽃의 이미지와 상징성', '눈물의 미학', '시적 판타지의 역동성'이라 하여 그의 작품을 분석하고 있다.

33) 1952년 충남 천안 태생. 강원 태백 영월 등에서 성장. 1978 『소년중앙』 문학상 동화 「연꽃등」 당선.

작품집과 수상 기록 : 『우단의자의 행복』 - 한국아동문학상 수상; 『아빠의 감꽃 눈물』 - 어린이문화대상 수상; 『난 이제부터 남자다』 - 제35회 세종아동문학상수상; 그 외에 한국동화문학상과 이주홍아동문학상을 받았다.: 『황새와 종이학』, 『청개구리 골골이』, 『학교 가기 싫은 날』, 『아버지의 날개』, 『이젠 좀 자유롭고 싶어요』, 『앉은뱅이꽃의 비밀』, 『꼬까꼬까 별의 또또』, 『구름 위의 큰새』, 『뱅뱅이의 노래는 어디로 갔을까』, 『달팽이는 이제 울지 않아요』, 『찡구짱구 내 친구』, 유년전래동화『엄마 엄마 이야기해 주세요』, 『뾰족 지붕의 아이들』, 『대장이 된 복실이』, 『깔끔이 아저씨』, 『아빠나무』, 『우리집 행복은 자전거 타고 왔다』, 『참 이상한 달리기』, 『아버지가 없는 나라로 가고 싶다』, 『두 할머니의 비밀』, 『열세 살에 만난 엄마』, 『내 동생 별희』, 『어린 임금의 눈물』, 『책 읽는 습관을 길러주는 동화』, 『흙으로 만든 귀』, 『태극나비』, 『2학년이 읽는 가족 동화』, 『곰돌이의 엄마는 몇 명일까요』, 『민들레의 노래』, 『올챙이의 꿈』 등이 있다.

참고자료 : 전명희, 「이규희론/인간과 사회와 자연의 교감」, 『사계고희논총』, pp.596~616.

로부터 청소년소설에 이르기까지, 팬터지로부터 성장기의 감성소설까지 두루 폭넓은 창작의 영역을 거침없이 활갯짓을 해내고 있다.

이동렬[34]은 70년대 말에 등단한 이래 지금까지 매우 왕성한 활동을 하고 있는 몇 안 되는 작가들 중 하나로 꼽을 수 있다. 많은 작품집을 남겼으나 장편에 비하여 단편집이 압도적이다. 대개의 인기 작가들이 장편 위주로 창작하는 것에 비한다면 그는 단연코 단편 전문 작가로 꼽아도 된다. 그의 작품에서 흔히 보이는 이동렬 식 언표는 '고향과 대가족', '전통과 고유한 문화', '사라지는 동물과 생태' 그러한 것들에서 표현되는 사랑, 연민, 극복과 회복, 그리고 끈질긴 삶—등이라고 할 수 있다.

---

34) 1950년 경기 양평 태생. 1979《한국일보》신춘문예 동화「봄을 노래하는 합창대」당선.
작품집과 수상 기록 :『위대한 그림』- 제19회 세종아동문학상 수상/ 수상 단편으로만의 단편단행본도 펴냈음; 장편『워리와 벤지』- 해강아동문학상 수상; 장편『아기 도깨비가 너무 심심해서』- 불교아동문학상 수상; 장편『서울에 온 백두산표범나비』- 이주홍아동문학상; 올해의 작가상(1995)도 받았다.『봄을 노래하는 합창대』,『꼬꼬의 숲속 여행』,『목장에 핀 우정』,『잡았다 놓진 달님』,『하얀무지개』,『꾸러기 탐험대』,『동수와 오리』,『이상한 꿈』,『가슴에 숨어 있는 작은 별나라』,『마지막 줄타기』, 장편『국민학교 7학년(상/하)』,『꾸러기 남매』,『까치가 감나무에게 들려 준 동화들』,『둥지를 찾아서』,『아기바람이 나뭇잎에 쓴 일기』,『우리들의 곤충판매 주식회사』, 장편『파뿌리 선생님과 뭉치 제자들』, 장편『생쥐 찌찌와 쭈쭈의 풍선 여행』,『고무신이 열린 감나무』, 장편『푸르니의 앨범』,『달님을 사랑한 굴뚝새』,『꽃밭에 내려온 달님』, 장편『꾸 도깨비의 이상한 장난』, 그림책동화『산에는 누가누가 살까』, 대표작 선집『오줌싸개 꼬마 눈사람』,『떠돌이 장승』, 저학년장편『토토야 우리 백두산 가자』,『개똥참외를 찾는 아이들』,『별난 생일 선물』,『외눈박이 덕구』,『토끼 시계는 무슨 소리가 날까』, 저학년장편『사라진 숲속 친구들』,『씨 씨 씨를 뿌려요』,『갈참나무의 엉뚱한 꿈』,『여울이와 할머니의 귀』, 장편『초승달 가족』등.
참고자료 : 원유순,「이동렬론/삶의 긍정적 표현 그리고 극복 의지」,『사계고희논총』, pp.687~701

한국 창작동화의 형성 과정과 미학적 특질

김용희

1. 동화의 문학적 인식

우리는 낭만적이거나 환상적인 이야기, 혹은 지극히 순수하거나 따뜻한 이야기를 들으면 '동화 같다', '동화적이다'라는 말을 곧잘 한다. 이때의 '동화'라는 말에는 어떤 이상적 세계에 대한 향수 어린 정감이 아름답게 드리워있다. 하지만 장르종(種)으로서의 '동화'는 한마디로 '아이들의 이야기' 정도로 비하되어, 덜 세련된 단순성, 어린애다운 유아성, 비현실성, 교훈성 등의 문학적 성격으로 폄하되었다.

이러한 현상은 먼저 동화가 문학으로서 갖는 장르적 엄격성의 문제에 기인한다. 동화는 '문학' 이전에 '이약이'의 범주에 머물러 있었다. 개화기 시대에 '이약이'라는 말은 우화, 신화, 전설, 민담, 고담(古談), 기이담, 사담(史談), 역사적 인물담에서 곤충에 관한 상식을

설명한 비문학적 지식 단화(短話)나 서사물을 7·5조, 4·4조 창가형식으로 변형한 동화요(민담시)에 이르기까지 광범위하게 통용된 용어였다. 이때 '이야기'는 사전적 의미로 "어떤 사실이나 또는 있지 않은 일을 사실처럼 꾸며서 재미있게 늘어놓는 말이나 글"의 뜻과 "어떤 사물 또는 현상에 관하여 일정한 줄거리를 잡아 하는 말이나 글"의 뜻으로 혼용해 쓰였다. 그러다 1920년경 어린이에게 적합하게 꾸며서 재미있게 늘어놓은 이야기만을 '동화'라는 용어로 한정되었다. 그 동화라는 말은 일본을 통해 들어온 서구의 명작동화들이 번안되면서 일본에서 사용한 '도오와'(どうわ 童話)의 한자 표기를 그대로 수용한 용어인데, 이때부터 어린이를 위해 기술된 설화나 번안동화 등에 우리동화, 조선동화, 고래동화, 전설동화, 신(新)동화, 새동화, 그림(Grimm) 동화, 명작동화라는 명칭을 부여하며 널리 통용되었다. 하지만 그런 동화들은 어느 나라 민족의 것이든 편리한 방편으로 내용을 변용시킨 이야기로 장르적 엄격성을 유지하지 못하고 있었다. 곧 동화는 '이야기'라는 말에 담긴 포괄적인 함의만큼, 문학 장르로는 엉성하기 이를 데 없는 교양 서사물이나 비현실적이고 원시적인 단순 소박한 이야기 정도로 방기되었다.

또 하나는 덜 발달된 아동이란 독자에 대한 태도의 문제에 기인한다. 초창기, 서구동화 중에서 가장 관심 있게 번안되었던 이야기는 일본을 통해 들어온 독일의 그림 동화[1]였다. 『그림 동화집』은 1812

1) 그림 동화가 우리 나라에서 처음 번역 소개된 것은 1920년 7월에 발간된 『학생계』 창간호에 동산이란 필명으로 실은 오천석의 「장사의 이야기」이다. 방정환도 1922년 『사랑의 선물』에 「잠자는 왕녀」, 「텬당 가는 길」을, 『어린이』에 「황금 거우」(1923. 3), 「늑대와 염소」(1923. 10), 「작은이의 일홈」(1924. 1~2월호) 등을 발표하였다. 1923년 시사 주보인 『동명』에는 무기명 역으로 「염소와 늑대」(1923. 1. 14~21) 등 모두 16편의 그림 동화가 대거 번안되었다. 이 그림 동화는 그림 형제가 민담을 채집하여 엮은 동화라는 점에서 우리 나라 전래동화 발굴에 큰 동기를 부여했다.

년 성인을 위한 이야기로 출간된 뒤, 1814년 재판부터 어린이에게 적절하지 않은 민담을 손질하여 어린이용 판본으로 재출간한 것인데, 1920년경 우리도 이 같은 민담의 동화화 과정에 착안하여 민중장르인 설화를 동화로 발굴 개작하기 시작했다. 당시 아이들에게 들려줄 서구 동화를 왕성하게 번안했던 방정환(方定煥)도 "동화의 동(童)은 아동이란 동이요 화(話)는 설화이니 동화라는 것은 아동의 설화, 또는 아동을 위하야의 설화"[2]라고 이해하고 있었다. 그러나 동화로 기술된 설화는 민속학적 구비 설화와는 또 다른 성격을 지닌 이야기이다. 민속학적 관점에서 구비 설화는 "가능한 한 채집지에 대한 정보와 구연자의 말투와 표정, 줄거리 전개 방식 등을 원형 그대로 보존하는 데에 중점을 두고 원칙적으로 개작을 허용하지 않는"[3] 까닭이다. 기술된 아동설화, 즉 동화는 수용자가 어린이라는 점에서 고증 자료도 없이 채록자가 임의대로 변형을 가해 이미 민속학적 가치를 상실하고 있었다. 더군다나 "동화라는 종류의 이야기는 아무 나라에 들어가도 똑 같게 재미를 느끼게 생기고, 또 어떠한 신화나 전설의 속에 들어가 끼어도 거북할 것 없이 그 일부분을 형성하도록 생긴 것"[4]이라는 인식에 의해 내용을 자의적으로 변형시킨 국적 불명의 이야기들이 자연스럽게 동화로 기능하였다. 같은 설화라도 채록자에 따라 다르게 기술되는 일이 예사였던 동화는 민속학적으로나 문학적으로 유아성을 면치 못하고 자연히 변두리 장르로 밀려났다. 이러한 장르종으로서의 동화에 대한 폄하는 '덜 발달된 아동'과 '원시적 형태의 설화'에 대한 고정관념이 작용된 결과였지만, 그 이후

---

2) 소파, 「새로 開拓되는 '童話'에 關하야」, 『개벽』(1923. 1월호), p.19.
3) 최인학, 「동화론」, 『한국 민담의 유형』, (인하대학교 출판부, 1994), p.257.
4) 崔南善, 『六堂 崔南善 전집 5』, (고려대학교 아시아문제연구소 편, 현암사, 1973), p.74.

아동문학 장르 연구의 부재에 의해 방치되고, 또 창작동화에 대한 그릇된 이해로 심화되었던 것이다.

동화는 구비 문학인 설화에 기원을 둔 문학이다. 초기 장르일수록 실용적이고 효용론적이고 그만큼 비문학적이다.[5] 개화기에서 1920년대 초에 이르는 시기의 동화도 '잡종의'라 할 만큼 우화, 설화, 고소설, 위인담, 창가형식의 동화요, 서구 번안동화 등 어린이에게 들려줄 만한 이야기라면 모두 장르 의식 없이 무분별하게 개작, 윤색되고 번안되어 '이약이'라는 이름으로 통칭되던, 문학체제 주변부의 온갖 변이들이었다. 바로 이러한 '이약이'들은 하나의 '의사동화'[6]였다. 의사동화는 분명 어린이에게 읽힐 것이 빈곤하던 시대에 훌륭한 읽을거리를 제공해준 서사물이었을 뿐 아니라 한국의 '창작동화' 장르를 탄생시킨 원천이었다. 이 의사동화가 우리 설화 발굴의 모방 모델이 되어 1920년대 조선동화, 고래동화, 전설동화 등 우리 동화를 발생시켰고, 또 우리 동화들은 '창작동화'가 출현하는 데 결정적 요인으로 작용하였기 때문이다. 결국 장르종으로서의 동화는 창작동화가 새롭게 탄생한 이후, 비로소 '전래동화'와 '창작동화'라는 제각기 규정된 명칭으로 정착되어 독자적인 문학의 길을 걷게 되었던 것이다.

한국 창작동화의 출현은 중대한 문학적 사건이다. 하지만 창작동화의 발화 방식이 의인화, 환상성, 비현실성, 초자연성 등의 서사 기제에 의존한다는 점 때문에 그동안 민담(구비 설화)에 기원을 둔 전래

---

5) 김준오, 『문학사와 장르』, (문학과지성사, 2000), p.16~17.

6) 의사동화라는 용어는 필자가 창작동화가 출현하기 이전, 어린이들을 위해 기술되었던 우화, 고담(古談), 기이담, 사담(史談), 인물담, 과학 단화(短話), 고소설을 7·5조, 4·4조 창가형식으로 변형한 이야기, 외국의 명작 번안동화 및 국적 불명의 동화 등 개화기에서 1920년대 초 발표되었던 모든 이야기를 총칭한 것으로, 대체로 서구 문화를 재빠르게 수입하고 모방한 일본을 통해서 받아들여 중역된 서구 동화들을 지칭한 것이다. 의사동화라는 용어를 사용한 것은 '전래동화'와 '창작동화'라는 명칭이 성립되기 이전의 동화들과 구별하기 위해서이다.

동화가 창작동화의 본령인 것처럼 자연스럽게 이해되었고, 해방 이후 아이들의 현실을 담은 생활동화가 크게 유행하면서 아동소설과의 장르적 경계마저 모호해진 형편이다. 그로 인해 창작동화를 초인적인 완력을 구가하는 환상적인 이야기에서부터 어린이의 생활 현실을 사실적으로 그린 허구적 이야기에 이르기까지 폭넓게 인식하기에 이르렀던 것이다.

그러나 한국 창작동화는 근본적으로 전래동화나 아동소설과는 다른 형성 과정과 구성 원리를 지닌 문학 장르이며, 엄연히 그것들과 다른 발화 방식으로 문학적 정체성을 획득한 문학이다. 특히 창작동화의 미학적 특징은 서사적 장르의 경계를 허무는 서정적 세계관을 적극적으로 수용하며 독창적인 미학을 구축해 왔다는 점에 있다. 바로 한국 창작동화는 장르 혼합을 통해 독자적인 예술성을 획득하며 본격적인 '문학'으로 이행해 간 장르였던 것이다. 따라서 한국 창작동화의 미학적 특질을 규명하는 일은 창작동화의 형성 과정과 그 구성 원리를 밝히는 일에 놓여 있다. 그것은 궁극적으로 창작동화에 드리웠던 오랜 문학적 편견을 벗어나는 일이기도 하다.

2. 한국 창작동화의 형성 과정과 창작 원리

우리의 창작동화는 서구의 문물을 일찍 받아들이고 어린이를 존중하던 일본의 어린이 문화에 대한 문화충격에 의해 급격히 형성되었다. 1920년, 일본 땅을 처음 밟아 도요(東洋)대학 문화학과를 청강하던 방정환이 책과 잡지, 신기한 장난감이 넘쳐나고, 계절마다 어린이를 위한 행사가 빈번했던 일본의 어린이 문화에서 받은 충격은 실로

김기전이 개탄한 조선 "장유유서의 말폐(末弊)"[7]를 직접 확인하는 계기였다. 그는 서둘러 일본에 유입된 서구의 동화들을 번안하여 조선으로 보내는 작업에 몰두하였는데[8] 그 일단의 결실이 번안동화집 『사랑의 선물』(개벽사, 1922)이었다. 하지만 그도 당시 "외국동화의 수입보다 더 중요하고 시급한 문제는 우리 동화의 무대의 기초가 될 동화의 발굴"[9], 곧 '우리 설화의 개척'임을 깨닫고 있었다. 설화는 그 자체 내에 동화적 요소를 함유하고 있고, 문학적 재현이 가능했기 때문이다.

우리 창작동화의 형성과 발전 과정은 서구와는 또 다른 특성을 지니고 있다. 우리 동화는 옛날이야기라는 '전래동화'와 설화를 모태로 새롭게 창작된 '창작동화'가 양분되어 발전해 왔다. 이 둘은 상호 보완적으로 공존하면서도 서로 다른 문학적 정체성을 보유하고 있었다. 곧 전자가 전통적 민담(옛날이야기)을 어린이에게 적합하도록 현대적 감각으로 재현한 동화라면, 후자는 설명적 전설(aetiological legend)[10] 유형이나 부가유래담(附加由來談)을 모태로 작가의 순수 창작에 의해 새롭게 형성된 문학이다. 이들 동화는 모두 설화에 기초되어 구술성, 의인화, 초월적 기제 등을 서사의 중요한 기반으로 삼고 있다.

한국 창작동화는 유래담 화소를 원용하여 출현하였지만, 그 발생에 직접적인 계기가 되었던 것은 꽃 전설이다. 꽃 전설은 『어린이』

---

7) 金小春, 「長幼有序의 末弊 幼年男女의 解放을 提唱함」, 『개벽』(제2호, 1920.7), p.52~58.
8) 1921년 『천도교회월보』(126호)에 실린 「왕자와 제비」가 방정환이 번안한 최초의 동화이다.
9) 방정환, 「새로 개척되는 동화에 관하여」, 『개벽』(1923. 1).
10) 설명적 전설은 민중들이 어떻게 자기를 둘러싸고 있는 자연이 이루어졌는가, 사물들이 생겨나게 되었는가 하는 것들을 설명할 목적으로 만들어낸 것이다.(장덕순 외, 『구비문학개설』(일조각, 1971), p.42)

창간호(1923. 3)에 방정환이 'ㅈㅎ생'이라는 필명으로 쓴 "향(香)내 조코 빗 고흔 사랑의 솟" 「하―신트의 이약이」를 시작으로 『어린이』 4월호에는 우촌의 「노랑 수선솟」이, 『어린이』 5월호에는 ㅈㅎ생의 「물망초 이약이」가 연재되었다. 이들 꽃 전설의 특징은 슬픈 사랑의 이야기라는 점이다. 그 이야기의 비극성은 당시 어린이를 "학대받고 짓밟히고, 차고 어두운 속에서 우리처럼 자라는 불쌍한 영"[11]이라 명명했던 방정환의 아동관과 상통하는 제재였다. 하지만 이들 슬픈 꽃 전설 이야기는 꽃말(花詞)이 있는 식물 우화에 그칠 뿐 서사성을 갖추지는 못하였다. 이런 꽃 전설에 서사적 골격을 덧붙여 동화로 태어나게 한 것은 고한승의 「백일홍 이야기」(『어린이』, 1923. 11~12월호)였다. '백일홍 이야기'는 식물 유래담의 하나인 신이담(神異譚) 중 기원담에 속하는 이야기 유형이다. 이 이야기는 인신공희 모티프, 괴물퇴치 모티프, 선호의 색깔을 오인한 자결 모티프, 꽃 환생 모티프의 결합으로 이루어졌다. 고한승은 처녀의 넋이 백일홍 꽃으로 환생하는 식물 유래담에 서두와 결말을 창의적으로 덧붙여 액자식으로 재구성하고, 배경 묘사나 상황 묘사를 구체화하여 서사를 강화하였다. 또 이야기 속에 동요도 삽입하여 문학적 감흥을 한껏 돋우었다. 「백일홍 이야기」는 "세련된 문장과 구성으로 당시의 동화에 새로운 변화와 경지를 열었다."[12]는 평가를 받을 만큼 본래의 꽃 전설에 종속되지 않고 서사 정황을 창의적으로 개척한 꽃 이야기였다. 고한승은 이어서 「나븨와 장사솟」(『어린이』, 1924. 5), 「노래 부르는 솟」(『어린이』, 1924. 9~10월호) 등 꽃과 관련된 창작동화를 더 발표하지만, 문학적 형상화 면에서 「백일홍 이야기」보다 더 나아지지 못한 한계를 보였

---

11) 방정환, 「책머리」, 『사랑의 선물』, (개벽사, 1922).
12) 조동화, 「동서 꽃 전설의 비교」, 『전래동화의 세계』(아동문학사상 8 , 진보제, 1972), p.48.

다. 오랜 겨울 동안 땅 속에 있던 장사꽃 하나가 아주 이른 봄, 자신이 먼저 피면 다른 꽃들도 따라 나오리라는 생각에서 가만가만 솟아 나왔다가 뜻하지 않은 시샘추위에 정신을 잃게 되었는데 날개쭉지로 덥혀주고 대신 얼어 죽은 흰나비의 희생으로 살아난다는 「나븨와 장사꼿」 이야기도 전설 유형을 차용한 창작동화이다. 말하자면 고개숙인 장사꽃과 얼어 죽은 흰나비가 현실의 비극성을 전해주는 전설적 증거물인 셈이다. 이런 이야기가 독자에게 들려주고자 한 것은 이야기의 단순성 속에 간직되어 있는 비극적 서사의 서정적 정조이다.

이 같은 전설적 이야기는 1922년 주요섭이 『개벽』지에 「해와 달」(10월호)을 '우리동화'라는 이름으로 발표한 이후, 꽃을 소재로 한 동화나 서정적 정조를 담은 꽃 전설 이야기가 출현하였고, 실제 전설적 이야기를 재개작한 '전설동화'를 유행시키는 결정적인 계기가 되었다. 이영숙의 「수탉의 래력」(『개벽』, 1923. 2월호, 현상동화 3등 당선), 강우촌의 「장재연못」(『어린이』, 1924. 4), 진장섭의 「은하수」(『어린이』, 1924. 4), 추강의 「물고기의 내력」(『어린이』, 1924. 6), 박달성의 「생명의 종소리」(『어린이』 1924. 9), 유순철의 「천제봉의 홍수」(『어린이』, 1924. 11), 이태준의 「물고기 이야기」(『휘문』 2호, 1924. 6) 등이 그것이다. 이들 동화의 한결같은 특징은 동화의 결말부에 증거물의 연유를 제시한 설명적 화소(話素)가 붙어 있다는 점이다.

> 여러분 여러분이 지금도 들에 나가 수수밧을 검사하여 보시오 수수대ㅅ마다 싯벌건 피가 무덧지요. 그것은 곳 그때 범이 수수밧에 떨어저 죽으면서 흘린 피가 수수밧에 편안하야 대대마다 피물을 들엿섯슴으로 오늘까지도 그러케 피가 무더 잇는 것이외다.
>
> —주요섭의 「해와 달」

그리하야 지금까지 가제미 눈은 한편으로 몰려 잇고 메기는 머리가 넙적하며 오징어는 눈이 뒤로 붓허잇섯습니다.

—추강의 「물ㅅ고기의 내력」

여러분 밤에 하날을 치여다 보십시오. 하날을 한일자로 길게 흘느는 큰 강물이 있지요. 그것이 옥희의 눈물로 된 은하수랍니다. 그리고 또 때때로 하날에서 떠러지는 별들을 보시지요. 그것은 옥희를 차즈러 나다니는 금별나라의 새들이랍니다.

—진장섭의 「은하수」

여러분—이른 봄날 푸른 잔디 사이에 하울빗 도는 어엽분 장사꼿이 애닯에 고개를 소곳 하고 잇는 것을 보시면 반드시 죽은 흰나븨를 내려다 보고 눈물지는 것인 줄을 알어 주십시요.

—고한승의 「나븨와 장사꼿」

이들 동화는 모두, 왜 수수대가 붉고 때때로 하늘에서 별이 떨어지는지, 왜 메기와 가자미와 오징어 등 물고기의 생김새가 제각기 다른지를 말미에서 독자에게 설명하는 형식으로 마무리하고 있다. 이들 이야기는 전체 구성이 말미의 원인설명과는 무관하게 전개되다가 결말에 가서 '그리하여 어찌 어찌 되었다'라는 설명 어구를 첨가하는 부가유래담 형식을 원용하였다. 그리고 이들 동화는 '여러분' 하고 작가가 동화 속에 등장하는 특징을 보여준다. 그것은 당시 유행하던 구연동화의 연희성과 결부된 양식이다. 이때의 설명적 화소는 구연식(口演式) 화법으로 서술에 해당한다. 이 구연식 서술화법은 허구라도 진실처럼 믿는 어린이 특유의 호기 심리를 유도하는 이야기 기법의 하나이다. 전설이나 부가유래담은 진실담과 허구담이 공존하는 이야기여서 어떤 사실에 신비성과 괴기성이 가미되어 허구적인 것으로 인식될 때 결말부에 설명적 화소를 삽입하여 실제의 이야기처럼 믿게 하는, 그러한 특별한 효과를 지니고 있기 때문이다. 특히 이들 동화 중에서 옥희의 눈물이 은하수가 되었다는 진장섭의 「은하수」나 장사꽃이 고개를 숙인 연유를 이야기하는 고한승의 「나븨와 장사꼿」 등은 설명적 화소를 차용한 창작동화로 '우리동화', '고래동화'와 차별화한 '신(新)동화', '새동화' 라는 명칭을 붙여 발표된 것이나. 그러나 이 신동화들도 아직 전설동화의 차원에서 크게 벗어나지는 못하고 있었다. 하지만 이러한 동일한 모티프는 형태만 조금씩 바뀐 채 줄곧 변이되다 어느 사이 창작동화의 출현을 보게 하는, 그 당시 중요한 창작동화의 창작 원리가 되었던 것이다.

바로 우리 나라 최초의 창작동화라 일컫는 마해송의 「바위나리와 애기별」이 이와 같은 유래담의 원리를 차용하고, 또 구연동화의 연희성과 결부된 동화였다. 최근 이 작품의 발표 시기를 두고 만만치 않은 이견이 제기되었지만,[13] 이 동화의 창작 원리를 살펴보면, 창작 시기를 추정하기는 그리 어려운 일이 아니다.

그 후로도 해마다 아름다운 바위나리는 바다까에 피여 나옵니다.

---

13) 이재철은 「바위나리와 애기별」이 우리 나라 '최초의 창작동화' 라며 그 선구성을 주목했다. (이재철, 『한국현대아동문학사』(일지사, 1978), 참고). 하지만 이 작품이 발표 시기의 불분명성으로 인해 최초의 창작동화라는 견해에 대한 이견도 만만치 않다. 발표 시기에 대한 이견은 이 작품이 게재되었다고 하는 『샛별』지가 지금까지 발견되지 않고, "「바위나리와 아기별」은 1923년에 지은 것이다. 1924년 5월 1일 제2회 어린이날에 이 이야기를 두 군데서 해준 일이 있었다. 그리고 1926년 신년호에 『어린이』에 실렸다. 여러 해를 두고두고 지은 것이다."(『떡배 단배』, 학원사, 1964, p.226.)라는 마해송의 회고에 전적으로 의존해 왔기 때문이다. 실제 이 작품이 문헌으로 확인된 것은 1926년 『어린이』 신년호이다.

여러분은 바다를 들여다본 일이 잇슴니까? 바다는 물이 깁흐면 깁흘사록 환하게 맑게 보임니다. 왼일일까요?

그것은 지금도 바다 그 밋헤서 애기별이 빛나는 까닭이람니다.

—마해송의 「바위나리와 애기별」

이 글은 「바위나리와 애기별」의 결말부로 바위나리가 바닷가에 해마다 피어나고, 바닷물이 깊을수록 환하게 맑게 보이는 까닭을 이야기하고 있다. 이 창작동화의 중심 이야기는 '바위나리'와 '애기별'의 슬픈 사연이지만, 끝에 사족처럼 붙여놓은 것은 바닷물이 깊을수록 맑게 보이는 연유를 독자에게 알리고 있는 설명적 화소이다. 곧 '바위나리'의 슬픈 사랑 이야기라는 당시 유행하던 식물담(꽃 전설), 동요의 삽입, '~습니다'체의 사용,[14] 전체 구성과 무관한 말미의 설명적 화소 등이 이 작품의 출현 시기를 밝혀주는 중요한 단서들인 것이다. 그 외에 「바위나리와 애기별」이 최초의 창작동화로 묵인되었던 것은 동화 구연의 시대에 형성된 유래담 유형 중에서 가장 창작성이 높고, 그 당시 유행적으로 발표되었던 창작동화 중에 가장 문학성이 뛰어난 까닭이다. 거기에다 이 동화가 아동문화운동의 일환으로 설화 발굴을 통한 동화 개척에 있기보다 개인적 체험이 자기화되어 당시 유행하던 전설 유래담을 모방 모델로 하여 만들어졌다는 점을 꼽을 수 있다. 고한승의 「백일홍 이야기」가 정아라는 주인물이 백일홍 전설 속 색시의 신세를 동일화하여 꾸며진 이야기였다면, 마해송의

14) 이 시기에 쓴 작품은 '~습니다' 라는 경어체의 공손한 어조를 사용하고 있다. 하지만 『떡배 단배』에는 주로 '~했다' 체를 활용하고 있다. 「호랑이 고깜」, 「톡기와 원숭이」도 『해송동화집』에 수록될 때는 그 당시 동화 문체인 '~습니다' 체를 따르고 있다가 『떡배 단배』에서는 「바위나리와 애기별」만 제외하고 문체를 모두 '~했다' 체로 바꾸었다.

「바위나리와 애기별」은 작가 자신의 신세를 자아화하여 표출된 창작동화로, 현실로부터 벗어나려는 자아의 욕망이라는 창작적 동기가 분명한 이야기였다. 실제 마해송은 그의 자전적 수필집 『아름다운 새벽』에 「바위나리와 애기별」의 동화적 모티프가 된 순이라는 여인과의 연애 사건, 그의 첫 결혼, 완고한 아버지에 대해 자세히 언급해 놓은 적이 있다.[15)]

작가의 회고를 미루어 이 작품의 작중인물을 짚어보면, '바위나리/순', '애기별/작가 자신', '하늘나라 임금님/아버지'로 대비되어 당시 자신의 처지를 비극적으로 유추해 놓았음을 짐작하게 한다. 마해송은 그 비극성을 다루는 방법으로 당시 유행했던 유래담 이야기 유형을 그대로 차용하였던 것이다. 곧 바위나리가 휩쓸려 들어간 바다 속으로 하늘에서 쫓겨난 애기별이 떨어져 합일되면서 바위나리는 바닷가에 해마다 피어나게 되고, 애기별은 다시 빛을 찾아 깊은 바닷물을 환하고 맑게 보이게 했다는 것이다. 결말에 부가된 이러한 설명적 화소는 '바위나리'와 '애기별'이 비극적인 인물이면서도, 그들의 비극성을 소중한 가치로 일깨우며 동화적 의미를 구현하는 데 관여하고 있다. 바로 창작동화는 세계의 용납할 수 없는 힘에 의해 자아가 패배하더라도 자아의 의지는 소중한 가치를 지니며 의미화되는, 그런 설명적 화소를 동화의 중요한 창작 원리로 착안하였던 것이다.

---

15) 마해송, 『아름다운 새벽』(문학과지성사, 2000), p.51~53.

3. 한국 창작동화의 미학적 특질

한국 창작동화는 해방 이후 전설이나 부가유래담에서 부분적으로 원용한 창작 원리를 개량화하여, 제재 면에서나 기법 면에서, 그리고 문체 면에서 독자적인 예술성을 추구해 나갔다. 제재 면에서는 꽃, 나비, 물고기, 별, 은하수 등 동식물이나 천체에 국한하지 않고, 현상계에서 소외된 모든 사물이나 생명체로 확장해 갔다. 무엇보다 현실성을 바탕으로 등장인물의 소중한 가치를 진실하게 부각시키고자 했다. 기법 면에서는 시적 서사를 도입하고, 결말부의 설명적 화소는 결말의 현현(epiphany)으로 구축되었다. 이 결말의 현현은 인물의 내면적 깨달음이나 발견을 수반하며 동화적 의미를 탁월하게 생성해 내는 역할을 담당한 것이다.

이러한 창작동화의 독자적인 예술성을 구축하는 데 크게 기여한 작가가 김요섭이다. 김요섭은 비유, 상징, 이미지, 가진술 등의 시적 기법과 간접화한 시적 서사를 원활히 활용하여 창작동화의 문체를 혁신시켰을 뿐 아니라 환상 공간을 조성하는 데 큰 공헌을 하였다. 김요섭이 구축한 동화 미학은 동화의 평면성이나 경이성을 극복하는 방법이었으며, 동화적 서사를 시적 환상으로 한 차원 끌어올리는 원리가 되었다. 그의 미학적 원리는 그 이후 1960~1970년대 등단한 동화작가들에게 커다란 영향을 주었다. 바로 권용철의 「들국화」, 권정생의 「강아지똥」, 강준영의 「진주조개 이야기」, 김병규의 「나무는 왜 겨울에 옷을 벗는가」, 배익천의 「숲 속의 시장님」 등은 계량화된 창작 원리로 의미를 구축하여 동화의 미학적 특성을 잘 부각시킨 창작동화들이다.

권용철의 「들국화」는 1965년 《경향신문》 신춘문예에 당선된 창작동화로 들국화가 스스로 피어나 꿋꿋하게 현실의 고난을 극복하며 맑고 순수한 꽃을 피워내는 과정을 그린 이야기이다. 이 동화는 아지랑이 어른거리는 이른 봄, 언덕 위 너른 들의 메마른 황토 흙에서 피어난 들국화가 여름의 가뭄과 폭풍우의 시련을 견뎌내고 낙엽이 지는 가을날 한 송이 꽃을 피우는 식물의 실재성을 제재로 삼았다. 그래서 작중인물이 겪는 사건도 계절에 따른 자연 현상뿐이다. 나들이 왔던 소녀가 홀로 연분홍 꽃을 피운 들국화를 발견하고는 "궁궐에서 쫓겨난 공주 같아" 하며 탄복하는 이 동화의 결말부가 유래담의 설명적 화소를 문학적으로 변용한 의미의 현현 부분이다. 그때 비로소 들국화가 기쁨의 눈물을 흘리게 되는데, 그 눈물이 숱한 역경과 고난을 이겨내고 끝내 꽃 피운 보람과 가치가 의미화된 것이다. 들국화가 동화의 제재가 되었던 것은 이같이 돌보아주는 이 없이도 스스로 꽃 피우는 그 질긴 생명력과 반겨주는 이 없이도 늘 한결같은 맑고 순수한 울림이 주는 정서적 반향에 의할 것이다. 이렇듯 「들국화」는 슬픈 꽃 전설 이야기와는 다른 방식으로 한해살이 들국화의 생태를 사실적으로 그리면서 고난을 극복하고 꽃을 피워내는 소중한 가치를 의미화한 것이다.

1969년에 발표된 권성생의 「강아지 똥」도 사실성을 바탕으로 작중인물의 가치와 의미를 창출하는, 동화의 미학을 잘 부각시킨 창작동화이다. '강아지 똥'은 돌이네 강아지 흰둥이가 골목길 담 밑 구석자리에 누고 간 똥이다. 그 똥은 먹을 것이 없는 '찌꺼기'이며, 모두들 더럽다고 피하는, '버림 받은' 존재이다. 강아지 똥이 쓸모없는 그런 자신의 존재를 인식한 것은 '흙덩이'와 '참새', '엄마 닭' 등 주변인물을 통해서이다. 그래도 강아지 똥은 착하게 살고 싶은 꿈을 간직하며 겨울을 보낸다. 그러다 강아지 똥이 자신도 가치 있는 존재라는 사실을 깨달은 것은 봄이 오고 자기 앞에 싹을 틔운 민들레에 의해서이다. 강아지 똥이 엄마 닭에게는 먹을 것이 없는 찌꺼기에 불과했지만, 민들레에게는 꽃을 피우는 데 더없이 소중한 '거름'이었던 사실이다. 결국 봄비가 내리는 날, 강아지 똥은 자신의 몸을 물에 녹여 민들레 몸속으로 스며드는 합일로 노란 꽃을 피워내며 의미를 현현한다. 이 외에 진주를 품은 조개의 고통을 그린 강준영의 「진주조개 이야기」나 겨울에 나뭇잎이 떨어지는 이유를 순수하게 이야기하고 있는 김병규의 「나무는 왜 겨울에 옷을 벗는가」 등도 모두 현실성을 바탕으로 대상물의 소중한 가치를 의미화해 놓은 창작동화들이다. 이들 동화가 지금까지 꾸준히 독자의 사랑을 받고 있는 이유도 사물이나 생명체의 새로움과 의미 구현이라는 창작동화의 문학적 원리를 잘 형상화한 결과이다.

배익천의 「숲 속의 시장님」에서는 창작동화의 미학적 특질을 상징적으로 보여준다. '숲 속의 시장님'은 강원도에서 잡혀와 도시 한복판에 있는 공원 동물원에 갇혀 사는 늙은 꽃사슴 '예록'이다. 어느 날 예록이가 깊고 깊은 밤에 눈을 떴을 때 이상한 일이 벌어진다. 꼭 있어야 할 철책과 지저분한 흙바닥은 간 데 없고 도시는 커다란 숲 속에 앉아 있었다. 더욱 이상한 일은 늘 듣던 웅성거리는 사람의 소리나 시끄러운 기계소리가 아주 어릴 적에 들어 본 적이 있는 산의 소리로 들렸고, 자신이 숲 속의 시장님이 되어 있었던 것이다. 예록 시장님은 시청 청소부 아저씨네 집에 생일 선물로 노란 새 모자와 검은색 장화 한 켤레와 일곱 식구가 실컷 먹을 수 있는 쇠고기를 보내며 그들에게 감동을 준다. 또한 이전한 시민대학 자리에 어린이 공원을 조성하든지 시민 여러분이 이용할 수 있는 시립도서관을 건립하도록 지시를 내리며 시민들을 위한 시정을 펼친다. 그러다 예록이가 다시 눈을 떴을 때 숲 속의 도시엔 철책이 쳐지고 곁에는 파리가 들끓는 아침 여물이 놓여 있었다. 예록이는 먹을 기력조차 없고 아예 일어서지 못하는 신세가 되었다. 이때 동물원을 방문한 시장이 예록이를 보고 늙고 병든 짐승을 도시 한복판에 두는 것이 좋지 않다며 동물원을 야외로 옮기고 이 자리에 새 아파트를 지으면 좋겠다는 말을 하고 간다. 그 말을 들은 예록이가 다시는 눈을 뜨고 싶지 않아서 눈을 감자 점점 희미해져가는 어릴 때 들어본 전설 같은 산 속의 조용조용한 소리가 들려온다는 것이다.

이 「숲 속의 시장님」은 인물, 플롯, 장면을 이미저리의 패턴으로 변형시켜 자연과 도시라는 대비적 공간을 상징적으로 제시해 놓고 있다. 예록이가 돌아가고 싶은 세계는 환상으로 시공간이 체험되며 자아와 세계의 거리가 압축되어 있다. 곧 현실은 동물원의 닫힌 공간이지만, 환상은 예록이의 어릴 적 경험한 세계로 인도한다. 그 세계는 자연과 인간이 동화된 원초적 화합의 공간이다. 바로 배익천은 서로 다른 두 모습의 '시장님'을 상징적으로 설정하여 자연을 상실해가는 인간과의 그 거리감을 비판 미학으로 삼고 있다. 따라서 이 창작동화는 예록이로 대표되는 자연과 인간이 화합된 가상의 아름다움을 통해 그것을 상실해가는 인간과의 단절된 관계를 회복하려는 본질적 지향을 간접적으로 의미화해 놓은 것이다.

이와 같이 창작동화는 유래담의 원리와 전통 서사의 기본적 소통 양식인 의인화, 초월적 기제 등을 작가의 개별성에 의해 탁월하게 현대화해 나갔다. 제재적인 면에서도 창작동화는 '들국화'나 '강아지 똥', '꽃사슴' 등 현상 세계에 국한하지 않고, 삶의 근원적인 외로움, 그리움, 진실, 사랑, 희망, 행복이라는 관념적 세계로 더욱 확장해 갔다. 또한 인간의 삶은 타인과의 관계 논리라는 시각을 견지한 사회학적 상상력으로도 확대되어, 시대와 사회 속에서의 개인적 존재 가치도 의미화되었다. 사회학적 상상력으로 소중하게 모색되는 가치관은 인내, 나눔, 정의, 자유, 이상, 생명의 존엄성 등의 관념 세계이다. 이러한 창작동화는 사건의 발전을 중시하는 민담적 서사가 답보된 대신 작중인물의 소중한 가치를 의미화하는 과정으로 지향해 갔던 것이다. 다시 말하면 창작동화가 중요시한 것은 사건이 빚어내는 갈등의 양상이나 사건의 해결이 아니라 인물의 행위이자 그 행위에 감추어진 의미였던 것이다. 이때 그 의미의 형상화 과정에 필연적으로 동원된 것은 비유, 상징, 역설, 이미지, 가진술 등 시적 기법이며 시적 서사이다.[16] 곧 창작동화의 의미화 과정에 부단히 객체를 보고하는 서사를 확장하기보다 자아의 감정을 자기표현하며 이야기를 간접화(indirection)했던 것이다. 이러한 창작 원리는 창작동화가 '전래동화'와 '소년소설'과의 변별성을 갖는 중요한 요건이 되었다.

보다 명징하게 진술하면, 창작동화는 시적 서사를 통해 문학적 형상화를 이룩하며 독창적 예술성을 확립해 나간 문학이라는 것이다. 우리는 강소천의 동요시집 『호박꽃 초롱』(1941, 박문서관)에 수록된 동화 「돌멩이」에서부터 이런 사실을 살필 수 있다. 강소천의 「돌멩이」는 경구가 사는 고향 냇가의 커다란 돌멩이와 아들 차돌이가 헤어졌다 다시 만나는 이야기이다. 이 동화의 중요성은 작품에 드리워진 서정성과 서정적 서술구조에 놓여 있다. 「돌멩이」는 인물이나 사건에 초점이 맞춰져 있기보다 시점의 변화와 그에 따른 서술자

16) 이원수는 『동화작법』에서 "동화는 곧 '하나의 시다.' 고 말하고 싶은 경우가 많다." (『동시 동화 작법』(웅진출판, 1984) p.105.)고 했고, 강소천도 동화와 소설을 비교하면서 "동화는 소년소설과 함께 산문에 속하지만 동화는 소년소설에 비하면 오히려 산문에 보다 시에 가깝다" (「동화와 소설」, 『아동문학』(2집, 1962. 10), p.15.)고 했다. 이는 동화와 소년소설의 변별성을 직접적으로 지적한 언급이다.

(narrator)의 독백에 의해 이야기가 전달된다. 이 이야기는 경구의 생각과 돌멩이의 생각이 서로 일치하고 동화되면서 자연과 인간과의 교감을 온전하게 보여준다. 그 서술구조 안에는 돌멩이가 아들 차돌이를 잃고 그리워하다 다시 찾는 이야기가 잠복해 있다. 다만 말을 못하고 움직일 수도 없는 돌멩이가 아들을 찾는 과정은 전적으로 수동적일 뿐이다. 돌멩이를 제자리에 놓아주는 자는 작가의 허구적 대리인으로 내세워진 경구이다. 그런 경구의 마음은 동심의 순수한 본성에 대한 상징적인 이미지이기도 하다. 이때 자연(돌멩이)과 인간(경구)간의 믿음이 실현되고 돌멩이의 내적 갈등도 순간적으로 무화된다. 아이들의 선한 심성은 작가의 서정적 비전 안에서 비정한 현실을 넘어서 포용되며, 돌멩이도 세계와의 갈등이 해소되고 서정적 합일의 순간을 이룩한다. 이러한 서술상황(narrative situation)에서 인간과 자연이 상통하는 감정의 교류도 서정적으로 표현된다. 서정적 표현이란 대상적인 것과 심적인 것이 서로 침투된, 그때그때 고조된 감정의 알림이다.[17] 이렇듯 「돌멩이」 이야기에 지닌 서정성은 문체나 시적 이미지와 상징, 서술자의 독백 등에 잘 나타나 있지만, 경구와 돌멩이의 입장이 서로 교차 진행되는 서술자 시점의 변화에 의한 서술 구조에서도 잘 드러나 있다. 그 서술구조 안에는 돌멩이가 부싯돌이 된 차돌이와의 재회와 아이들이 성장하여 결혼하기까지의 시간성이 내재해 있고, 등장인물들이 간직한 일관된 소망이 순수성의 공간을 유지하며 분열된 세계와의 서정적 합일을 이루고자 하는 작가의 욕망으로 집약되어 있다. 강소천의 소년소설을 혹평했던 이원수가

17) Kayser, Wolfgang, *Das sprachliche Kunstwerk*, Bern, München:Franche, 김윤섭 역, 『언어예술작품론』(대방출판사, 1982), p.524.

“「돌멩이」가 지니는 문학성은 그 후의 많은 동화, 소설을 압도하는 빛나는 것”이며 “진실성을 가진 것으로서 「돌멩이」가 가장 대표작”[18] 이라고 한 것도 이런 창작동화의 원리에 의한 평가라 할 수 있다.

창작동화가 시적 서사를 도모하면서 표나게 달라진 것은 문체의 혁신이다. 특히 문체의 혁신에 기여한 것은 시적 서사의 특성인 간접화(indirection)이다. 간접화는 창작동화에서 환상 공간을 조성해주는 고도의 언어 기능도 수행한다.

> “할아버지, 왜 저녁마다 가스등을 골목에다 켜세요, 네?
> 할아버지의 목소리가 천천히 안개 속 가스등에서 떨어졌습니다.
> “이 가스등은 지구의 별이란다. 나는 밤마다 별을 켜러 다니는 거지.”
> 안개 속에서 들려온 이 목소리는 이상하게 아이의 가슴에 빛살처럼 커졌습니다.
> “그럼 할아버지! 하늘의 별도 할아버지 같은 분이 밤마다 켜고 다녀요?
> “암, 그렇고 말고…….”
>
> —김요섭, 「안개와 가스등」

인용한 ‘할아버지와 아이의 대화’ 속에는 상당한 이야기의 양이 함축되어 있다. 그것은 “가스등은 지구의 별”, “밤마다 별을 켜러 다닌다”는 할아버지의 말 속에 압축되어 있다. 이 창작동화는 이러한 압축을 통하여 독자에게 신비화와 곡진함을 간접적으로 전달해준다. 그 비유의 언어 속에 숨겨진 이야기가 상상의 과정을 거치면 동화의 효과는 그만큼 증폭된다. ‘가스등’에서 ‘하늘의 별’로 확대되는 동화

18) 이원수, 「소천의 아동문학」, 『아동문학』(10집, 배영사, 1964), p.76.

적 비약, 곧 환상에 이르게 하며, 내면적인 서정적 경험을 이끌어낸다. 이처럼 창작동화는 독창적 예술성을 확립하기 위하여 간접화된 시적 서사를 끌어들였던 것이다.

김요섭은 시적 서사를 잘 활용하여 환상 공간을 탁월하게 보여준 작가이다. 그의 창작동화 중에 꽃과 나비의 관계를 꿈 현상을 통해 환상으로 유도하는 「꽃주막」이 있다. 꽃주막이란 옛날, 시골 길가에서 밥과 술을 팔거나 먼 길 가는 나그네를 묵게 했던 주막처럼, 나비 손님에게 꿀을 주고 지친 몸을 쉬게 하는 꽃나무이다. 이 이야기는 빨간 꽃주막에서 하얀 나비 손님이 찾아와 하룻밤을 자고 가는데, 이들이 아주 특이한 꿈을 꾼다는 것이다. 나비 손님은 세상이 온통 빨간 꿈을 꾸고, 꽃주막 주인은 하얀 꿈을 꾼다. 서로 빛깔을 바꾸어 꾼 꿈은 어린 독자에게 환상으로 인도하는 시적 언어라 할 수 있다. 그 꿈은 꽃주막 주인과 나비 손님이 밤새 상대방의 내면적 이상을 자기화하여 서로의 욕망을 충족하며, 꽃과 나비라는 둘 사이의 관계를 진정한 하나로 맺는 서정적 합일에 이르게 한다. 물론 그 꿈은 서사적 확장에 관여하기도 하나 이야기를 간접화하여 여러 가지 상징성을 유발해내며 환상성을 도모한다. 현실적 난관을 당면한 현실로 받아들일 때 어떤 의미체로 끌어오기도 하고, 현실세계와 환상세계의 내적 거리를 유지하며 무시간적인 서정적 순간을 이룩하는 기능을 담당하기도 한다. 따라서 그 꿈은 간접화된 시적 서사의 하나로 동화적 의미화에 크게 기여했다.

창작동화에는 이 같은 꿈의 기법과 함께 동요를 삽입하여 정서와 여운을 수반하거나 핵심 내용을 드러내며 서사를 넘어서기도 한다. 이것은 창작동화가 동화의 평면성을 극복하는 방법이자 수용 독자를 동화의 세계로 인도하는 수단이기도 하다. 결국 창작동화의 미학적 특질은 현상계에 존재하는 모든 동식물이나 사물이 갖는 새로운 의미와 그 존재의 소중한 가치를 시적 서사로 형상화하여 독창적으로 구축해낸 것이다.

4. 한국 창작동화의 장르적 특질

한국 동화문학은 '의사동화'에서 출발하여 '창작동화'가 출현한 이후, 비로소 전통 민담서사를 어린이에게 적합하도록 현대적 감각으로 재현시킨 '전래동화'와 시적 서사를 도모한 '창작동화'로 구체화되고, 또 거기에 소설적 서사를 도입한 '소년소설'로 갈려 발전해 왔다. 오늘날 한국 동화문학은 이 세 갈래가 상호보완적으로 공존하며 서로 다른 문학적 정체성을 유지하면서도 부단히 그 경계를 허물어뜨리고 있는 형국이다. 그러나 분명한 것은 창작동화의 원리는 엄연히 전래동화와 소년소설과의 차별성을 가진다는 점이다. 한국 창작동화는 설명적 전설과 부가유래담을 모태로 형성되고, 또 그 원리를 창조적으로 계승 발전시켜온 문학이기 때문이다.

그렇다면, 창작동화는 왜 전설이나 유래담을 동화 창작의 중요한 모티프로 삼은 것일까? 전설은 흔히 비극적 성격을 지닌다. 전설의 주인공은 대체로 탁월한 능력을 지닐지라도 예상치 않는 사태에 부딪쳐 자신의 능력을 제대로 발휘하지 못하거나 뜻을 펴지 못하여 비극적일 때가 많다. 그 비극은 역사적이거나 시대적인 것에 놓이는 경우가 흔하다. 창작동화의 비극성은 1920년대 초, 일제 강점기라는 국가적 상황과 '장유유서의 말폐(末弊)'라는 사회적 현상과 맞물려 있다. 바로 창작동화는 대상인물이 처한 비극적 상황을 인지시키고,

그 극복의 아름다움을 보여주는 문학이고자 했던 것이다.

또 하나는 전설이나 유래담이 보통의 민담과 달리 작품외적 세계에 해당하는 증거물을 가진 이야기라는 점이다. 그 이야기는 사건이 허황되더라도 끝에 증거물을 제시함으로써 실제로 존재한 것처럼 실감을 주게 된다. 그런 이야기는 존재의 비합리성에도 불구하고 증거물을 통해 납득할 만한 것이 되도록 허구화하지 않으면 안 된다. 이 때 증거물의 존재를 합리화하는 데 필히 요청되었던 것은 대상인물의 의미를 창출해내는 일이며, 또 이를 진실하게 그리는 작가의 창조적 재능이다. 따라서 창작동화는 작가의 창조적 재능에 의해 현상계의 모든 사물이나 생명이 깃든 존재물에 소중한 가치와 의미를 진실하게 부여하는 문학이고자 했던 것이다. 또 한편으로 동화 구연의 시대 진실담과 허구담이 공존하는 유래담 유형의 이야기가 어린 독자에게 보다 더 설득력 있게 다가갈 수 있다고 믿었기 때문이다.

아직도 창작동화는 전래동화와는 다른 방식으로 설화를 현대적으로 모색하려는 노력을 지속해 왔다. 그것은 설화가 한국인의 근원적인 의식구조와 상상력의 원형질을 탐색하고 설화를 새로운 작품 창조의 원동력으로 받아들이고자 한 표현 의지이라 할 수 있다. 설화를 재해석하여 깨달음을 의미화한 정채봉의 「오세암」은 그런 창작 의지의 한 정점을 이룬 작품이다. 「오세암」은 백담사 부속암자인 오세암에 전해져 내려오는 불교 전승 설화 「5세 동자의 오도(悟道)」를 기본 모티프로 한 관음영험설화를 재해석한 창작동화이다. 이 창작동화는 다섯 살짜리 아이와 착한 누이와의 슬픈 이별의 이야기이면서, 순수한 아이가 부처님과 같이 해탈한다는 것이다. 욕심과 거짓과 집착이 없는, 동심의 참의미를 일깨워주는 아이의 해탈은 세계와 자아가 미분리된 '회감'(回感 Erinnerung)[19]과 깊이 관련된 동심적 회귀라 할 수 있다. 또 아이와 어머니의 만남도 서사적 시간성과 서정적 시간성이 화합으로 이룩된, 무시간적인 서정적 순간 속에 기능한 것이라 할 수 있다. 이런 시간 구조는 서정적 정조를 드러낼 뿐 아니라 환상의 발현으로도 기능한다.

설명적 전설이나 부가유래담을 모태로 출발한 창작동화는 예술적 형상화를 위해 이처럼 시적 서사의 기법이 적극적으로 도입되었다. 창작동화는 의미론적 간접화, 서사적 자아의 서정화, 내면적 인물의 발견, 현실 인식에 대한 반감과 공감의 공존, 삽화적 혹은 액자 형식의 이야기 구조, 자아와 세계의 동화나 융합, 회감, 결말의 현현, 간결한 문체, 비유, 상징적 언어 등 다양하게 시적 서사 방식을 도모하면서 비로소 창작동화의 미학을 창출해낼 수 있었다. 곧 창작동화 장르 자체가 자아와 세계의 대립을 전제로 한 서사 양식이면서도 그 속에 자아와 세계의 합일을 지향하는 서정 양식이 결합된 문학인 것이다. 이러한 창작동화의 미학적 특질은 창작동화가 전래동화와 소년소설과의 변별성을 갖는 중요한 요건이며, 또한 창작동화가 덜 세련된 '이야기'에서 본격적으로 '문학성'을 획득하는 원리였다. 하지만 이 같은 시적 서사의 도모가 한편으로는 활달한 서사를 낳지 못하는 약점으로 작용되기도 했다. 우리 창작동화가 서구에 비해 환상 서사가 취약한 것이 여기에 연유한다. 따라서 이에 대한 모색으로 우리 창작동화가 민담적 서사를 원용하여 플롯을 강화하는 경향을 보이기도 했다. 마해송의 「토끼와 원숭이」, 「호랑이와 곶감」이나 이영희의 「날씨 굽는 가마」, 「어린 선녀의 날개옷」 등이 그 좋은 창작적 실례

19) 회감(回感)은 주체와 객체의 간격의 부재에 대한 명칭일 수 있으며, 서정적인 상호융화에 대한 명칭일 수 있다. 현재의 것, 과거의 것, 심지어 미래의 것도 서정시 속에 회감될 수 있다.(Emile Staiger, 이유영, 오현일 역, 『시학의 근본 개념』(삼중당, 1978), p.96.)

라 할 수 있다. 물론 이들 창작동화는 민담을 모방적으로 접근한 것이 아니라 예술적 표상으로서 상징적으로 접근한 것이다.

결국 전설과 유래담 유형을 창조적으로 계승 발전시킨 한국 창작동화는 한마디로 세상에 존재하는 모든 소외받은 사물이나 생명체에 대해 아픔을 인지하고, 그 극복의 아름다움을 보여주는 문학이며, 세상에 존재하는 모든 것은 다 소중한 가치를 지닌다는 사실을 정서적으로 의미화해 놓은 독창적인 장르이다. 따라서 훌륭한 창작동화는 교육성을 전혀 드러내지 않으면서도 저마다 나름대로 그 어떤 값진 의미를 하나씩 간직하고 있는 것이다.

한국 아동소설의 미학적 특질
—2000년대 발표된 소년소설을 중심으로

전명희

1. 들어가며

근대에 육당 최남선은 일찍이 소년 애호사상을 고취한 바가 있다. 그의 이런 사상은 문학 활동을 통해 구현되기도 했는데, 『소년』지 창간이 바로 그것이다. 『소년』지에 실린 발간 취지를 살펴보면 "우리 大韓으로 하야곰 少年의 나라로 하라. 그리하랴하면 能히 이 責任을 勘當하도록 그를 教導하여라" 하면서 문학의 계몽적 역할을 강조하고 있다. 그러나 이제 문학의 임무는 '무엇을 말하는가'보다 '어떻게 말하는가' 하는 것이 더 고려되어야 함을 작가도 독자도 모두 알고 있다. 따라서 현대에 이르기까지 수많은 작가들의 작품 속에서 이런 노력은 다양한 미적 체계를 갖추게 되었다. 본고에서는 주로 소년소설을 대상으로 하여 작품의 서사구조 속에 담긴 미학성을 살펴보고자 한다. 분석 대상의 작품들은 2000년대에 발표된 최근의 작품들로 한정했다. 물론 이런 공시적 관점의 연구로서 통시적인 관점의 한국 특유의 미학성을 추출하기 위한 단초를 마련코자하는 의도이기도 하다.

오늘날 우리 사회가 다변화하고 성장했듯이 아이들의 정신세계도 성장하여 그들도 다양한 형태의 꿈과 야망을 지니게 되었다. 따라서 변모하는 청소년의 정신세계를 동심이란 틀 속에 묶어놓을 수 없다. 이제 작가들은 시대의 변화를 숙고해야한다. 실제 최근의 소년소설들의 경향을 살펴봐도, 마치 개인적으로 유년의 틀을 벗듯 소년으로 성장한 아이들을 재발견하고 그 탐색과정의 결과가 작가들의 여러 소년소설작품에서 빛을 발하고 있음을 발견할 수 있다.

그리하여 여러 가지의 주제를 다양한 서사방법으로 다루면서 독자들과 교감하는 작품들 속에는 그들만의 미학적 내적 구조를 지니고 있다. 사실 아이들은 어른들이 계몽적 차원에서 우려하며 역설하는 교훈보다 오히려 스스로 깨닫는 현실에서 삶의 진리를 더욱 소중하게 여길 것이다. 이 점을 잘 간파하고 있는 작가들은 현실의 일상성에 바탕을 두고 치열한 작가의식으로 아이들이 체험해야 할 현실적인 삶을 총체적으로 보여주고 있다. 본고에서는 그러한 서사구조 속에 드러난 작가들의 미학적 관점을 몇몇 작품을 통해 단편적으로나마 들여다보고자 한다.

2. 본론

1) 자기 고백적 글쓰기

—역사 속에 버무려진 내면의 성장 이야기들

우리의 역사는 많은 상처를 지니고 있다. 그 가운데 전쟁으로 인한 상처는 그 누구보다 아이들을 아프게 한다. 그 때 그 아픔을 겪었던 세대인 작가 군들은 요즘의 전쟁 미경험 세대들에게 자신들의 이야기를 들려주고 싶어 한다. 당대에 어린 작가의 모습을 작품 속의 화자로 등장시켜 자신의 내면에 잠재된 상처를 고백하는 것이다. 물론 작가로서의 경험적 자아와 소설 속의 동심적 자아가 반드시 일치할 수는 없다. 그러나 역사 속에서 다치고 희생된 개인의 삶을 그려낸 수많은 작품들이 오늘날 한국 현대 소년소설의 근간을 이루고 있다고 해도 과언이 아니다. 이것은 작가들이 개인적으로는 어린시절 입었던 상처를 치유하는 한 방법이기도 하지만, 역사의 오류를 체험했던 세대가 기록해야 할 의무로서 실천적 글쓰기이기도 하다. 이런 특징을 가진 많은 작품들 가운데 몇몇 작품들을 살펴 그들이 지닌 내적 미학을 드러내 보자.

강정규의 신작 소설 『토끼의 눈』(2004)은 크게 세 편의 소설 「흰무리」, 「두껍아 두껍아」, 「토끼의 눈」으로 나누어져 있다. 세 편 모두 6·25 전쟁 속의 우리 민족들의 삶의 모습을 시각적, 청각적 이미지로 감각적 표현을 하여, 마치 한 편의 투명한 수채화를 눈 앞에 펼쳐놓은 듯하다. 이런 시적인 묘사에다 간결한 문체와 의성어, 의태어, 질박한 방언 등을 적절하게 잘 활용했기에 글 전체가 은은한 가운데서도 생동감 있게 반짝거리는 소설이 될 수 있었던 것이다. 이 소년소설을 읽으면 독자는 마치 호흡이 긴 한편의 시를 읽은 듯한 느낌이 든다. 이것은 거친 호흡으로 전쟁의 부조리함을 역설하는 것보다 훨씬 효과적으로 주제를 전달하는 작가의 독특한 미학적 관점과 노련한 기법 때문일 것이다. 그는 이 소설을 통해, 풍부한 감성을 지닌 청소년 독자들에게 절제와 여백으로 사유의 공간을 마련해 주었다.

송재찬의 『노래하며 우는 새』(2006)는 역사라는 객관적 사건이 개인의 주관적 삶 속에 어떻게 얽혀 있는지 독자에게 공명을 준 작품이다. 제주도민들에게 큰 상처를 주었던 4·3사건이란 거대한 역사의 수레바퀴 주변에서 자신의 유년시절을 보낸 한 아이의 이야기가 독특한 제주도의 풍광을 배경으로 애잔하게 펼쳐지는데, 이 소년소설은 작가의 자전적 고백이 소재임을 서두에 밝히고 있다. 이 소설을 통해 작가는 천진하면서도 섬세한 감성을 지닌 내포화자인 어린 아이의 시점을 유지하며, 역사와 함께 버무려진 자신의 삶을 스스로 이해하면서 성장해 나가는 한 아이의 내면을 감각적으로 잘 그려내어 아동, 청소년 독자대상의 감정과 교류할 수 있는 성장소설로 다가서게 했다.

한 소년의 유년기 삶에 펼쳐진 여러 가지의 에피소드 연결로 인간 성장의 한 고비를 역사적 배경, 자아성장 등 총체적으로 엮어서 보여주면서, 작가는 제주의 독특한 풍광과 풍습, 정서 속에서 그리움과 외로움, 두려움을 극복하고 자연과 예술에 대한 가치관을 키우며 내면의 성장을 이루는 주인공의 모습 묘사로 도시문명에 길들은 오늘날의 독자들에게 색다른 묘미를 선사하고 있다. 그러나 이 작품은 4·3사건을 다룬 대개의 다른 작품들처럼 사건의 전모를 객관적으로 서술하기보다는, 등장인물인 피해자의 입을 통해 책임을 져야할 행위자를 너무 강하게 부각시키는 바람에 독자의 공감을 훼손시킨 면도 있다고 볼 수 있다. 하지만 작가는 주인공의 아이다운 천진함과 관심사 외에는 적당한 무심한 행동을 하는 행동묘사로 독자대상에게 오히려 더 설득력있게 역사와 개인의 관계를 생각하게 하는 서사 미학적 성과를 거두고 있다고 볼 수 있다.

또 하나의 자전적 성장소설인 이규희의 『아버지가 없는 나라로 가고 싶다』(2003)도 작가로서 스스로에게 준 의무이자 숙명으로 창작된 작품이다. 어린시절 우울하고 어두웠던 자신의 내면과 아버지의 빈자리로 인한 아픔을 소녀의 섬세한 감수성으로 채웠던 기억을 작가는 이 성장동화를 통해 아주 진솔하게 고백하고 있다. 소설의 가장 본질적 영역은 기억의 도움을 받는 회상의 형식이며, 주관 객관의 자기 속에서 통일이 가능한 영역이야말로 소설이 서고 머물 수 있는 장소라고 한다. 만약 '남에게 받아 쓸 수 있는 기억'과 '절대로 그럴 수 없는 기억'이 있다면, 이는 자신의 절대로 그럴 수 없는 기억인 과거에 대한 화해의 악수이자 청소년 독자와 함께 아픔을 드러내 놓고 치유하고자한 의도적 글쓰기였다고 볼 수 있다.

이 작품의 미학적 근원은 그의 어두웠던 과거의 자전적 요소 속에서 배경을 이루는 당대의 풍속도 묘사라고 볼 수 있다. 아버지의 부재로 가난하고 불행했던 이야기가 소설의 중심축을 이루고 있지만 한편으로는 자신의 성장이 있게 한 당대 사회의 풍습과 사회문화적 현상도 그 얼개를 구축하는데 밑그림이 되고 있다. 우리나라 현대사의 일부분인 4·19혁명 5·16혁명을 어린아이의 시선으로 바라보면서 그런 역사적인 사건들로 어른들의 삶 속에 어떤 변화가 있는지도 보여준다. 서울에서 명문대 법대를 다녀 그 집안의 자랑이었던 순영이의 삼촌이 어느 날 데모를 하다가 다친 몸으로 귀향하여 폐인이 되어가는 모습, 이승만 대통령의 부정투표, 슬픈 목소리로 하야성명을 발표하던 대통령 할아버지의 모습과 무섭게만 느껴지던 박정희 소장의 혁명소식에 라디오에 귀를 기울이는 어른들의 모습 등 당시 상황의 묘사는 어지러운 세상이야기와 함께 수희의 어수선한 가정환경 변화를 더욱 실감나게 해 준다. 이는 남다른 감수성으로 세상을 바라볼 줄 알았던 작가의 역량이며 미적 공간으로 볼 수 있다.

중견 작가 김우경의 소년소설 『선들내는 아직도 흐르네』(2004) 역시 한 마을의 삶의 역사를 안고 아직도 흘러가고 있는 냇물을 배경으로 선조들의 잊혀지지 않는 삶의 애환을, 아니 결코 잊어서는 안 되는 역사적 진실을 우리에게 들려준다. '선재'라는 한 시골 소년의 성장하는 눈을 통해 바라보는 우리 민족의 그늘진 역사. 일제의 강제징용으로 일본탄광에 끌려갔다 몹쓸 기침병을 얻어온 할아버지의 이야기와 위안부로 끌려가 '분꽃같이 고운 나이에' 끌려가 '머리가 하얀 할망구가 되어 돌아온' 할머니의 기구한 운명, 그것을 보며 역사에 대해 처음으로 눈을 뜨게 되는 소년의 이야기. 이 여러 가지 이야기를 하나의 서사적 틀 속에 녹여낸 작가의 글솜씨가 여간 녹녹치 않다. 특히 이 작품의 미학성은 시골소년들의 생활과 심리묘사, 자연풍경에 대한 묘사로, 마치 살아 숨쉬는 것처럼 생생하여 작가의 든든한 역량을 가늠하게 해 준다. 이 동화는 두 가지 이야기의 골격구조를 지닌다. 그 하나는 종군 위안부, 강제 징용으로 불행한 삶을 살았던 구세대의 이야기(內話)와 또 하나는 불우한 환경 속에서도 풋풋하게 자라고 있는 신세대의 이야기(外話)로 두 이야기가 서로 교차하고 있다. 이 두 세대를 이어주는 끈은 바로 지금도 마을 앞을 쉼없이 흐르는 선들내이며, 이 선들내는 곧 우리 역사의식의 유장한 흐름일 것이다.

이제 우리는 여러 작품의 서사 구조 속에 녹아든 작가들의 자전적 고백을 통해 양심의 눈을 뜨고 역사를 바로 세워야 할 때다. 명철한 역사의식과 따뜻한 마음씨를 가지고 결코 잊어서는 안되는 선조들의 삶의 기록을 겸허히 들여다봐야 한다. 오늘날 많은 소년소설 작가들도 이 점을 그들의 작품을 통해 어떻게 효과적으로 전달할 것인가 고민하고 있다. 자라나는 청소년들에게 역사적 진실에 대한 지대한 관심과 올바른 가치관 정립을 위해 작가들은 그들 나름대로 개성 있는 미학적 공간을 작품 속에 끝없이 창조하고 있다.

2) 사회 부조리 고발의 사실적 글쓰기
—도시 변두리의 소외계층을 돌아보며

6·25의 폐허를 하루빨리 딛고 일어서야만 했던 우리 민족은 우선 어느 곳이든 둥지를 틀고서는 먹고 살기위해 정신없이 이리저리 뛰어다녀야만 했다. 그 결과 도시 주변으로 노동 품을 팔기 위해 모여든 사람들이 도시 변두리에 판자촌을 이루고 도시빈민 계층을 형성했다. 도시가 비대해지고 현대화 될수록 도시개발은 필연적이고 따라서 도시빈민들은 강제로 자꾸 변두리로 밀려나야만 했다. 현대문학에서 많은 작가들이 이런 산업사회의 뒷그늘을 작품의 소재로 삼아 그 부조리함과 냉혹함을 고발하고자 했다. 한편 소년소설 작가들 역시 무차별적인 도시개발로 인한 생존의 절박함과 그 속에서 판치는 물질주의, 천민자본주의를 놓치지 않는다. 힘겨운 현실 속에서도 자라나는 아이들을 그냥 두고 볼 수는 없었기 때문이다. 여기에서 소년소설 작가들은 생경한 이념을 늘어놓기보다 아이들의 현실생활과 심리에 밀착하여 관찰하고, 그것을 사실적으로 묘사하는데 주력하여 소년 독자들의 공감대를 형성하는 미적체계를 이룬다.

이옥수의 청소년 소설 『푸른 사다리』(2004)는 도시 빈민들의 삶과 그 속에서 자라는 아이들의 이야기가 섬세하게 그려져 있다. 이 소설은 한 소년이 비행 청소년으로 낙인 찍혀가는 과정과 방황, 고통을 거쳐 꿈을 찾아가는 성장이야기이다. 그러나 이를 더 자세히 보면 한 소년의 단순한 성장소설이라기보다 개인의 차원을 넘어서 사회구조적 차원으로의 입사식을 치르는 아이의 이야기로 볼 수 있다. 주인공 윤제네는 광부인 아버지와 강원도에서 살았다. 아버지의 폭력으로 가출한 어머니가 서울에 살 곳을 마련해놓자 식구들이 함께 서울 생활을 시작하는데, 그 곳이 '서초동 법원단지 앞 꽃마을 비닐하우스촌'이다. 서울의 '노린자'요, 권위와 발전의 대명사인 서초동에서 꽃마을이란 역설적 이름의 무허가 비닐하우스촌에 도시빈민으로 살아가는 그들의 모습은 소설의 첫 장면에서 아주 함축적으로 잘 나타나 있다.

'인간시장'이라는 새벽 인력시장에서 하루하루 노동품을 팔면서도 자식교육에 희망을 걸고, 주소가 없는 집에 살면서도 서울의 노른자위에 버티는 이유가 무엇일까? 그것은 생존의 절박함과 물질주의, 천민자본주의가 뒤엉킨 우리의 현실이며 자화상일 것이다. 작가는 낯선 이념만으로 사회의 부조리를 고발하는 것이 아니라 현실에 대한 풍부한 관찰과 묘사를 통해 하층민의 실상을 잘 보여준다. 바로 윤제네와 같은 무허가 비닐하우촌의 강제철거 장면이 그것이다. 이는 마치 조세희의 『난장이가 쏘아올린 작은 공』과 비슷한 구도를 지니고 있으나 고도의 상징성과 메타퍼 대신 이 작품의 서사미학은 다름 아닌 현장감 있는 리얼리티를 확보하고 있어서 청소년 독자들에게 보다 쉽게 다가설 수 있게 해준다는 사실이다. 가난에 대한 수치심과 불안, 두려움 속에서도 마지막 보루인 영구 임대아파트 입주권을 얻기 위한 생존의 법칙과 무서운 현실을 깨달을 수밖에 없는 아이들의 내밀한 속내까지 그 속에 잘 녹여낸 작품이다

배익천의 『내 마음의 하늘』(2006) 역시 강제철거가 집행되는 도시의 빈민들 이야기가 펼쳐지는데, 거기다가 학교 폭력과 왕따의 이야기가 잔잔하게 함께 얽혀져서 펼쳐진다. 가난한 집안의 평범한 소년 백상흠의 1인칭 시점으로 그려진 이 소년소설은 우리 사회의 부조리한 현실을 사실적으로 보여주고 있다. 부모님은 모두 장사를 나가시고, 곧 강제 철거될 집안에 장애인인 동생을 혼자 남겨두고 학교를 다니는 주인공은 또래의 소년들이 지닌 활달함보다 집안일과 동생돌보기 등, 자신이 해야 할 일을 착실하게 해나가는 조용하면서도 심지가 굳은 성격을 지닌 소년이다. 그런 주인공이 어느 날 학교주변의 불량배에게 괴롭힘을 당할 때 담임선생님의 도움으로 경찰에 신고를 하게 된다. 그러나 그 불량배가 하필 같은 반 친구의 형이어서 아이는 또 친구들에게 왕따를 당하게 된다. 이 작품의 서사미학은 바로 평범한 한 소년의 일상과 심리가 과장되지 않고 잔잔하게 사실적으로 잘 그려져 있다는 것이다. 약속, 질서, 규범, 규칙, 법이 잘 지켜지는 사회가 되기 위해서는 하나가 하나에게 악을 가르치면 세상 전부가 악이 되지만 하나가 하나에게 선을 가르치면 세상 전부가 선이 될 수 있다면서 담임선생님의 행동과 실천을 보고 깨달아 가는 아이를 통해, 기성세대의 책임있는 교육실천을 강조하고 있다.

지금 우리 사회도 성장의 호된 고통을 치르고 있는지도 모른다. 끝없는 경제 성장과 물질적 번영은 정신적, 사회적 빈곤을 불러왔고, 나아가 공동체가 무너지면서 사람들은 정서적 안정을 잃어버리게 되고 나눔의 미덕을 잃어버렸다. 이제는 경쟁적으로 돈만 좇아갈 것이 아니라, 열등감과 상실감에 시달리는 소외계층에게 눈을 돌릴 때다.

작가들은 이런 책임감으로 독자들에게 메시지를 효과적으로 전하기 위해 자신들의 작품 속에 저마다 리얼리티가 살아있는 천착력있는 묘사로 사실적 미학공간을 설정하고 있는 것이다.

3) 문제의 원인과 주변 연관관계 따진 글쓰기
—결손가정, 가족해체, 물질문명 비판

산업사회 속에서 가정해체의 위기는 날로 팽배해가고, 가족은 함께 밥을 먹는 '식구(食口)'라는 의미도 오늘날에 이르러서는 많이 퇴색되고 말았다. 이때 가장 큰 피해자인 아이들은 부모의 관심과 사랑으로부터 자꾸 멀어지고 심지어는 심한 학대와 기본적인 생존의 위협을 받기도 한다. 또 충동적인 범죄와 자살의 충동에 휩쓸리는 청소년들도 있다. 여기에서 소년소설 작가들은 아동 개개인이 가진 문제의 원인과 주변 연관관계를 세세히 그려, 왜 아이들이 힘들어하며 어떻게 고리를 끊어내는가를 살피면서 아동 하나하나를 돌봐야 되는 이유를 극명하게 드러내고자 한다.

명창순의 장편동화 『울어도 괜찮아』가 그것이다. 흔히 구조적 불평등으로 가난이 세습된다지만, 사실 소외계층 또는 빈곤 가정이란 고정관념은 있을 수 없다. 즉 가까운 이웃에게서 언제나 일어날 수 있는 일로 평범한 가정도 경제적 어려움, 가정의 해체로 하루아침에 음지가 될 수 있고, 그 음지에도 햇살이 내려야함을 이 이야기는 잘 보여주고 있다. 아버지의 폭력으로 엄마는 집을 나가고 방치된 아이 준서는 어느새 난폭해진 자신의 모습에 당황하고 괴로워한다. 실제로 폭력은 부당하게 억압적이며 비인간적이어서 폭력을 당하는 자에게도 잠재된 파괴본능을 일깨운다는 사실을 작가는 지적하여, 흔히 말하는 문제아는 바로 기성세대의 책임임을 생각게 하고 있다. 도시에서 흔한, 주변의 이웃 연립주택 안에서 오늘 이순간도 굶주림과 학대로 떨고, 폭력과 범죄에 노출된 아이가 있다는 것을, 작가는 지나치게 과장하지 않고 그 원인을 밝히며 생생하고 실감나게 그려낸다.

김중미의 『괭이부리말 아이들』(2000) 아이들에는 다른 소설에서보다 조금 많은 주인공이 등장한다. 모든 주인공이 '괭이부리말'이라는 특정 공간에 살면서 결손가정의 아이들이라는 점에서 공통점을 지니고 있지만, 서로에게 기댄 채 제각기 다른 방식으로 환경을 헤쳐나간다. 작품 속의 아이들 모두 내면에는 순수하고 착한 마음씨를 지니고 있으나, 어려운 환경으로 인해 탈선하고 제대로 교육받지 못하고 방황한다. 사실 그들은 탈선한 문제 아이들이라기보다 사회의 약자들일 따름이다. 요즘과 같은 풍성한 물질의 시대에 저 변두리에서 헐벗고 소외된 채 살아가고 있는 우리의 이웃 이야기를, 진실한 마음으로 성실하게 형상화한 작가의 관점과 태도가 감동의 근원이 된 소설이다. 작가는 이 시대의 어둡고 불합리한 모순의 현실을 그 누구보다 착실하게 기록하고 극복하는 과정을 선명한 필치로 묘사하여 나직하지만 단호한 목소리로 불합리의 원인을 밝혀내고 있다.

조대현 작 『홀로 서서 가는 길』(2002) 주인공 민우 역시 큰 돈을 벌겠다며 고향을 떠나온 아버지의 벌이가 넉넉지 않자 어머니가 가출해 버린 결손가정의 아이이다. 민우는 친구들과 장난삼아 가게에서 빵이나 과자를 훔쳐 먹으면서도 전혀 잘못을 느끼지 않았었다. 그래서 할아버지 집에 맡겨진 첫날, 읍내 가게에서 건빵 한 봉지를 훔치다 잡혔을 때, 죄의식을 느끼기는커녕 재수가 없었다고 투덜대며 낯선 계집애 앞에서 꾸중을 듣는 것만을 창피해 할 따름이었다. 이렇게 고집 세고 순수함이 망가진 민우를 다시 복원해 준 것은 바로 다름 아닌 시골이라는 삶의 공간이었다.

도시라는 공간 속에서 가난으로 힘겹게 살아가는 어른들이 물질만을 좇아가는 동안 도시의 아이들은 방치되고 소외되어 어느 새 상처를 입게 된다. 그러나 시골의 삶은 도회지와는 달리 이웃 간의 연대관계가 매우 돈독한 공동체적 삶의 형태였다. 그러나 이제는 산업사회의 대두로 시골다운 시골을 잃어가고 있는 작금의 현실을 작가는 안타까워하면서 이렇게 상처 입은 영혼들을 그 넉넉한 품에 싸안아 새 살이 돋도록 주는 무한한 생명력을 지닌 재생공간을 작품 속에 담고자 했을 것이다.

배익천의 『오미』(2003)은 대표적인 성장소설로 손꼽히는 작품이다. 이 이야기는 늦가을 새벽 부산에서 출발한 묵호행 버스 안에서 집나간 어머니가 병들어 살고 있는 경북 영양 오지까지 찾아가는 동안, 한 소녀의 회고적 시점으로 엮어져 있다. 춤바람으로 집 나간 어머니, 아버지의 좌절, 새엄마의 이중성과 박대, 자매의 이별, 아버지와 삼촌의 죽음, 끝까지 아이를 품어주던 거제도바다와 할머니의 죽음 등 평범한 가정의 파란 많은 삶의 이야기와 이 모든 현실을 이겨내고 마침내 어머니를 용서하고 피 다른 동생들을 모두 껴안고 빵가게 점원으로 건강하게 성장하는 주인공의 삶의 과정은 『몽실언니』의 맥을 잇는 소년소설이라 볼 수 있다. 『오미』는 오늘날 해체된 가족으로 인해 훼손된 아이들의 삶을 건강한 삶으로 바꾸기 위해서는 가족의 원형을 다시 회복하는 길임을 그들의 서사공간 속에 풀어놓고 있다.

이제 작가는 어떻게, 어떤 눈으로 그들의 모습을 보고 사고하고, 행동해야 하는가 하는 것을 자신의 창작활동에 있어 기본명제로 삼아야 할 때임을 보여주어야 한다. 오늘의 독자가 가장 중시하는 것은 작품에 투영된 자신들의 문제이다. 그러므로 작품을 통하여 오늘날 우리 사회의 비극의 진상이 무엇인가 찾아야 하며, 또 우리가 어떻게 살아야하는지를 깨달아야 한다. 이를 위해 작가가 현실에 대한 올바른 원인분석과 인식으로 그것을 해결하려는 투철한 작가의식을 가지는 것도 하나의 미학적 서사구조의 요체가 될 것이다.

4) 새로운 시도의 글쓰기
—다양한 소재와 기법

청소년들은 당당한 한 인격체로서 세상과 뜨겁게 맞서고 있는 생명체이며, 그런 그들 세계의 싱싱한 속살을 들어다보기 위해서는 소년소설 작가들은 끊임없이 주변을 살피고 색다른 방법으로 소재면에서나 기법적 측면에서 새로운 미학을 모색해야할 것이다. 최근 발표되는 작품들을 살펴보면 작가들의 이런 부단한 노력이 투영된 작품들이 종종 눈에 띈다. 금기시되던 성폭력에 대한 이야기가 진지하게 이야기된 소설이 하나 있다. 바로 이금이의 『유진과 유진』(2004)이란 청소년 소설이다.

이 소설은 제재가 '아동 성폭력'이라는 사회성이 강한 특이함을 지니고 있으나, 작가는 단순히 소재주의적 차원에서 다룸을 넘어서 청소년들의 고민을 실감나고 천착력있게 그려나갔다. 유아기에 성폭력을 당한 똑같은 이름을 지닌 두 아이의 남다른 경험과 깨달음을 그들만의 것이 아닌 우리 사회 전체의 보편적 가치관의 재정립으로 승화시킨 것은 작가의 뛰어난 리얼리티 구현의 역량 덕분이다. 이제 성폭력 문제가 가시화되면서 아동 성폭력의 문제도 더 이상 덮을 수만 없는 문제가 되었다. 작가는 이 소설을 통해, 피해자가 내 아이가 아니면 그만이라는 사회적 무관심을 고발하거나 성범죄를 막아야 된다는 원천 봉쇄가 궁극적이고도 이상적 대안이라는 도식적 결론을 끌어내려고 한 것은 아니다. 아이에게 나쁜 짓을 한 가해자와는 별개의 문제로, 송두리째 자기 자신의 문제로 고스란히 받아들여야 하는 피해 청소년들이 있음을 우리는 외면해 왔으며, 그 문제는 혼자서 해결하기엔 너무 벅차며 부모나 주변의 도움을 절대로 필요로 한다는 메시지를 전달하고 싶어했다. 이 소설의 서술 전략 역시 소재만큼 특이하다. 두 아이의 관점을 교차시키며 서술해 나가, 동시에 두 개의 이야기 구조를 지니고 있다. 즉, '큰 유진'과 '작은 유진'의 1인칭 주인공 시점으로 두 가지 서술방향을 동시에 진행시켜나가는데 이는 하이퍼텍스트의 한 시도로 볼 수 있다. 또, 다양하게 열린 구조라는 측면에서 본다면 요즘 청소년 인터넷 문학의 한 유형인 팬픽의 형태와도 무관하지 않다. 작가도 허구의 세계에서 각각 다른 인물을 통해 독자들에게 두 가지 이상의 현실을 체험케 하고 싶다고 밝힌 바 있다. 이런 독특한 형식적 측면뿐만 아니라 유머 감각이 담긴 산뜻한 문체와 함께, 작가의 세대를 뛰어넘은 감각적인 노력을 청소년 독자들도 절대 놓치지 않을 것이다.

두 아이의 시점이면서 동시에 또 하나의 나의 시점이 된다면, 그것은 자신의 내면적 자아의 모습이라고 볼 수 있다. 이는 1인칭 주인공 시점이 놓치기 쉬운 객관적 서술을 또 다른 나의 존재인 다른 인물을 통해 그려가면서, 아울러 자신을 치유할 사람은 다름 아닌 자신이라는 것을 강조한 것이기도 하다.

한 작품 속에서 2개의 시점으로 서사한 또 다른 작품으로 김혜리 작, 『열한 살 아름다운 시작』(2003)을 들 수 있다. 11살에서 20살까지의 10년이란 긴 세월을 통해 성장해 간 주인공은 쌍둥이로 11살이 되도록 고아원에서 자랐다. 쌍둥이 입양이 어려움에도 불구하고 다행히 이 둘은 헤어지지 않고 한꺼번에 한 부모에게 입양이 된다. 이 설정은 작가의 깊은 의도가 깔린 장치이다. 작중 주인공화자인 동생 '나'와 쌍둥이인 '언니'는 자타가 공인하는 반대의 성격을 가진 인물들이다. 그러나 언니는 또 다른 나의 모습이다. 사춘기에 가까운 그 나이의 아이가 비록 행운에 가깝게 좋은 부모를 만났으니 아이들 자신도 운명에 순응해야함도 알 것이다. 그럼에도 불구하고 자신의 정체성에 대해 회의하고, 반항하고 싶기도 한, 사춘기 아이들의 복잡한 심리를 작가는 쌍둥이란 두 사람의 이중 시점으로 따라가 보고자 했다.

아울러 이런 두 개의 시점은 자신이 자기의 내면세계를 말하는 1인칭 주인공 시점에서 상실하기 쉬운 객관적 서술의 약점을 피해, 또 하나의 내 분신을 대상으로 설정하여 세계를 향해 표출되는 또 다른 자신의 모습을 객관적으로 관찰 묘사할 수 있는 1인칭 관찰자 시점의 입지를 마련해 준다. 즉, 주인공 화자 동생은 표면적으로는 주어진 환경에 아주 쉽게 적응하는 착한 아이로 그려져 있으나 그 아이의 내면에는 자신이 택하지 않은 방황하고 반항하는 한 사춘기 아이의 모습이 숨겨져 있다. 이런 화자의 내면적 욕망을 자아와 세계의 조화가 쉽게 이루어지지 않는 언니의 입장으로 형상화하여 화자의 시점을 보다 객관적으로 표현하면서, 회고조가 아닌 어린이 시점을 유지하여 자신의 내면세계를 솔직하게 드러내는 효과를 거두고 있다고 볼 수 있다.

위에서 다룬 『토끼의 눈』(2004) 역시 여러모로 새로운 소설 형식의 시도를 보인다. 이 소설에서도 역시 「두껍아 두껍아」와 비슷하게 서두와 말미에 이야기 시를 한 편씩 써서 수미상관의 완결구조를 취하고 있다. 거기에다 소설의 중간에 환타지 동화구조가 삽입되어 있는

데, 이는 전쟁이라는 무서운 현실의 이야기를 주인공의 꿈속에 펼쳐지는 환상적인 동화로 형상화시켜 더 선명한 대비로 두드러지게 하는 작가의 시도로 무척 신선하다.

황선미의 『나온의 숨어있는 방』(2006)도 우리식의 환타지 공식으로 국내 환타지 동화의 수준을 높인 작품이라는 평가를 받고 있다. 작가 특유의 섬세한 심리묘사와 서사 구성력은 시, 공간의 확장이라는 환타지적 배경을 실감나게 하는 데 큰 몫을 하고 있다. 거기다가 마치 퍼즐을 끼워 맞추듯이 조각난 이야기를 하나하나 연결하는 미스테리한 구성과 상상력을 자극하는 긴밀한 문학적 장치들은 청소년 독자들을 책으로 빨아들이는 큰 요소이기도 하다. 하나의 작품 속에 서로 다른 시 공간이 공존하면서 포개어지게 이야기를 풀어간 작가의 역량이 두드러진 작품이다.

또, 고전문학에 대한 남다른 관심으로 아이들에게 그 참맛을 전해온 작가 이상배는 '아리랑'이란 지은이조차 알 수 없으며, 힘든 일을 할 때 부녀자들이 부른 노동요 또는 조상들의 삶의 애환이 담긴 노래라는 교과서적 상식에 머물지 않고, 무한한 작가적 상상력을 발휘하여 서사성을 지닌 이야기 『아리랑』(2006)으로 새롭게 창출해 내었다. 어른들이 상상한 나운규의 '아리랑'과 같은 영화가 일제의 설움 속에서 우리를 끈끈하게 뭉쳐준 힘의 근원이었다는 것을 상기해볼 때, 언제 어디서나 민족의 정신적 버팀기둥인 이 노래 자산을 다양한 형태 변주해 본다는 것은 예술가들의 주요한 소임 중 하나일 것이다.

이 동화는 기존의 서사기법과 다른 새로운 구도를 보인다. 첫 장을 펼치면 짧은 노래가 나온다. 이는 각 장이 시작 될 때마다 똑같은 형식을 취하고 있는데, 노래에 그 장의 내용이 다 함축되어 있다고 볼 수 있다. 그 옆의 한 페이지에는 배경설명과 주인공 인물의 등장이

빠른 호흡으로 서술되고, 그 다음 장을 넘기면 두 페이지에 걸쳐 구만리 들녘이 가득 펼쳐져 이 동화의 전체 무대가 한 눈에 들어오게 되어 있다. 이런 서사 구도는 마치 15막으로 구성된 한 편의 뮤지컬 무대를 보는 것 같다. 막이 오르자 짧은 시로 쓰였던 배경 음악과 함께 무대가 펼쳐지고 등장인물이 등장하는 구도가 상상된다. 만약 감수성이 있는 독자들이라면 누구라도 쉽게 자신도 모르는 가운데 눈과 귀가 동시에 열리며 상상의 입체공간을 연상하게 될 것이다. 물론 이것은 동화 전편에 걸친 묵직하고 선 굵은 느낌의 수묵화가 분위기를 압도하는 효과를 거두고 있기 때문이기도 하다. 이런 서술 기법은 요즘같은 영상시대에 인쇄매체로서의 문학이 가진 한계와 위기의식을 극복한 문학의 한 표현 방법이 될 수도 있을 것이다. 또 최근 붐을 일으키고 있는 뮤지컬의 대본이 될 수도 있으니 '원소스—멀티 유즈'의 문학적 변용이 가능해진다.

그 외에 해외에 거주하는 교포작가들에 의해 우리의 전통과 정체성을 들여다 본 작품들도 새로운 서사공간을 보여준다. 린다 수 박의 『사금파리 한 조각』(2002)은 미국에서 '뉴베리'상을 받은 해외문학이라고도 할 수 있으나, 작가가 자신의 본래의 나라인 한국을 느끼고 공부하면서 지은 책이라는 점에서 번역본을 살펴보았다. 작가가 말한 "제 동화가 뉴베리상을 받음으로 인해 많은 사람들이 한국의 전통문화를 읽게 된 것이 큰 보람입니다. 한국 중세 상황을 인문서로 소개했다면 보통 사람들은 전혀 관심을 갖지 않았을 걸요."라는 말은 국내 작가들에게 가장 전통적인 소재의 중요성을 다시 일깨워 주었다.

미국에서 태어나 한국말을 잘 모른다는 작가는 자신의 아이들에게 한국을 알려주기 위해 한국의 역사와 문화에 대한 자료로 수백 권의 책을 읽고, 12세기 고려시대를 생생하게 재현했다. 이 소설은 우리 선조들의 인내와 예술혼이 감명 깊게 녹아 있어 한국의 정서와 당시 시대상, 서민의 삶에 대한 묘사로 서구인들에게 색다른 서사 미학을 맛보게 했다.

또, 비슷한 해외작품으로 『여기는 천국이 아니야』(2003)가 있다. 한국에서 태어나 어릴 때 미국으로 이민 가서 혼란스러웠던 청소년 시절을 보낸 자전적 이야기를 책으로 써낸 작가는 '안나'라는 필명으로 등단하여 현재 미국의 중학교 교사로 재직하고 있으면서 창작 활동을 하고 있다. 이 작품 역시 미국도서관협회가 어린이 청소년 도서를 대상으로 선정하는 '마이클 프린츠'상을 수상했다. 이 소설 속에는 작가가 청소년기 성장과정에 이민자로서 겪었던 생활의 어려움과 문화적 갈등에 대한 좌절과 극복의 이야기가 간결하면서도 사실적으로 그려져 있다. 이 소설의 소재인 해외거주 교포 이민 1.5세대 소녀의 이야기가 우리에게 이질감을 줄 수도 있으나 한 아이가 보낸 성장기의 고통은 우리 청소년들에게도 공감대를 형성할 수 있으리라 생각된다.

이렇게 다양한 소재와 기법의 시도는 소년소설의 미학성을 더욱 깊이 있게 하여 청소년 독자들을 두루 흡인할 수 있게 하는 기반이 되고 있다.

3. 나오며

본고에서 살펴본 바에 의하면 한국 소년소설의 미학적 특질은 근대의 계몽적 성격을 넘어서서 이제는 다양한 주제와 방식으로 작품 속에 구현되고 있다. 지난한 역사 속에 버무려진 개인의 내면 성장 이야기들이 당대의 풍속과 함께 섬세한 필치로 그려지기도 하는 자기 고백적 글쓰기 형태와 도시 변두리의 소외계층을 돌아보며 사회의 부조리를 사실감 있게 고발하는 사실적 글쓰기의 형태, 물질 우선주의의 팽배로 가족이 해체되고 결손가정이 늘어나는 우리 사회문제를 그 문제의 원인과 주변 연관관계 따져 드러낸 글쓰기의 형태를 통해 작가들의 치열한 창작정신을 알 수 있었다. 한 걸음 더 나아가 다양한 소재와 기법의 새로운 시도의 글쓰기가 또 다른 한국 아동소설의 미학적 특질을 창조하고 있어 밝은 전망이 기대된다.

오늘날 보통의 사람들이 살아가는 모습을 두고 흔히들 메카니즘이 빚어낸 기계의 부속품과 같은 삶, 기계론적인 사고, 디지털적 사고밖에 모르는 존재들이라고들 말한다. 이러한 현대인들의 삶의 모습은 아이들의 삶에도 영향을 미칠 수밖에 없다. 지금 이 순간도 아이들 가운데 굶주림과 학대로 상처를 입고 있는 절박한 처지의 아이들이 있다. 이제 아이들의 인권과 아름다운 정서 확보는 우리의 미래를 위하여 양보할 수없는 최우선의 과제이다. 이런 시점에서 우리 모두가 공감할 수 있으면서, 한국 아동소설의 미학적 특질이 잘 구현된 작품을 창작하는 작가의 임무는 무엇보다 중요하다고 볼 수 있다.

동 · 서양 아동문학의 보편성 탐구
—원형과 서사구조의 형태소를 중심으로

황정현

1. 들어가며

아동문학은 단순히 아동들이 읽거나 즐기는 문학이 아니다. 이것은 현대문명의 부정적 속성을 극복하고 본질을 인식하는 통로이다. 그리고 분열과 갈등의 세계를 화해와 조화를 통해서 사물과 의식, 세계와 자아의 통합을 시도함으로써 전 인격적인 실체를 이루는 문학인 동시에 세계의 본질을 상징화할 수 있는 문학이다. 따라서 아동문학은 원형적(archetypical)이며 신화(mythology)를 지향하는 문학이다.

인간의 원형적 심상으로서의 동심(童心)은 철학적 관점에서는 아리스토텔레스가 말하듯이 형상으로서의 사물의 고유한 본질이 물질 그 자체 속에 내재하고 있으며 이념의 영역에 속하지 않는다는 것을 의미한다. 그의 형상론에 따르면 모든 물질은 그 속에 놓여 있는 형상 즉, 자신의 고유한 현실성(Reality)을 달성하려고 노력한다는 것이다. 따라서 형상적 현실성은 자연물의 고유한 본질 형식을 위한 인식 가치를 지닌다. 말하자면 동심(童心)은 어린이들만이 가지고 있는 독특한 심리적 특징이 아니라 모든 인간이 지니고 있는 원형적 심상이라는 것이다.

그리고 밤마다 다른 얘기를 듣는 아이들은 수많은 다른 이야기들 속에서 어딘가 닮은 점, 말하자면 어떤 친숙한 구조에 익숙해져 있다. 아이들을 잠들게 만드는 요람 같은 그 반복의 구조, 혹시 그것은 인간의 내부에 잠재한 근원적인 소망 같은 것은 아닐까? 만일 그것을 하나의 도식으로 표시할 수 있다면 서사구조의 형태에서 보편적인 원리를 발견할 수 있을 것이다.

이러한 아동문학의 본질에 입각해 볼 때, 아동문학은 특수성을 넘어 보편성을 확보해야 할 것이다. 그러나 현실적으로 아동문학이 생산, 유통, 소비되는 과정에서의 문화적, 정치적, 사회적 환경이 엄연히 존재하는 이상, 이러한 지역성 내지 특수성을 인정할 수밖에 없을 것이다. 다만 그것을 어떻게 극복하고 보편성을 획득하느냐 하는 문제가 제기 될 수 있다.

지역성을 극복하고자 하는 방안의 전제는 지역성 대 세계성, 특수성 대 보편성의 관계가 논리적으로 모순관계라는 인식을 바탕으로 해야 할 것이다.

다음은 아동문학 중 동화의 주인공을 중심으로 서양 동화의 주인공과 아시아 동화의 주인공의 두 유형을 비교해 보고 그 극복 방안을 찾아보기로 한다.

2. 동 · 서양 동화에 나타나는 두 유형의 인물과 그 등장 배경

1) 아동문학의 원형과 변형

인류학자 프레이저(James Frazer)는 세계 각 민족의 신화와 종교제식을 비교·연구한 결과, 신화 및 의식의 근본적인 양식이 공통된 것을 발견하였다. 심리학자 융(Carl G. Jung)은 우리 조상들이 수 만 년 동안 살아오면서 반복하여 겪은 원천적인 경험들이 인간 정신의 구조적 요소로 고착되어 집단적(민족적) 무의식을 통하여 유전된다고 하고, 그것이 신화, 종교, 꿈, 환상 또는 문학에 상징적인 형태로 나타난다고 하였다(이상섭, 1981: 214~215).

이러한 원형의 개념은 1934년 Maud Bodkin의 『시의 원형적 패턴』이 출판되면서 문학에 사용되었고, 이후 원형(archetype), 원형적 심상(archetypal image), 양식(pattern) 등의 용어가 일반화되었다. 1975년 Northrop Frye가 『비평의 해부』에서 문학을 원형들의 수용 양상의 면에서 포괄적으로 다룸으로써 문학 비평은 곧 문학 원형의 추적이라는 이론으로 성립되었고, 이러한 원형 탐구는 아동문학 연구에 있어 보편성과 지역성을 가름하는 데 중요한 흐름을 형성하게 되었다. 원형적 관점에서의 아동문학은 모든 성인문학의 토대가 되며, 그 변형이기도 하다. 예를 들면 안데르센의 『빨간 구두』는 어떻게 반복되고 변형되는가? 『파우스트』에서는 무한한 지적 욕망으로, 『맥베드』에서는 권력에 대한 야망으로, 『마담 보봐리』에서는 감각적인 것에 대한 중독으로, 현대소설에서는 무한한 부에 대한 욕망으로 얼마든지 반복 변형된다.

성경의 창세기 39장, 요셉의 전설에 나오는 포티팔의 아내 이야기를 보면 포티팔의 아내는 함께 사는 시동생을 유혹한다. 그가 유혹을 거부하자 그녀는 시동생이 자기를 범하려 했다고 뒤집어씌운다. 시동생은 하는 수 없이 도망을 하고 형은 분노로 그를 뒤쫓는다. 이 전설은 시대마다 달라지는 문학양식에 걸맞게 변형되어 반복된다. 김동인의 「배따라기」 역시 형, 아우, 아내라는 애증의 삼각관계이다. 구조상의 공통점 외에도 차이점도 주목해야 한다. 전자가 선함의 찬미라면 후자는 삶의 이원론적 모순을 드러내고자 하였다. 이러한 원형적 관점에서의 아동문학의 보편성과 더불어 형태론적인 관점에서 접근하면 다음과 같다.

2) 아동문학의 형태론적 유사성과 차별성

V. Propp은 *Morphology of the Folk tale*(1975)에서 모든 동화가 형태상 유사하다면 하나의 근원에서 유래되었다고 가정하고 있다.

이 단일근원이 지리적인 문제보다도 인간의 심리작인 문제에 기인한다면 각 나라의 동화 구조를 통해 인간의 동질성을 확인할 수 있고, 그리고 그 동화가 다른 지역으로 전파되는 가운데 그 지역 민족의 문화, 정치, 사회적 특수성을 반영(reflection)할 것이다.

예를 들어 악인으로부터 피해를 받거나 무엇인가의 결핍으로 시작하여 주인공의 시련이 일어난다. 어디선가 커다란 힘으로부터 도움을 받아 시련을 이겨내고 보답을 받는다. 이런 동화의 구조는 전 세계의 동화에 되풀이 되는 친숙한 구조이다.

동서양의 이야기는 대개 다음과 같이 공유된 전개과정을 거친다.[1)]

① 가족들 가운데 누군가가 없다.(ß)

② 금기명령이 주인공에게 내려진다.(γ)
③ 금기가 위반된다.(δ)
④ 악인이 정보를 탐색한다.(ε)
⑤ 악인이 정보를 얻는다.(ζ)
⑥ 악인이 희생자를 속이려 한다.(η)
⑦ 희생자가 속고 악인을 돕는 꼴이 된다.(θ)
⑧ 악인이 가족 가운데 누구를 해친다.(A)이때 가해행위 대신 어떤 결핍이 제시되기도 한다.(a)
⑨ 불행이나 결핍이 주인공에게 알려지고 주인공은 요청이나 명령을 받아 출발한다.(B)

9번까지는 이야기 전개과정이 동서양 동화가 공유하지만 그러나 문제해결 과정은 주인공의 행동에 따라 동서양의 동화의 전개과정이 다르게 전개된다. 따라서 이러한 주인공의 등장으로 이야기 전개과정이 달라진다. 다음에서 이러한 두 유형의 인물을 중심으로 동·서양 동화를 비교하여 알아보고 그러한 지역성의 배경이 무엇인지 알아보고자 한다.

동·서양 동화의 등장인물 중 두드러진 특징은 주인공 행동에서 잘 드러난다. 서양 동화의 주인공은 주로 문제가 발생하면 악한과 대결하기로 마음을 먹고 집을 떠나 모험을 시작하는 탐색자형 주인공의 등장으로 모험담을 중심으로 뒷이야기가 전개된다. 예를 들어 길을 악한을 찾아 길을 떠나다가 문제해결을 위한 도구를 얻기 위해 조력자를 만나게 된다. 조력자는 그냥 도와주는 것이 아니라 주인공을 시

1) 블라디미르 프로프 저, 유영대 옮김, 『민담형태론』, 새문사, 1987, pp.31~40. 참조.

험하게 되고 주인공은 시험을 거쳐 문제해결을 위한 도구를 스스로 얻게 되며 주인공이 탐색대상을 만나 적과 싸워 이기게 되고 불행이나 결핍을 해결하게 된다.

이에 반해 동양의 동화에 나타나는 주인공들은 문제가 발생하면 악한을 찾아 떠나기보다는 忠·孝·烈과 같은 유교적 덕목으로 천상의 구원자 도움을 기다리며 문제를 해결하는 경우가 많다. 예를 들면 『심청전』의 경우 눈먼 아버지의 결핍요소를 해결하기 위해 남경상인에게 자신의 몸을 팔기로 결정하는 '심청'의 경우 孝 라는 유교적 덕목으로 인해 용왕에게 구원되어 왕비가 되고 결국 아버지를 만난다는 이야기는 서양의 모험담에 비해 미담으로 이야기가 전개된다.

이런 주인공의 등장은 서양은 아시아지역의 유교적 이데올로기(ideology)의 영향 때문이다. 유교적 이데올로기(ideology)는 봉건사회의 가치를 반영(reflection)하고 그 질서를 위해 존재한다. 그리고 이것을 전달하는 방식은 상명하복(上命下服)의 수직적 관계 속에서 일방적으로 아동들에게 주입한다. 그렇다보니 시련에 부닥치게 되면 주인공 스스로 문제를 해결 하려는 노력보다 주어진 유교적 덕목을 지키며 참고 견디면 복을 받는다는 소극적인 의식을 아동들에게 심어주게 되는 것이다.

3. 지역성 극복을 위한 제언

아동문학은 분열과 갈등의 세계를 화해와 조화를 통해서 사물과 의식, 세계와 자아의 통합을 시도함으로써 전 인격적인 실체를 이루는 문학인 동시에 세계의 본질을 상징화할 수 있는 문학이다. 따라서 아동문학은 원형적(archetypical)이며 신화(mythology)를 지향한다.

동심은 인간의 원형 의식이며 이런 원형 의식은 서사구조 속에서 일정한 틀을 이루고 있다. 이것이 아동문학이 시간과 공간을 넘어 보편성을 획득하는 근거가 된다. 그러나 아동문학 역시 특수한 공간과 특정한 시간 속에서 생산되고, 유통되며, 소비하는 가운데 그 특수성을 배제할 수 없다. 보편성과 특수성의 이중화 속에서 우리가 지향해야 할 것은 이 두 요소를 어떻게 변증법적으로 통합하여 새로운 보편적 가치를 창출해 내느냐 하는 것이다. 따라서 이것은 21세기 아동문학의 중요한 과제가 된다. 이런 과제를 해결하기 위해 우리는 특수성과 보편성의 관계 인식을 새롭게 하여야 할 것이다.

"가장 민족적인 것이 세계적이다."라는 말이 있다. 이 주장이 참(truth)이 되기 위한 전제 조건은 지역성 대 세계성, 특수성 대 보편성의 관계가 논리적으로 반대관계가 아니라 모순관계라는 점을 인식해야 할 것이다.

만약에 이 두 관계가 반대관계라면, 이것은 둘 중 하나를 취하거나 버리거나 아니면 물리적이고 기계적인 중간을 선택함으로써 문제 해결이 되지 않겠지만, 그러나 이 두 관계가 모순관계이기 때문에 변증법적인 해결 방안을 다음과 같이 마련할 수 있을 것이다.

첫째, 아시아의 유교적 이데올로기(ideology)의 특성을 21C 현대 사회에 맞게 재해석하여 현대적이고 보편적인 가치를 창출하는 것.

둘째, 새롭게 해석된 유교적 이데올로기(ideology)의 전달 방법에 있어 아동들의 내적 자발성에 의한 가치의 내재화를 위한 문학적 표현 방법을 발견하는 것.

아시아의 유교적 이데올로기의 현대적 해석은 급속한 산업 발달에 따른 현대인의 허위의식 속에 내재한 거짓된 가치를 진정한 가치로 전환시키는데 있어 필수적인 요소이다. 즉 교환가치를 사용가치로 전환함에 있어 매개할 수 있는 유교적 가치는 思無邪, 窮理正心, 修己治人 등을 기반으로 仁德, 寬恕의 조화 속에서 진정한 가치를 회복하게 할 수 있을 것이다.

뿐만 아니라 과거의 유교는 봉건사회의 가치를 반영(reflection)하고 그 질서를 위해 존재하였다. 그리고 이것을 자연스럽게 상명하복(上命下服)의 수직적 관계 속에서 세계를 인식했던 폐단을 서구의 보편적 가치인 평등에 기반 한 수평적 사고로 전환함으로써 아동에 대한 인식 전환을 새롭게 하여 아동문학을 생산하고, 교육하는데 있어 바람직한 방향을 설정하는데 도움을 줄 것이다.

21세기의 화두인 세계화는 동·서양의 특수성을 넘어 보편적 가치가 무엇인가를 추구하는데서 출발한다면, 아동문학 역시 그런 점에서 예외가 될 수 없을 것이다. 앞으로 아시아 아동 문학가들은 이 문제를 해결하기 위한 공동 노력이 필요할 것이다.

제2부

배익천 문학 세계의 탐색

동심의 숲에 맺은 이야기 열매들

—배익천 동화문학 30여 년을 기리며

김종회

1. 왜 동화이고 왜 배익천인가

윌리엄 워즈워드의 「내 가슴은 뛰누나(*My heart lifts up*)」라는 시에는, "어린이는 어른의 아버지(The child is father of the man)"라는 유명한 구절이 있다. 어린이들만이 간직하고 있는 동심의 순수성을 어른들은 이미 잃어버렸고, 이제는 그 순전한 마음이 어른들의 삶에 모범이 되기 때문이다. 그래서 H.F.아미엘도 "어린이들의 존재는 이 땅에서 가장 빛나는 혜택이다. ……어린이를 통해서만 우리는 이 지상에서 천국의 그림자를 엿볼 수 있다"라고 단언한 바 있다.

우리들 누구에게나 어린 시절이 있었고 동심의 아름다움을 간직한 적이 있었지만, 대다수의 우리는 그 옛날 순수한 마음의 보석들을 잊어버리고 산다. 그런데 초발심(初發心)의 세상살이 교훈을 실천이라도 하듯, 그 아름다움과 순수성을 끝까지 끌어안고 가는 이들이 있다. 어린이들의 세계를 이야기로 꾸며내고, 그것을 통해 이 메마른 세상에 꿈과 사랑의 정신을 뿌리내리는 사람들. 우리는 그들을 동화 작가라 호명한다.

'동화'가 어린이들을 위한 것이냐, 아니면 어른들을 위한 어린이들의 이야기도 포함하는 것이냐, 그리고 어린이가 창작한 것을 위주로 하느냐, 아니면 어른들의 작품 중 일정한 자격 요건을 구비한 것을 고려하는 것이냐 등속의 복잡한 문제는, 이를테면 아동문학 이론이나 평론에서 정색하고 다룰 문제인 것이다. 미상불 필자도 이 글의 논의를 그와같은 정론적인 논리의 바탕에서 출발하려 생각했다. 그리하여 문학 일반론적인 시각에서 바라보는 아동문학, 또는 동화문학의 분석을 당초의 목표로 했던 터이다.

그런데 먼저 읽은 몇 권의 아동문학 이론서와 연구서의 문면들을 배경 지식으로 하여 동화 작가 배익천의 전체적인 작품 세계를 통독한 후, 그러한 논리성의 개념을 과감히 내던져 버렸다. 그랬다. 그의 동화 작품들에는, 그리고 그의 작품을 통해 신중하게 엿본 동화문학에는, 논리적 명징성을 훨씬 앞서가는 감성적 전파력이 잠복해 있었고, 그 순후한 감동의 편린들이 오십 중반에 이른 필자의 삭막한 가슴에 풍성하게 출렁거리는 물결을 일으켰음을 고백할 수밖에 없다.

인류문화사를 관류해 온 고색창연한 문학이론, 문학사적 평가와 당대 문학의 천정을 치는 작품들의 성과만을 뒤쫓아 온 필자의 문학적 견식 바깥에, 이처럼 전혀 별개의 신천지가 펼쳐져 있음을 몰랐던 것이다. 그래서 필자는 우선 스스로의 마음을 가장 낮은 자리에 두고, 우리 기억의 맨 밑바닥에 숨어 있는 삶의 진실성 앞에 백기 투항하기로 했다. 물론 이러한 작심을 격려해준 창작의 세계는 동화 작가 배익천의 것이었다.

다시금 되돌아 보거니와, 그동안 필자는 아동문학에 대해 깊은 관심을 갖지도 못했고 전문적 역량을 비축하지도 못했다. 단지 어느 출판사를 통해 『설화가 유래된 곳을 찾아가는 우리나라 옛이야기 1·2』라는 두 권의 어린이용 저술을 출간했던 사실이 있기는 하다. 그러나 일생을 두고 한결같이 아동문학에 그 정열과 명운을 걸어온 문필들이 즐비한 마당에, 이런 부류의 얘기를 꺼내놓는다는 일조차 조심스럽기 그지없다.

말하자면 여기서 동화문학, 특히 배익천을 통해 읽는 동화문학의 감동을 말하기 위해 필자는 지금 겸손한 마음으로 숨을 고르고 있다. 그런데 다음과 같은 발언들은 필자의 몫으로 해도 되지 않을까? 우선 필자는 배익천의 전체 작품을 읽었다. 그리고 그의 사람됨이 어떠한지를 오랜 기간의 깊은 교유를 통해 잘 알고 있는 셈이다. 그렇다면 필자가 여기서 문학 작품의 이해와 분석, 그 체계화와 평가에 20여년을 매달려 온 경험을 살려 배익천의 문학과 인간에 대한 의견을 피력하는 것은 그런대로 강호 제현이 귀담아 들어줄 만한 구석이 있지 않을까.

한국 동화문학의 역사적 전개 과정 속에서 배익천의 문학이 어떤 좌표와 위상을 점유하고 있으며, 또 개개의 작품이 어떤 문학적 향기와 가치를 가지는가는 이 책의 필자로 참여한 많은 분들의 글을 통하여 잘 정리될 것으로 본다. 그런 점에서 필자는 한결 어깨가 가볍고 발걸음이 즐겁다. 그런 연후에 필자의 이 글은, 배익천의 작품 세계 전반에 걸쳐 흐르고 있는 어떤 원리를 적출해내거나 그것의 주제론적 규범화 범주화를 시도하면 되지 않을까 싶다. 요컨대 동화 장르가 가진 감동의 행로를 뒤따라가며, 그것의 소출을 보다 큰 그릇에 수확하면 되겠다는 안도감이 든다는 뜻이다.

배익천은 1974년 《한국일보》 신춘문예에 동화 「달무리」가 당선되어 문단에 나온 이후, 오늘까지 쉬지 않고 작품을 발표해 온 지속성과 끈기있는 작가정신을 보여준 창작자이다. 그의 품성이 그러하듯 그의 창작 방식도, 삶의 작은 파도들 앞에서 흔들리는 모습을 보인 적이 없다. 그의 문학 그리고 인간을 기리는 이 책을 출간한다는 소식을 접한 모든 이들이 한마음으로 축복하고 좋은 글들을 써준 것은, 그의 문학과 인간이 한가지로 여러 사람들의 마음 속에 아름답게 새겨져 있었기 때문이다.

거듭 요약하자면, 이 글은 배익천의 전체적인 작품 세계에 대한 주제론적 접근의 성격을 띄고 있다. 한 편 한 편 소중한 보석 같은 글들을 읽으면서, 필자는 참으로 많이 생각하고 참으로 많이 배웠다. 윌리엄 워즈워드에게만이 아니라 필자에게도, 어린이는, 그리고 그 어린이들의 이야기를 곱고 귀하게 새겨둔 배익천의 작품들은, 이 바쁘고 지치기 쉬운 인생 행로에 참으로 소중한 가르침이었다.

2. 모든 살아있는 것들의 축제

—『빛이 쌓이는 마을』(1980)에서 『거인과 소녀』(1987)까지

배익천의 첫 동화집 『빛이 쌓이는 마을』이 간행된 것은 1980년 7월이다. 나라의 근본을 뒤흔든 신군부의 쿠테타와 그에 이어진 광주민주화운동으로, 온전한 삶의 질서에 대한 객관적 기준이 모호하던 시기였다.

이 험악한 시대를 깨어 있는 정신으로 살아가기가 쉽지 않던 형국에, 햇수로 7년을 시골 초등학교 교사를 역임하고 부산문화방송으로

일터를 옮겨 『어린이문예』 발간 책임을 맡고 있던 배익천이, 인간의 순수함과 아름다움을 증명하는 동화집 한 권을 내놓은 것은 그에 부하된 함의(含意)가 만만치 않은 일이었다.

만일 그가 몇 권의 동화집을 내고 그 창작을 그만두었거나 자신이 산 한 시기에 국한하여 창작활동을 하고 말았다면, 미상불 동화집 한 권의 상재(上梓)가 따로 주목을 요구할 사안이 될 수 없는 터이다. 그러나 그는 첫 동화집을 간행하던 날로부터 오늘에 이르기까지 영일이나 휴지기 없이 지속적인 글쓰기의 행보를 유지했고, 그리하여 마침내 동화집 13권, 장편 동화 4권, 장편 소년소설 5권(『오미』는 상·하권)을 생산하기에 이르렀다.

30여 성상이 흐르는 동안 그가 공들여 쌓아올린 동화문학의 노적가리는 부피와 내용의 양면에 걸쳐 간과할 수 없는 문학사적 성과를 거두게 되었다. 이는 그 개인의 기쁨이요 보람이겠으되, 더 나아가서는 한국 아동문학의 성장과 발전을 추동하는 창작 현장의 개가(凱歌)에 해당하는 것이었다.

『빛이 쌓이는 마을』(태화, 1980)에는 데뷔작 「달무리」를 포함하여 모두 21편의 동화가 실려 있으며, 첫 동화집답게 이 작가가 가진 동화에 대한 생각과 그 관심의 방향을 잘 보여주고 있다. 세상 저자거리의 군더더기가 전혀 없는 단순 소박한 발상, 티없이 맑은 동심의 발현, 생장(生長)의 고향이 곧 마음의 고향이 되는 삶과 영혼의 일치 등, 우리가 잃기는 쉽고 품고 있기는 어려운 미덕들이 몰래 숨어있고 가만히 살아 숨쉬고 있다. 그는 자신이 축조한 동화의 마을, 곧 '빛이 쌓이는 마을'을 초라한 마을이라 명명했지만, 아무도 이를 초라하다고 판정하지 않는다.

1974년 《한국일보》 신춘문예 동화 부문에 당선한 데뷔작 「달무리」

는, 다시 말해 동화 작가 배익천의 문학 여정을 시발하는 이 동화는, 다음과 같이 그 서두를 열고 있다.

> 흘러가는 얼음장 위에서 놀던 아기바람이 강둑의 제비꽃 눈망울을 터뜨렸습니다. 온통 보랏빛으로 쏟아지는 햇볕이 눈부시어 제비꽃은 그만 고개를 숙였습니다. 바람은 재미가 있었습니다. 빈 미루나무 가지를 흔들면 옛 이야기처럼 재미있게 잎새들이 쏟아져 나오고 꽃나무 가지를 흔들면 함박웃음처럼 꽃들이 피었습니다. 아기바람은 청보리밭을 지나서 아직도 맨 몸으로 선 능금나무 밭으로 갔습니다.

배익천의 세계에서는 모든 살아있는 것들이 자기 생각의 주인이고 입을 열어 말할 수 있으며 스스로의 움직임에 대해 의미를 부여할 수 있다. 이야기의 문열이 '아기바람'이 먼저 그러하거니와, 이 동화의 중심축을 이루는 '아기별'과 '흰나비' 그리고 그들이 이른 봄에서 매운 겨울까지를 두루 통하여 형성하고 있는 시간과 공간 속의 모든 것들이 그러하다. 이들은 저마다 각기의 음색으로 각기의 주장을 담아낸다. 겉으로 작고 보잘것 없어 보이지만, 그 가운데 단단하고 소중한 생각의 원리를 담아내는 일에, 이 작가는 당초부터 익숙했던 것이다.

그 다음 동화집 『떡갈나무네 식구들』(예문당, 1984)과 『마음을 찍는 발자국』(겸지사, 1984)은, 두 권이 같은 해에 나란히 발간되었다. 앞의 책에는 두 편, 뒤의 책에는 아홉 편의 동화가 실려 있다. 그 작품 세계는 첫 동화집의 유형과 크게 달라진 바가 없으나, 동화 창작의 경험이 점차 깊어지면서 이야기를 다루는 솜씨에 한결 여유가 있어 보이고 시야도 보다 넓어진 느낌이 든다.

이듬해에 나온 『큰 바위와 산새』(웅진출판, 1985)에는 22편의 동화가 실려 있는데, 작가 자신이 "분량에 비해 많은 이야기를 담으려 한 욕심이 숨겨져 있다"고 고백할 만큼 이야기성이 확장되고 서사구조가 활달해지는 변화를 보인다.

표제작 「큰 바위와 산새」처럼 기다림의 진실성을 종교적 구도의 차원으로 끌어올리는 작품이 있는가 하면, 「봉선화」, 「눈사람」처럼 자기애를 넘어서는 헌신적 가치에의 믿음을 펼쳐보이는 작품도 있다. 「규희의 궁전」처럼 꿈의 변주를, 「노래하는 병」, 「그림자를 잃은 아이」처럼 상상력의 언어들을, 그리고 「민우와 비둘기」, 「할아버지와 냉이」, 「산나리」처럼 고정적 사유의 경계를 넘어서는 교감을 그린 작품들이 눈에 띈다. 그런가 하면 「아버지의 아버지」, 「외삼촌」처럼 가족관계와 관련된 이야기들의 조합을 통해 서사성의 확대를 더욱 명백하게 보여주는 작품들도 함께 묶였다.

그의 '아버지' 이야기는 여기서 잠깐 주목을 필요로 한다. 이 글을 쓰기 위해 빌려 읽은 배익천 동화집의 내표지 여러 곳에서, 필자는 '지금은 내 곁에 계시지 않는 아버님께'라는 작가 자필의 헌정사를 발견할 수 있었다. 배익천이 1950년 3월 2일, 경남 영양군 석보면 주남리에서 태어날 때 그 부친은 배문수, 모친은 서옥주 씨였고, 그는 5형제 중 맏이였다.

필자가 알기로 그의 부친은 초등학교 교장 선생님을 지냈고 그가 교육 현장으로 발길을 내딛게 한, 그리고 일생을 곱고 귀한 동심을 간직하고 살게 한 사표(師表)였던 것이다. 이를테면 그의 문학에 잠겨있는 가장 핵심적인 화소(話素, motif)에 있어, 그는 부친에게 빚지고 있는 바 클 것이며 또 이를 작품을 통해 명료한 언표로 내비치고 있다 할 것이다.

이는 이들 부자 사이의 문제인 동시에, 세상 모든 아버지와 아들 사이에서 잊지 않고 또는 회복하여 가꾸어야할 문제가 아니겠는가. 한 아버지의 아들로서 필자가 그의 아버지 이야기에 가슴 울리는 감동을 전달받은 것도 바로 그 때문이 아니겠는가.

이 동화집에 이어 『거인과 소녀』(써레, 1987)를 내놓음으로써, 배익천은 1980년대까지 모두 다섯 권의 동화집을 출간하게 된다. 이 책에는 한 편의 긴 이야기(표제작 「거인과 소녀」)와 스물두 편의 짧은 이야기가 함께 묶여 있다. 관심의 영역과 서술의 방식도 넓어지고 다양해져서, 본격적인 배익천 동화의 화창한 개화(開花)를 보여주는 길로 들어섰다는 후감이 약여하다.

1970년대 중반에 시작하여 10여년 간 배익천은, 생기 없는 사물에 활력을 불어넣는 창작의 열정과 모든 생명 있는 것들을 사랑하는 순결한 정신으로, 그의 이름이 표찰로 내걸린 잔치마당을 매설해 놓았다. 방향을 조금 달리하여 말하자면, 그가 공들여 쓴 동화들을 함께 공들여 읽음으로써, 우리는 그의 동화적 상상력과 숙련된 이야기 서술이 벌이는 언어의 축제에 귀빈으로 참례할 준비를 마쳤다는 의미이다.

3. 동화로 쓴 어린이 교육의 교범

—『냉이꽃의 추억』(1991)에서 『밤도깨비와 싸우는 아이』(1997)까지

1980년대 후반에서 1990년대 초반, 배익천이 작가의 길을 걸어온 지 10여 년이 흐르면서 그의 창작은 주변의 주목과 객관적 인정을 받기 시작했고, 제12회 한국아동문학상(『큰바위와 산새』), 제8회 해강

아동문학상 및 제8회 이주홍아동문학상(『거인과 소녀』), 제21회 세종아동문학상(장편동화 『꿀벌의 친구』), 대한민국문학상 아동부문(『꽃씨를 먹는 꽃게』) 등이 그에게 쏟아졌다. 장편 소년소설 『비탈 위의 작은 집』과 동화 「꽃씨를 먹은 꽃게」가 KBS TV에서 단편드라마로 방영되고, 장편동화 『꿀벌의 친구』가 MBC TV에서 만화영화로 제작되었으며, 동화 「해가 세 번 뜨는 산」이 EBS 라디오에서 단편 드라마로 방송되기도 했다. 한 작가의 창작에 대한 동시대의 평가가 이렇게 집중되기란 결코 쉬운 일이 아닐 것이다.

작가 자신이 '중편동화'란 이름을 붙이고, 그것은 "이를 계기로 해서 정말 아름답고 환상적인 동화로 엮어진 중편동화집이 많이 탄생되기를 바라는 뜻"에서라고 설명한 『냉이꽃의 추억』(아동문예, 1991)은 다시 그 자신의 언급처럼 동화라기보다 소년소설이라야 옳은 6편의 작품을 싣고 있다.

동화와 소년소설은 그 장르의 성격상 확연히 구분할 수 있는 변별력을 갖추었다고 볼 수는 없으나, 지금껏 아동문학 창작과 이론의 현실에 있어서는 이 양자를 창작방법론에 따라 서로 다른 개념을 가진 것으로 받아들여 왔다. 동화가 환상이나 의인화와 같은 비현실적 영역을 자유롭게 포괄하는 아동문학 장르라면, 소년소설은 아동의 세계를 대상으로 하되 그 표현 방식을 사실성의 범주 이내로 한정하는 아동문학 장르이다. 이 통상적 구분의 통용은 이미 하나의 용어 개념이자 장르론으로 굳어지고 있는 상황에 이르렀다.

그런데 그와 같은 상황 논리보다 더 중요한 것은, 배익천의 동화가 소년소설로 확대 변화하면서 초기의 예민한 서정성을 넘어 사유와 서술의 외연을 부드럽게 확장하고 있다는 사실이다. 「눈부신 손님」에서는 먼 시골에서 전학 온 아이와 도회 학교의 아이들이 어떻게 서로의 관계를 아름답게 정초시켜 가는가를, 「냉이꽃의 추억」에서는 마치 황순원의 「소나기」를 연상하게 하듯 청순한 소년과 소녀의 곱디고운 심정적 교감을 그린다. 이러한 유장한 서술구조는 지금까지의 동화에서 여러 걸음 앞으로 나아간 것이다.

여섯 개의 이야기 단락으로 된 「탑」은 장애인인 아버지와 그 아들이 겪는 가파른 세상살이와 그것의 이치를 깨닫는 과정을 매우 사실적으로 그리고 있으며, 「해가 세 번 뜨는 산」은 급기야 자신의 실명 '익전'이 등장하면서 그가 어린 시설에 수없이 겪은 교장 선생님 아버지의 전근과 가족들의 이주를 아픈 심경에 담아 그리고 있다.

배익천의 필력(筆力)이 연륜을 더해 가면서, 그의 동화 속에 있던 아이도 이처럼 함께 성장하고 있다할 것인데, 그 아이가 바깥 세상과 부딪치는 입사(入社)의 형식을 이렇게 작품 속에 도입하는 것은, 곧 교훈이 되는 주제를 교훈 그대로의 모습이 아니라 이야기의 외양을 빌어 전달하는 효율적인 글쓰기 행보에 도달했음을 의미한다.

그 다음해인 1992년, 배익천은 『꽃씨를 먹은 꽃게』(새남, 1992), 『눈사람의 휘파람』(늘푸른, 1992), 『꽃도깨비의 옛날이야기』(희원출판공사, 1992) 등 세 권의 동화집을 각기 1월, 3월, 6월에 순서대로 펴낸다. 각기의 책에는 22편, 28편, 15편의 창작 동화가 실려 있고 그의 창작활동 역사에 있어 가장 집중적으로 작품집을 펴낸 시기에 해당한다.

이들 작품집에는 창작 연륜이 이십년에 가까운 작가가 여전히 처음의 아름답고 순수한 세상 바라보기의 시각을 잃지 않고, 또 동시에 앞에서 살핀 것처럼 유려한 이야기 풀어가기의 기량을 보태어서, 보다 성숙하고 의미깊은 장편 동화나 소년소설의 창작으로 나아가는 길목을 열고 있다.

배익천의 장편 동화나 장편 소년소설은 나중에 따로 논의하기로 하고 여기의 연대별 검증에서는 건너뛰고 있는 셈인데, 1988년에 완성한 『꿀벌의 친구』 이후 그는 지속적으로 장편 동화와 장편 소년소설을 써 왔다. 배익천은 『꽃도깨비의 옛날이야기』의 말미에 "이 아름다운 세상을 만드는 데는 우리 어린이들의 힘이 크다, 아니 어린이들이 아니면 안 된다고 생각한다"고 적었다. 그 불변의 신념과 가치관이 여전히 그의 동화들을 떠받치는 힘이 되고 있었던 것이다. 이 시기에 나온 동화집 『므므와 재재』(책만드는집, 1996)와 『밤도깨비와 싸우는 아이』(성바오로, 1997)도 그러한 동화창작의 세계관을 그대로 담고 있다.

『므므와 재재』에는 모두 스물세 편의 동화가 실려 있고, 작가는 '책머리에'에서 "이제 동화도 꼭 어린이들만 읽어야 한다는 것에서 나는 자유롭고 싶다"고 썼다. 그럴 것이다. 진실로 어린이를 감동시킬 수 있는 글이면 어른도 감동시킬 수 있을 것이며 그 반대의 경우 또한 마찬가지일 것이다.

이 동화집의 표제작 「므므와 재재」는 짧은 동화이지만, 강렬한 감동의 울림을 주는 작품이다. 큰 절에서 십 리나 떨어져 있는 작은 암자 백련암으로 가끔 심부름을 다니는 동자승 재재는 귀가 들리지 않는 벙어리이고 '재재'라는 말밖에 할 수 없기 때문에 재재이다. 큰 절과 암자 중간쯤의 커다란 떡갈나무 곁에 있는 옹달샘에 늙은 비단개구리 므므가 살고 있는데 그 이름 또는 의성적 표현으로서 므므이다.

이 두 주인공이 마음으로 교감하고 그것이 말할 수 없는 기쁨이 되며 마침내 그것이 재재의 귀를 열어주는 차원으로 진입한다. 이 작가의 세계에서는 삼라만상의 모든 존재가 천의무봉(天衣無縫)의 상상력으로 살아 있다.

『밤도깨비와 싸우는 아이』에는 모두 스물일곱 편의 동화가 실려 있는데, 작가는 '내 아이나 요즘 아이들'에게 "알려줄 것이 너무 많아 초조한 마음"을 서문에 적었다. 그의 책 서문이 점차 길어지고 있는 것을 보면, 그야말로 알려줄 것이 많아져서일 터인데, 이는 동화 작가로서의 책임감과 소명의식이 점진적으로 그를 압박하고 있다고 보아도 무방하겠다.

이 동화집에 실린 「밤도깨비와 싸우는 아이」는, 성장하는 아이들의 품성을 올곧게 인도하는 데 있어 하나의 교범이 될 만한 작품이다. 이 이야기에 등장하는 '밤도깨비'는 작가의 아이들에 대한 이해가 얼마나 주의 깊고 얼마나 따뜻한지를 잘 말해 준다.

> 아이는 모르고 있었지만 순전히 밤도깨비 때문이었습니다. 밤도깨비는 아이의 마음 속에 살고 있는 깨알만한 도깨비였습니다. 밤도깨비는 아이의 생각을 먹고 사는 심심한 도깨비였습니다.
>
> 낮 동안의 아이의 마음 속에 꼭꼭 숨어 있다가 밤만 되면 부스스 일어나는 심술꾸러기 도깨비였습니다.

여기서의 아이는 밤늦도록 텔레비전을 보거나 로봇 조립을 하면서 잠이 들지 못한다. 그것이 아이의 작위적인 의지가 아니라 어느결에 몸에 밴 나쁜 버릇이라면, 그것이야말로 아이의 인격과 구분하여 제거해야할 대상인데, 작가는 참으로 민첩하고 기발하게도 그것에 '밤도깨비'란 상징적 실체의 개념을 부여한 것이다. 물론 그것은 아이 아버지의 올바른 퇴치법에 의해 모양 있게 제거된다.

1997년 동화 「왕거미와 산누에」가 초등학교 6학년 1학기 국어 읽기 교과서에 수록되고, 또 2003년부터 부산 동의대학교에서 아동문학 대학 강의를 시작하는 등 교육 현장에 참여하는 여러 모습은, 궁극적으로 작가의 교육적 사고방식이 작품과 더불어 일정한 감동 및 교훈의 발양에 이르고 있기에 가능한 일이었다. 좋은 작품이 좋은 교육의 길잡이가 되는 탁월한 사례가 거기 있었던 것이다.

4. 사실성의 속박을 넘어 이른 곳

—『오이밭이 된 손수건』(2006)과 『안녕, 이구아나』(2006)

2006년도에 이르러 배익천은 각각 1월과 12월에 창작동화집 『오이밭이 된 손수건』(은하수미디어, 2006)과 『안녕, 이구아나』(계림, 2006)를 펴낸다. 이 중 앞의 책에 제38회 소천아동문학상이 주어졌다. 거기에는 열두 편의 짧은 동화들이 실려 있지만, 그 하나하나는 "재미있게 보다는 한 번쯤 깊이 생각해 보았으면"하는 작품들이다.

생각의 깊이를 요구하는 글읽기의 차원을 우리는 어린이가 읽을 때와 어른이 읽을 때를 구분해서 검색해 볼 수 있다. 어린이가 읽든 어른이 읽든 그것이 동화라면 어렵고 복잡한 이야기일 수 없다. 그런데 이해가 쉽고 표현이 명료한 이야기로서 감동의 울림을 남기는 글의 제작이 손쉬울 턱이 없을 것이다. 거기에는 동화적 상상력을 평이한 문맥으로 풀어낼 수 있는 기술적 능력과 그 기능을 이끌고 가는 치열한 작가정신이 함께 소요될 것이고, 이를 조화롭게 배합할 수 있는 창작 연륜이 함께 요구될 것이다. 배익천의 동화 세계와 그 지속적 시간은, 이제 그와 같은 필요조건을 충족시킬 수 있는 지점을 넘어섰다고 보여진다.

『오이밭이 된 손수건』에 실려 있는 동화들은, 한결같이 따뜻한 마음의 주인공들이 그 마음을 실행에 옮겨 잔잔한 감동의 문양을 일으키고 있는 이야기들의 집합이다. 「하늘 나라로 출장 가신 아빠」나 「맨발로 떠난 산타클로스」 같은 작품은, 이 세상에서 더 춥고 힘든 이들을 보살피는 마음의 아름다움을, 「연등이 열리는 나무」와 「오이밭이 된 손수건」은 작고 보잘 것 없는 것들을 애정 어린 시선으로 바라보는 일의 소중함을 담아낸다. 나머지 동화들도 대체로 이러한 아름다움과 소중함의 울타리 밖으로 벗어나지 않는다.

『안녕, 이구아나』에서는 이러한 세계와의 화해, 또는 세계를 감싸 안는 힘이 더욱 강화되어, 작가의 문학과 인간이 한 가지로 귀하게 느껴지는 청신한 독후감을 유발한다. 동시에 이 작가의 창작동화로서는 가장 후반에 위치하는 이 작품들을 읽으면서, 우리는 작가나 작가의 세계 속에 살아 움직이는 생명들에 대한 외경과 그와는 점점 동떨어져 가는 우리 자신에 대한 반성을 함께 체험하게 된다. 기실 이는 동화문학에 반성적 성찰의 태도로 접근하는 성실한 독자들에게, 동화가 그 숨겨진 입을 열어 말하는 금언(金言)들이 아니고 무엇이겠는가. 이 작가는 이 책의 서문에 「임금과 목동」의 이야기를 인용해 놓고, 다음과 같이 술회했다.

> 이 글을 읽으면서 내 머릿속에 남은 것은 '정직'이란 두 글자였습니다. 지금까지 살아오면서 정직하지 못한 일과 부딪칠 때는 언제나 이 이야기가 떠올랐지요. 그리고 작은 것 하나라도 소중하게 생각할 줄 아는 마음을 키웠지요.

필자가 아는 작가 배익천은 상대적으로 큰 체구에 호방해 보이는 품성의 주인인데, 그의 문학 세계를 통해 엿볼 수 있는 그 내면은 참으로 세밀하고 민감하다. 또한 부드럽고 서정적인가 하면 도의적이고 미래지향적이다. 요컨대 그는 글을 통해 어린이를 교훈할 수 있는 덕목을 충실하게 갖춘 작가이다. 그러한 작가로서의 장점들이 그의 후기 작품 세계로 가면서 작품 한 편 한 편을 값있고 튼실하게 뒷받침하는 모양새를 보인다. 『안녕, 이구아나』에 실린 열네 편의 동화는 그러한 창작 상황의 구체적 증빙에 해당한다.

표제작 「안녕, 이구아나」의 중심인물 창민은 이구아나 한 마리를 어항 속에 넣어 키우면서 이를 공룡이라고 우긴다. 그것도 공룡의 발자국이 남아 있는 상족암을 내세워 '아버지의 고향 고성'에서 온 공룡이라고 구체적으로 주장한다. 그런데 그 '공룡'이 없어졌다. 다음은 이구아나의 실종 후 창민이의 반응이다.

> 창민이는 눈을 감았습니다. 우거진 원시림 속으로 들어가는 작은 고성 친구가 보였습니다. 성큼성큼 바다를 향하여 상족암의 너럭바위를 걸어가는 고성 친구가 보였습니다.
>
> "안녕, 고성 친구."
>
> 창민이는 책상에 턱을 괴며 나지막한 목소리로 말했습니다.
>
> 쓸쓸해 보이는 눈빛, 걸어가는 고성 친구의 뒷모습이 한층 더 외로워 보였습니다.

이구아나를 공룡이라 여기는 발상의 전환은, 공룡에 대한 탐구심과 자유로운 상상력이 조합된 결과이다. 때로는 이러한 현실 일탈의 상상력이 정확하게 현실적인 경우보다 훨씬 더 사태의 진면목을 잘 설명해줄 수 있다. 공룡과 이구아나로 대표되는 생명 그 자체에 대한 사랑이 현실의 완강한 방벽을 넘어서는 징검다리로 동원한 것은, 곧

이 양자가 상호소통될 수 있다고 보는 시간대를 초월한 대범한 상상력이다.

현실적인 삶 가운데서 모래밭의 사금처럼 숨어서 반짝거리는 이러한 진실들의 소재를 캐어내는 데는, 이 창작집의 탁월한 효능이 쉽사리 입증된다. 다음은 「할머니와 돌장승」의 마지막 대목이다. 「안녕, 이구아나」에서 단지 현실 내부의 상상력 차원에 머물던 이야기 서술 방식이, 여기에서는 현실과 비현실의 경계를 과감하게 무너뜨리는 지점에까지 나아간다.

> 할머니는 파란 천막으로 꽁꽁 덮여 있는 좌판을 보다 말고 깜짝 놀라 소리쳤습니다. 그저께까지 멀쩡하게, 공손하게 서 있던 돌장승이 좌판 옆에 머리를 처박고 있었던 것입니다. 그 곁에는 아직도 싱싱한 흙냄새가 물씬 풍기는 때깔 좋은 더덕이 한 소쿠리쯤이나 흩어져 있었습니다. 더덕 냄새가 사방에 넘쳐 흘렀습니다.
>
> "아이고, 영감!"
>
> 할머니는 산 사람을 일으켜 세우듯 돌장승을 안고 소리쳤습니다.
>
> 그날 마을 사람들은 말했습니다.
>
> "밤새 무슨 짐승이 날뛰고 다녔는지 지리산 기슭이 온통 다 파헤쳐졌다니깐."

참으로 감동적인 장면이다. 돌장승 앞에서 좌판 장사를 해온 정직한 할머니가 손님과의 약속을 지킬 수 없는 형편이 되자 돌장승이 '지리산 기슭을 온통 다 파헤쳐' 철 지난 더덕을 구해준다는 이야기이니, 무슨 '전설따라 삼천리'가 따로 없는 판이다. 그러나 그렇게 사실성의 울타리를 허물어버리는 위험성을 감수하는 대신에, 우주 자연과 소통하는 진실한 마음의 교감을 영롱한 보석처럼 추수하는 것이 이 작품의 몫이다.

이렇게 배익천은 그의 창작 동화들을 통해 마침내 큰 마음의 형성과 큰 사랑의 실천을 담보하는 문학의 큰 바다에 이르렀다. 이를 거창한 구호나 통상적인 구두선(口頭禪)의 차원에서가 아니라, 한 뜸 한 뜸 바늘을 뜨듯 구체적인 작품의 창작으로 실현했다는 데 높은 점수를 매기지 않을 수 없다. 그와 같은 형상이 곧 그의 문학이요 인간이었다.

5. 장편동화·소년소설로의 확장

—『비탈 위의 작은 집』(1985)에서 『내 마음의 하늘』(2006)까지

지금껏 배익천이 책으로 묶은 장편동화는 『꿀벌의 친구』(대교출판, 1988), 『은빛 날개의 사슴』(해성, 1997), 『별을 키우는 아이』(문공사, 1999), 『내가 만난 꼬깨미』(한국어린이교육연구원, 2001) 등 네 권이고 이 중 『별을 키우는 아이』가 제11회 박홍근아동문학상을, 그리고 『내가 만난 꼬깨미』가 제12회 방정환문학상을 받았다. 그런가 하면 장편 소년소설은 『비탈 위에 작은 집』(동아일보사, 1985), 『별로 뜨는 민들레』(교학사, 1997), 『오미 1·2』(배동바지, 2003), 『내 마음의 하늘』(해성, 2006) 등 다섯 권이다.

한 작가가 이만한 분량의 장편동화와 소년소설을 창작하였다는 것, 그리고 그 작품들이 태작(駄作)이 없이 모두 고른 미학적 성과를 유지하고 있다는 것은 놀라운 일이며, 거듭 말하지만 작가 자신의 영광으로 그치지 않고 한국 아동문학사의 수준 있는 정리를 위해서도

다행한 일이 아닐 수 없다. 물론 장편 동화와 소년소설은 그 장르의 성격을 달리하지만, 이들을 한 자리에서 통독하고 비교 검토해 보는 일은 이 작가가 보다 긴 호흡으로 이야기를 전개하는 방식과 그 속에 담으려 한 이야기의 주제를 한 눈에 판독하는 유익이 있을 것이다.

『꿀벌의 친구』는 연보상으로 1981년에서 1988년까지 쓴 것으로 되어 있는데, 모두 일곱 단락으로 구성된 이 장편 동화가 어떤 경과로 창작되었는지 작가에게 직접 문의하기 전에는 파악하기가 어렵다. 그러나 작품의 성과를 두고 말하자면, '용이'라는 고아를 주인공으로 하여 티없이 맑고 밝은 마음으로 사는 뒤끝에서 곁에 있으면서도 몰랐던 할아버지와 부모를 찾게 된다는 감동적인 동화이다.

『은빛 날개의 사슴』은 작가의 기억 속에 신비롭게 남아 있는 지리산을 배경으로 그 속에 사람과 짐승들의 이야기를 아름답게 담아낸 작품이다. 『지리산』을 쓴 이병주나 『태백산맥』을 쓴 조정래의 지리산이 소중한 만큼 배익천의 지리산도 소중하다. 그것이 단순한 지명이 아니라 우리 삶의 진실을 적시(摘示)하고 환기하는 공간 환경으로 전화(轉化)되고 있기 때문이다.

『별을 키우는 아이』는 작가가 "열한 살 어린 아들을 신장병으로 하늘나라로 보낸 친구의 아픔을 위로하기 위해서 썼다"고 밝히고 있다. 그가 생각하는 별나라, 그가 그리고 있는 별나라는 이 세상과 동떨어져 있기도 하고 세상 한 가운데 있기도 하다. 그것은 각자의 생각이 어떤 모양으로 작동하는지, 그 넓이와 깊이가 어떤 정도로 구획되는지에 달린 문제가 아니겠는가. 배익천 식 별나라, '서로 베풀고 사는 사람들이 정답게 살아가는 아름다운 별나라'가 결코 먼 곳에 있지 않도록 하기 위해, 우리는 이와 같은 동화를 읽어야 할지도 모른다.

그리고 그것은 역시 동화적 상상력의 힘을 잃지 않는 열린 마음에서 가능하리라 여겨지는데, 이를 작품으로 반증하는 것이 『내가 만난 꼬깨미』이다. '꼬깨미'는 호랑이도 무서워하는 '곶감'의 방언이다. 작가는 그 꼬깨미를 의인화하여 생명력을 불어넣고 어린이의 친구로 등장시킨다. 이 이질적인 동행자의 존재를 납득하는 열린 마음이 있는 자리에 동화의 꽃, 세상을 아름답게 바꾸는 동화의 꽃이 필 것이다.

배익천의 첫 장편 소년소설이라 할 『비탈 위의 작은 집』은 1985년에 간행되었으니, 시기상으로는 첫 장편동화 『꿀벌의 친구』를 쓰고 있을 때였다. 그는 이 두 장편 장르를 함께 시도하고 있었던 터인데, 소설의 경우에 비추어 보면 단편에서 장편으로 장르를 바꾸어가는 것은 시대상의 변화나 작가 인식의 변화에 따라 다변(多辯)의 서술과 총체성의 구현이 요구될 때이다. 창작 활동이 오래도록 진행되어도 여전히 절제된 언어와 표현법을 고수하는 이 작가가, 그 언술 자체를 늘리는 데 목표를 두었을 리는 없다. 그러나 세계를 보다 포괄적인 눈으로 바라보고, 그 내포적 의미를 체계적 방식으로 설명할 글의 분량을 필요로 했으리라고는 짐작해 볼 수 있다.

『비탈 위의 작은 집』은 가난하고 힘없는 한 가족이 시종일관 밝은 마음을 잃지 않고 살아가는, 그리하여 평범하고 일상적인 삶 속에서의 '보물'이 무엇인지를 찾아내는 이야기이다. 이 소설 가운데 등장하는 담임 선생님, 같은 반 아이들, 심지어 나쁜 사람이었던 장님 아버지의 아들 등 모든 인물들은, 마침내 세상이 야박하기보다는 정겹고 험악하기보다는 아름다운 것임을 증명하기 위해 존재한다. 그 따뜻한 가족애와 우정, 옳고 바른 것을 지향하는 도덕적 관점은, 이를테면 이야기로 만들어진 우수한 전인교육(全人教育)의 교과서이다.

그 다음 소년소설 『별로 뜨는 민들레』 또한 이러한 창작 태도를 그대로 이어받고 있다. 그 본문 중에는, 이와 같은 배익천의 세상보기를 민들레의 성정(性情)에 견주어 진술하는 기억할만한 대목이 눈에 띈다. 강우 아버지 민달호 씨의 말이다. 여기에 이 작가가 우리 산하의 야생화들에 대해 전문적 견식을 갖춘 애호가임을 첨언해 두어도 될지 모르겠다.

> "보기와는 달리 무척 강인한 꽃이지. 모진 겨울을 참아내는 것도 그렇지만 물을 찾기 위해, 더 꼿꼿하게 서 있기 위해 땅 속 깊이 길게 길게 뿌리를 내린단다. 그리고 번식력도 대단하단다. 지금 이 노란 꽃이 시들면 꽃대를 쭉쭉 뻗어 올려 하얀 솜털을 단 씨앗을 수도 없이 만들지. 그래서 바람이 불면 씨앗들은 낙하산을 타고 사방으로 날리게 된단다."

두 권으로 된 소년소설 『오미』에는 '성장동화' 란 수식어가 붙어 있다. 그의 창작에 있어 성장동화, 성장소설이 아닌 것이 어디 있으리요마는, 특히 『오미』는 아픔과 눈물 속에 성장하는 아이의 이야기이다. 그 대단원에는 온갖 우여곡절 끝에 어머니의 죽음과 마주해야 하는 '오미'의 성장통(成長痛)이 기다리고 있다. 한 세대의 생명현상을 넘어 다음 세대는 어른이 되어가고, 거기 티없이 맑은 눈물이 있다. 작가는 이를 '꽃보다 아름다운 눈물' 이라 불렀다.

『내 마음의 하늘』은 1995년 3월부터 7월까지 《소년동아일보》에 연재되었던 것을 10년을 묵힌 후에 다시 책으로 묶었는데, 여기에는 오늘날 우리 사회의 고질병이 된 학교폭력이나 도시계획에 따른 서민주택의 강제철거 등 매우 예민한 문제들이 다루어지고 있다. 그러나 그 어두운 그늘은 그것 자체의 서술을 위해 있는 것이 아니다. 한

학교의 같은 반에서 온갖 희비애락을 함께 겪고 나누며 성장하는 어린이들의 모습을 통해, 우리는 어둠을 밀어내고 세상을 밝히는 소망의 햇살을 보게 된다. 배익천이 열어보이는 '내 마음의 하늘'은, 이제껏 그랬듯이 그렇게 우리에게 다가온다.

6. 새 출발점에 선 작가를 위하여

작가 연보에서 확인할 수 있듯이, 배익천은 올해에 단편 동화집 『잠자는 고등어』(예림당, 2007)를 펴냈으나 아직 필자의 손이 닿지 못해서 여기서는 다루지 못했다. 그가 성실한 글쓰기의 보폭을 유지하면서 지금까지 축조한 그 많은 이야기의 성채는, 아마도 한국 아동문학사, 한국 문학사에 길이 그 빛을 발산할 것이다.

그는 지금 부산문화방송 기획심의실 홍보심의부에서 홍보·출판 담당 부국장으로 일하고 있으며 여전히 『어린이문예』의 편집주간을 맡고 있다. 그리고 여전히 작품의 산출을 쉬지 않고 있는 현역 작가이다. 한 작가의 인간적 품성이 작품에 투영되어 그로써 작가정신의 사표로 불리던, 고(故) 황순원 선생이 보여주었던 그 단단하고도 따뜻한 글쓰기의 모범을 우리는 배익천에게서도 쉽사리 발견할 수 있다.

그러기에 하는 말이다. 이제 지천명(知天命)의 언덕을 넘어 이순(耳順)의 산마루를 향해 나아가는 그에게 더욱 활력과 지혜가 넘치기를, 그리고 지금껏 정성스럽게 가꾸어 온 백화난만한 동화의 화원을 더욱 아름답고 귀하게 확장해 가기를 축원해 본다. 그로 말미암아 한국 동화문학의 터전이 굳게 다져지고 더 많은 꿈의 싹을 띄울 수 있다면, 이 부족한 글을 통해 배익천 동화문학 30여 년을 기리는 필자에게는 더 바랄 것이 없겠다.

그는 이제 다시 하나의 출발점에 섰다. 이 책이 한국 동화문학 전반의 흐름을 정리하면서 그 속에서 배익천 문학의 지위를 검색하고, 그의 전체 작품에 대한 통시적 고찰과 개별 작품에 대한 구체적 분석을 수행함으로써 그 문학 세계의 이해 또는 평가에 대한 하나의 경점(更點)을 넘고 있는 까닭에서이다. 앞으로 그의 작품 생산이 보여줄 원숙한 미학적 성과를 기대하면서, 그에게 축하와 후원의 박수를 보내는 것은 오랫동안 곁에서 그를 지켜본 우리 모두의 기쁨이 아닐 수 없다.

섬세하고 순정한 첫 마음의 풍경

—1970년대 배익천의 단편동화를 중심으로

선안나

1. 불신의 시대에 옛 동화를 읽다

기존의 모든 믿음, 가치들이 의심되고 해체되는 시대이다.

아동문학장이라고 다르지 않다. 오랫동안 '동화다움'으로 믿어져 왔던 문학적 자질들은 '아이들의 눈을 가리는' 현실도피주의, 동심천사주의로 공격되고, '문제적 현실'을 사실주의 기법으로 '고발하듯' 쓴 작품들만이 진실한 아동문학이라는 일종의 도식이 90년대 후반과 2000년대 초반 아동문학장을 휩쓸었다.

사실 이러한 현상 자체는 전적으로 긍정적이거나 부정적이지 않다.

의문 없이 자명하게 여겨왔던 동화다움의 실체를 비판적 시각으로 따져보는 것은 좋은 일이다. 이는 문학적 균형과 성숙을 지향하는 일이기 때문이다.

그러나 기존 가치에 대한 의심과 해체가 수단이자 목적이 되는 것은 무책임하고도 위험하다. 어린이가 쉬기도 하고 놀기도 할 어떤 공간, 어쩌면 발 딛고 숨 쉴 공간을 없애는 일이 될 수도 있기 때문이다. 연령적으로 어릴수록 보다 많은 시간 잠을 자야만 하며, 깨어있을 때조차도 꿈꾸는 상태와 비슷한 백일몽의 시간을 충분히 가져야 한다. 식물의 싹이 자라기 위해서는 햇빛을 필요로 하지만, 씨앗이 스스로 싹 터 나올 때까지 땅속에 충분히 파묻혀 있어야 하는 것과 같은 이치이다.

어린이가 객관적이고 비판적인 인식을 하게 될 수 있게 되기까지는 시간이 걸리며, 연령이 낮을수록 주관적이고 환상적인 사고방식으로 세계를 이해한다. 비유적이고 상징적인 동화의 어법은 어린이의 이러한 심리상태와 사고체계를 반영한다. 따라서 객관적 현실을 가감 없이 '사실적으로' 보여주는 일이나 어린이 내면에 이성의 빛을 밝게 비추려는 시도가 언제나 바람직한 것은 아니며, 적절한 시와 때를 고려하지 않고 현실의 이면을 너무 깊이 그리고 자세히 보여주려는 시도는 현실을 '감추려는' 것만큼이나 위험한 일이 될 수 있다.

2000년대 후반 아동문학장은 이러한 우려가 단순한 기우가 아님을 보여준다. 전통적 가치는 부정되고, 일각에서 주장하였던 '현실주의'는 시대정신의 자연스러운 수렴이 아니었기에 메아리에 머물렀으며, '판타지' 담론은 파편적 기호로 반짝이며 흘러 다니다, 그 모든 것이 자본의 강력한 홀(hall)로 소리 없이 빨려 들어가는 양상이다.

이러한 가치 부재의 시대, 불신의 시대에 옛 동화를 읽었다. 1970년대에 쓴 글들과 1980년대 초반의 글을 모아 펴낸 배익천의 등단 초기 단편 동화집 세 권[1]을 읽으며, 수십 년 전으로 시간을 거슬러 단숨에 회귀한 느낌을 받았다. 친숙하면서도 낯설게 닿아오는 정신적 현실의 '차이'를 자각하며, 그것의 내용을 응시하게 된다.

순수, 서정, 고향, 시, 꿈, 환상, 아름다움, 비극, 동심, 양심, 이상……. 배익천의 초기 동화를 읽고 직관적으로 떠올려본 단어들이다. 한국에서 '동화다움'으로 믿어져왔던 고전적 가치들의 한 정수(精髓)가 그의 동화 안에 오롯이 고여 있음을 볼 수 있다.

이 시대에는 더 이상 동화의 덕목으로 손꼽히지 않는 순정한 가치들. 그러나 기존 가치를 부정한다고 현대적 가치가 획득될 것인가. 의심과 해체가 시대정신이 된 데에는 그럴 만한 이유가 있지만, 조류에 편승하여 지켜야할 것조차 버리는 우를 범해서는 안 될 것이다.

문학적 일반성과 아동문학의 특수성을 함께 살피며, 아동기의 보편성과 시대현실의 개별성을 동시에 고려하고, 비판을 위한 비판과 옹호를 위한 옹호를 더불어 경계하는 일……. 이런저런 까다로운 전제들로 하여 아동문학 관련 논의는 늘 주류 담론과 일정한 거리가 있을 수밖에 없고, 때문에 마이너 장르에 머물 수밖에 없는 면이 있다. 배익천 초기 동화를 살피는 입장 역시 이런 줄타기의 선상에 있음을 말해두며, 최초의 작품들에 나타난 원형적 특징을 핵심 키워드로 삼아 고유한 면면을 헤아려 보고자 한다.

2. 시, 동심, 환상

— 동화작가 고유의 문법

어린이를 위한 이야기 글을 쓰는 작가들을 일반적으로 동화작가라

1) 평론 대상 작품집은 『빛이 쌓이는 마을』(1980), 『떡갈나무네 식구들』(1984), 『마음을 찍는 발자국』(1984), 세 권이다. 이 가운데 『빛이 쌓이는 마을』에 1970년대에 쓴 동화만을 모았고, 작가의 초기 특성을 집약적으로 보여주므로 중점 논의 대상으로 삼는다.

통칭한다. 그런데 작품의 성격을 살펴보면, 낭만적 세계관을 표현하는 작가와 사실적 세계관을 표현하는 작가군의 두 부류로 크게 나뉨을 알 수 있다.

전자의 경우 작품에서 시적 특성이 두드러진다. 문장이 간결하고 리듬감이 있으며, 이미지, 서정, 은유, 상징, 다의성, 함축성 같은 시적 자질이 주요하게 발휘된다. 그리고 현실과 비현실의 경계를 구분 없이 넘나드는 심리적 환상성이 특징적으로 나타난다.

이에 비해 후자의 경우 소설적 특성이 강하게 나타난다. 뚜렷한 사건과 줄거리, 분명한 캐릭터와 극적 구성 등 서사적 성격이 두드러진다. 그리고 사실적 현실적 세계관을 보여준다.

엄밀한 의미에서 전자의 특성을 주요하게 구현하는 작가야말로 '동화작가'라 부를 수 있으며, 후자의 특성을 일관되게 보이는 작가는 '아동소설가'로 부르는 것이 마땅하다.

이런 관점에서 볼 때 배익천의 초기 작품은 그가 체질적 '동화작가'임을 명백하게 말해준다. 극적 사건이나 뚜렷한 스토리 전개 같은 서사적 특성은 약하게 드러나는 반면, 간결한 문장과 시적 이미지로 가득한 서정적 문체가 유미주의로 느껴질 만큼 섬세하게 표현됨을 볼 수 있다.

할아버지의 천막 밖에서는 외줄기 길처럼 하얀 연기가 오르고 조용히 속으로 흐르는 강물 위에는 어제처럼 놀이 붉게 타고 있었습니다. 아기 벌과 흰나비는 강둑 위 미류나무 이파리 뒤에 나란히 붙어 있었습니다. 강물 위에는 다시 어둠이 내리고 나비 날개에 붙은 분가루보다 많은 별들이 잠겼습니다. 〔…중략…〕

아기 벌의 가슴 속으로도 따뜻하고 나른나른한 것이 흐르고 있었습니다. 물안개가 피어 오르는 강물 위로 아침이 일어서는 소리가 가득 괴어 흘렀습니다. 흰나비는 두어 번 날개를 털면서 일어났습니다. 그리고는 한 방울 작은 이슬로 아기별을 깨워주곤 장다리 밭에서 만나기로 하자면서 강물 위를 날아가 버렸습니다. 잠가시지 않은 채 멍하니 지켜보는 아기별의 눈엔 흰나비가 꼭 가을에 혼자 남은 미루나무 이파리같이 외로와 보였습니다. 그러나 아기별의 가슴엔 찰랑이는 기쁨이 꽃잎처럼 차분차분 쌓이고 있었읍니다.

—「달무리」

동화 장르의 특성은 '시정신과 산문의 형태'로 말해진다. 이때 시정신이란 표현기법을 포함하기도 하지만, '자아와 세계의 합일'이라는 동일성의 원리를 주요하게 의미하기도 한다. 즉 소설적 세계관이 자아와 세계의 분리를 자각하게 하고 상호 갈등과 투쟁 양상을 다루는 데 비해, 시적 세계관은 서정을 통해 분리된 자아와 세계를 일치시킨다는 면에서 그 문학적 구심점이 애초에 다름을 알 수 있다.

배익천의 초기 작품 역시 '시정신'을 우선적 특질로 보이며, 당연히 자아와 외부 세계의 갈등과 대립을 그리기보다 서정을 통한 자아와 세계의 충만한 합일을 추구하는 성향을 보여준다. 세계에 대한 작가의 인식은 비극적일지라도 문학적 지향이 그러하다는 뜻이다.

작품이 시적 특성을 보인다고 해서 그것이 곧바로 동화 장르의 특질로 연결될 수 있는 것은 아니다. 어린이와 소통할 수 있는 동심, 그리고 '동심에 기초한 환상'을 자유롭고 자연스럽게 표현할 때 동화 작가의 고유 자질을 지녔다고 말할 수 있다. 배익천을 '체질적 동화작가'라고 언명한 까닭은, 초기 작품들이 이러한 세 요소를 순도 높게 충족시키고 있음을 볼 수 있기 때문이다.

예를 들자면 첫 작품집 『빛이 쌓이는 마을』에는 총 21편의 단편 동화가 실려 있는데, 그 가운데 환상 요소가 있는 동화가 16편이나 된다. 현실과 비현실, 사람과 동물, 생물과 무생물의 경계가 텍스트 구조 안에서 아무렇지도 않게 흐려지고 지워지는 것을 볼 수 있다.

> "시장님, 아침 일찍 웬 일이십니까?"
>
> 예록이는 깜짝 놀랐습니다. 그때사 자기가 꽃사슴이라는 걸 언뜻 느끼고 앞발을 껑충 뛰어 올리며 달아나려고 했지만, 앞다리는 손이 되어 있어 마주 잡으며
>
> "아침 날씨는 선선하군요. 산책중이랍니다."
>
> 하지 않겠어요. 예록이는 숲 속 시장님이 되어 버렸읍니다.
>
> —「숲 속의 시장님」

> "자 모두들 눈을 감고 날따라 들어오너라. 너희들이 소원하는 것이 무엇이든지 다 이루어지게 될테니까."
>
> 하면서 할아버지는 먼저 튀밥기계의 둥근 통 속으로 들어갔읍니다. 멍하니 바라보던 아이들도 커다란 할아버지가 아주 쉽게 들어가는 것을 보고 저마다 우루루 몰려 들어가기 시작하였읍니다.
>
> 둥그런 통 속은 밖에서 보기와는 달리 어마어마하게 넓고 밝았읍니다. 학교운동장보다 더 넓은 것 같았읍니다.
>
> —「한 가지 소원」

애니미즘적인 사고는 유아기의 일반적 특성이며, 초등학교 저학년 무렵까지도 환상성은 유년기의 주요한 심리적 특성을 이룬다. 어른 세계에서 환상은 단일하고 합리적인 현실 원칙에 억압된 이면의 가

치들을 드러내는 전복의 힘으로 주로 기능하지만, 현실의 서열과 차별을 알기 이전 유아기의 환상은 세계를 이해하고 주체를 구성하는 원리가 된다.

동심적 상상력에 바탕을 둔 환상성이 배익천 초기 동화집의 주된 특질로 나타나는 것은, 작가로서 그가 '보다 연령이 낮은' 어린이들과 같은 방식으로 사물을 바라보고 그들이 수용할 수 있는 방식으로 세상을 이해시킬 수 있는 남다른 소통능력을 가졌음을 말해준다. 외부 현실의 소설적 재현은 누구나 노력을 통해 일정하게 성취할 수 있으나, 심리적 환상성은 스스로 그 상태에 속해있지 않고서는 자연스런 구현이 불가능하다. 그 점에서 배익천은 소설가와 다른 '동화작가'로서 드문 자질을 체질적으로 지녔음을 초기 작품들이 뚜렷하게 보여준다.

3. 자연, 고향, 어머니

— 부재와 당위로서의 심리 공간

배익천의 초기 동화 세계는 숨 막히도록 맑고 고요하고 아름답다. 전 작품에 가득한 시적 자연 이미지들은 잔잔한 서정성을 환기시킨다. 초기 동화집 3권에 실린 작품의 제목을 살펴보자.

『빛이 쌓이는 마을』	· 숲 속의 시장님 · 돌 이야기 · 노을을 그리는 아이들 · 달무리 · 벽에서 나온 아이 · 병정개미의 소원	· 한 가지 소원 · 찔레꽃 · 진달래꽃 · 눈꽃 · 코스모스 · 작은 바퀴 이야기

	· 정소리 · 소나무 밑에서 · 꽃씨 · 겨울새 · 오원 한 닢	· 황금 귀고리 · 크리스마스 종소리 · 빛이 쌓이는 마을 · 징검다리
『마음을 찍는 발자국』	· 겨울새가 물고 간 봄 · 봄꽃나비 · 마음을 찍는 발자국 · 낮잠 · 털보아저씨와 방울	· 오리들의 고향 · 노래하는 전나무 · 갯버들과 미루나무 · 버드나무 잎눈에 맺힌 물방울
『떡갈나무네 식구들』	『떡갈나무네 식구들』	

자연 이미지를 명시한 제목이 다수를 차지하고, 그 가운데서도 꽃, 새, 나무의 이미지가 두드러지게 반복되어 나타남을 볼 수 있다. 짧은 제목에서 자연 이미지가 특징적으로 나타날진대, 내용 중에 자연 이미지가 주류를 이룰 것임은 쉽게 짐작할 수 있는 일이다.

강변엔 오월 연두색 바람이 일었읍니다. 산 위에서부터 보득 솔밭을 딛고 올라서면 키 큰 미루나무가 몇 그루 있고 그 밑으로 깔린 보드리한 잔디를 지나면 엄마물새의 영혼의 머무는 나무가 있었읍니다. 찔레나무였읍니다. 땅 위에 있는 모든 것, 그리고 이제까지 엄마물새의 집 곁에 서 있던 아카시아 나무까지도 보지 못하던 나무였읍니다. 연녹색 잎사귀를 잘강잘강 씹으면 금방이라도 5월 냄새가, 초록바람 냄새가, 그 물빛이 스며나올 것 같았읍니다.

—「찔레꽃」

마을과 멀리 떨어진 곳에 그림처럼 아름다운 커다란 호수가 있었읍니다. 호숫가으론 크고 작은 나무들이 울창하게 자라고 있어서 하늘에서 내려다보아야 끝이 보였읍니다. 봄이면 온통 흐느러지게 피는 진달래꽃 꽃

그늘을 드리고우고, 여름엔 종일 흰구름이나 맑은 별과 달을 간직하며, 또 크고 작은 고기를 키우고 있었습니다. 물 속에 잠긴 하늘이 땅 끝까지 박히는 가을이 되면 호수는 온통 단풍색으로 물이 들었읍니다.

—「겨울새」

자연 자체는 가치중립적이다. 특유의 생명력과 무질서로 하여 고갈되지 않는 욕망과 혼돈, 야만의 상징으로 나타날 수도 있고, 태초의 선물로서 훼손되지 않은 상태의 자연은 순수와 평화의 표상이 되기도 한다. 주체(작가)가 어떤 심리적 지향을 가지고 어떤 언어와 이미지를 선택하는가에 따라 전혀 다른 작품의 방향성이 획득되게 되는데, 배익천 동화에서 자연 이미지는 주어진 현실과는 다른, '순수한' 대안적 공간 구축에 기여한다.

꽃, 새, 나무, 나비, 작은 벌레, 별, 달, 노을, 호수 같은, 배익천 동화에 반복적으로 등장하는 자연 이미지들은, 미/추, 선/악, 정신적/물질적, 영원/현세적 이분법의 구도에서 명백히 전자의 가치들을 함축하는 심리적 특성을 보인다. 배익천 동화에서 자연은 현재 잃어버린(「숲 속의 시장님」, 「돌 이야기」 등), 본래의 자기다움을 되찾게 해주는(「소나무 밑에서」, 「찔레꽃」 등), 화해의 조화의 공간(「떡갈나무」, 「황금귀고리」 등)으로 이미지화된다. 자연은 야만과 혼돈의 상징이 아니라, 잃어버려서는 안 되며 회귀하고 회복해야 할 이상의 상태로 가정되고 있는 것이다.

자연 이미저리와 함께 배익천 초기 동화에는 '고향'에 대한 그리움과 지향이 강하게 나타난다. 주인공이 어린이든 어른이든 또는 의인화 된 동물이든 간에, 현재는 고향을 떠나왔다는 의식과 함께 태어나고 자란 곳으로 되돌아가고자 하는 사고 패턴을 일정하게 보여준다.

마을로 가는 길 어귀에 들어서니까 무척도 낯익은 곳이었읍니다. 어릴 때 내가 살던 마을이었습니다. 닷새마다 한 번씩 왁작이던 장터가 텅텅 빈 채로 있었읍니다. 그 곳은 우리들의 숨바꼭질 장소이기도 했읍니다.

배꼽이 보이도록 옷고름을 풀어 헤친 채, 벌건 쇠덩이를 내리치던 맘 좋은 할아버지의 대장간도 장 귀퉁이에 그대로 있었읍니다. 봄, 여름, 가을, 겨울 우리들을 즐겁게 해주던 강물이 옛처럼 흐르고 있었읍니다. 나는 갑자기 즐거워지고 신이 났읍니다.

—「벽에서 나온 아이」

아저씨는 낚시를 떼다 말고 개울을 자세히 보았읍니다. 어쩐지 자꾸 낯익은 개울 같았읍니다. 청석바위가 있고, 갯버들이 있고, 크로버와 잔디가 한데 섞여 자라고 있는 곳은 아저씨가 어릴 때 염소를 먹이며 고기를 잡던 그 개울 같았읍니다.

키 큰 미루나무도 그 때 그 키로 서 있었읍니다. 아저씨는 반가왔읍니다. 사방을 빙 둘러 보았읍니다. 낯익은 논둑길을 따라 천천히 마을로 들어갔읍니다. 여름 저녁답에 마을을 덮던 된장찌개 냄새와 생쑥 모깃불 냄새가 풍기는 것 같았읍니다.

—「진달래꽃」

고향은 현실과 다르게 친근하고 푸근한 공간이며, 물질의 부족이 장애가 되지 않는 정신적으로 풍족하고 충만한 시간의 표상이다. 즐겁고 신났던 유년이 살아 있고, 무엇보다 '어머니'를 만날 수 있는 공간이기도 하다.

그러나 등장인물들은 현재 고향과 떨어진 먼 곳에 머물러 있기에, 고향을 추억하고 그리워하며 회귀하고자 하는 소망을 공통적으로 보여준다. 이러한 소망은 '꿈'이나 '환상'을 통해 고향을 찾아가는 것으로 충족되기도 하지만, 그것은 진정한 현실이 아니기에 주인공들은 본래의 현실에 서 있는 자신을 자각하게 되며, 언젠가 돌아가리라는 다짐을 하는 것으로 결말이 이루어지기도 한다.

> 늙은 청둥오리는 고향의 보금자리가 그리웠습니다.
> (가자. 눈과 얼음이 덮혀 있어도 나는 알을 낳고 새끼를 깔테다.)
> 차르르 한 떼의 새무리가 호수에 내려 앉을 때 늙은 청둥오리는 나뭇가지를 헤치고 하늘로 날아올랐습니다.
>
> —「겨울새」

> 이제는 큰 오리가 된 집오리는 갈밭이 싫었습니다. 갈섬이 싫어졌습니다. 엄마가 보고 싶고, 형제들이 보고싶었습니다.
> '나도 고향을 찾아 가자. 엄마 형제들이 있는 고향으로. 이 강을 거슬러 올라 가면 되겠지?'
> 저녁 햇살에 반짝반짝 빛나는 강물 위로 집오리가 조용히 헤엄쳐 올라가면서 중얼거렸습니다.
> '나는 날 수 없어. 나는 집오린 거야.'
>
> —「오리들의 고향」

등장인물들은 고향을 떠나 먼 거리에서 이방인 또는 타자로서 자신의 정체성을 느끼며 과거의 공간으로 돌아감으로써 행복을 찾고자 한다. 그런데 예문에서 볼 수 있는 것처럼, 배익천 동화에서 고향은 지나간 '과거'에 속해 있거나 언젠가 돌아가야 할 '미래'에 있을 뿐 현재 여기에는 '없다.'

즉 고향은 실제의 현실공간이기보다, 부정적 현재와 대비되는 심리적 대안 공간임을 알 수 있다. 주인공이 머무는 '타향'과 떠나온 '고향' 사이의 거리는 작가가 느끼는바 주어진 현실과 소망스러운 현실 사이 심리적 거리가 물리적인 공간으로 표현된 것이다.

물론 작가는 첫 동화집 『빛이 쌓이는 마을』 머리말에서 "실제의 고향을 마음속에 소중하게 간직하고 있"음을 말하며, "작은 개울을 끼고 산비탈마다 자리 잡은 마을과 미루나무, 그리고 심심한 한낮에 한번쯤 울어줘도 좋을 황소나 장닭 몇 마리가 싱싱한 흙냄새를 맡으며 한가하게 거닐고 있는 곳에서 자랄 수 있었음을 자랑스럽게 여기고 부모님께 감사"한다고 말한다.

그러나 작가 관심의 실체는 현재의 고향 그 자체에 있는 것이 아니라, '과거의 충만했던' 한 지점에 있다. 자아와 세계의 분리를 알지 못하고 타자로서의 자신을 자각하기 이전, 자연과 고향과 어머니에 속해 있었던 시기에 대한 이끌림이다. 라캉식으로 말하자면 갈등과 대결의 장인 상징계(현실)를 벗어나, 평화와 합일의 상태(상상계)로 돌아가고자 하는 작가의 무의식이 자연, 고향, 어머니라는 기표로 함축된 것이다.

지금 발 딛고 있는 현실은 타향이고 자신은 소외된 타자라는 등장인물들의 의식은 작가의 세계 인식을 반영한다. 배익천의 초기 작품이 보여주는 세계 인식은, 섬세하고 유려한 문체의 아름다움과는 별개로, 있는 현실을 흔쾌히 긍정하는 태도는 아니다. 어린이라고 해서 '철모르고' 놀이에 열중하는 존재만은 아니거니와, 아동문학 창작은 어떤 식으로든 어른의 시선으로 본 세계의 프리즘을 가질 수밖에 없는데, 동화작가 배익천의 눈에 비친 현실세계는 낯설고 불순하며 모순적인 곳으로 나타난다. 유미주의에 가깝도록 아름다움을 지향하는 문체는 현실 긍정이나 영합의 포즈가 아니라, 작가가 세상을 대하는 방식이자 표현하는 태도로 해석할 수 있다. 그리고 그 태도는 거침없고 거칠기보다, 맑고 순정하며 애틋한 서정성을 지니고 있는 것이다.

현실 질서가 억압적일수록 자아와 세계의 괴리와 단절은 커진다. 개인의 마음이 순정할수록, 순수에 대한 열망이 강할수록, 아름다움에 대한 사랑이 클수록, 그렇지 못한 현실에 대한 거부감과 단절감은 더욱 날카로워진다. 그리하여 개인은 현실의 모순에 저항하거나, 회피하고 외면하거나, 꿈이나 환상의 방식으로 억압된 무의식을 표출하거나 하게 된다. 배익천 초기 동화의 전면적 특질을 이루는 환상과 함께 자연, 고향, 어머니의 기표는 작가가 느끼는 억압의 크기와 그에 대응하는 방식을 보여준다. 어린이와 교감하는 순정한 소년의 심성으로 세계와 화합하기에 70년대 반공과 유신의 시대적 공기는 너무나 폭압적이었다.

4. 현실 부정과 순일(純一)에의 꿈

—배익천의 세계 인식과 표현

배익천 초기 동화의 인물들이 서 있는 자리는 '타향'이나 '박토'로 나타나며, 심지어 '우리'에 갇히고 '덫'에 걸린 상황으로 설정되기도 한다. 안정과 안전 물론이고 생명마저 위협당하는 불안하고 불안정한 상황인 것이다.

미주가 준 물로 잎사귀를 씻고, 뿌리로 내리는 다른 꽃들의 야단스러운 소리를 발 아래 묻고 코스모스는 있는 힘을 다해 하늘을 쳐다보았습니다.

오직 하늘만은 믿고 싶었습니다. 그러나 하늘은 구름 한 점 띄우지 않고 발그레 물들기 시작하고 있었습니다.

(하늘도 나를 모른 채 하구나.)

코스모스는 마지막 힘마저 점점 빠지는 것 같았습니다.

—「코스모스」

"키우키우 캐액-"

젊은 청둥오리가 몸부림을 치며 곤두박질치고 있었습니나.

늙은 청둥오리는 날개를 쳐들고 풀쩍풀쩍 뛰다시피 해서 가까이 가 보았습니다. 그러나 젊은 청둥오리는 이미 죽어가고 있었습니다.

"아주머니. 고기를. 잡숫지. 마셔요— 독약이…… 독약이……."

—「겨울새」

인생의 초반부에 있는 어린이 영혼과 정서에 깊은 영향을 줄 수 있기에, 동화에서 비극적 세계관은 잘 나타나지 않는다. 대부분 해피엔드의 결말을 보여주며, 그렇지 않더라도 희망의 전망을 열어놓는 것이 일반적이다. 이는 허약한 작가정신의 결과물인 사례도 많지만, 유년기의 긍정적 낭만적 사고가 반영된 결과이기도 하다. 식물이 자라는데 햇볕이 반드시 필요하듯 자아정체성 형성기의 어린이에게 자신과 세상에 대한 믿음과 희망은 내적 성장을 위해 꼭 필요한 요소이기 때문이다.

그런데 배익천 초기 동화는 동시대 작가들의 동화에 비해 비극적인 세계 인식이 더욱 날카롭게 나타난다. 동화의 전통적 구조가 분리와 결핍에서 시작하였더라도 화합과 충족으로 끝나는데 패턴인데 비해, 배익천 동화에서는 분리와 결핍은 끝내 극복되지 않으며 아무런 희망적 전망도 보이지 않는 결말의 작품이 여러 편 발견된다.

"저런 늙어빠지고 병들은 짐승을 도시 한복판에 두는 것은 좋지 않은 것 같군. 동물원도 야외로 옮기고 여기에다 새 아파트를 짓는 것이 어떨까?"

예록이는 눈을 감았읍니다.

다시는 뜨기 싫었읍니다. 밤새도록 앓으면서 마지막으로 본 시장님의 모습이 물무늬져갔읍니다.

잔잔해져가는 예록이의 귓가에는 어릴 때 들어 본 산 속의 조용조용한 소리들이 들렸읍니다. 그 소리는 점점 희미해졌읍니다.

—「숲 속의 시장님」

아빠토끼와 엄마토끼는 말이 없었습니다. 벌써 눈이 감기고 있었던 것입니다. 토돌이는 그 위에 쓰러져 소리 내어 울었습니다. 얼마가 지났는지 모릅니다. 온 몸이 얼어붙듯 굳어져 옴을 느꼈읍니다. 희미해지는 눈망울 속엔 흉악한 악마의 모습을 한 사람들이 빙글빙글 돌아가고 있었읍니다.

'나쁘다. 사람은…….

엄마.

아빠.

누나.'

가만히 속으로 불러보는 토돌이의 몸도 사늘하게 식고 있었읍니다.

—「눈꽃」

시적인 문체로 어린이가 공감할 수 있는 환상을 자연스럽게 구현하였음에도 불구하고, 등단 초기 배익천은 현실 세계를 냉혹하고 잔

인한 곳으로 파악하였으며 그러한 인식을 비극적 결말로써 표현하였다. 자아가 세계에 지고 마는 이러한 결말은 아동문학에서 회피되는 일종의 금기인데, 작가는 우직하리만큼 자신의 세계관을 곧이곧대로 드러내었다. 독자 수용적 측면에서 논란이 예상됨에도 불구하고, 작가가 느끼는 바의 표현을 끝까지 밀고 나간 집중력과 배짱은 배익천의 작가정신을 주목하게 한다. 모두가 권장하는 기존 가치관에 순응하지 않고 자신의 세계관을 끝까지 관철시키는 태도는, 일단 작가 자의식의 남다른 단단함을 알게 하는 것이다.

강자에 유린당하는 약자에 대한 안타까움, 이기적인 주체에 대한 미움, 인간 군상의 탐욕과 오만에 대한 비판, 문명의 야만성에 대한 분노 등 일체의 '불순'과 '악'에 대한 예민한 배척은 배익천 초기 동화에 반복하여 나타나는 정서이다. 부정적 현실에 대한 작가의 예민한 자각은, '어른 세계로의 진입'을 거부하는 어린이의 심상으로 표출되기도 한다.

> 누나의 눈 속에는 망설임이 가득 고여 있습니다.
> "안 돼. 어른이 되는 것은 아직 우리가 모를 일이야. 우리가 우리의 일을 다하고 있으면 이 열매를 따먹지 않아도 어른이 될 때가 있겠지."
> 아이와 누나는 마음이 복잡해지는 것 같았습니다.
> 어른이 된다는 것은 거울이 깨어지는 것 같은 느낌이 들었습니다.
> 꿈의 나무에서 얻은 꿈을.
> 마음이 나무에서 얻은 마음을.
> 소원의 나무에서 얻은 소원을.
> 다 잃어버릴 것 같았습니다.
>
> —「노을을 그리는 아이들」

여기서 어린이의 세계와 어른의 세계는 순수/비순수의 공간으로 대비되고 있다. 사실 어린이와 어른은 같은 시공간을 살아가며, 어른들만 모순과 부조리를 경험하는 게 아니라 어린이 역시 치열한 현실 속에서 고통받으며 살아간다. 따라서 여기서 오누이는 현실의 구체적 어린이라기보다 어린이의 이미지로 표상된 어떤 심상, 연령의 많고 적음에 관계없이 지키고 싶은 어떤 '순수한 상태'임을 알 수 있다.

어른의 세계로 대표되는, 불순하고 부조리한 현실을 거부하며 작가는 '순수하고 평화로운 합일의 세계'를 꿈꾼다. 그 세계는 시장님이 청소부 아저씨의 생일에 손수 선물을 챙겨 보내고, 무더위에 어린이들이 더욱 시원하게 놀 수 있도록 수영장에 얼음덩이를 채워 넣어주기도 하는, 강자의 약자에 대한 자상함과 배려가 있는 세계이다.(「숲 속의 시장님」) 간절한 소원으로 아이의 굽은 다리도 펴질 수 있는, 장애가 극복되는 세계이고(「한 가지 소원」), 아들은 하늘나라로 일찍 보냈지만 화전촌의 가난한 34명 제자에게 몰래 크리스마스 선물을 배달하는 선생님의 '더 큰' 사랑이 따뜻하게 감싸고 있는 세계(「크리스마스 종소리」)이기도 하다.

개인의 억압된 무의식이 꿈으로 변질되어 표출되듯, 배익천 동화의 환상 역시 꿈과 비슷한 방식으로 변질되어 표출된 억압된 충동이다. 개인은 꿈을 통해 억압을 해소하고 의식과 무의식을 통합함으로써 자아의 건강을 유지한다. 이에 비해 작가는 개인성을 통해 당대의 정신을 드러내는데, 배익천은 환상의 방식으로 현실 질서가 억압하고 소외시킨 가치들을 현실계에 복원시킴으로써, 과도하게 억압된 시대정신의 해소에 기여함을 볼 수 있다.

즉 배익천 동화의 꿈과 환상, 현실 부정의식과 대안 세계의 지향의식은 비판정신의 부재나 현실도피가 아니라, 오히려 현실의 억압을 유난히 섬세하고 강하게 느끼고 그것을 거부하는 마음이 컸기에, 내면의 억눌림을 해소하지 않을 수 없었던 내적 충동의 아동문학적 표현 양상임을 알 수 있다.

5. 순정, 양심, 믿음

—세계에 대한 동화작가의 저항

세상은 온갖 이질적인 것들이 혼재하는 갈등과 대결의 투쟁 공간이다. 고정적 순수는 있을 수 없으며, 완전한 합일도 찰나로만 경험될 뿐이다. 성장한다는 것은 비동일성의 공존을 수긍하고 받아들이는 일이 될 것이며, 나아가 자신의 정체성을 형성하는 이질적인 요소들을 인정하고 긍정하게 됨을 의미한다.

그런 의미에서 세상의 모순과 부조리에 대한 거부와 일관된 순수에 대한 작가의 지향은, 차가운 현실세계로 진입하기를 두려워하고 망설이는 오이디푸스기의 심리 상태를 보여준다. '아버지의 법' 지배하는 객관의 세계로 나아가기를 주저하고 두려워하며, 모성적 세계의 안온한 동일성 속에 머물고자 하는 심리는 성장기 어린이가 공통적으로 겪는 내면의 풍경일 것이다.

아이가 기고, 일어서고, 걷고, 뛰게 되기까지 수많은 시행 착오와 노력이 있어야 하듯, 내면의 발달 역시 탐색과 주저와 퇴행의 반복 속에서 이루어지게 된다. 배익천 동화는 모성적 질서인 동질성의 세계를 벗어났으나, 부성적 질서가 지배하는 세계의 폭압과 냉혹성이 너무나 거대하기에 선뜻 발을 들여놓지 못하고 주관적으로 부정하는, 떠나온 세계를 그리워하지만 결코 돌아갈 수 없음도 스스로 잘 아는, '상상계'와 '상징계'의 틈바구니에 있는 초등 시기 아동기의 심리적 특성을 반영하고 있다.

배익천 동화의 환상성이 현실에서 억압된 충동의 자연스러운 문학적 표출 양상이듯, 남다른 순정함은 그가 타고났고 길러진 고유한 심성의 표출이다. 낮고 작고 여린 것들과 소통하고 공감하는 무위한 마음결이 '배익천표 동화'의 원형질을 이루고 있는 것이다.

그리고 그의 동화의 각별한 특질이자, 7~80년대 한국 동화작가들의 일정한 내면적 특질로 드러나는 유달리 '예민한 양심'적 자의식은, 동족상잔의 잔혹한 전쟁 이후 시대가 강요하는 죄의식의 편린이자, 한국 아동문학 형성기에 대대적으로 문화적 침투가 이루어진 기독교적 세계관의 반영, 양심과 도덕이 실종된 현실에 대한 반동 등 여러 측면에서 읽히지만, 논증을 위해서는 좀더 풍부한 자료를 치밀하고 꼼꼼하게 살필 필요가 있겠다.

그러나 배익천 동화의 자질과 원천이 어디서 비롯되었건, 그가 동화를 통해 일관되게 보여준 가치관-사람이든 사물이든 약자들이 힘 있는 주체에 의해 차별받고 소외되지 않는 조화와 상생의 공간 구현에 대한 소망, 상대적으로 조금 더 가진 이들이 보여주는 인정과 배려의 태도, 사람과 사물을 귀하게 보고 아름답게 보는 눈과 마음-등은, 글자를 통해 세상을 읽어가고 배워가는 단계의 어린이들에게 믿음과 위안을 준다.

자기 자신과 타인에 대한 믿음이 있을 때 아이들은 자신 있게 앞으로 나아갈 수 있는데, 그런 점에서 남다른 넉넉함과 섬세함을 지니면서도 분명한 가치관을 함유하고 있는 배익천의 초기 동화는, 가치가 전도된 시대를 사는 7~80년대 한국 어린이의 자아정체성 형성에 많은 기여를 하였다고 판단된다. 등단 초기에 보여준 문학적 특성이 어떻게 전개되고 분화 발달되었는지, 이후 시기의 문학적 특성을 함께 고찰함으로써 배익천 문학의 전체성이 드러날 것이다.

소통에 대한 갈망과 그리움의 미학

—1980년대 배익천의 단편동화를 중심으로

이도환

1

배익천의 작품 속에는 애절한 그리움과 소통(疏通)에 대한 갈망이 녹아있다. 그러나 그가 보여주는 그리움은 그 대상이 불분명하다는 특징을 지니고 있다. 그리움은 있으나 무엇을 그리워하는 것인지 뚜렷하게 나타나지 않는다는 뜻이다. 이러한 특징은 등단 초기의 작품부터 최근의 작품까지 이어지고 있다. 그렇기에 배익천의 작품은 초기 작품부터 최근 작품까지 연결선상에서 살펴보는 세심함을 갖추어야만 제대로 이해하고 파악할 수 있다고 하겠다.

본고는 배익천의 1980년대 작품에 초점을 맞추고 있다. 그러나 1980년대 작품을 살펴보기 전에 최근에 발표된 작품을 살펴보고, 그 특징을 도출해 내는 것으로 출발하고자 한다. 그런 방법이 의미 있는 이유는 최근의 작품이 지니고 있는 특징의 뿌리가 1980년대 발표된 작품 속에 드리워져 있기 때문이다. 배익천 문학의 특징을 잘 나타내주는 최근의 작품을 살펴보고 그러한 특징이 어떻게 시작되었으며 어떤 과정을 거쳐 이룩되었는지 살펴보고자 하는 것이 본고의 목적이라고 하겠다.

최근작 「염색 공장으로 간 임금님」(계간 『시와동화』 2005년 겨울호)은 환상적인 이야기로 소통에 대한 갈망과 아련한 그리움의 미학이 잘 드러난 작품 중 하나라고 할 수 있다.

사람으로 변한 호랑이 범식이와 사람으로 변한 송아지 순미가 염색공장에서 일하다가 서로 사랑에 빠진다. 이들은 주인의 학대를 이기지 못해 도망치다가 초록색 나뭇잎으로 꾸민 기차를 타고 꽃향기에 취해 잠이 든다.

> 어느 날 깊은 산 속에 들어갔다가 나온 사람이 말했습니다.
>
> "지금 다시 찾으라면 찾을 수 없지만 그곳에 말이야. 호랑이 한 마리와 송아지 한 마리가 아주 다정하게 잠들어 있더라. 새액새액 숨을 쉴 때마다 비눗방울처럼 꽃송이가 피어나더라니까."

위의 부분은 모든 이야기가 끝난 후 에필로그처럼 작품 말미에 붙어 있는 글이다. 무언가 아련한 그리움을 유발하는 글이지만 이야기가 뜬금없고 그 지향점이 어디인지 애매하다. 이야기의 전체적인 흐름도 그렇다. 호랑이는 재주넘기 한 번으로 사람이 되고, 염색공장을 도망친 그들은 기차를 탄다. 앞뒤 사실관계가 분명하고 뚜렷한 지향점을 지니고 있는 서사에만 익숙한 사람에게는 어색한 진행으로 느껴질 수 있다.

호랑이와 송아지는 생명을 지닌 것들을 차마 먹을 수 없어 고통스러워하다가 사람이 되고, 사람이 된 그들은 다시 사람들과 함께 살 수 없어 도망친다. 사람이 나쁘다는 것인지, 아니면 아무 것도 먹지 않고 죽어야 한다는 것인지, 도대체 작가는 이 이야기를 통해 독자에게 무슨 메시지를 전달하려고 하는 것인지 애매하다.

그러나 여기서 한걸음만 더 나아가면 모든 것이 확연하게 드러난다. 배익천이 드러내고자한 것은 소통의 중요성이다. 호랑이가 노루나 토끼를 잡아먹지 못하는 것, 송아지가 풀을 뜯어먹지 못하는 것은 소통의 단절이다. 소통이 단절되는 순간, 그들은 사람이 된다. 자연 속에서 살면서도 자연을 타자로 만들어 소통 단절의 문화를 지닌 불쌍한 족속은 사람뿐이기 때문이다. 소통 불능인 사람이 된 호랑이와 송아지. 그들을 구원한 것은 사랑이다. 사랑이란 단절된 것들을 서로 연결시켜주는 열쇠라고 할 수 있다. 호랑이와 송아지는 드디어 단절된 세계를 벗어나 모든 것이 서로 연결되는 자연 속으로 들어간다. 자연과 하나가 되는 것, 그것은 모든 것이 서로 소통하는 세계이다. 풀은 송아지에게 먹혀죽는 듯 보이지만 자연 전체를 떠올려 살펴보면 그것은 죽는 것이 아니라 변화하는 것이다. 나와 타인이 고립되어 따로 존재하는 것이 아니라 자연이라는 큰 틀 속에서 어깨동무를 하고 부분으로 존재하고 있다는 사실을 깨닫는 순간, 마술 같은 일이 펼쳐진다. 아이들의 장난감 중 하나인 레고를 떠올려도 좋다. 각각 따로 존재하는 레고 조각들이 기차를 만들어내었다가 다시 분리되어 집을 만드는 것과 같은 이치다. 각각의 개체가 정체성의 울타리를 넘어서면 무엇으로든 변화할 수 있기 때문이다.

이러한 깨달음이 배익천 문학의 기저에 흐르고 있다. 그렇기에 아무나 할 수 없는 이야기 진행을 천연덕스럽게 이끌어나갈 수 있는 것이다.

다시 서두에 언급한 그리움으로 돌아가 보자. 배익천 작품에 드러나는 그리움이 모호한 이유는 그리움의 대상이 외부에 존재하는 그 무엇이 아니라 내부로 향해 있기 때문이다. 내 속에 이미 존재하고 있는 것, 그러나 깨닫지 못하고 있는 것에 대한 그리움이다. 소통에 대한 그리움이라고 해도 좋다. 소통을 가로막는 모든 것에 대한 거부감이라고 해도 좋다.

이러한 배익천 문학의 핵심적 요소들이 어떻게 시작되어 오늘에 이르렀는지 알기 위해서는 1980년대 그의 작품들을 분석해 보아야 한다. 1980년대의 작품 속에 배익천 문학의 핵심적 요소들의 씨앗이 숨어 있기 때문이다.

1980년대 배익천의 작품에 대한 이제까지의 평가는 부정적인 경향이 강했다. 김현숙은 "(배익천의) 작품을 발간 순서에 따라 읽으면 작품 경향은 여일하나 한동안 정체기를 겪은 듯한 대목이 있다. 1980년대 후반에서 1999년 장편 『별을 키우는 아이』를 내놓기까지 약 10년 동안은, 산뜻하거나 무게감이 느껴지는 작품이 드물다."[1]고 말하고 있다. 그리고 그 이유를 '동심주의'에서 찾고 있다. "이러한 현상은 그를 비롯한 동심주의 작가들의 공통된 형편"이라고 말하며 "동심주의 아동문학이 추상적인 동심에 몰두하다 보니 구체적인 동심을 미처 챙기지 못한 탓"이라고 분석한다. 결론적으로 1980년대 후반에서 1990년대 중후반까지의 시기를 '정체기'라고 말한다.

그러나 이러한 부정적 평가는 이 시기에 발표된 배익천의 작품에 대한 단면적 접근에 근거하고 있다. 이 시기에 발표된 배익천의 작품

1) 김현숙, 「배익천 작품론 - 할 말과 공감이 있는 동화를 찾아서」, 계간 『시와동화』 34호(2005년 겨울호).

을 다면적으로 접근해 본다면 감추어져 있는 또 다른 면을 발견할 수 있다. 현재 배익천이 보여주고 있는 완숙한 그리움의 미학은 이 시기에 발표된 작품 속에서 그 싹을 틔우고 있기 때문이다.

2

『큰 바위와 산새』(1985, 웅진출판)에 수록된 작품들 속에서는 배익천 문학의 핵심적 키워드인 소통에 대한 싹을 쉽게 찾아볼 수 있다. 「큰 바위와 산새」는 볼품없는 큰 바위와 작은 산새의 소통을 그리고 있다. 큰 바위는 주변의 그 무엇과도 소통하지 못하는 외로운 존재로 표현된다.

> 하늘은 하늘대로, 개울은 개울대로 언제나 혼자였습니다. 십 년 전에도, 백 년 전에도, 그래서 큰 바위도 언제나 혼자였습니다.

하늘은 하늘대로 혼자고 개울은 개울대로 혼자였다는 것은 큰 바위의 생각이다. 실제로는 모든 것이 하나임에도 불구하고 큰 바위가 스스로 그렇게 선을 그어놓고 외로움에 빠져 있었던 것이다. 그러한 단절된 큰 바위의 삶을 바꾸어준 것은 작은 산새였다. 산새가 찾아와 말벗을 해주면서 큰 바위는 기쁨을 느끼게 된다. 그러나 산새는 솔씨 하나를 큰 바위 아래에 있는 샘가에 심어놓고 죽는다. 산새가 죽은 후 솔씨에서 새 싹이 돋아나 자라난다. 그 모습을 보고 바위의 몸은 점점 단단해지기 시작한다. 그러던 어느 날 스님이 찾아와 큰 바위를 보고 큰 바위를 정으로 쪼아 불상으로 만든다. 정이 몸을 파고드는 아픔 속에서 큰 바위의 머리 속은 작은 산새의 모습으로 가득하게 된다.

큰 바위가 그리워 한 것은 산새가 아니었다. 산새로 상징되는 소통에 대한 갈망이었다. 내가 아닌 다른 것들과의 소통은 바위의 내부를 더욱 단단하게 만들어준다. 타자에 대한 사랑과 소통이 나를 더욱 단단하게 만들어준다는 것은 매우 의미심장한 상징이라고 할 수 있다. 나를 강하게 만드는 것이 타자와의 경쟁을 통해서가 아니라 소통을 통해서 이루어지고 있기 때문이다.

같은 책에 수록된 작품 「아파트의 할머니」도 소통에 대한 작가의 생각을 담고 있다. 시골에서 농사짓고 살 때에는 항상 얼굴 가득 웃음을 담고 살던 할머니. 그러나 할아버지가 돌아가신 후 도시의 큰아들 집으로 옮겨 온 이후부터 할머니의 얼굴에서 웃음이 사라진다. 아들은 "아버님이 그리워서일까?", "아파트 생활이 마음에 안 드셔서일까?", "우리들이 대접을 소홀히 해서일까?" 등등 온갖 생각을 해보았지만 할머니 마음을 헤아릴 수 없었다. 할머니가 웃음을 찾은 것은 외부의 모든 것들과 소통을 시작하면서부터다. 아파트에 딸린 잔디밭을 손질하고, 약수터 근처에 버려진 땅에 텃밭을 일구고, 손자가 사온 병아리를 장닭으로 길러내면서 할머니는 생기를 되찾는다. 그러나 단절에 익숙한 도시인들은 소통을 오히려 힘겨워 한다. 할머니가 키우는 병아리를 보기 위해 아기들이 몰려들었지만 아기들의 엄마는 "신발이고 옷이고 전부 닭똥투성이", "온통 닭똥냄새"라며 가기 싫다는 아기들을 억지로 각자의 집으로 끌고 가버린다. 소통을 차단당하게 되는 것이다.

"꼬끼오."

어디선가 닭울음 소리가 들렸습니다. 참으로 오랜만에 들어보는 새벽 닭 울음이었습니다. 그것은 어느 아름다운 곳에서 들리는 종소리 같기도 했습니다. 〔…중략…〕 머릿속이 맑아지고 모든 것이 새롭게 시작되는 것 같았습니다. 〔…중략…〕 할머니가 키운 닭 울음이었습니다. 아들은 하늘이라도 떠받들만큼 새로운 힘이 솟았습니다.

바로 그때 전화벨이 울렸습니다.

"여보세요, 7동 105호지요? 여기 아파트 관리사무실입니다. 그런데 말입니다. 집에서 키우는 닭울음 소리 때문에 온 아파트에서 야단입니다. 잠을 잘 수가 없답니다. 규칙상 동물은 키울 수 없으니 오늘 내로 처분해 주시오."

작가는 단순히 고향을 그리워한다거나 도시보다 시골이 좋다는 뻔한 이야기를 이어가는 것이 아니다. "도시에서도 소통만 충분히 이루어진다면 아무런 문제도 없다"고 말한다. 다만 그 소통을 가로막는 우리들 자신의 단절된 생각의 벽을 이야기하고 있는 것이다.

소통이 멈추면 사망이다. 호흡을 통해 외부의 공기를 흡입하고 배출하는 것이 중단되면 사망이다. 삼투압을 통해 세포들이 외부의 것들과 교류하지 않으면 사망이다. 마찬가지로 우리의 삶도 타인과 소통하지 못하면 사망인 것이다.

같은 책에 수록된 작품 「들국화와 코스모스」, 「봉선화」 등도 모두 소통의 중요성을 이야기하고 있다. 여러해살이풀인 들국화와 달리 코스모스는 한해살이풀이다. 그것을 잘 알고 있는 코스모스는 들국화를 보며 부러워한다. 코스모스는 한 번 꽃 피우면 그것이 끝이기 때문이다.

코스모스는 더욱 외로움을 느꼈습니다.

그때였습니다.

"야, 코스모스 씨앗이 여물었구나!"

얼굴처럼 예쁜 소녀의 목소리였습니다.

"뜰에도 심고, 학교 길에도 심어야지."

소녀는 열심히 까만 씨앗을 받았습니다.

코스모스는 씨앗마다 하얀 꿈을 소복소복 담아 주었습니다.

코스모스는 스스로 고립되어 존재하는 것으로 생각했지만 그것이 아니었다. 씨앗을 통해 부활하고 또 타자인 소녀와의 소통으로 더욱 번성한다는 깨달음을 얻은 것이다. 이러한 개안은 「봉선화」에서도 나타난다. 꽃밭의 줄장미는 주변의 꽃들에게 이렇게 말한다. "너희는 고작 엎드려서 몇 송이 꽃이나 피우다 죽지만, 나는 내년에도 죽지 않는단다. 나는 벌써 겨울을 다섯 번이나 넘겼거든." 그런 줄장미의 가시에 찔려가며 조용히 피어난 봉선화. 봉선화가 피어난 것을 본 소녀가 봉선화 꽃잎을 따서 짓이겨 손톱에 물을 들이게 된다. 그 모습을 지켜보면서 주변의 꽃들이 걱정스럽게 봉선화를 바라보며 묻는다. "네 꽃잎이 저렇게 짓이겨져도 괜찮니?" 그러자 봉선화가 대답한다. "괜찮아. 나는 여기서 씨앗을 맺고, 내 꽃잎은 소녀의 손톱에서 살아 있는 거야."

고립된 개체의 벽을 뛰어넘어 생존하는 것, 그것이 자연의 모습이라는 것을 봉선화는 알고 있는 것이다.

3

『거인과 소녀』(1987, 도서출판 써레)에 수록된 작품들 속에서는 '그리움'에 대한 배익천의 생각을 읽어낼 수 있다.

멀고 먼 바다에 있는 작은 섬, 그곳에 살고 있는 세 명의 거인. 「거인과 소녀」에 등장하는 세 명의 거인은 각자 독특한 개성을 지니고 있다. 물만 먹고 사는 물거인, 돌만 먹고 사는 돌거인, 불만 먹고 사는 불거인. 각자 개성이 다른 그들은 같은 섬에서 살고 있다. 심심하면 서로 장난도 치며 살던 이들에게 아쉬운 게 하나 있었다. 바로 '여자가 하나 있었으면' 하는 것. 그래서 '소원의 집'이라는 새로운 집을 지어놓고 여자가 생기도록 신령님께 빌기 시작했다. 불거인은 꽃처럼 예쁜 아가씨를, 돌거인은 꽃처럼 향기로운 아가씨를, 물거인은 꽃처럼 착한 아가씨를 내려달라고 기도했다. 그러던 어느 날, 실신한 소녀가 조각난 널빤지에 실려 섬에 도착한다. 세 명의 거인은 정성을 다해 소녀를 살려낸다. 그리고 소원의 집에서 소녀를 살도록 한다. 거인들은 속으로 "소녀가 크거든 내 색시로 삼아야지."라는 생각을 하며 소녀를 돌본다.

작은 바닷가 마을에서 부모님과 할머니와 함께 살던 소녀. 소녀는 바다로 나갔다가 돌아오지 않는 할아버지를 찾으러 무작정 배를 타고 떠났다가 풍랑을 만나 거인들이 사는 섬으로 오게 된다. 소녀의 사연을 전해들은 거인들은 소녀를 집으로 돌려보내주기로 작정하고 뗏목을 만들어 소녀를 태워 보내준다. 소녀를 보내고 거인들은 묘한 슬픔을 느끼며 살게 된다. 과연 소녀가 무사히 집에 도착할 수 있을지에 대해서도 걱정이 이만저만이 아니다.

그러던 어느 날, 소녀가 섬으로 돌아온다. 뗏목 위에서 죽은 상태로. 거인들은 울부짖으며 슬픔을 토해낸다.

> 세 거인은 영원히 잠자는 소녀를 앞에 두고 몇 날 며칠을 울었습니다.
> 지치도록 운 세 거인은 소녀를 꽃이 활짝 핀 언덕, 제일 처음 소녀를 눕혔던 풀밭에 고이 묻었습니다. 〔…중략…〕 얼마 후, 소녀가 묻힌 섬은 온통 꽃으로 뒤덮였습니다. 세 거인은 꽃을 보며 슬픔을, 그리움을 달랬습니다. 그리고 바닷가에 나가 금모래밭에 누워 소녀를 생각했습니다.
> 두 발로 물장구를 치면서.

세 거인의 그리움은 죽은 소녀에게 향해 있다. 소녀가 살아있을 때 그들이 마음속에 지니고 있던 것은, 서로 '내 색시로 삼아야지'라는 욕망에 지나지 않았다. 그렇기에 거인들의 그리움은 소녀가 죽은 이후에 완성된다. 세 명의 거인이 같은 섬에서 살면서 서로 장난치고 살 때에는 슬픔도 없었다. 다만 무엇인가 허전했다. 소녀가 찾아왔을 때에는 욕망에 흔들렸다. 소녀를 보내고 난 후에는 슬픔과 걱정에 휩싸였다. 모두가 불완전한, 불안정한 상태였다. 그러나 소녀가 죽어서 돌아온 후, 그래서 땅에 묻은 후에 세 거인은 드디어 안정된 상태에 들어간다.

그리움은 채우지 못한 욕망의 부산물이 아니다. 구체적 대상으로 향한 것도 아니다. 그리움은 오히려 불안정한 상태를 안정된 상태로 만드는, 뭔가 비어있는 듯 허전한 상태를 충만하게 채워주는 역할을 하고 있다. 배익천이 말하는 그리움은 '그리워서 미치겠다' 혹은 '그리워서 죽겠다'가 아니라 '그리워서 행복하다', 혹은 '그리워서 살만하다'가 된다. 배익천이 그려내는 '그리움'의 원형을 「거인과 소녀」에서 발견할 수 있다.

서두에서 이야기했던 「염색 공장으로 간 임금님」의 원형도 이 책에서 만날 수 있다. 「마음 좋은 호랑이」가 바로 그것이다. 마음이 너무 좋아 다른 것들을 먹지 못하는 호랑이. 풀을 먹으려다가도 풀이 "저를 먹지 마세요."라고 말하면 포기하고 만다. 그래서 늘 배가 고프다. 토끼를 잡으려다가도 토끼가 "호랑이님을 위해 더 좋은 일을 하고 싶어요."라고 말하면 그만 포기하고 마는 호랑이. 그러던 중, 구렁이에게 잡혀 죽음의 위험에 놓인 너구리를 구해주고 자신은 힘이 빠져 언덕 아래로 굴러 떨어져 온몸이 피투성이가 되고 만다.

> "내 위에 편히 눕히고, 나를 뜯어 피를 닦아주세요."
>
> 풀잎이 토끼에게 말했습니다. 토끼는 풀잎 위에 호랑이를 눕히고 풀꽃을 입에 물려주었습니다. 그리고는 풀잎을 뜯어 피를 닦아주었습니다.
>
> "고마운 친구들."
>
> 호랑이 얼굴 가득 기쁨이 번지고 있었습니다.

「마음 좋은 호랑이」는 「염색 공장으로 간 임금님」에 비해 그 분량도 짧고 이야기도 단순하다. 그러나 먹이를 먹지 못하는 모습, 그리고 풀과 토끼와 어우러져 기뻐하는 모습 등은 「염색 공장으로 간 임금님」과 유사하다. 「마음 좋은 호랑이」가 진화하여 「염색 공장으로 간 임금님」이 되었다고 볼 수 있다.

4

『꽃씨를 먹은 꽃게』(1991, 도서출판 새남)에 수록된 작품들 속에서는 어려운 현실을 이겨내고 굳건하게 일어서는 영웅들의 모습이 새롭게 나타난다. 『꽃씨를 먹은 꽃게』 책머리에 수록된 작가의 말을 보면 이 시기에 왜 영웅이 등장하고 있는지 작은 실마리를 찾을 수 있다.

> 자기만 아는 어린이, 버릇이 없는 어린이, 너무 공부만 하는 어린이, 어른스러운 어린이, 사치스러운 어린이를 보면 나는 괜히 신경질이 난다.

이러한 작가의 생각은 작품 속에 그대로 드러난다. 이전까지 겉으로 잘 드러나지 않았던 교훈적 내용이 조금씩 겉으로 드러나기 시작한다. 「젊은이의 집」은 이전까지 작가가 추구했던 소통의 문제를 말하면서도 소통을 막아버린 주인공이 벌을 받는 모습을 보여주어 교훈성을 강하게 드러낸다. 「꽃씨를 먹은 꽃게」에서는 한쪽 팔과 한쪽 눈이 없는 못생긴, 망나니 꽃게, '외쪽이'가 등장한다. 싸움질을 하다가 한쪽 팔과 눈을 잃은 것이다. 마을에서 내쫓겨 외톨이가 된 '외쪽이'는 망둥이와 친구가 되어 함께 다니며 꽃씨를 먹기도 하며 행복감을 느끼게 된다. 그러던 중, 낚시에 걸려 위험에 처한 망둥이를 구해주고 자신은 죽음을 당하게 된다. 그러나 이전에 먹었던 꽃씨가 죽은 '외쪽이'의 몸에서 자라나 노란 민들레를 피워 올린다. 싸움이나 하며 망나니 노릇을 하던 '외쪽이'가 망둥이를 만나 진정한 화합과 행복을 깨닫게 되고, 친구를 위해 희생하여 아름다운 꽃을 피워낸다는 이야기. 이전과 마찬가지로 소통을 이야기하면서도 작은 영웅을 그려내기 시작하는 것이다. 「털보 선장의 배」도 영웅의 모습을 그리고 있다.

이러한 특색은 『냉이꽃의 추억』(1999, 아동문예)으로 이어진다. 「눈부신 손님」은 작은 영웅의 극명한 모습을 보여준다. 가난과 어려움

속에서도 굳건하고 올바르게 자라나는 주인공의 모습을 그리고 있기 때문이다. 이전까지 추구했던 동화적 요소들이 『냉이꽃의 추억』에 와서는 소년소설로 변화하고 있다. 단편에서는 문학성과 낭만성을, 중장편에서는 교훈성과 사실성을 더욱 중하게 취급하려는 시도가 보인다.

5

『눈사람의 휘파람』(1992, 도서출판 늘푸른)은 1980년대 배익천 동화의 특성이 가장 잘 드러난 작품집이라고 할 수 있다. 작가가 꾸준히 가꾸어온 소통과 그리움에 대한 천착과 함께 작가의 세계관과 인생관이 다양한 스타일로 나타나기 때문이다. 교훈성을 포함하면서도 그것이 겉으로 생경하게 드러나지 않고 서사 속에 차분히 녹아든 모습을 보여준다. 『큰 바위와 산새』, 『거인과 소녀』, 『꽃씨를 먹은 꽃게』등에서 작은 싹으로 시작했던 작가의 개성이 서서히 튼실한 잎과 줄기로 변화하는 모습을 읽을 수 있다.

이전까지의 작품들이 교훈성과 문학성, 사실성과 낭만성 사이에서 작은 갈등을 겪어왔다면, 『눈사람의 휘파람』에 이르러서는 그것들이 하나로 화합하고 조화되는 긍정적인 모습으로 변화하는 흐름을 감지할 수 있다.

「섬이 되고 싶은 섬」은 사람이 살지 않는 작은 섬의 이야기다. 섬은 누군가로부터 사랑을 받고 싶어 한다. 그것을 작가는 그리움이라고 표현한다.

'누군가 나를 데려가는 사람이 있었으면 좋겠다.'

그것은 그리움이었습니다. (…중략…) 샘물같은 그리움이었습니다. 흘려보내도 흘려보내도 자꾸만 고이는 그리움, 끝이 없는 그리움이었습니다.

'그리움'에 빠져 있는 섬은 새들이 노래를 불러줘도 예쁜 꽃들이 피어나도 신경을 쓰지 않는다. 파도가 다가와 '너를 좋아한다'라고 고백해도 고개를 흔들 뿐이다. 그런 와중에 사람들이 섬을 찾는다. 섬은 마음이 설레었지만 사람들은 섬은 거들떠보지도 않고 낚시에만 집중한다. 게다가 야생란을 채취하고 분재를 만든다고 동백나무를 캐 가지고 떠난다. 섬은 실망하고 만다. 다음에는 소년과 소녀가 섬을 찾는다. 그러나 그들의 관심은 섬이 아니라 서로에게 향해있다.

'나도 섬이 되고 싶다. 누군가의 아름다운 섬이 되고 싶다.'

남쪽 바닷가 커다란 섬 곁의 이름 없는 작은 섬은 오늘도 기다리고 있습니다.

누군가 자기를 가져 줄 사람을, 예쁜 이름을 붙여 줄 사람을.

섬은 이미 섬이다. 그럼에도 불구하고 섬이 되고 싶어 한다. 꽃과 새, 파도가 사랑한다고 말해도, 섬은 사랑이 아니라고 고개를 흔든다. 바로 그것이 배익천이 말하는 '그리움'과 '사랑'의 본 모습이다. 대상이 있는 사랑, 대상이 있는 그리움은 이미 사랑도 그리움도 아니다. 사랑을 추구하는 그리움 그 자체가 진정한 그리움이라고 작가는 말하고 있다. 부재의 사람, 부재의 대상만이 진정한 사랑과 그리움을 만들어낸다. 야생란이나 동백을 캐 가는 것처럼, 구체적인 대상이 존재한다면 그것은 욕망으로 퇴색해버리기 때문이다.

「첫손님」에서 드러나는 그리움도 실제로 존재하는 아버지가 아닌 거짓으로 포장된 아버지에 대한 그리움이다. 주인공 아이는 태어나서 열두 살이 되도록 아버지 얼굴을 본 적이 없다. 다만 청년의 모습으로 남아있는 사진으로만 아버지를 만날 수 있다. 아이 어머니는 아버지가 먼 나라에서 열심히 일을 하고 있다고 아이에게 말한다. 아이는 어머니의 이야기를 통해서만 아버지를 만날 수 있다.

"아버지는 사우디에 계시고, 워낙 기술이 뛰어나 그곳 사람들이 아버지를 놓아주지 않는다." "아버지는 코스모스와 억새를 유난히 좋아하셨지." "아버지는 가을남자란다. 가을 달밤을 좋아한다." "아버지는 귀국하면 사철 개울물이 흐르는 소리가 들리는 곳에 집을 지으시겠단다." "아버지가 오시면 개울물로 작은 연못을 만들고, 그 연못가 나무에 네가 탈 그네도 만들어 주실 거야."

그러나 실제의 아버지는 그렇게 멋진 사람이 아니었다.

> 아이와 어머니가 바쁘게 사라지자 그 목소리가 들릴 만큼 가까운 거리의 골목에서 허름한 차림의 남자가 터벅터벅 걸어 나왔다. 아이의 아버지였다. [⋯중략⋯] 아이의 어머니가 집에 올 때 새 양복을 사 입고, 멋진 가방과 선물을 들고 꼭 외국에서 오는 것처럼 오라고 돈을 보내주었지만 아버지는 허름한 작업복 차림이었다.
>
> '너를 속인 건 내가 지은 죄보다 백 배 천 배 더 큰 죄다.'

실제의 아버지는 죄를 지어 감옥에 있다가 나온 초라한 사람이었다. 아이가 어머니로부터 들었던 대부분의 이야기는 거짓일 것이다. 거짓은 나쁜 것이라고 우리는 알고 있지만, 어머니의 거짓말을 나쁜 일이라고 매도하기엔 어딘지 석연치 않다. 그것은 거짓이라기보다는 희망이라고 하는 것이 옳을 것이기 때문이다. 아버지는 아이와 어머니의 뒷모습을 보며 이렇게 다짐한다.

"내일 아침, 새해의 해가 돋으면 너에게 모든 것을 이야기할 수 있는 용기 있는 아빠, 정말로 새사람이 된 아빠가 되어 갈게."

거짓이 아버지를 변화시키는 힘이 되는 모습을 보여준다. 아버지를 그리워하는 아이의 머릿속에 그려지는 아버지는 거짓이다. 그러므로 아이가 상상하고 그려보던 모든 것은 거짓이며 허상이다. 현실과 동떨어진, 사실과 다른 것이다. 그러나 그 거짓 상상이 현실을 바꾸어버리는 힘으로 작용한다. 사실을 있는 그대로 드러내는 것과 거짓으로 꾸며내는 것, 어떠한 것이 좋은 것이며 어떤 것이 나쁜 것이냐 하는, 그 둘 사이의 차이를 재는 윤리적 잣대는 필요 없다. 다만 그것을 수용하는 사람의 자세만이 중요하다.

그렇기에 교훈성과 문학성, 사실성과 낭만성에 대한 고민은 필요 없다. 문학의 힘은 그러한 것들의 벽을 자유자재로 넘나들며 꾸며내는 이야기이며 그런 이야기를 읽는 독자가 어떤 자세로 그것을 수용하느냐에 따라 무한대로 변용이 가능하기 때문이다.

작가는 이 시기에 이르러 그 어떤 것에도 얽매이지 않고 자유롭게 이야기를 전개해나가는 깨달음의 초입에 접어든 것으로 보인다.

「눈물로 만든 보석」에서도 작가가 추구하는 대상 없는 그리움의 힘을 느낄 수 있다. 「눈물로 만든 보석」은 세상에서 제일 아름다운 것이 되고 싶은 물방울의 이야기다.

"나는 이 세상에서 제일 아름다운 것이 될 테야."

작은 물방울이 곁에서 미끄러지는 물방울에게 말했습니다.

"그것이 뭔데?"

"나도 몰라. 그러나 나는 지금부터 그것을 찾아 나설 거야."

물방울의 신념은 대상조차 없다. 그리워하는 무엇인가가 있는 듯 보이지만 사실 구체적 대상은 전무한 상태다. 꽃을 보면 꽃이 되고 싶고, 새를 보면 새가 되고 싶어한다. 그러나 꽃이나 새가 될 수 없다는 말을 듣고는 절망한다. 그러다가 염전에 이르게 된 물방울.

'나는 정말 아무 것도 될 수 없는 것일까?'

작은 물방울은 아름다운 아무것도 될 수 없는 슬픔으로 자꾸만 울었습니다. 그러다가 끝내 지쳐 쓰러졌습니다.

며칠 후 바람은 보았습니다. 울다가 지쳐 쓰러진 작은 물방울이 하얀 보석처럼 반짝이는 소금이 되어 있는 것을.

과학적으로 따진다면 물방울이 소금이 되었다는 것은 이치에 맞지 않는다. 그러나 물방울이 스스로의 존재를 고집하지 않았을 때, 무엇인가 가치 있는 것으로 변화한다는 것에는 동의할 수 있다. 물방울이 꽃이 되고 싶다고 했을 때, 꽃은 "물방울은 꽃을 피우는 데 도움을 줄 수 있어도 꽃은 될 수 없다"는 말에 슬퍼했다. 물방울이 새가 되고 싶다고 했을 때에도 "그건 어림없는 생각이야. 너는 다만 새의 목을 축이는 데 필요하지"라는 말에 절망했다. 그렇다면 소금은 무엇이 다른가? 고집을 꺾었다는 것이 다르다. 다르게 말한다면 물방울은 꽃이 될 수도 있었고 새가 될 수도 있었다. 그러나 그것을 거부했다. 마지막에는 스스로를 고집하지 않았기에 보석 같은 소금이 될 수 있었다.

구체적으로 '꽃이 되겠다', '새가 되겠다'라는 신념은 좌절되었다.

다르게 표현한다면 꽃을 그리워하고 새를 그리워하는 것은 욕망에 지나지 않았다. 구체적 대상이 없이, 나를 고집하지 않고 '아름다운 것'이 되겠다는 초심으로 돌아왔을 때, 물방울은 무엇인가를 이룰 수 있었다.

작가가 드러내는 그리움은 대상이 없기에 오히려 큰 힘을 발휘할 수 있는 것이다.

「하얀 부표의 꿈」도 「눈물로 만든 보석」과 다르지 않다. 태풍이 지나간 후에 홀로 둥둥 떠다니게 된 하얀 부표. 아름다운 섬으로 가고 싶다는 간절한 소망을 지녔지만 파도에 밀려 이리저리 떠다닐 뿐이다. 다른 부표들은 이를 보고 '아무데도 쓸데가 없는 떠돌이 부표'라며 외면한다. 끈에 묶여 있지 않은 부표는 무용지물이기 때문이다. 하얀 부표는 마침내 엉엉 울며 바다를 헤매다가 큰 파도에 휩쓸려 정신을 잃고 만다.

> 얼마나 지났을까? 하얀 부표는 〔…중략…〕 정신을 잃은 씩씩한 선원 아저씨 한 분을 등허리에 얹고 아름다운 섬 기슭에 닿아 있었습니다.

'아름다운 섬'으로 가고 싶었던 부표는 아름다운 일을 해낸다. 쓸모없는 떠돌이 부표만이 할 수 있는 일을 해낸 것이다. '아름다운 섬'은 구체적이지 않다. 그렇기에 떠돌 수밖에 없다. 그러나 간절한 소망, 간절한 그리움은 최선을 다하게 만든다. 구체적인 장소를 향해 나아가는 것은 목적달성을 위한 노력이지만, 추상적인 장소를 향하는 것은 목적 달성이 아니라 단지 삶에 최선을 다하는 것으로 표출될 수밖에 없다. 그 최선을 다하는 과정 속에 아름다움이라는 부산물이 나타난다.

6

1980년대 발표된 배익천의 작품을 살펴보았다. 이 시기 그의 작품에는 소통에 대한 갈망과 그리움을 담고 있다. 때로는 환상적으로 때로는 강한 교훈성을 보이며 진행되던 그의 문학적 여정은 '길을 잃어 길을 찾았다'는 말로 결론지을 수 있다.

어린이들에게 무엇인가 아름다운 것을 보여주려고 노력하다가, '교훈적인 것도 들어가야 하지 않을까?' 고민하다가, '좀더 현실적인 이야기가 좋지 않을까?' 망설이다가, '무엇보다도 문학적 성취가 중요하지 않을까?' 갈등하는 모습을 읽을 수 있기 때문이다.[2)]

그러나 그러한 과정은 배익천 문학의 근육을 강하게 만드는 긍정적 역할을 하게 된다. 걷거나 뛰는 이유는 정해놓은 어느 목적지에 빨리 도착하기 위함이 아니라는 사실을 깨닫는 과정이 되었기 때문이다. 걷거나 뛰는 것은 그 자체로 신성하고 중요한, 그리고 가치 있는 일이라는 깨달음이 그것이다.

그렇기에 배익천 문학에 나타나는 그리움에는 대상이 없다. 그리워하는 행위 자체가 우리를 우리답게 만드는 중요한 요소라는 믿음이 있기 때문이다. 배익천 문학의 중요한 키워드인 그리움에 대한 이러한 인식은 이제까지 살펴본 1980년대 작품을 통해 자리 잡게 되었으며 그런 의미에서 1980년대 배익천의 작품들은 중요한 의미를 지니고 있다고 할 수 있다.

---

2) 1980년대 배익천의 작품을 가리켜 '정체기'라고 이야기한 김현숙의 평가는 아마도 이러한 모습에 대한 표현이 아닐까 한다.

단순명쾌함을 통한 향기로운 삶의 은유

—1990년대와 2000년대 배익천의 동화를 중심으로

김문홍

1. 여는 글

동화작가 배익천은 1950년 경북 영양에서 태어나 1974년 「달무리」가 《한국일보》 신춘문예에 당선되면서 지금까지 30여 년을 한결같이 동화를 써 오고 있다. 그는 지금까지 한국의 유수한 아동문학상을 모두 수상함으로써 작품 세계의 다양성과 깊이, 그리고 예술적 완성도를 공히 인정받고 있다.

그는 환상동화와 생활동화를 섭렵하면서 단순명쾌하면서도 시적이고 유려한 문체, 모든 살아있는 것들과 소외당하는 자들에 대한 따뜻한 관심과 사랑으로서의 아동문학의 본질에 천착하는 주제, 그리고 판타지와 현실의 마찰 없는 탁월한 기법과 다양한 빛깔의 삶의 은유를 통해 문학성과 재미성을 아우르는 작품을 창작해 오고 있다.

본고에서는 1990년대 초반에서부터 2000년대 중반까지의 그의 작품집인 『꽃도깨비의 옛날이야기』(1992), 『오이밭이 된 손수건』(2006), 『안녕, 이구아나』(2006) 등 세 권의 작품집에 수록된 작품을 통해 주제와 소재, 문체와 기법 등의 분석을 통해 삶을 바라보는 그의 시선의 어떻게 변해오고 있는가와, 그의 작품들이 빚어내는 다양한 문학적 향훈을 살펴보고자 한다.

2. 살아 있는 것들에 대한 따뜻한 시선

—『꽃도깨비의 옛날이야기』

유리카 한국창작동화 시리즈 제9권으로 출간된 단편동화집 『꽃도깨비의 옛날이야기』(1992, 학원출판공사)에는 15편의 단편동화가 수록되어 있다. 생활동화가 9편, 환상동화가 6편인 작품들은 하나같이 모든 살아있는 것들에 대한 따뜻한 관심과 사랑이라는 아동문학의 본질을 천착하고 있다. 표제작인 「꽃도깨비의 옛날이야기」와 「혼자가 된 대장」은 일종의 성인동화에 속하는 작품으로 우화 형식을 통해 인간 세상의 관습적 권력 구조와 지배와 피지배, 없는 자와 있는 자의 모순적 관계에 대한 알레고리를 냉소적으로 그리고 있다. 「별과 노랑 민들레꽃」은 민들레의 일생과 속성을 통해 아름다움의 허망한 끝과 혼자 사는 것에 대한 외로움과 그리움을 그리고 있다. 생활동화인 「오월새」는 자전적 체험의 작품으로 심장병을 앓는 소년의 아픔과 죽음을 그리고 있는데, 어떻게 보면 이 작품의 주인공인 '진계'라는 소년의 죽음은 성인들의 무관심과 자본주의의 속성에 의해 질식당하는 이땅의 어린이들에 대한 일종의 진혼사에 가깝다.

1) 권력의 속성과 모순에 대한 알레고리

① 젊은 아빠 다람쥐는 조용히 머리를 가로저었습니다.

"지금 우리가 이렇게 된 것은 대장을 뽑았기 때문입니다. 우리 스스로 우리를 묶었던 것입니다. 대장은 따로 없습니다. 부지런하고 조심스럽게, 그리고 서로 돕고 산다면 대장이 필요 없습니다. 우리 모두가 대장입니다."

모두들 손뼉을 치고 함성을 질렀습니다. 젊은 아빠 다람쥐가 대장 다람쥐 집 대문을 벗어나자, 모든 다람쥐들이 그 뒤를 따랐습니다. 대장 다람쥐도, 그 졸개들도, 그들의 떠남을 막지 못했습니다.

대장 다람쥐의 졸개들도 하나둘 흩어지기 시작했습니다.

대장 다람쥐의 넓은 집에는 대장 다람쥐 혼자만 남게 되었습니다.

② "사람들이야 돼지나 마찬가지로 아무거나 먹지. 잘 사는 사람은 하얀 쌀밥에 육고기 ? 바다고기 입맛대로 먹지만, 못 사는 사람들은 풀뿌리만 캐 먹고도 살지."

"옛날에는 못 사는 사람들만 살았나요?"

"착한 사람들은 모두 못 살았지."

"잘 사는 사람들은요?"

"잘 사는 사람들은 두 손을 잘 비비고, 제 나라 팔아먹길 밥 먹듯 했지."

"자기 나라를 팔아먹어요?"

"팔아먹기만 했는 줄 아니? 제 동포 업신여기기를 짐승처럼 했지."

인용문 ①은 「혼자가 된 대장」의 결미 부분으로 지도자(권력자)가 없이 원시 공동체적인 평화로운 삶을 살던 다람쥐 마을에 지도자가 군림함으로써 전에 없던 지배와 피지배의 권력구조가 생기게 된 것을 풍자적으로 야유하고 있는 대목이다. 지도자가 없이 공동체적인 삶을 살던 전의 다람쥐 마을은 진정한 의미에서의 이상적인 공산사회의 모델이다. 이 작품은 그런데 거기에 지도자가 군림함으로써 권력구조가 발생하게 되고, 그러한 권력구조의 틀 속에서 지배와 피지배의 모순 관계가 생기게 되었다는 인간사회의 정치사회적 모순구조의 알레고리를 우화 형식으로 신랄하게 풍자하고 있다. 인용문 ②는 「꽃도깨비의 옛날이야기」의 한 대목으로, 이 작품은 있는 자와 없는 자라는 인간사회의 모순적 자본구조를 알레고리로 풀어내고 있다. '착한 사람들'은 늘 착취를 당하고 사는 이름 없는 민초들을 상징하고 있으며, '잘 사는 사람들'은 권력에 빌붙어서 자신의 보신을 꾀하는 지배 계급들을 상징하고 있다. 이처럼 작가는 우화 형식을 빌어서 인간 사회의 권력 구조와 '지배와 피지배'의 모순적 인간관계, 그리고 '있는 자와 없는 자'의 자본구조의 모순성을 은유와 상징의 기법으로 희화적으로 묘사하고 있다.

2) 소외당한 것들에 대한 따뜻한 관심의 시선

이 작품집에는 눈에 관한 소재를 통해 살아있는 모든 것들과, 소외당한 자들에 대한 작가의 따뜻한 관심과 사랑을 형상화한 작품들이 많이 있다. 이러한 작품들은 작고 보잘것없는 것들을 포근하게 감싸준다는 눈의 속성을 이용해 연민과 동정의 마음을 형상화하고 있다.

① 민이는 바쁘게 그림 그릴 준비를 했습니다.

"추운 밤이라니?"

"추운 밤에는 큰 이불이 필요하거든요."

민이는 커다란 도화지에 바다를 그리고 배를 그렸습니다. 그리고 창가에 서 있는 아버지를 그렸습니다.

하늘에는 알사탕 같은 눈이 내리고 있고, 그 눈으로 커다란 이불을 만들었습니다. 바다와 배를 덮은 커다란 이불을 만들었습니다.

② 열심히 눈사람의 가슴을 파헤친 할아버지는 그 속으로 기어 들어갔습니다. 그리고는 강아지처럼 몸을 움츠렸습니다.

"아, 그랬었구나!"

눈사람과 가로등은 동시에 외쳤습니다.

밤이 더욱 깊어 갔습니다.

반짝이는 별빛과 가로등의 불빛이, 눈사람과 눈사람의 가슴 속에 든 할아버지를 따뜻하게 비추었습니다.

③ '아, 성모님!'

작은 발자국은 하얗게 눈을 쓰고 서 있는 성모 마리아 상 앞에서 희미해지고 있었습니다. 자꾸자꾸 내리는 눈이 작은 발자국을 지우고 있었습니다.

"감사합니다, 성모님!"

아이의 어머니는 안고 온 꽃 무더기를 통째로 마리아상 앞에 바쳤습니다. 그리고는 조용히 두 손을 모았습니다.

위 인용문 ①은 「커다란 이불」의 결미 부분으로 민이가 추운 바다에서 배를 타고 있을 아버지를 위해 '커다란 이불'을 만들어 바다와 배를 덮어준다는 내용으로, 아버지에 대한 자식의 뜨거운 그리움과 사랑을 그리고 있다. 인용문 ②는 「가로등과 눈사람」의 결미 부분으로 사람이 아닌 가로등과 눈사람이 추위에 떨고 있는 할아버지를 위해 따뜻한 불빛을 비춰주고 품안에 안는다는 독특한 발상으로, 사람 사는 세상의 인정 없음에 대한 역설적 풍자를 통해 없는 자와 소외당하는 자에 대한 작가의 따뜻한 관심과 사랑을 형상화하고 있다. 인용문 ③은 「주인 없는 발자국」의 결미 부분으로 어린 자식의 병원비를 마련하기 위해 꽃을 팔고 있는 어머니의 꽃바구니에 성모 마리아가 인간 세상으로 걸어 나와 입원비를 건네준다는 내용으로, 역시 외롭고 소외당한 자들에 대한 작가의 따뜻한 관심과 사랑을 형상화하고 있는 작품이다. 작가는 이처럼 모든 더러운 것들을 덮어주고 세상과 사람을 포근하게 감싸주는 눈의 속성을 통해, 없는 자와 소외당한 자들에 대한 긍휼의 시선으로 아동문학의 본질적 속성을 체현하고 있다.

3. 단순명쾌함에 묻어나는 향기로운 삶의 은유

—『오이밭이 된 손수건』

1) 수묵화의 은은함이 배어나는 단순명쾌한 문장

『오이밭이 된 손수건』(2006, 은하수미디어)에는 짧은 동화 12편이 수록되어 있다. 이 작품집에는 작가가 '머리말'에서 밝힌 것처럼 '짧게는 원고지 9장부터 길게는 13장까지 대체로 짧은 이야기들'로 채워져 있다. 그래서 우선 읽기가 편하고 쉬워 마음이 여유로워지기까지 한다. 동화 읽기를 부담스러워하는 독자들도 처음부터 끝까지 내처 단숨에 읽을 수 있어 부담스럽지 않다. 또한 한 편의 단편동화를 꼭 원고지 스무 장에서부터 서른 장의 분량으로 채워야 한다는 종래의 고정 관념을 탈피하고 있다는 형식의 새로움을 느낄 수 있다.

그러나 형식으로서의 분량은 손바닥 위에 올려놓아도 될 만큼 짧지만, 그 짧은 형식이 엮어내는 '서사의 힘과 주제의 향기'는 엄청난 무게를 지니고 있어 섣불리 다룰 수 없는 품격이 있다. 각각의 동화들은 형식적 분량에 어우러지게 서사구조가 단순하고, 문장 역시 짧고 단아한 멋을 풍기고 있다. 우선 문장에 있어서 의식 과잉의 군더더기 가지를 쳐내고 있다. 될 수 있는 한 묘사를 줄이고 대화와 단순명쾌한 서술을 병치시키는 한 편, 문장을 구성하는 각각의 어휘에 리듬을 부여하여 템포를 조절하고 있다.

① 아이들을 보고 그랬는지 병순이를 보고 그랬는지, 해님은 혀를 찼습니다. 병순이는 정신없이 도망갔습니다. 아이들의 눈에 띌까 사철나무 울타리 사이로 힘껏 뛰어 들어갔습니다.

아이들 소리가 잠잠해지고 학교 운동장이 조용해졌습니다.

뉘엿뉘엿, 해님은 산 너머로 넘어가는 게 자꾸 망설여졌습니다. 사철나무, 개나리꽃 꽃그늘에 서서 꾸벅꾸벅 졸고 있는 병순이의 모습이 가여워서입니다.

'밤이 되면 추울 테니 네게는 아직 내가 필요해. 어서 먹이를 찾아 먹고 내일까지 기다리렴.'

해님은 병순이의 노란 털 속에 마음 한 조각을 묻어 놓고 돌아보고 또 돌아보았습니다.

—「해님의 병아리」에서

② 세월이 흘렀습니다.

말갛던 마당에 자운영 붉은 꽃이 수없이 피었다가 지고 뒤뜰 가득 댓잎이 세월처럼 쌓여 있을 때, 언젠가 다시 온다던 민호 할머니가 고향에 묻히기 위해 꽃상여를 타고 왔습니다. 그리고 어린 티를 벗은 민호도 아슴아슴한 어릴 적의 기억을 더듬으며 옛집에 왔습니다.

민호는 보았습니다. 가마솥이 떨어져 나간 시커먼 아궁이 속에 옛 모습 그대로 누워 있는 '꼬네기'를……

민호는 어슴푸레 떠오르는 이사 가던 날을 기억하며 마른 명태처럼 빳빳한 '꼬네기'를 양지바른 곳에 묻어 주었습니다. 오래된 집이지만 어쩐지 그때 그 집과 변함없는 것 같은 집을 생각하면서……

—「약속이 있는 고양이」에서

인용문 ①은 「해님의 병아리」 결미 부분이다. 하나의 문장이 그렇게 짧지 않은 길이인 데에도 문장을 읽어나가는 데 흐르는 물처럼 막힘이 없이 유창하게 흘러가고 있다. 이는 문장 속을 관통하고 있는 일종의 내재율 때문이라는 생각이 든다. "뉘엿뉘엿, 해님은 산 너머로 넘어가는 게 자꾸 망설여졌습니다. 사철나무, 개나리 꽃 꽃그늘에 서서 꾸벅꾸벅 졸고 있는 병순이의 모습이 가여워서입니다."를 찬찬히 분석해 보면 쉽게 그 비밀이 밝혀진다. 우선 문장의 첫 시작에서 "뉘엿뉘엿"이라는 의태어로 일단 호흡을 가다듬은 뒤에 "해님은 산 너머로 넘어가는"처럼 '3 4 4' 조의 시적인 운율로 문장을 내처 밀고 나간다. 그 다음의 문장도 마찬가지이다. "사철나무, 개나리 꽃 꽃그늘에 서서 꾸벅꾸벅 졸고 있는"의 어구처럼 '4 4'조의 운율로 막힘없이 문장을 밀고 나가고 있다. 이런 우리의 전통적 정서와 호흡에 맞는 내재율로 산문시의 형식으로 문장을 구성하고, 그러한 문장들이 모여 한 단락을 만들기 때문에 리듬이 생겨나는 것이라고 볼 수 있다.

이는 인용문 ②에서도 마찬가지이다. '세월이 흘렀습니다.'처럼 주어와 서술어만의 단순한 문장으로 시작하면서 잠시 호흡을 가다듬은 뒤, '말갛던 마당에 자운영 붉은 꽃이 수없이 피었다가 지고 뒤뜰 가득 댓잎이 세월처럼 쌓여 있을 때'처럼 '3 3'조나 '4 4'조의 리듬을 부여하여 동요적인 리듬을 부여하여 막힘이 없이 문장을 지속시켜 나가고 있다. 또한 작가는 문장의 서술에 있어서 '의'와 같은 소유격 조사를 생략하여 리듬이 지연되는 것을 방지하고 있다. 그리고 명사와 동사를 수식하는 형용사와 부사의 사용을 극도로 절제하고, 문장 사이사이에 적절한 의성어와 의태어를 삽입하여 문장의 흐름에 유연성을 부여하고 있기도 하다.

다음은 짧고 군더더기 없는 단순명쾌한 문장을 사용하고 있기 때문에 묘한 여운을 유발시키고, 그러한 여운을 통하여 공감각적 이미지로서의 상상력을 불러일으키고 있다는 점이다. 장황한 묘사와 서술, 그리고 수식어가 많은 문장은 독자에게 상상력의 출구를 막아 버리고 만다. 그러나 이 작가가 사용하고 있는 단순명쾌한 문장은 어휘와 어휘 사이, 문장과 문장 사이에 여운과 여백을 많이 묻어두고 있어 자꾸 읽을수록 상상력이 뭉게구름처럼 피워 오른다. 이처럼 이 작품집에 수록되어 있는 짧은 동화 편 편을 구성하고 있는 단순명쾌한 문장들은 동양화적인 수묵화의 은은한 향기를 내뿜고 있다.

2) 우화적인 삶의 은유로서의 따뜻함을 내비치는 주제의식

이 작품집에는 12편의 짧은 단편들이 수록되어 있다. 그것들은 일종의 우화 같은 이야기들로 모두 다 삶에 대한 작가의 따뜻한 관심과 사랑이 깃들어 있다. 작가는 부조리한 세상에 대해서, 버림받고 소외당하는 하찮은 것들에 관해서 결코 흥분하거나 신랄한 야유를 쏟아내는 법이 없다. 그저 그런 것들을 크지 않는 목소리로 조용조용 들려주고 보여줄 뿐이다. 세상과 그 세상 속의 사람들을 바라보는 시선이 건강하고 긍정적이다. 그런 세상과 사람들에 대해서 함부로 가치평가를 하지 않고, 모든 것을 독자의 상상력과 마음에 맡겨 버린다. 그저 들려주고 보여줄 뿐이다. 적게는 9장에서 길게는 13장까지의 짧은 서사의 분량이지만, 그런 이야기들이 우리들에게 전하는 메시지의 무게는 결코 만만하지 않다.

결코 가볍지 않고 만만하지 않은 삶에 대한 따뜻한 은유로서의 주제의식의 무게 때문에 짧은 분량과 평면적인 구성이 더욱 더 입체적인 느낌으로 우리에게 다가오고 있다. 부조리한 세상임에도, 약속과 신의를 저버리는 인간의 이기심에도 작가는 긍정적인 가치관으로 세상을 따뜻하게 바라보고 있다. 그렇게 세상과 인간을 바라보는 넉넉하고 여유로우며 따뜻한 작가의 눈길 때문에, 세상과 인간의 신산한 삶은 정말 살 만한 가치가 있는 아름다운 것이라는 긍정과 낙관을 느낄 수가 있는 것이다.

① 청년은 고개를 푹 숙였습니다. 눈물이 뚝뚝 떨어졌습니다.

'나는 비누 조각만도 못한 놈이야.'

청년의 눈물에서도 오이 냄새가 났습니다.

청년은 다시 한 번 손수건으로 얼굴을 덮었습니다. 세상 가득 오이 냄새가 퍼졌습니다.

청년은 오이 냄새가 물씬 풍기는 손수건을 펄럭이며 해 돋는 아침을 향해 힘차게 큰길로 나섰습니다.

—「오이밭이 된 손수건」에서

② 세월이 흘렀습니다.

말갛던 마당에 자운영 붉은 꽃이 수없이 피었다가 지고 뒤뜰 가득 댓잎이 세월처럼 쌓여 있을 때, 언젠가 다시 온다던 할머니가 고향에 묻히기 위해 꽃상여를 타고 왔습니다. 그리고 어린 티를 벗은 민호도 아슴아슴한 어릴 적의 기억을 더듬으며 옛집에 왔습니다.

민호는 보았습니다. 가마솥이 떨어져 나간 시커먼 아궁이 속에 옛 모습 그대로 누워 있는 '꼬네기'를……

민호는 어슴푸레 떠오르는 이사 가던 날을 기억하며 마른 명태처럼 빳빳한 '꼬네기'를 양지바른 곳에 묻어 주었습니다. 오래된 집이지만 어쩐지 그때 그 집과 변함없는 것 같은 집을 생각하면서……

—「약속이 있는 고양이」에서

위 인용문 ①은 표제작 「오이밭이 된 손수건」이라는 작품의 결미 부분이다. 이 작품은 보잘것 없는 하찮은 것이라도 다 쓸모가 있으며, 세상 모든 것들은 어느 때 어느 곳에 있더라도 순수한 본 마음을 잃지 않으면 세상을 바꾸는 큰 힘이 될 수 있다는 메시지를 전달하고 있다. 더럽고 보잘것 없는 주유소 화장실의 세면대에 있는 비누를 화자로 설정하여, 사람을 죽이고 이곳에 들어온 청년이 오이 향내가 나는 비누로 얼굴을 씻으면서 자신의 죄를 뉘우치고 희망이 가득 찬 세상으로 나간다는 이야기이다. 이 작품 속에서의 비누는 더러운 세상과 추한 인간의 마음을 정화시켜 주는 순수한 마음을 상징하고 있다. 오이 향으로 상징되는 자연의 순수함이 세상과 인간을 정화시킨다는 우화적인 삶의 은유가 오이 향처럼 풋풋하게 우리의 마음을 감동의 회오리 속으로 몰아넣고 있다.

인용문 ②는 「약속이 있는 고양이」이라는 작품의 결미 부분이다.

도시로 떠난 민호 할머니와의 약속을 지키기 위해 시골의 빈 집을 지키는 고양이의 믿음을 처절한 아름다움으로 형상화한 작품이다. 민호 할머니는 고양이와의 믿음을 지키기 위해 꽃상여를 타고 빈 집으로 돌아오고, 고양이 역시 민호 할머니와의 약속을 지키기 위해 할머니의 숨결과 손때가 묻은 아궁이 속에서 죽어 기다린다. 고양이의 죽음은 약속과 신의를 헌신짝처럼 버리는 인간 세상에 대한 신랄한 야유와 풍자의 메타포이다. 작가는 위 두 작품에서처럼 그런 부조리한 세상과 냉혹한 인간의 모습에 대해서 결코 흥분하지 않은 채 그대로 보여줄 뿐이다. 오이 향의 비누와 고양이를 화자로 설정하고 있지만, 작가는 전지적 시점의 시각으로 작품 속에 얼굴을 내밀지 않고 감정을 절제하고 있다. 이야기가 주는 여운과 메시지를 결코 강요함이 없이 독자의 상상력과 마음에 맡겨 버리는 태도를 취하고 있다. 그렇기 때문에 작품이 주는 감동과 여운은 더 크게 우리에게 다가오고 있는 것일지도 모른다.

자식들을 향한 헌신과 사랑의 모성을 은유한 「할머니의 눈물」과 「연등이 열리는 나무」, 작고 보잘 것 없는 것들에 대한 관심과 사랑을 은유한 「해님의 병아리」와 「들쥐와 해바라기」 등은 어머니의 영원한 모성을 통해 효의 참 의미를 묻고 있으며, 우리 주위의 소외당하고 외로운 것들에 대한 관심과 사랑의 메시지를 은유하고 있다. 작가는 이런 현상들에 대해 결코 흥분하고 화를 내거나 질책하지 않은 채 한 편의 깔끔한 우화를 통해 제시할 뿐이다.

3) 판타지와 현실의 자연스러운 어우러짐

생활동화는 판타지만을 추구하는 환상동화와는 달리 현실과 판타지가 자연스럽게 스며드는 구성을 취해야 한다. 판타지만의 환상동화는 판타지 자체의 리얼리티만 추구하면 되지만, 생활동화는 현실과 판타지가 무리 없이 서로의 경계를 넘나들어야 리얼리티가 성립되는 것이다. 「하늘나라로 출장 가신 아빠」와 「아이스크림을 먹고 싶은 도깨비」는 그러한 판타지와 현실을 경계로 하여, 이 둘이 무리 없이 서로의 영역으로 스며들어 또 하나의 판타지를 창조하는 전범을 보여주는 작품이다.

① 저녁을 먹으며 아빠가 말했습니다.

"아니, 휴가 중에 무슨 출장이에요?"

엄마가 얼굴을 찡그렸습니다.

"중요한 일이야. 하늘나라로 가는 출장이니까."

"하늘나라요?"

서엽이 눈이 동그래졌습니다.

"그래, 하늘나라. 오늘 하늘나라에서 전화가 왔는데, 산타 할아버지가 돼 달라는 거야."

"산타 할아버지가 돼 달라니요?"

엄마와 서엽이는 도무지 알 수 없다는 표정을 지었습니다.

"허어, 참. 요즘 하늘나라에 산타 할아버지가 많이 모자라나 봐. 나보고 산타 할아버지가 되어 달라니 말이야."

"그런 법이 어딨어요."

—「하늘나라로 출장 가신 아빠」에서

② 도깨비는 큰마음을 먹고 아이들에게 말을 걸었습니다.

"야, 너희들 먹는 게 무엇이뇨?"

"무엇이뇨?"

아이들이 동시에 되물으며 고개를 돌렸습니다. 도깨비와 눈이 딱 마주쳤습니다.

"아니, 재는 도깨비잖아?"

"얘, 너 왜 여기 있니? 텔레비전이나 만화책 속에 있지 않고……"

"텔레비전? 만화책?"

도깨비는 도무지 이해할 수가 없었습니다.

깔깔깔깔.

눈이 동그래진 도깨비를 보고 아이들은 고개까지 젖히며 웃었습니다.

—「아이스크림이 먹고 싶은 도깨비」에서

위 인용문 ①은 「하늘나라로 출장 가신 아빠」의 한 장면이다. 서엽이의 아빠는 아파트 1층에 있는 크레용 미술 학원의 선생님으로부터 전화 한 통을 받는다. 올해는 산타 할아버지가 바빠서 미술 학원까지는 올 수 없으니, 서엽이 아빠가 마음이 착하니 대신 산타 할아버지가 되어 미술 학원 아이들에게 선물을 나눠주면 어떻겠느냐는 것이다. 위 인용문은 아빠와 서엽이가 나누는 대화이다. 하늘나라에 산타 할아버지가 모자라니 그곳으로 내일 출장을 가서 산타 할아버지가 되겠다는 것이다. 서엽이는 아빠의 그 말을 곧이곧대로 믿고, 아빠 또한 하늘나라로 출장 간다는 것이 당연하다는 듯이 말한다. 이렇게 서로가 나누는 대화 내용은 전혀 현실성이 없음에도 불구하고 두 사람은 그 내용을 진실로 받아들인다. 그들 두 사람이 발을 딛고 있는 아파트는 현실이지만, 그들이 나누는 대화 내용은 현실성이 없는 일종의 판타지이다. 즉, 현실과 판타지가 무리없이 서로의 영역 속으로 스며들고 있는 것이다. 어떻게 이런 일이 가능할까? 그것은 두 사람의 마음이 동심과 같이 순수하고 맑기 때문일 것이다. 그들은 현실에서 호흡하고 있지만 판타지의 세계를 아무런 저항 없이 받아들이고 있다.

인용문 ②는 「아이스크림이 먹고 싶은 도깨비」의 한 부분이다. 아이스크림을 먹고 있는 아이들은 현재라는 시간과 현실이라는 공간에 발을 붙이고 있는 존재이지만, 고목의 구멍 속에서 살고 있는 도깨비는 판타지 속의 존재이다. 그런데도 이 작품 속에서는 현실의 아이들과 판타지 속의 도깨비가 아무런 저항이 없이 서로의 존재를 확인하고 스스럼없이 이야기를 나누고 있다. 어떻게 이런 일이 가능할까? 그것은 아이들과 도깨비는 서로 다른 세계 속에서 존재하고 있지만, 순수한 동심의 맑은 마음을 지니고 있기 때문에 그들에게는 현실이 곧 판타지가 되고 판타지 역시 현실이 될 수 있는 것이다.

배익천의 동화집 『오이 밭이 된 손수건』에 수록된 작품들은 독자 대상이 어린이에 국한된 것이 아니고, 동심을 가진 사람이면 어느 누구도 읽을 수 있는 삶의 은유가 번뜩이는 우화에 가깝다. 각각의 작품들은 리듬과 템포가 내재되어 있는 유려한 문장과 평면적 서사 속에 깃들어 있는 시적이고 철학적인 삶의 은유, 무엇보다도 세상과 인간을 바라보는 시선의 여유로움과 낙관적이고 긍정적인 가치관이 모든 이의 가슴을 따뜻하게 만들고 있다. 그의 동화를 읽고 있으면 우리가 사는 세상은 충분히 살 만한 가치가 있다는 아름다운 환상을 만나게 되는 기쁨을 누릴 수가 있다.

4. 유려한 문체로 빚어진 현란한 사랑의 빛깔

—『안녕, 이구아나』

1) 천부적인 이야기꾼으로서의 시적이고 유려한 문체

창작동화집 『안녕, 이구아나』(계림, 2006. 12)에는 사랑을 주제로 한 14편의 단편동화들이 실려 있는데, 그것들 하나하나가 마치 유년의 기억 저편에서 할머니가 들려주던 구수한 입담처럼 막힘이 없다. 그리고 이야기 하나하나에는 깨달음으로서의 주제가 선명하게 떠오르고 있지만, 그것들은 이야기의 표면 구조에 생경하게 드러나 있기보다는 은근하게 이야기 속에 녹아들어가 거부감을 일으키게 하지 않는다. 이러한 미덕은 그의 동화의 구성 능력의 탁월함에서 기인되는 것으로 보인다. 즉, 그의 동화에는 작위적인 의도로서의 인위적 구성보다는, 유려하고 구수한 입담으로서의 자연스러운 서사 능력이 돋보이고 있다는 점이다. 그의 작품은 글로 이야기를 펼쳐 나가는 것이 아니라, 마치 누에고치에서 실이 뽑아져 나오듯 입말로서의 서사적 파노라마가 현란하게 전개되고 있는 듯한 느낌을 주고 있다. 이러한 입말로서의 구수한 입담에 의한 구성은 장면 전환에서 현저하게 드러나고 있다.

초롱꽃 꽃송이처럼 꽃분이가 고개 숙이며 들어간 지 두 달이 지났을 때입니다.

"경사났네, 경사났어, 꽃분이가 아기를 가졌네!"

들판 가득 청보릿잎 물결이 넘실거릴 때 황 부자네 집이 불빛으로 환합니다. 퍼져 나오는 불빛도 넘실거립니다.

① "간다, 간다, 꽃분이 간다. 꽃분이 아기 배어 시댁으로 다시 간다."

꽃분이가 새색시처럼 예쁜 옷 입고 개울에 걸쳐진 다리를 건너는 날 방아깨비는 몸속에 가지고 있던 눈물을 다 쏟아냅니다.

② 콸콸콸콸……

개울물이 불어날 만큼 눈물을 쏟아냅니다. 마지막 발걸음, 꽃분이의 마지막 발걸음이 방아깨비의 머리를 지날 때 그 머리 위에 떨어지던 꽃분이의 눈물을 보았기 때문입니다.

③ 봉숭아꽃이 피고 집니다.

코스모스 꽃이 피고 집니다.

청보릿잎 물결이 넘실대던 들판에 하얗게 무서리가 내립니다.

"이 다리를 건너면 아기를 가진대."

고개 너머 산 너머 마을에 사는 사람들까지 찾아와 디딜방아 다리를 건너고 또 건넙니다.

개울에 얼음이 얼었다가 녹기를 수없이 되풀이합니다. 온몸에 칼자국, 화살 맞은 자국투성이인 방아깨비는 악어 껍질처럼 흐물흐물해진 채 숲 속에 버려집니다.

—「다리가 된 방아깨비」에서

위 인용문은 시·공간의 변화에 의한 장면의 전환과, 자연 현상과 자연물의 속성적인 움직임과 변화를 통해 인물의 심리적 상태를 선명하게 처리하고 있는 부분이다. 인용문 ①은 4·4조의 율격 리듬에 의한 대사 처리로 인물의 움직임, 그 리듬에 내재한 인물(「꽃분이, 방아깨비」)의 한의 정조, 그리고 장면의 전환을 한데 어우러지게 하여 묘한 분위기를 창출하고 있다. 인용문 ②는 자연 현상과 자연물의 속성과 움직임을 통해 인물의 심리적 정황과 분위기를 서술하고 있는 대목이다. '콸콸콸' 하고 흐르는 개울물의 움직임을 통해 꽃분이의 슬픔과, 그 꽃분이를 떠나보내는 방아깨비의 말 못할 사정을 적확하게 나타내고 있다. 인용문 ③은 단 세 개의 문장을 통해 여름부터 초겨울까지의 계절의 순환을 리듬감 있게 처리하고 있는 대목이다.

이처럼 작가는 되도록이면 사건과 장면을 정체시키는 묘사를 지양하고 서술적인 문장으로 장면에 박차를 가하는 표현 기법을 즐겨 사용하고 있다. 그러면서도 묘사의 생략에서 오는 문장의 건조성을 피하기 위해, 시·청각적인 감각적 이미지의 서술을 잘 활용하고 있다. 위 인용문에 나타나 있는 것처럼 작가는 구수하고 유려한 입담으로서의 서술 기법으로 장면 전환에 박차를 가하며, 또한 그러한 전환에 따른 인물의 감정과 심적 상황을 놓치지 않고 적확하게 표현하고 있다. 이러한 서술 기법은 작위적인 창작 능력보다는 오랜 기간 동안의 창작 활동을 통해 몸에 밴 독창적인 문체에 힘입은 바가 크다고 볼 수 있겠다. 작가의 이러한 독창적인 문체에 힘입은 서술 기법은 다음과 같은 대목에서 그 절정에 이른다.

> 마당에 들어서는 새색시를 보고 동네 아주머니들이 입을 모아 탄성을 질렀지요.
>
> "아!"
>
> 나도 입을 다물지 못했지요.
>
> 살포시 눈을 내리뜨고 사뿐사뿐 걸어오는 새색시는 분 냄새도 어찌 그리 향기로운지.
>
> 펑펑 펑펑!

나는 나도 모르게 자꾸자꾸 꽃망울을 터뜨렸지요.

예쁜 새색시는 마음도 고와 내기 꽃잎을 떨구고 열매를 키울 동안 그냥 꽃으로 집 안을 환하게 했지요.

드러내는 웃음소리는 없어도 집 안은 늘 따뜻하고 향기로운 것으로 가득 차 있는 것 같았지요.

—「국화꽃 편지」의 일부

위 인용문은 주삭골 논실댁 삽짝 양쪽에 엄나무와 함께 심어진 살구나무의 시선으로 전개되는 「국화꽃 편지」의 첫 대목으로, 논실댁에 새색시가 들어오는 봄의 풍경을 한 폭의 그림처럼 펼쳐 보이는 장면이다. 새색시의 예쁜 모습에 동네 사람들이 입을 다물지 못하는 장면을 살구나무나 꽃망울을 터뜨리는 모습으로 환치시켜 보여주고 있다. "펑펑 펑펑! 나는 나도 모르게 자꾸자꾸 꽃망울을 터뜨렸지요." 라는 두 개의 문장이 새색시의 아름다운 자태와 잔치의 흥겨운 분위기, 그리고 그 아름다운 자태에 감탄을 하는 동네 사람들의 모습을 하나의 산문시처럼 묘사하고 있다. 작가는 이처럼 이 작품집에 수록되어 있는 모든 작품들을 통해, 자연 현상과 자연물의 특징과 속성을 절묘하게 활용하여 장면의 분위기와 인물의 감정을 시적으로 승화시키는 서술 기법을 즐겨 활용하고 있다. 작가의 이러한 문체의 독창성은 여느 작가에게서는 그 유례를 찾아볼 수 없을 만큼 독보적이다. 이는 오랜 창작 활동을 통한 언어의 연금술에 의한 것이라기보다는, 사물과 자연 현상을 바라보는 작가의 생래적인 본능에 가깝다고 할 수 있을 것 같다.

2) 일상적 현실과 판타지의 마찰 없는 상호 작용

『안녕, 이구아나』에는 14편의 동화들이 수록되어 있다. 환상동화가 6편(「국화꽃 편지」, 「동그란 벽시계의 기도」, 「멧돼지 푸우」, 「별이 되고 싶은 불가사리」, 「소영이와 네로」, 「장승의 눈물」), 생활동화가 6편(「다리가 된 방아깨비」, 「안녕 이구아나」, 「첫눈」, 「할머니와 돌장승」, 「훈장이 된 무당 장군」, 「할머니의 별」), 그리고 아동소설이 2편(「구복이는 황금 거북이」, 「꽃 그늘」)이다. 아동소설 두 편을 제외하고는 거의 대부분이 환상동화와 생활동화이다. 순수한 사랑을 잃어버린 지 이미 오래인 현대인들에게 들려주는 순애보적인 사랑의 우화인 「다리가 된 방아깨비」와, 노사갈등의 극복을 통한 더불어 사는 지혜를 우화적인 비유로 형상화한 「동그란 벽시계의 기도」는 어른들을 겨냥하고 쓴 작품이다.

이 작가의 생활동화에는 거의 대부분이 일상적인 현실을 그리고 있으면서도 그 속에 꿈과 희망으로서의 환상이 용해되어 있어, 생활동화의 무미건조함을 극복하고 있는 것이 특징이다. 그러면서도 그러한 판타지가 현실과의 넘나듦이 매끄럽지 못해 거부감을 일으키게 하는 것이 아니라, 현실과 판타지가 자연스럽게 넘나들고 있어 생활동화의 도식성을 극복하고 있다. 그러한 현실과 판타지의 넘나듦을 절묘하게 형상화한 작품이 「별이 되고 싶은 불가사리」와 「할머니와 돌장승」이다.

① 고요하던 바다가 두 사람의 목소리에 흔들렸습니다. 타고 있던 배가 흔들렸기 때문이지요.

바다가 흔들리면 바다 밑도 흔들렸습니다.

'뭐? 별이라고?'

바다 밑에 넙죽이 엎드려 있던 불가사리의 귀가 번쩍 열렸습니다. 별이 되고 싶은 불가사리, 그래서 별명이 별가사라인 별불가사리였습니다.

'별이, 바다에, 가득, 잠겨?'

작은 별불가사리는 벌떡 몸을 일으켜 사방을 둘러보았습니다. 그러나 여기저기 떼 지어 엎드려 있는 친구들뿐이었습니다. 어디에도 별은 없었습니다.

—「별이 되고 싶은 불가사리」의 앞부분

② 할머니는 파란 천막으로 꽁꽁 덮여 있는 좌판을 보다 말고 깜짝 놀라 소리쳤습니다. 그저께까지 멀쩡하게, 공손하게 서 있던 돌장승이 좌판 옆에 머리를 처 박고 있었던 것입니다. 그 곁에는 아직도 싱싱한 흙냄새가 물씬 풍기는 때깔 좋은 더덕이 한 소쿠리쯤이나 흩어져 있었습니다. 더덕 냄새가 사방에 넘쳐흘렀습니다.

"아이고, 영감!"

할머니는 산 사람을 일으켜 세우듯 돌장승을 안고 소리쳤습니다.

그날 마을 사람들은 말했습니다.

"밤새 무슨 짐승이 날뛰고 다녔는지 지리산 기슭이 온통 다 파헤쳐졌다니깐."

—「할머니와 돌장승」의 결미 부분

위 인용문 ①은 「별이 되고 싶은 불거사리」의 첫 시작 부분으로, 아버지와 아들이 밤바다에서 낚시를 하는 장면으로 이야기가 시작된다. 아들이 "아빠! 별이에요! 바다 가득 별이 잠겼어요."라고 말할 때까지는 현실의 일상이 공간적 배경이 된다. 아들의 그러한 감탄에 가까운 말로 배가 흔들리고, 배가 흔들리자 다시 바다 밑이 흔들리면서 불가사리의 세계로 시·공간이 전환되는 구조를 취하고 있다. 즉, '아들의 감탄(일상적 현실) → 배의 흔들림 → 바다 밑의 흔들림 → 바다 밑 불가사리의 세계(판타지의 세계)'라는 시·공간의 전환적 구조로 현실에서 판타지의 세계로 전이되고 있는 것이다. 일상적 현실의 세계와 판타지의 세계가 아무런 마찰이 없이 서로의 영역으로 침윤되고 있는 것이다. 이 작품은 생활동화에서의 현실과 판타지의 경계, 그리고 두 세계의 상호 작용에 대한 전범에 가까운 사례를 보여주고 있다.

인용문 ②는 「할머니와 돌장승」의 결미 부분으로 역시 현실과 판타지의 거부감 없는 상호 작용을 보여주는 좋은 예이다. 할머니는 자신의 물건을 믿고 사는 할아버지에게 더덕을 구해 주겠다고 약속하게 되지만, 샅샅이 산을 뒤져도 한 뿌리도 캐지 못한다. 뜬눈으로 밤을 센 할머니는 다음 날 아침 좌판 곁으로 가서 경천 지동할 사건을 맞닥뜨리게 된다. 좌판 옆에 넘어진 돌장승 곁에 더덕이 지천으로 널려 있는 것이다. 작가는 이 대목에서 돌장승이 넘어진 이유를 구태여 설명하지 않고, "밤새 무슨 짐승이 날뛰고 다녔는지 지리산 기슭이 온통 파헤쳐졌다니깐."이라는 마을 사람들의 말로 얼버무리고 있다. 짐승이 날뛰고 다녀서 지리산 기슭이 파헤쳐지고 돌장승이 넘어졌는지, 아니면 돌장승이 할머니를 도와주기 위해 산기슭을 파헤쳐 더덕을 캐 왔는지, 그것도 아니면 간밤의 바람으로 돌장승이 넘어졌는지 알 길이 없다. 그러나 작가의 의도는 돌장승이 더덕을 캐오게 했을 것이다. 여기에서 돌장승이 넘어져 있고, 지리산 기슭이 온통 파헤쳐졌고, 좌판 옆에 더덕이 지천으로 널려 있는 것은 바로 판타지의 세계이다. 즉, 일상적 현실과 판타지의 세계가 아무런 경계나 마찰이 없이 자연스럽게 침윤하며 상호 작용을 하고 있는 것이다. 이러한 현실과 판타지의 상호 작용은 「동그란 벽시계의 기도」, 현대 도시 문명 속에 갇힌 이구아나의 출현을 통해 현대인이 잃어버린 원시적 야성의 회복과 문명과 자연의 상호 교감이라는 우화적 비유를 그린 「안녕, 이구아나」, 할머니와 순구, 할머니와 무당벌레의 관심과 사랑을 통해 작은 것들에 대한 애정을 형상화한 「훈장이 된 무당 장군」 등의 생활동화에서도 쉽게 발견할 수가 있다.

3) 상상력의 프리즘을 통한 다양한 사랑의 빛깔

이 작품집에 수록되어 있는 모든 작품은 거의 대부분이 사랑을 주제로 다루고 있다. 현대의 약삭빠른 인간들에 대한 우화적 비유인 「구복이는 황금 거북이」는 옛 이야기의 현대적 전승을 통해 우직한 사랑의 미덕을, 스무 살 논실댁의 여든 살까지의 인생 여정을 통해 지아비와 아들, 이웃에 대한 사랑의 실천을 형상화한 「국화꽃 편지」, 꽃분이를 향한 황부잣집 머슴 장목이의 순수한 사랑과 염원을 현실과 환상의 절묘한 결합으로 형상화한 「다리가 된 방아깨비」, 자연 파괴에 대한 경고와 자연과 인간의 교감을 염원하는 「멧돼지 푸우」, 본래의 터전을 버리고 허황된 꿈을 좇는 현대인들에 대한 우화적 비유로서의 상징성이 강한 「별이 되고 싶은 불가사리」, 허황된 삶으로서의 소영과 진실한 삶으로서의 네로를 통해 분수에 맞게 사는 삶의 전형성을 제시해 주는 「소영이와 네로」, 현대화로 인한 전통의 상실을 통해 옛것에 대한 관심과 사랑을 촉구하는 「장승의 눈물」, 깻잎 할머니에 대한 송미의 관심과 사랑을 통해 소외된 이웃과 더불어 사는 공동체적 삶을 제시해 주는 「첫 눈」 등의 작품들은 모두가 다 사랑을 주제로 다루고 있다. 이로한 작품들 중에서 특히 소재 영역의 확장과 주제의 보편성을 추구해 눈길을 끄는 작품은 「할머니의 별」이다. 묵시론적인 종말론의 우화적 비유를 통해 오염된 지구에 대한 연민과, 영원한 모성으로서의 고향을 형상화한 「할머니의 별」은 수록 작품 중에서 형식과 내용에 있어서 동화적 지형도를 넓히는 획기적이고 실험적인 시도이다.

배익천은 천부적인 이야기꾼으로서의 입담을 지닌 동화작가이다. 그의 모든 작품들에서 공통적으로 감지되는 특징은 서사 구조로서의 구수하고 유려한 입담이다. 사건 전개의 박진감을 가로막는 묘사를 지양하면서도, 자연 현상과 자연물이 지닌 속성과 특징을 통한 서술의 기법으로 인물의 심적 정조와 장면의 유연한 전환을 시도하는 그의 서사적 능력은 거의 생래적인 본능에 가깝다. 그리고 그의 생활동화들은 거의 대부분이 일상적 현실로서의 무미건조함이라는 도식적 구조를 극복하기 위해 현실과 판타지의 마찰 없는 상호 작용을 시도하고 있어 하나의 전범으로 자리 잡고 있다.

특히 그의 문체는 독창적인 세계를 확보하고 있다. "문체는 곧 그 사람이다."라는 말처럼, 그의 모든 동화 작품들은 시적인 상징성과 우려한 리듬감을 지니고 있다. 이러한 그의 독창적인 문체는 오랜 창작 활동을 통한 언어의 연마라는 연금술에서 기인되는 것이기도 하지만, 자연 현상과 사물의 특성, 그리고 그 본질을 꿰뚫는 통찰력에 힘입은 바가 클 것이다. 또한 문장의 심층적 구조에 율격을 부여하여 거침이 없는 리듬감을 창출하고, 이를 바탕으로 장면 전환에 박차를 가하는 그이 문체론적인 특징은 높이 살 만하다. 그리고 순환되는 계절과 자연의 흐름을 통해 장면의 분위기와 인물의 심적 정조를 적확하게 표현하고, 아울러 이를 통해 장면 전환의 템포를 능수능란하게 조절하는 서술 기법은 탁월하다. 이러한 형식과 내용의 독창성에도 불구하고, 가슴을 뭉클하게 하는 감동의 여운이 부족한 것은 하나의 흠이다. 또한 그의 동화들은 그 형식과 내용에 있어서 시적 상징성과 아름다움을 지니고 있지만, 현실의 아픔과 어두움에 대한 통찰력으로서의 치열한 현실 인식이 부족하다는 것도 앞으로 그의 동화 세계가 추구해야 할 하나의 과제이다.

5. 닫는 글

배익천의 동화는 꾸준하게 단순명쾌한 문장과 단순한 이야기 구조로 인간 세상의 권력 구조와 자본의 모순적 관계에 대한 은유와 상징의 알레고리를 통한 풍자와 야유, 그리고 소외당하고 멸시당하는 자들에 대한 따뜻한 관심과 사랑이라는 아동문학의 본질적 주제를 천착해오고 있다. 그는 다양하고 폭 넓은 문학적 프리즘을 소유한 천부적 이야기꾼의 재능을 유감없이 발휘하고 있는데, 그의 동화적 세계를 요약하면 다음과 같다.

첫째, 수묵화의 은은함이 배어나는 단순명쾌한 문장과 천부적인 이야기꾼으로서의 시적이고 유려한 문체가 야기하는 정겨움이다.

둘째, 우화적인 삶의 은유로서의 따뜻함을 내비치는 주제의식이다. 때로는 은유와 상징의 알레고리를 통한 치열한 현실인식, 때로는 모든 살아있는 것들과 소외당하고 있는 자들에 대한 따뜻한 관심과 사랑 등 폭 넓고 다양한 주제를 형상화하고 있다.

셋째, 판타지와 현실의 자연스러운 어우러짐과 일상적 현실과 판타지의 마찰 없는 상호 작용을 통해 환상동화와 생활동화 등 모든 영역에 걸쳐서 나타나는 기법의 현란함과 소재의 다양성이다 앞으로 추구해야 할 그의 동화적 과제는 치열한 현실인식을 바탕으로 한 인간과 세상에 대한 발언으로서의 직설적 화법에 보다 더 깊은 관심을 기울이는 일이다.

자연애를 바탕으로 한 망향가와 사모곡

—네 편[1]의 배익천 장편동화를 중심으로

박상재

1. 들어가는 말

裵翊天은 1974년《한국일보》신춘문예에 동화「달무리」로 등단하여 10여년 동안에는 주로 단편 창작에 주력해오다 1983년《소년조선일보》에 연재한「비탈 위의 작은 집」을 시작으로 2007년 현재 8편의 장편아동소설과 장편동화를 써 왔다. 등단한지 6년만인 1980년 첫 동화집『빛이 쌓이는 마을』(태화출판사)을 상재한 후 장편소년소설『비탈 위의 작은 집』(동아일보사, 1985),『꿀벌의 친구』(대교출판, 1988),『은빛 날개의 사슴』(해성, 1997),『별을 키우는 아이』(문공사, 1999),

1) 필자가 청탁받은 대상 텍스트는『꿀벌의 친구』,『은빛 날개의 사슴』,『별을 키우는 아이』,『내가 만난 꼬깨미』등 네 권의 장편동화이다. 그런데 이 텍스트들은 배익천이 창작한 장편류의 전체도 아니고 대표작으로 분류할 수도 없다. 따라서 이 네 권의 작품을 가지고 배익천 동화의 전체적인 경향이나 특성 등을 파악하기는 불가능하다. 이와 같은 한계를 안고 작품을 분석하려는 것은 제약이 따를 수밖에 없다.

『내가 만난 꼬깨미』(효리원, 2001) 등을 펴냈다.

배익천의 동화에 대한 애정은 각별하다. 그것은 그가 《소년조선일보》에 연재했던 「비탈 위의 작은 집」[2]이나 월간 『나이테』에 연재했던 「별로 뜨는 민들레」, 《소년동아일보》에 연재했던 「내 마음의 하늘」, 「오미」(배동바지, 2003) 등의 장편류를 제외하고는 대부분 소년소설이 아닌 동화라는 데 준거한다. 그의 동화들은 문학성을 인정받아 「꿀벌의 친구」가 MBC TV에서 만화영화로 제작되어 방영(1991)되기도 하였고, 세종아동문학상을 안겨주기도 하였다. 또 2000년에는 『별을 키우는 아이』로 박홍근 아동문학상을, 2001년에는 『내가 만난 꼬깨미』로 방정환 문학상을 수상하게 된다.

2. 자연애로 향수하는 고향과 어머니

배익천 동화 중에는 고향에 대한 그리움이 많이 스며있다. 처녀동화집인 『빛이 쌓이는 마을』에는 물론 상재한 동화집마다 향수를 주제로 한 동화들을 많이 볼 수 있다. 이러한 창작 모티프들은 『빛이 쌓이는 마을』의 서문에도 잘 나타나 있다.

> 내게는 마음 속 깊이 소중하게 간직하고 있는 것이 있습니다. 이것은 내 마음의 전부일 수도 있고 또 여러분들이 끝없이 찾고 있는 것일지도 모를 '고향'이라는 것입니다.

---

2) 이 작품은 《동아일보》에서 출간(1985년)된 후 KBS TV에 단편 드라마로 방영되기도 함

작가가 유년시절에 겪은 성장 환경은 작품에 반영되기 마련이다. 그의 작품 중 『꿀벌의 친구』나 『은빛 날개의 사슴』, 『내가 만난 꼬깨미』 등은 그가 어린 시절을 살아온 '고향 마을'의 영향을 받았다고 할 수 있다. 『꿀벌의 친구』는 그의 고향 일월산을 배경으로 펼쳐지고 있고, 지리산을 무대로 펼쳐지는 『은빛 날개의 사슴』 또한 그가 태어나서 자라온 일월산 자락의 향수를 많이 담았다고 할 수 있으며, 『내가 만난 꼬깨미』는 그가 어린 시절을 추억한 망향의 노래이다.

『꿀벌의 친구』는 궁극적으로 전쟁의 비극을 그린 장편동화이다. 작가는 전쟁의 참혹성을 노출시키지않고 자연애로 감추며 그 속내를 내재적으로 고발하고 있다. 이 동화에 등장하는 인물들은 모두 비극적 인물이다. 꿀벌을 치며 살아가는 할아버지와 떠돌이 소년 용이, 그리고 깜상 아저씨가 그렇다. 부모의 얼굴도 모른 채 고아로 떠도는 소년 용이, 6·25 때 전쟁터에 나가 돌아오지 않는 아들을 찾아 튀밥 장수를 하며 떠돌이 생활을 하는 할아버지. 학도병으로 전쟁터에 나갔다가 고향으로 돌아오는 길에 깡패들을 만나 5년 동안이나 그들과 어울리는 깜상 아저씨, 이들이 엮어가는 이 동화는 자연애라는 표면적 주제외에도 전쟁의 비극이라는 이면적 주제도 병렬적으로 나타난다.

어두운 뒷골목 세상에서 살던 깜상아저씨는 어렵게 마음을 고쳐먹고 결혼까지 했으나 결국 아내는 아들과 함께 도망을 간다. 자기 아들인지도 모르고 용이를 한동안 길렀던 깜상 아저씨, 함께 생활해 온 할아버지가 친할아버지인 줄도 모르며 살아온 용이, 이들은 결국 서로가 혈육임을 인지하게 된다. 이와 같은 가슴 아픈 가족사는 결국 전쟁의 비극이 낳은 산물이라고 할 수 있다.

고향집이 있는 일월산의 사계는 한 폭의 병풍처럼 아름답게 펼쳐진다. 노루 새끼 놀순이와 달구지를 끄는 어미소 순득이, 이러한 동물과의 끈끈한 교감은 생명의 경외감을 높여 준다. 꿀벌통을 싣고 떠도는 꽃향기 그윽한 산속 생활을 그린 정경묘사는 자연스러운 방언 구사의 상승효과에 힘입어 현장감 있게 펼쳐진다.

"그짓말 마이소. 지는 다 아니더. 그 매미가 '쌔롱 쌔롱' 하고 울제 어째 '세룽 세룽' 하고 우니껴?"

"아이고, 그기사 듣는 사람 맘대로 지로, '쌔롱쌔롱'이면 어떻고 '씨롱 씨롱'이면 워뜨노? 다 지즘이(자기 나름대로) 듣기 나름이지. 안 그러나? 커허허허." (168쪽)

할아버지는 겨울이면 용이와 함께 꿩이나, 토끼, 노루 같은 짐승들을 사냥한다. 고기도 먹고 시장에 내다 팔기 위해서이다. 꿩을 잡기 위해서 콩에 구멍을 뚫어 약을 넣어 뿌려 둔다. 또 토끼와 노루, 멧돼지를 잡기 위하여 철사와 머루 덩굴로 만든 올무를 놓기도 한다.

그런데 할아버지가 뭇짐승들을 잡을 때마다 용이의 마음은 편하지가 않다. 용이의 마음 속 바탕에는 생명을 소중히 여기는 마음이 깔려 있기 때문이다. 할아버지와 함께 눈구덩 속에서 오소리 사냥을 하다가도 도망치는 오소리를 보고 안도하는 용이이다.

용이는 눈을 감은 채 축 늘어져 있는 꿩이 애처로웠다. 사냥하는 것은 즐거운 일이지만 약으로 짐승을 죽인다는 것이 마음에 걸렸다. 〔…중략…〕 용이의 마음은 별로 편하지 않았다. 콩약을 먹고 괴로워했을 꿩의 모습이 자꾸 어른거렸다. (77쪽)

할아버지는 새끼노루의 발목이 벗겨졌는데도 철사줄 걷어내기에만 정신이 없었다.

"할배요, 좀 좀 살살 하시이소. 놀게이가 아파서 울고 있니더."

용이가 할아버지에게 애원하듯 말했다.

〔…중략…〕

'애린 것이 맘이 약해 가지고…….'

할아버지의 손길이 부드러워졌다. (93쪽)

앞의 인용문에는 독약이 든 콩을 먹고 죽어있는 꿩을 보는 용이의 마음이 나타나 있다. 뒤의 인용문은 할아버지가 올무에 걸려 상처난 새끼노루를 꺼낼 때 안타까워하는 용이의 마음을 그린 삽화이다. 죽은 꿩을 보고 애처로움을 느끼고, 상처 난 새끼노루를 보고 안타까워하는 용이의 마음은 곧 작가의 마음이다. 이러한 마음은 사해동포주의요 생명경외사상으로 이어진다.

할아버지는 새끼노루를 살려주자는 용이의 청을 거두지 못하고 약을 발라 치료해 준다. 겨우내 기르던 새끼노루를 산으로 돌려보내지만 용이와 정이든 노루는 다시 용이네 집으로 찾아온다. 할아버지는 장에 가서 암소도 사고 달구지도 산다. 암소에게는 순득이라는 이름을 붙이고, 노루에게도 놀순이라는 이름을 지어준다. 순득이와 놀순이는 용이네와 한 가족처럼 지낸다. 자연과 동물과 사람이 한데 어우러져 평화롭게 공존하는 세상은 곧 생태주의적 시각이다. 이처럼 이 동화에는 자연과 인간의 공존 합일사상이 담겨 있다.

작품이 신뢰성을 얻기 위해서는 작가의 성실성이 담보되어야 한다. 흔한 소나무에도 미송, 적송, 백송, 해송, 오엽송, 칠엽송, 낙엽송 등 여러 종류가 있고, 참나무만 해도 떡갈나무, 신갈나무, 갈참나무, 굴참나무, 상수리나무 등 이름이 다른 여러 종류가 있다. 이처럼 싸리나무에도 여러 종류가 있다는 사실을 독자들은 이 동화를 통해 알 수 있게 된다. 작가가 흔히 알려지지 않은 싸리꽃의 종류[3]를 열거한 것은 작품을 쓸 때 그만큼 성실하고 꼼꼼하게 임했다는 반증이다. 이 동화에는 산수유, 동백꽃, 산버들꽃, 고리버들꽃, 개복숭아꽃, 개살구꽃, 돌배꽃, 개암나무꽃, 물푸레나무꽃, 꿀밤(떡갈)나무꽃, 나무딸기(산딸기)꽃, 아카시아꽃, 밤꽃, 머루꽃, 다래꽃, 싸리꽃 등의 산꽃이 차례로 소개되고 있다.

작가는 꿀벌의 생태뿐만 아니라 각종 나무들의 꽃피는 시기, 꿀벌 치는 장면을 사실적으로 묘파함으로써 작품의 신뢰도를 높이고 있다.

> 철마다 꽃빛이 어리는 개울물에는 하늘도 어렸다. 〔…중략…〕 여리고 풋내나는 봄꽃이 져내리자 오월로 가는 일월산은 무성해지기 시작했다. 〔…중략…〕
>
> "산버들, 고리버들꽃이 다 졌으니 한 때는 놓쳐버렸네." 〔…중략…〕
>
> 개울에서 주위의 산을 둘러보면 초록물빛 속에 손바닥만큼씩 점점이 분홍색이 보였다.
>
> "여린 꽃들이 낮은 데서 지고 나면 저렇게 큰 나무들이 떼꽃을 피워주지. 저 것들은 산복상(산복숭아), 개살 구꽃이야. 희멀겋게 보이는 것이 있제? 저것은 돌배꽃이다." 〔…중략…〕

---

3) 광대싸리꽃이 피는 것을 시작으로 해서 물싸리 · 참싸리꽃이 피는 팔월엔 벌들이 싸리꽃으로만 날아갔다. 회초리를 만드는 참싸리나무가지는 보랏빛 싸리꽃의 무게로 축축 늘어졌다.(164쪽)

"꿀좀 많이 뜰라믄 아무래도 아카시아나무를 찾아가야겠꾸나."

하얀 나무딸기꽃이 피었다 지는 오월이 끝날 무렵에 할아버지가 말했다. (133~134쪽)

산 속에서의 벌치기 생활은 낭만적이지만은 않다. 홍수를 만나 천막과 벌통이 떠내려가고, 할아버지는 노루 놀순이의 도움으로 가까스로 목숨을 건진다. 작품의 구조에서 중심인물에게 닥친 시련은 갈등구조에 해당된다. 갈등구조가 설성되지 않았거나 구조의 강도가 약하게 되면 독자들은 지루함을 느끼게 된다. 작가는 이러한 점을 간과하지 않고 있다.

언제 왔는지 놀순이가 용이 얼굴을 핥고 있었다. 놀순이가 얼굴을 핥아 용이는 잠이 깼던 것이다. 〔…중략…〕 "물이다! 용아! 우리 벌통!" / 할아버지는 제 정신이 아니었다. 용이는 뭐가 뭔지 갈피를 잡을 수가 없었다./ "물이 불었다. 빨리 강둑으로 가래이. 죽는데이!" (151~152쪽)

용이와 할아버지가 천막 안에서 깊은 잠에 빠져 있을 때 갑자기 쏟아진 폭우로 계곡물이 불어난다. 순식간에 목숨을 잃을 위기에 처하자 새끼노루 놀순이가 구해주는 삽화이다. 올무에 걸려 위기에 처한 자신을 살려주고 더 나아가 보살펴주기까지한 용이네에게 놀순이가 은혜를 갚은 것이다. 이러한 이야기 구조는 생명외경 사상과 함께 인과응보 사상까지 복선으로 깔고 있어 내면적으로 교훈과 감동을 주고 있다.

생명외경 사상과 인과응보 사상은 생태중심주의와도 통한다. 자연보존주의자들은 자연이 그 자체의 가치 때문에 보호돼야 한다고 주장하고, 자연보전주의자들은 자연이 인간의 사용을 위해서 적절히 관리되고 보전돼야 한다고 주장한다. 보존주의가 '인간으로부터의' 자연보호를 주장한 반면에, 보전주의는 '인간을 위한' 자연보호를 주장한 것이다. 이 보존주의와 보전주의는 다같이 인간 중심의 환경 운동이다. 환경 운동은 이제 인간중심주의에서 벗어나 생태중심주의로 나아가야 한다. 이 동화는 인간중심의 자연보호가 아닌 생태중심주의적 자연애를 기저로 하고 있다.

"아배요!"

깜상 아저씨가 와락 할아버지를 껴안았다. 그제서야 할아버지는 잠에서 깨어난 듯 깜상 아저씨를 똑바로 쳐다보았다. 〔…중략…〕 깜상 아저씨는 어깨를 들썩이며 흐느꼈다. 〔…중략…〕 할아버지는 울부짖는 아들의 손을 잡았다. 〔…중략…〕 "그게 아니고요, 저 용이가 지 아들이시더." / "뭐라꼬?"

할아버지와 용이의 눈이 화들짝 열렸다. 귀를 의심했다. (194~195쪽)

용이와 깜상 아저씨, 할아버지가 혈육임을 확인하는 장면들이다. 함께 살아오면서도 피붙이인 줄 모르고 지내던 세 사람이 3대라는 것을 알게 되는 순간은 새롭게 눈뜨는 개안의 시각이요, 극적인 찰라가 아닐 수 없다. 술만 먹으면 악마가 되어 용이를 못살게 굴었던 깜상 아저씨가 아버지였다는 사실, 친손자인지도 모르고 용이를 돌보며 살아온 할아버지의 인생역정은 기구한 운명이 아닐 수 없다. 독자들이 눈치채지 못한 뜻밖의 해후는 감동의 울림을 동반해 온다. 이러한 반전 구조는 독자에게 특별한 감동을 준다.

용이는 떠나기 전날밤부터 눈물을 찔끔거렸다. 마지막 밤을 할아버지 품에 안겨 자면서도 밤새 잠을 이루지 못했다. 할아버지도 마찬가지였다. 〔…중략…〕 방학이 되면 오라는 말에 용이의 마음이 확 풀렸다. 할아버지와 함께, 숲속에서 강가에서 별과 함께 생활할 것을 생각하니 기분이 좋아졌다. 〔…중략…〕 할아버지도 마주 손을 흔들었다. / 버스가 점점 멀어지자 용이의 작은 손만 차창 밖에서 하늘거렸다. (206~207쪽)

이 작품의 마지막 부분이다. 애타게 그리던 어머니마저 만난 용이는 할아버지, 아버지, 어머니와 함께 일월산 밑 찻골에 있는 할아버지 집으로 간다. 할아버지는 아들 내외에게 용이를 공부시키도록 하기 위하여 찻골을 떠나도록 종용한다. 용이는 방학이 되면 할아버지 댁에 놀러오기로 약속하고, 삼월이 되기 전에 찻골을 떠난다.

이 작품을 통해 작가가 던지는 메시지는 어려움을 이기는 극기심과 따스한 인간애, 그리고 자연과 더불어 공존하는 생태중심 사상이다. 인간은 자연을 떠나서는 한시도 살아갈 수 없다. 자연과 더불어 공생 공존해야 살아남을 수 있는 유한한 존재이다. 따라서 '사람이 자연을 보호해야한다'는 호혜적 발상의 인간중심적 환경운동은 청산해야할 구시대의 유산이다. 아동문학의 기저는 사랑의 정신이다. 이 작품은 동화의 궁극적인 주제인 사랑을 바탕으로, 어려움을 헤쳐나가는 불굴의 의지, 자연과 인간이 화합하고 어우러지면서 꽃피우는 따스한 정을 그리고 있다.

『은빛 날개의 사슴』은 지리산의 자연을 배경으로 펼쳐지는 판타지 동화이다. 전쟁 때 가족을 잃고 누렁이라는 개와 함께 자작나무 통나무집에서 외롭게 살던 할아버지는 핏덩이 곱추소녀 지요를 만나 정을 주며 살게 된다. 퉁소 불기를 좋아하는 할아버지는 카시오페아 자리 곁에 있는 일곱 개의 별을 칠성이라 이름짓고 자신의 별로 삼는다.

칠성이는 이따금씩 은빛 날개의 사슴으로 변해 할아버지에게 나타난다. 별들이 날개 달린 사슴으로 변해 강림하는 것은 신화에서나 찾아볼 수 있는 전승적 판타지이다.

> 달과 별, 할아버지의 마당 한가운데 하늘은 달과 별로 가득찼다. 〔…중략…〕 오색 안개 속으로 몰려든 크고 작은 별들은 한 마리 커다란 사슴이 되었다. 크고 아름다운 날개를 단 사슴이 되었다. 〔…중략…〕 은빛 날개의 사슴은 점점 작아지면서 커다란 능선쪽으로 멀어졌다. 〔…중략…〕
>
> "이제 칠성이도 우리 식구가 된 거야. 하얀 날개를 단 사슴이 되어서. 아, 어느새 저기 와 있구나." (17~20쪽)

할아버지는 꿈속에서 선녀가 안겨주는 아이를 받는다. 이튿날 머루를 따러 가던 할아버지는 열아홉 살 벙어리 소녀를 만나고, 그 여자가 놓고 간 핏덩이 곱추아이를 얻는다. 할아버지는 '지리산의 요정'이라는 뜻으로 '지요'라고 이름짓는다. 벙어리 소녀는 버리고 온 딸을 한 번만 더 보고 싶은 마음으로 할아버지집을 찾아간다.

> 벙어리 소녀는 은빛 날개의 사슴을 따라 휘청휘청 걸어갔다. 돌부리도 나뭇가지도 구름을 밟듯, 구름을 헤치듯 그렇게 걸어갔다. 〔…중략…〕 은빛 날개의 사슴이 점점 작아져 달 속으로 걸어갈 때, 벙어리 소녀는 가파른 비탈을 굴러내리고 있었다. (55~56쪽)

비탈로 굴러 정신을 잃은 벙어리 소녀는 등산객들에 의해 구조된다. 할아버지는 지요를 기르는 데 필요한 물건들을 사러 산 아래 마을에 내려갔다가 영산댁으로부터 벙어리 소녀에 관한 소식을 듣고 읍내 병원으로 가서 찾아보지만 헛수고일 뿐이다. 새끼를 다섯 마리 낳은 누렁이는 할아버지를 따라 머루를 따러 갔다가 독사에게 물릴 뻔한 지요를 구해준다. 하지만 누렁이는 독사에게 물려 죽고 만다.

할아버지는 지요가 열 살이 될 때까지 산 아래 마을 영산댁 집을 오가며 기른다. 어느 날 영산댁 집에 들러 술을 많이 마신 할아버지가 산으로 돌아가자 영산댁은 걱정이 되어 할아버지를 찾아 나선다.

> 보석가루 속에 묻혀 있던 은사슴이 큰 날개를 흐느적거리며 천천히 아래로 내려왔다. 〔…중략…〕 영산댁은 치맛 자락을 선녀의 옷자락처럼 나부끼며 은사슴에게로 다가갔다. 〔…중략…〕 은사슴 곁으로 거의 다 갔는가 싶었는데 그 곳에는 은사슴은 간 데 없고 계곡에 쓰러져 있는 할아버지만 보였다. (241쪽)

영산댁은 여러 사람들과 함께 할아버지의 주검을 거두어 지요 곁으로 옮긴다. 할아버지를 장사지낸 영산댁은 지요를 데리고 산을 내려가려 하지만, 지요는 할아버지의 무덤이 있는 산 속을 떠나려 하지 않는다. 달 밝은 밤이면 지요네 마당은 여러 짐승들로 가득 찼다. 은사슴이 짐승들을 불러모아 지요의 친구로 만들어 주기 때문이다. 산토끼, 노루, 다람쥐 같은 산짐승들은 산딸기, 머루, 다래 등이 많은 곳을 가르쳐 주고 지요와 이야기도 나눈다.

어느 날 밤 지요는 폭포에서 떨어져 허리와 다리를 다친 채, 정신을 잃은 대학생을 동물들의 도움으로 구조한 후 영산댁과 함께 통나무집으로 옮긴다. 지요는 짐승들이 뜯어다 준 풀뿌리를 찧어 다친 곳을 치료하고, 죽도 끓여준다. 대학생 청년은 지요를 도시로 데리고 가서 곱추를 고쳐보려 하지만 지요는 산을 떠나려 하지 않는다. 청년이 떠나자 지요는 청년을 그리워한다. 어느 날 어머니인 벙어리 여인이 지요를 찾아와 지요를 부둥켜안자, 영문을 모르는 지요는 빠져나오려 한다. 그 때 지요를 부르는 청년의 목소리가 들리고, 지요는 여인의 품에서 빠져나와 높은 바위 위에서 굴러 떨어진다.

> 청년은 보았다. 힘껏 뛰어내려오던 지요가 높은 바위 위에서 굴러 떨어지는 것을, 그리고 지요의 볼록한 등에서 하얀 날개가 돋아나 하늘로 훨훨 날아오르는 것을. 〔…중략…〕 / 은사슴이 큰 날개를 달고 날아오르는 지요를 따뜻하게 감싸 안았다. 뭉개뭉개 피어오르는 구름의 몸짓 속에서 은빛 날개의 사슴이 속삭였다.
>
> "지요야, 많이 기다렸지? 그 말 못하는 사람이 바로 네 어머니란다. 너를 낳아 준……. 이제 이 잠에서 깨어나면 어머니와 함께 사는 거야. 〔…중략…〕" / 황급히 뛰어온 청년과 벙어리 여인이 짐승처럼 울부짖었다. 그러나 바위에서 떨어진 지요는 정말 손끝 하나 다치지 않고 잠든 듯이 누워 있었다. (280~281쪽)

『은빛 날개의 사슴』의 마지막 부분이다. 지요를 버린 벙어리 어머니는 지요를 찾는다. 은빛날개의 사슴은 지요에게 어머니와 함께 살기를 권한다. 어머니의 자식 찾기는 모성애이며, 이러한 모성애는 삼라만상을 포용하는 자연과도 통한다. 곧 자연은 어머니인 것이다.

이 동화는 특별한 사건이 일어날 때마다 나타나는 은빛 날개의 사슴으로 인하여 다분히 환상적인 분위기를 자아낸다. 하지만 작위적인 사건의 나열과 비슷하게 전개되는 사건의 반복이 환상성을 해치고 있다. 그나마 다행인 것은 판타지의 입구로 드나드는 패스카드를 적절히 마련하여 줌으로써 환상성에 힘을 보태주고 있다는 점이다. 지요가 동물들과 대화를 나누는 장면만 해도 은사슴이 짐승들을 불러모으고 지요의 친구로 만들어 주는 조건 제시를 함으로써 허황된 환상의 굴레에서 벗어날 수 있게 된 것이다.

판타지의 역동성은 반복되지 않는 다양한 장면 묘사와 유사하지 않은 사건의 창출에서 발휘될 수 있다. 중요한 사건 때마다 현실에서나 꿈에서나 비슷한 상황으로 전개되는 은빛 사슴의 출현은 판타지의 역동성을 훼손하여 식상함을 제공하는 빌미가 되고 있다.

등장인물들이 사고를 당하는 경우만 해도 낭떠러지나 비탈에서 떨어지는 거의 흡사한 상황이다. 지요의 어머니인 벙어리 소녀가 그렇고, 할아버지가 그렇고, 대학생 청년과 지요 모두가 비슷하다. 그 때마다 은빛 날개의 사슴이 나타나는 것도 동일하다. 다만 다른 것이 있다면 할아버지는 죽고 벙어리 소녀와 청년은 다치고 지요는 손끝하나 다치지 않고 잠든 듯이 누워 있다는 점이다.

『별을 키우는 아이』는 꿈과 희망이라는 메시지를 독자에게 심어준다. 이 동화에는 일곱 살 때부터 신장병을 앓고 있는 예별이[4]와 동사무소에서 일하는 아버지[5], 예별이의 치료비를 벌려고 분식집을 하는 어머니, 같은 병을 앓고 있지만 집이 가난한 한별이네 가족이 등장한다. 또한 예별이와 더불어 중심인물에 해당하는 야광별 스티커[6] '다니'가 등장한다. 다니는 예별이가 자신을 투사한 대상물이라 할 수 있다. 신장병으로 행동에 제약을 받을 수밖에 없는 예별이로서는 어

---

4) 예별이는 이틀에 한 번 꼴로 치료를 받다가 신장 이식 수술을 한다.
5) 아버지는 별을 무척 좋아하여 아들의 이름까지도 '나의 예쁜 별'이라는 뜻의 '나예별'이라고 지었다.

디든 자유롭게 쏘다니고 싶었을 것이고, 그 욕망은 천장 위에 있는 별 스티커에 투입되어 자유롭게 쏘다니는 다니를 만들어 냈을 것[7]이다.

"히힛, 히힛! 얘 일어나, 내가 왔어."

얼마나 지났을까요. 누군가 나를 흔들어 깨우고 있는 것 같았습니다.

"너, 오늘 날 많이 찾았지? 나는 다 알아. 히힛, 히힛! 그러나 어쩔 수 없어. 나는 그런 녀석이야. 내 이름이 '다니'거든. 다니! 어디든 쏘다녀야 직성이 풀린다고 내 친구들이 지어준 이름이야." [···중략···]

나는 반가운 목소리로 초록빛 별을 쳐다보았습니다. [···중략···]

세상에! 별이 말을 하다니, 도무지 믿어지지가 않았습니다. (23~26쪽)

주인공인 예별이가 스티커 별인 다니와 대화하는 장면이다. 예별이가 별스티커와 대화하는 상황은 심리적 판타지라 할 수 있다. 작가는 이야기에 흥미를 불어넣기 위하여 다니를 요술을 부리는 별로 설정하고 있다. 요술은 이야기의 구성 요소 중 그 어느 것보다 강한 흡인력을 가지고 있다. 그것이 주는 호기심과 가변성과 의외성 때문이다. 어머니가 천장의 별을 세며 손가락으로 누를 때는 보이던 별이 손가락을 떼면 보이지 않는 것이다. 그런데 정작 다니는 이러한 상황을 요술이 아니라고 단언한다.

---

6) 아버지가 예별이의 열 살 생일 선물로 천장에 붙여 준 열 개의 야광별 스티커 중의 하나이다. 다른 별은 야광물질에 불과하지만 , 다니는 예별이에게 말을 걸고 마음대로 소다닐 수 있는 별이다.

7) 김현숙, 할말과 공감이 있는 동화를 찾아서, 『시와동화』 34호(2005, 가을), 329쪽

"오, 노! 나, 그런 것 몰라. 히힛, 히힛!"

다니는 몹시 반짝였습니다. 두 손을 내젓는 것처럼. / "그럼 왜 아침에는 안 보였던 거야? 분명히 어머니 손가락 밑에서는 있었는데."

"그것? 히힛, 히힛! 그건 요술이 아니야. 그건 우리가 이미 하나가 됐다는 뜻이지. 사실 내가 네 눈에 안 보이는 건 내 마음이 여기에 없다는 뜻이야. 그러니까 빈껍데기만 남아 있는 셈이라는 거지. 모양은 남아 있어도 빛이 없을 때도 마찬가지야." (45~46쪽)

다니의 행동이 요술이 아니다는 것을 주장하는 근거로는 애매모호한 말이 아닐 수 없다. 요술이나 매직이 아님에도 불가능한 일이 가능하게 전개되는 것은 주인공의 마음에서 발현하는 심리적 판타지이다. 그렇다고 다니의 행동으로 보아 심리적 판타지로 분류하는 것도 합당하지 않다. 이 작품은 판타지에 속하지만 성공한 판타지라고 할 수 없다. 다니의 행동에 역동성을 심어주기 위해서는 판타지의 세계로 나아갈 수 있는 동력을 실어주어야 하는데 그 점이 결여되었기 때문이다.

다니는 꼭 닷새만에 돌아왔습니다. / 혹시나 돌아왔을까, 날마다 어두워지기를 기다리던 내게 다니는 환한 빛으로 돌아왔습니다. / "다니!" / 어둠 속에서 활짝 웃듯, 환하게 빛을 뿜어내는 다니를 불 렀을 때 다니는 변함없이 "히힛, 히힛!" 온몸을 들썩였습니다. [⋯중략⋯] "알아, 알아. 말 안 해도 나는 네 마음 다 안다구. 히힛, 히힛!" (62~63쪽)

인용문을 통해 알 수 있는 것처럼 다니는 가변적 인물이다. 열 개의 야광 스티커 별 중의 하나인 장난감 스티커별에 불과하지만 움직이고 쏘다닐 수 있는 특성을 가진 별이다. 그런데 그 별의 특별함은 예별이와의 관계에 한정한다. 다니의 초현실적인 능력을 오직 예별이만 느낀다는 것은, 다니가 예별이의 투사물임을 알려준다. 다니는 한 곳에 고정되어 있는 붙박이별이 아니라 자유자재로 움직일 수 있는 동적 인물이다. 천장에만 붙어있는 별 스티커가 아니라 여기저기 떠돌아다닐 수 있는 동적 인물인 것이다. 무생물인 별스티커를 동적인 인물로 설정하기 위해서는 그런 힘을 발휘할 수 있는 동력을 미리 제공해주어야 한다. 그런데 다니에게는 애초에 그런 동력이 제공되지 않고 판타지적 분위기만 조성되어 있을 뿐이다. 그런데도 이 이야기가 흥미를 끌 수 있는 것은 다니가 발휘하는 역동성에 있다.

예별이는 다니를 통해 같은 병을 앓고 있는 한별이라는 여자아이를 알게 된다. 그런데 그 여자 아이는 문구점에서 파는 스티커별조차 살 수 없을 만큼 가난하다. 같은 병을 앓고 있는 두 아이를 연결해주는 인물은 다니이다. 다니가 두 사람 사이의 메신저인 셈이다.

판타지에도 질서가 있어야 한다. 보편적 질서가 없이 전개되는 판타지는 힘을 잃고 추락할 수밖에 없다. 이 동화에는 나름대로 질서가 확립되어 있다. 장난감인 다니가 낮에는 보이지 않다가 밤에만 돌아와 행동하는 것은 야광별이기 때문이다. 이것은 판타지의 구성요소에서 불문율처럼 지켜져야 할 내적 질서가 확보되어 있다는 증거이다.

예별이와 한별이는 같은날 같은 병원에서 동시에 신장이식수술을 한다. 예별이는 한별이 아버지의 신장을, 한별이는 예별이 어머니의 신장을 이식 받는다. 이러한 구조는 작위적인 느낌으로 다가와 문학성에 상처를 주고 있다. 예별이는 수술을 받기전 천장에 붙어있는 야광별 다니를 떼어 호주머니에 간직한다. 수술이 성공적으로 끝난 후

예별이는 보물처럼 간직하고 있던 다니를 한별이 앞에 내민다.

> 한별이의 눈빛이 반짝 빛났습니다. 한별이는 다니를 기억하고 있었습니다.
>
> "다니야! 다니라고 부르면 네 별이 되는 거야." 나는 다니를 한별이 손안에 쥐어 주었습니다.
>
> '히힛, 히힛! 히힛, 히힛!' / 금방이라도 녀석의 소리가 들릴 것 같았습니다. / 아, 다니 / 한별이와 내가 함께 있으면 들꽃향기는 더욱 진하게 풍기는 것 같았습니다./ 다니, 너도 알지? 이 향기를……. (158~159쪽)

『별을 키우는 아이』의 마지막 부분이다. '히힛, 히힛' 하는 다니의 웃음 소리는 시종 한결 같아 일관성을 유지하고 있다. 그것은 다른 별과 다니를 구별해줄 수 있는 정체성이기도 하고 '다니'라는 특별한 별을 부각시킬 수 있는 차별성이요 상징성이기도 하다. 작가는 에필로그를 들꽃 향기로 마무리지었다. 그렇다면 들꽃향기의 상징성과 의미망은 무엇일까? 예별이는 수술을 받기 전 병원에 갔다가 잔디밭에서 인부들이 예초기로 풀을 깎을 때 뭉개져나갈 토끼풀꽃이 아까워 한 웅큼 꺾어온다. 어머니는 그것으로 꽃시계를 만들어 예별이 손목에 채워준다. 이러한 추억으로 예별이는 들꽃냄새를 좋아하게 된다. 마른 들꽃냄새는 어머니의 냄새이고 자신을 위해 신장 한 쪽을 떼어주기로 한 한별이 아버지의 냄새이다. 또한 한별이에게는 예별이 어머니의 냄새이다. 예별이는 수술 후 숨을 쉴 때마다 느끼는 들꽃향기를 다니가 만들어주었다고 믿는다. 그런데 이러한 설정들은 어딘지 자연스럽지 못하고 작위적인 느낌이 들기도 한다. 그것은 작가가 야광별 스티커인 다니를 매개로 '들꽃향기'를 조합하듯 억지로 추출해냈기 때문이다.

『내가 만난 꼬깨미』는 전승적 판타지에 속하는 작품이다. 꼬깨미는 작가의 고향인 영양에서 곶감을 무섭게 이르는 방언[8]이다. 배익천은 이 동화를 통해 고향에 대한 향수와 그 고향으로 상징되는 어머니를 그리고 있다. 따라서 이 동화는 작가의 귀거래적인 망향곡이고 사모곡[9]이다.

50대에 들어선 화자 동이는 치매에 걸린 어머니를 간호하다 어머니와의 어린 시절을 추억하다 오랫동안 소리죽여 운다. 그 때 오랫동안 잊고 지냈던 꼬깨미가 나타난다.

> "야! 야!" 하면서 누군가가 내 어깨를 툭툭 건드렸습니다. 저녁 햇살이 얇게 깔리는, 아주 좋은 저녁 이었지요. [⋯중략⋯] 그 목소리는 40여년 전 먼 곳의 소리였습니다. 내 어린 시절, 가장 가까이에 있던 바로 그 목소리였습니다. 중략- 어디에도 없던 꼬깨미가 작은 송아지만한, 아니 꼭 내 몸집만한 크 기로 내 앞에 와 손을 내밀었습니다. (14~18쪽)

이 동화에 등장하는 꼬깨미 캐릭터는 도깨비를 연상하게 한다. 사람과 대화도 하고, 때로는 엄청난 요술을 부릴[10] 줄 알며 자유자재로 변신[11]도 가능하다. 그는 다른 사람에게는 보이지 않지만 화자인 동

---

8) 내 고향 사람들은 누구도 곶감을 꼬깨미라고 말하지 않습니다. 곶감은 그냥 '꼬깜' 이라 하고 꼬깨미는 호랑이보다 무서운, 아주 커다랗고 무서운 짐승으로만 알고 있지요.(『내가 만난 꼬깨미』 머리말에서)

9) 나는 지금, 꼬깨미와 함께 어머니와 함께 그 세상에서 살고 싶습니다.(위의 글)

10) 『내가 만난 꼬깨미』, 15쪽.

11) 머리카락 속에 숨을 수도 있고, 어깨나 단추 위에 무당벌레처럼 납작 엎드려 있기도 하던 그 친구의 얼굴이 커다랗게 떠올랐습니다. 앞의 책 15~16쪽.

이에게만 보인다. 이러한 파격적인 요술 구사와 변신은 기상천외하여 동화의 흥미를 부추기는 요소가 된다. 40년 만에 나타난 부푼 풍선 같은 꼬깨미는 화자의 몸집만한 크기였다가 찹쌀떡처럼 말랑말랑해지더니 순식간에 없어진다. 화자가 꼬깨미를 열 살 때 처음 만나는 장면과 꼬깨미의 모습은 구체적이다.

> 어머니 손에서 막내 손으로 넘어가는 곶감이 좀 이상했던 것입니다. 조금 전까지만 해도 분명히 하얗게 분이 핀 말랑말랑한 곶감이었는데, 어머니 손을 빠져 나오는 것은 곶감이 아니었습니다. 말똥거리는 초록색 두 눈이 있고 철사줄 같은 두 팔과 두 다리가 있는 하얀 달걀이었습니다.
>
> (27~28쪽)

인용문에서 알 수 있듯이 꼬깨미는 곶감의 변신이고 그 모습은 달걀처럼 생겼다. 화자는 꼬깨미를 달걀귀신으로 생각하여 화장실에도 가지 못한다. 어느 날 일기장을 안 가져온 벌로 화장실청소를 하고 늦게 혼자 산길을 가던 중 서낭에서 꼬깨미를 만난다. 꼬깨미의 목소리는 떡개구리 우는 소리 같이 굵고 느릿느릿 노래하는 듯한 목소리로 묘사되어 있다. 초록색 두 눈과 가는 팔다리를 가진 달걀 모양의 꼬깨미를 화자는 달걀 귀신으로 인지한 것이다.

> "야, 야! 너, 나 봤지?" / 그 목소리는 바로 머리 위에서 내려왔습니다. [⋯중략⋯] 말똥거리는 초록색 두 눈이 있고, 철사줄 같은 두 팔과 두 다리가 있는 달걀이었습니다. / "악! 달걀 귀신!" 나도 모르게 나오는 소리였습니다. / "꼴깔깔깔깔! 꼬륵꼬륵!" / 녀석은 서낭의 온 가지를 흔들면서 웃어댔습니다.
>
> (46쪽)

배익천 동화에 등장하는 캐릭터들의 웃음은 개성이 있다. 『별을 키우는 아이』에 등장하는 다니의 웃음 소리는 '히힛, 히힛'이고, 꼬깨미의 웃음 소리는 '꼴깔깔깔깔! 꼬륵꼬륵'이거나 '꼴깔깔깔깔! 꼬록꼬록'이다. 이처럼 새롭게 만들어낸 개성있는 흉내말은 구태적이지 않아 독자들에게 즐거움을 준다. 꼬깨미는 가변적이다. 몸집이 커졌다 작아졌다 하고, 신발이나 모자를 쓰기도 했다가 금세 눈 앞에서 없어지기도 한다. 이러한 가변적 이미지 역시 독자들의 호기심을 충족시키는 구실을 한다.

녀석은 철사줄 같은 두 팔로 팔짱을 끼고 철사줄 같은 두 다리를 흔들며 철사줄 같은 나뭇가지에 앉아 있었습니다. 처음 볼 대에는 병아리 발 같은 가닥발이었는데, 어디서 구해왔는지 도토리 껍질 같은 신발도 신고 있었습니다. 〔…중략…〕 맨머리에 민들레 씨앗집 같이 동그란 털모자도 쓰고 있었습니다. (47쪽)

꼬깨미는 동이에게 어깨동무를 하며 서로 동무가 되자고 제의한다. 마침내 동이는 마음을 열고 꼬깨미와 동무가 된다. 꼬깨미는 동이의 마음이 자신의 집이라고 말한다. 꼬깨미는 동이가 어려움에 처할 때 나타나지만 직접 도와주지는 않는다. 동이가 어머니 심부름으로 달걀꾸러미를 안고 외할머니댁에 가다 장터 골목에서 아이들에게 매를 흠씬 맞을 때도 꼬깨미는 사건이 종결되고 집으로 돌아가는 길에 나타난다.

보리 타작 때가 다 돼서 그런지 요즘 너 매타작이 심하구나."

자그락자그락 자갈 밟는 소리밖에 들리지 않았는데 갑자기 끼어든 그

소리는 꼬깨미 녀석의 목소리였습니다. 하늘에서 내려오는 소리였습니다. (79쪽)

동이가 장터 골목에서 집단 폭행을 당할 때 꼬깨미가 나타나 도와주었다면 이야기의 흥미가 반감되었을 것이다. 독자들이 눈치채는 이야기 전개는 흥미가 반감될 수 밖에 없기 때문이다. 동이가 시험을 볼 때 모르는 문제가 나와 갈등을 할 때도 그랬다. 동이가 답을 몰라 동수의 답을 베껴 쓰려 하지만 답을 써넣은 빈칸에는 글씨가 쓰여지질 않는다. 이러한 현상은 꼬깨미의 요술에 의해서이다. 그런데 이 때 꼬깨미의 말은 다분히 교훈적이고 설교 같아서 문학성을 훼손시키고 있다.

"하나를 메워서 100점을 채울 수는 있지만, 네 마음은 그만큼 비는 거야. 영원히 채워지지 않게……." / 그 녀석, 꼬깨미의 목소리가 분명했습니다. 〔…중략…〕 그러는 사이 얌전히 앉아 있던 시험지가 붕 뜨는 것이었습니다. "어. 어. 어?" / 나는 벌떡 일어나 잡을려고 했지만 시험지는 나풀나풀 선생님이 계시는 교탁쪽으로 잘도 날아가고 있었습니다. (94쪽)

동이네 마을에 홍수가 져 강물에 사람이 떠내려 갈 때 장애자인 절름발이 아저씨가 물속으로 뛰어들어 구하려 할 때 꼬깨미가 도와준다. 이와 같은 사실은 마을 사람은 아무도 모르지만 동이만 아는 비밀이다. 운동회 날 청백계주를 할 때에도 꼬깨미의 도움은 계속된다. 청군 대표인 맨발의 철구에게 주려고 동이가 운동화를 벗자 순식간에 사라져 철구의 발에 전해진다. 그런데 정작 당자자인 철구는 그것을 의식하지 못한다.

조금 전까지 맨발이었던 철구의 발에 까맣고 하얀 운동화가 신겨져 있었던 것입니다. 〔…중략…〕

"오늘 달리기를 하는데 말이야, 맨발로 뛰었는데도 꼭 운동화를 신은 것 같더라야." (125쪽)

맨발이었던 철구의 발에 보이지 않는 손에 의해 운동화가 신겨지는 일은 마술이나 요술현상이 아닐 수 없다. 그런데 총소리와 함께 계주가 끝났을 때에 그 운동화는 다시 동이의 발에 신겨져 있다. 현실에서는 도저히 일어날 수 없는 일이지만 요술의 세계에서는 가능하다. 작가는 이러한 불가사의한 일을 합리화시키기 위하여 미리 이야기의 도입부분에 '엄청난 요술을 부리던 친구'로 설정해 둔 것이다. 그러한 요술을 다른 사람은 인지하지 못하고 주인공이자 화자인 동이만 감지할 수 있게 한 것도 이야기의 신뢰도를 떨어뜨리지 않기 위한 계획된 포석이다.

"울지 마."

꼬깨미의 목소리였습니다. 언제 왔는지 녀석은 바로 내 곁에 서 있었습니다. / 엉성하게 늘어져 있는 팔다리가 몹시 추워보였습니다. 그리고 녀석의 목소리도 젖어 있었습니다. 나는 갑자기 그 녀석도 떠나 버릴 것 같은 생각이 들었습니다. 〔…중략…〕

"그래, 나는 죽지도 않고 떠나지도 않아. 언제나 네 곁에 있지. 그러나 네가 먼저 나를 떠날 수도 있지." (128~131쪽)

세상을 떠난 할아버지의 장사를 지낸 후 동이가 눈물을 흘리고 있을 때 꼬깨미가 나타나 위로하는 장면이다. 갑자기 꼬깨미가 떠나 버릴 것 같은 생각이 들었다는 설정은 다소 작위적이다. 하지만 이러한 설정은 꼬깨미와의 헤어짐을 합리화하기 위한 포석이라 할 수 있다. 꼬깨미의 예언대로 동이는 꼬깨미를 떠나게 된다. 그것은 동이네가 이사를 했기 때문이다. 이사를 하고 환경이 바뀌게 되어 친구를 잊게 되는 것은 다반사이다. 그 때문에 40년 동안이나 꼬깨미를 잊고 지낸 화자의 이야기는 억지스럽지 않다.

> 그렇게 곤하게 주무시던 어머니가 거짓말처럼 눈을 떴습니다. 실눈이었습니다. 그리고는 무엇이 보이는지 사방을 둘러보고는 "꼬깨미?" 하고 가느다란 목소리로 되뇌었습니다. 〔…중략…〕
>
> 점점 작아지는 꼬깨미가 어머니의 손 안에서 가슴 속으로 스며들고 있었습니다. 나는 보았습니다. 마지막 그 모습은 뽀얗게 분이 피고 말랑말랑한 곶감, 어머니 손에서 동생의 손에 쥐어지던 그 곶감이었습니다.
>
> (141쪽)

이 동화의 에필로그이다. 화자가 어머니의 간병을 하고 있을 때 갑자기 40년 동안이나 잊고 지내온 꼬깨미가 나타나는 삽화는 다소 낯설다. 하지만 꼬깨미가 만나러 온 사람은 화자가 아니라 화자의 어머니라는 사실은 설득력을 준다. 화자가 어린 시절 어머니가 잘 우는 동생을 어르고 달래려고 "이렇게 오래 울면 꼬깨미가 오지. 벌써 저 바깥에 와 있는 것 같더라." 하면 울음을 그치던 동생. 그런 동생에게 "꼬깨미가 또 곶감을 두고 갔구나." 하며 곶감을 주던 어머니이기 때문이다. 또한 어머니는 치매를 앓아 기억력이 쇠진한 인물이기 때문에 설득력을 얻는 것이다. 이 작품은 현재, 과거, 현재로 이어지는 입체적 진행으로 플롯을 설정했기 때문에 작품에 긴장감을 유지하고 있다. 그런데 꼬깨미가 곶감이었다는 단정적 귀결은 풍선처럼 팽팽하게 유지되던 판타지의 동력과 긴장감을 떨어뜨리는 빌미가 되고 있다.

3. 나오는 말

배익천은 소년소설보다는 동화에 천착한 전형적인 동화작가이다. 그의 동화의 특징을 살펴보면 인간의 원초적 심성인 향수와 자연애를 바탕으로 자연과 인간이 어우러져 서로 사랑하며 욕심없이 살아가는 이상향을 추구하고 있다.

배익천 동화에는 현실은 고달프지만 밝은 희망을 가지고 꿋꿋하게 살아가는 아동이 주인공으로 등장한다. 『꿀벌의 친구』의 웅이, 『은빛 날개의 사슴』의 곱추 소녀 지요, 『별을 키우는 아이』의 예별이, 『내가 만난 꼬깨미』의 동이가 그렇다. 그는 현재의 역경을 미래의 희망으로 승화시켜 아동문학의 보편적 특성의 하나인 명쾌성을 충족시키고 있다.

그가 늘 마음속에 소중하게 간직하고 있는 고향에 대한 향수는 많은 단편 동화에 나타나는 자연애로 이어지고, 더 나아가 『꿀벌의 친구』나 『은빛 날개의 사슴』, 『내가 만난 꼬깨미』와 같은 장편동화에서 엿볼 수 있는 모성애의 발현으로도 나타난다. 그것은 넉넉하고 포근한 자연의 품을 어머니와 동일시하는 작가의 잠재적 사고의 표출로 보아진다. 향수와 자연애는 실과 바늘의 관계라고 할 수 있다. 향수의 그림자 속에는 사모곡이 있고, 자연애의 기저에는 모성애가 깃들어 있기 때문이다.

그는 문학성과 교훈성이 알맞게 어우러진 동화를 창작해 왔다. 그의 동화를 잘 익은 과일에 비유할 수도 있다. 그 과일들은 단내나는 재미성과 영양이라는 교훈성과 향기라는 문학성이 조화롭게 함유되어 있는 편이다.

배익천은 동화에 재미성을 불어넣기 위하여 다양한 판타지를 구축하여 현실과 판타지의 세계를 자유롭게 넘나들며 재미성을 확보하고 있다. 그것은 판타지의 취약점일 수 있는 개연성을 확보하기 위한 기초공사에 애정을 쏟은 결과로 보아진다.

배익천은 동화의 문학성과 교훈성이라는 두 마리 토끼를 한곳으로 몰며 향기 높은 동화창작을 위해 천착해 오고 있는 작가이다. 이제 이순을 바라보는 결코 젊지 않은 나이임에도 드높은 창작열을 불태우며 동화 창작에 매진하는 이 시대의 가장 정 많고 열정적인 동화작가임에 틀림없다.

소년소녀, 영혼 맑은 실천자로 활약하다

—배익천의 장편소년소설을 중심으로

박덕규

1. 장편에서 총체적인 이야기를 꿈꾸다

1974년부터 작품 활동을 시작한 배익천은 출판, 잡지, 방송, 대학 등에서 바쁜 생활을 하는 중에 많은 작품을 발표해 왔다. 이 중에서 온전히 책 한 권 분량 이상으로 된 장편소년소설이 모두 네 편이다. 연대순으로 나열해 보면, 『비탈 위의 작은 집』(동아일보사, 1985), 『별로 뜨는 민들레』(교학사, 1997), 『오미』(전2권, 배동바지, 2003), 『내 마음의 하늘』(해성, 2006) 순이 되는데, 이 중에 책 권수로 두 권에 이르는 것도 있다(『오미』). 이렇게 보면, 처음에 단편 작가로 출발한 배익천은 후기에 들수록 장편에 치중해온 것이 아닌가 싶은데, 실제로 이 장편소년소설 말고 다른 네 편의 장편동화 역시 대부분 발표 시기가 겹친다. 모르긴 해도, 많은 작품을 써오면서 이런저런 세파를 헤치고 오는 동안에 짧은 한 편으로는 다루기 쉽지 않은, 사람들 사이에서

얽히고설킨 복잡한 인생사를 하나의 서사 체계에 담아야겠다는 생각을 저절로 하게 되었을 것이라는 짐작을 하게 한다. 또한 한 편의 동화를 쓸 때는 그리 필요하지 않은 '총체적 인식' 같은 것이라거나 '호흡이 긴 문체'라거나 하는 그런 능력이 작품 활동을 오래 하면서 절로 축적되어 온 덕분이 아닌가도 싶다.

가령, 2003년작인 『오미』를 보자. 이 작품은 오미가, 어릴 때 자신을 버리고 떠난 친어머니가 위독하다는 편지를 받고 길을 떠나 마침내 그 어머니를 만나게 되는 동안, 자신이 겪은 파란만장한 고난을 회상하는 내용을 담고 있다. 비록, 다섯 살 때부터 고입 검정시험을 준비하는 지금까지 십년이 채 안 되는 세월이지만, 오미의 삶은 1950~60년대 파란의 한국사를 살아낸 대하소설의 주인공 못지않은 두께를 보이고 있다. 어쩌면 배익천은 『오미』를 써가면서 정말 대하소설을 꿈꾸었지도 모른다. 아니면, 어린이가 주인공인 대하드라마 같은 것을 머릿속으로 끊임없이 그려냈을 것 같기도 하다. 그러나 『오미』는 대하소설도, 대하드라마도, 그리고 또한 장편소설도 아닌, 우리의 어린 동무들이 읽어주어야 할 동화이며 그 중에서 굳이 분류한다면 '소년소설'이라 불러야 마땅한 작품이다. 바로 이 지점에 배익천 소년소설의 가장 두드러진 특징이 나온다.

2. 굴곡 많은 가족사를 다루다

배익천의 장편소년소설은 『오미』의 예에서 보듯 스토리가 모두 만만치 않은 사연을 자랑한다. 그 사연의 축을 이루는 것이 우선 굴곡 많은 가족사다. 『오미』에서 오미의 어머니는 집을 나갔고, 새어머니는 오미 자매를 모질게 구박한다. 새어머니와 다투며 오미 자매를 아껴주려던 아버지는 교통사고로 사망하고, 새어머니는 장례비와 전세금, 그리고 새로 태어난 갓난애 수만이까지 남겨두고 달아난다. 어쩔 수 없이 오미와 수만은 할머니집에, 동생 지영이는 삼촌 집에 있게 된다. 삼촌 집에 있게 된 지영이는 숙모의 구박을 견뎌야 하는 처지인데, 마침 삼촌이 교통사고를 당해 입원을 하게 된다. 오미를 찾아 나선 지영이 납치를 당했다 겨우 도망쳐서 집으로 돌아가자 삼촌은 사망했고 숙모는 집을 나가고 없다. 이렇듯 『오미』에는 가난, 부부의 불화, 가출, 가정의 해체 등의 사연을 줄기차게 이어지고 있다.

『비탈 위의 작은 집』(이하 '비탈')은 셋방살이하는 영백의 가족을 다루고 있다. 아버지는 지난해 큰 수술을 받고 5개월간의 병원 생활을 마감하고 집에서 라디오를 벗 삼아 요양을 하는 중이고, 어머니는 자갈치 시장의 노점에서 생선 장사를 하며, 누나는 신문배달을 하고 있다. 어느 날 어머니가 시장 경비원을 사칭하는 건달한테 변을 당하고 대들던 영백 역시 무자비하게 폭행을 당한다. 『별로 뜨는 민들레』(이하 '별')에서 부부 싸움이 잦은 부모 밑에서 자라고 있는 강우는 어느 날 혼자 바닷가로 갔다가 유괴범한테 붙잡혀 혼수상태의 몸으로 깨어나고 있다. 『내 마음의 하늘』(이하 '내 마음')은 장사를 하러 나가는 부모님을 대신해 다리를 저는 동생을 돌보면서 학교에 다니는 상흠은 동네 불량학생들한테 폭행을 당한다. 담임선생님의 도움으로 위기를 넘기는 상흠에게 엎친 데 덮친 격으로 집이 철거되고 아버지가 교통사고를 당하는 일이 벌어진다. 여기서도 보듯이 배익천 장편 소년소설에는 가난에 시달리는 집과 그로 인해 생겨나는 가정의 불화, 게다가 우연한 사고까지 겹쳐 더욱 어렵게 된 가정 형편 등이 스토리의 중심 줄기를 이루거나 전제 조건이 되고 있다.

여기서 배익천 장편소년소설의 '굴곡 많은 가족사'의 특징을 다음과 같이 정리해 볼 수 있겠다.

—가족들이 모두 가난한 환경에서 어렵게 살아간다. (4편 모두)
—그 가난에 벗어나지 못해 부모가 필사적으로 생업에 매달리고 있다. (4편 모두)
—주인공을 포함해 가족 중 일부가 주변 불량배로부터 폭행을 당해 가족이 더 큰 위기에 처한다. (4편 모두)
—부부 갈등이나 불화가 심각하다. (별, 오미)
—아버지가 사고를 당하거나 심각한 병을 앓는다. (비탈, 오미, 내 마음)

3. 우리의 불우한 소년소녀, 난관을 이겨낸 영웅이다

한편, 배익천 장편소년소설은 이런 굴곡 많은 가족사를 다루면서도 한편으로, 가정에 찾아든 위기와 난관을 스스로 헤쳐 나가는 주인공의 활약상을 표현하는 데 주력한다.

'비탈'의 영백은 병을 앓고 겨우 일자리를 얻은 아버지와 노점상을 하는 어머니를 적극적으로 돕고 있다. 게다가 아버지가 직접 얘기 들었다는 보물지도의 실제 장소를 찾기 위해 친구들과 탐험단까지 조직한다. 또한 영백은 노점하는 어머니에게 행패를 부리는 건달과 맞싸우다 얻어맞으면서도 굴하지 않는다. 끝내 그 건달을 잡아 실체를 밝히고 보물지도가 상징하는 교훈을 얻어내는 데도 영백의 역할이 결정적이다. '별'의 강우는 자신을 '학원에 가두려는' 어머니와 그런 어머니의 훈육 방법을 경계하는 아버지의 갈등 사이에서 방황하다가, 자신의 길을 찾으려 한다. 그러다가 유괴범들한테 폭행을 당하고 혼수상태로 병원에 누운 채로 자신을 에워싼 세상 사람들의 따뜻한 마음을 읽어낸다.

『오미』에서 오미는 자신과 동생을 내동댕이친 생모를 찾아가 생모를 받아들인다. 오미는 새어머니, 숙모 등의 구박을 견디며 동생 지영과 이복동생 상만을 감싸고 끝내 살아냈으며, 이제는 새어머니의 또다른 딸의 편지를 받고 마음을 연 상태다. '내 마음'은 일 때문에 하루 종일 집을 비우는 부모를 대신해 다리를 저는 동생 정흠에게 꿈과 희망을 불어넣어주는 형 상흠의 의젓함이 그려지고 있다. 상흠은 자신을 괴롭히는 불량배 중 일원인 말더듬이를 구해주고 그 동생인 친구 철구를 받아들인다. 그 이후 철구는 정흠과 함께 그림을 그리는 솜씨를 발휘한다. 그 덕분으로 정흠은 미술대회에 입상을 하게 된다.

집안의 가난과 불우한 환경, 사회 폭력 등으로부터 보호되지 못하는 이들 주인공들은 그러나 그 위기를 당당히 헤쳐 나감으로써 배익천 장편소년소설의 한 특징으로 자리매김된다. 이들 인물들은, 그 옛날 특별한 능력을 부여받았으나 온갖 시련을 극복해 마침내 온 마을, 온 나라 사람들에게 숭상되는 영웅들을 닮아 있다. '비탈'의 영백은 위기에 처한 어머니를 구하기 위해 건달한테 대든 '효자 아들'이고, 쇠약한 아버지에 집을 지어 드리는 당당한 가부장이며, 결국은 불의를 굴복시키고 진실을 찾아낸 '로봇 태권브이'이다. '별'의 강우는 죽음과 같은 상태에서 맑은 영혼으로 세상의 아름다움을 증언하는 천사이다. 『오미』는 좌절과 무능, 그리고 사고로 쇠락해 버린 아버지들(아버지, 작은아버지)과 팥쥐어멈의 후예들인 어머니들(친어머니, 새어머니, 숙모)이 조성해 놓은 핍박과 가난의 환경을 의지적으로 극복해 나가면서 그들 모든 조건을 감싸안는 모성적 페미니스트이자 슈퍼 우먼이다. '내 마음'의 상흠은 소외된 장애우인 동생과 함께 곧 철거될 운명을 맞게 될 집에 살면서 불량배들의 폭행을 견디고 마침내 그들을 감화시키는 거리의 성자다. 이를 유형화시키면 다음과 같은 내용이 된다.

제 목	주인공	영웅 유형
비탈	영백	로봇 태권브이(효자, 가부장)
별	강우	천사
오미	오미	모성적 페미니스트(슈퍼 우먼)
내 마음	상흠	거리의 성자

배익천 장편소년소설의 주인공들은 이처럼 악화된 환경을 헤쳐 나가면서 악인들을 굴복시키거나 감화시키는 영웅, 성자, 성인의 얼굴을 닮아 있다. 가치가 전도된 세계를 구원하는 힘은 결국 맑은 영혼을 가진 사람들에게서 찾아질 것인바, 배익천은 우리 이웃의 불우한 소년소녀들 중에서 영백, 강우, 오미, 상흠 같은 맑은 영혼의 실천자들을 찾아냄으로써 우리의 미래를 밝게 해주려 하고 있는 셈이다.

4. 조력자의 도움을 받아 거침없이 이야기하라

우리가 지금 만나고 있는 영백, 강우, 오미, 상흠 같은, 어쩌면 이즈음의 이야기 속에서는 좀처럼 만나기 어려운 이들 영웅들은, 사실은 아무리 영웅이라 해도 아직 어린 소년소녀들이다. 자칫 잘못 하면 이들이 펼치는 활약은 우리와 살고 있는 시대와 동떨어진 스토리가 되기 쉽다. 아닌게아니라 배익천 장편소년소설의 사건과 스토리에는, 지금까지 인류에게 전해온 무수한 서사 양식에서 되풀이된 우연한 사고나 납치나 폭행, 부부 싸움, 아버지의 음주나 새엄마의 가학 행위 등이 끼어들고 있다. 서사 양식에서는 흔하지만 한 인간의 현실에서는 자주 나타나지 않는 사연들이 한 인물의 주변을 에워싸게 될 때 독자로서는 일단 그 비현실성을 경계하게 된다. 배익천의 장편소년소설에 대해서도 그렇게 될 소지가 다분하다. 그럼에도 배익천 장편소년소설은 어째서 재미있게 읽히게 되는 것일까.

배익천 장편소년소설에는 그 영웅적인 주인공과 더불어 그 주인공에게 특별한 의미를 부여해 주는 인물이 등장한다. 배익천은 이 두 인물간의 관계를 적절히 활용함으로써 작품의 탄력과 속도를 유지시키고 있다.

배익천의 주인공들은 작중에서 스스로 세상을 품어 안는 존재가 되게 만드는 중요한 조력자들을 만나고 있다. 그들은 어떤 존재인가? 가령, '비탈'의 영백에게는 바르고 열심히 사는 사람들을 도와주고 싶어하고, 아이들과 진짜 친구가 되어 지내고 싶어하는 담임선생님이 계신다. 담임선생님은 영백의 고충과 엉뚱한 발상을 그대로 받아들이고 기꺼이 지원함으로써 영백을 더 큰 사람으로 거듭나게 한다. '오미'에게는 영원한 동반자 형빈이 있다. 형빈은 어릴 때부터 오미의 마음의 의지처였다. 형빈 아버지는 중학교에 진학하지 못하게 된 오미를 자신이 경영하는 제과점에서 일하게 해준다. 형빈은 오미에게 고입 검정고시를 도와준다. '내 마음'에는 '기쁨은 나눌수록 커지고 슬픔은 나눌수록 작아진다'는 신조로 어려운 상흠을 돌봐주는 여자 담임선생님이 등장한다. 이 선생님은 불의에 맞서 대항할 줄 아는 용기로 상흠이 불량배한테 당한 일을 당당하게 고발하고, 불우한 이웃을 꾸준히 돕는 선행을 보여준다. 이같은 행동은 불우하게 사는 상흠에게 큰 힘을 불어넣어준다.

이들 조력자들을 정리하면 다음과 같은 내용이 된다.

제 목	조력자	조력 내용
비탈	담임선생님	영백의 뜻을 이해하고 철저하게 후원한다
오미	형빈	외로울 때 친구가 되고, 나중에 자립할 수 있게 도와준다
내 마음	담임선생님	정의 실천, 불우이웃 돕기로 모범을 보인다.

이들 조력자들은 주인공들이 갈 바를 모르고 방황하거나 의지할 곳을 모르고 외로워 할 때 기꺼이 방향을 제시해주고 더 힘차게 나가라고 후원해 준다. 이런 캐릭터 덕분에 배익천 장편소년소설은 스토리 전개에 있어 더욱 강한 속도감을 얻게 되었다. 오늘날의 서사 양식의 주인공들은 현대라는 환경에 처한 개인의 힘겨운 싸움을 보여주기 위해 지나치게 자기반성적인 면이 있다. 그들의 사색적인 면모는 때로 문학의 내성적 속성 덕분에 상당한 매력을 발산하기도 하지만, 지치고 바쁜 독자들한테 활달한 스토리가 주는 쾌감을 선사하는 데는 역부족이란 결과를 낳게도 했다. 배익천 장편소년소설들의 캐릭터에는 초지일관 주인공을 밀어주는 조력자의 위치가 분명하다. 즉, 드맑은 영혼으로 살고 있으되 이 세파를 이겨내기는 얼마간 힘에 부칠 수밖에 없는 우리의 주인공의 내면적 성향과 이를 보완하는 조력자들(물론, 이 조력자 무리에는 주인공들의 학교 동급생을 비롯한 친하거나 서로 샘을 내거나 하는 친구들이 포함될 때도 있다.)의 의엿한 당당함의 관계! 이 점이 배익천 장편소년소설을 지탱하는 구조적인 힘이 아닐까 싶다. 이 힘 덕분에 우리는 거침없이 전개되는 배익천의 작품들을 읽으며 재미를 느끼고, 나아가 그들 영혼 맑은 실천자들이 전하는 메시지를 값지게 받아들이게 된다.

제3부
내가 만난 인간 배익천

이 시대 마지막 선비

송재찬

배익천을 알게 된 것은 1974년 《한국일보》였다. 그해 신춘문예 동화로 화려하게 등단한 배익천의 사진이 당선소감과 함께 나와 있었다. 그의 사진은 또 다른 나를 보는 느낌이었다. 당선 통지를 받고 아무도 없는 빈 교실 구석에서 실컷 울었다는 그의 당선 소감을 읽으며 나도 신춘문예에 당선되면 그처럼 교실 구석에 가서 울어야지, 하는 생각까지 했다.

'신춘문예 당선을 축하합니다' 하는 짤막한 엽서를 보내고 나서 답장은 한참 있다가 받았다. 나는 동화를 쓰고 싶다는 편지를 썼고 그는 아주 정성스런 답장을 보내 주었다.

내가 근무지를 옮겨 경상북도로 오게 된 것은 하나님의 축복이었다. 그리고 그 축복의 숲에는 하나님이 준비해 둔 따뜻한 손, 배익천이 있었다. 경상북도, 배익천이 있는 땅. 나는 그 끈만 의지해서 덜컥 전근 신청을 했고 육지 생활이 시작되었다.

5월이었을 것이다. 나는 이웃 학교에 계신 이오덕 선생님을 따라 대구에 가게 되었다. 김성도 선생님의 작품집 『꽃씨와 인형』 출판 기념회에 가자고 해서 따라나선 것이다. 그때 나는 『새교실』이란 교육 잡지에 1회 추천을 받은 무명의 동화작가 지망생이었다. 모두 쟁쟁한 분들이어서 몸 둘 바를 모른 채 한 구석에서 출판 기념회를 지켜보았다.

'아, 저이가 배익천인가 보다. 사진이랑 똑같네.'

나는 다른 사람보다 배익천을 보게 된 게 기뻤다.

내가 다가가 인사하자 그는 무척 반갑게 내 손을 잡아 주었다. 한눈에도 그는 순수해 보였고 진지했다. 그 첫인상 그대로 그는 지금도 변함이 없다. 작품을 쓰는 진지함도 그렇고 사람을 대하는 마음씀도 그때 그대로다.

그날 거기 모였던 많은 사람들은 2차, 3차를 거쳐 같은 여관으로 갔다. 배익천과 나는 다른 사람들 틈에 끼어 같은 방에서 자게 되었는데 하얀 러닝셔츠가 눈에 훤하다. 막 여름이 시작되던 무렵이었다.

그 후 나는 자주 배익천에게 편지를 썼고 그도 꼬박꼬박 답장을 보내 주었는데 다 모았다면 사과 상자 하나에 다 담지 못할 정도였다. 여기저기 이사 다니며 책 상자도 잃어 버리고 편지 상자도 잃어 버렸는데 배익천의 편지들도 그렇게 사라져 버렸다.

지난 해던가, 돌아가신 이오덕 선생님 댁에 갔다가 내 편지까지 고스란히 복사되어 있는 자료 묶음을 보고 깜짝 놀랐다. 거기엔 낯익은 추억의 필체도 있었는데 '배립우' 올림이다. 배립우는 배익천이 데뷔 초기에 즐겨 썼던 필명이다.

육지의 첫 부임지인 춘양 생활을 1년 만에 접고 나는 벽지로 자원해 들어갔다.

버스가 안 들어오는 곳, 밤이면 푸른 별들만 하늘 빈틈없이 돋아나는 곳에서 나는 배익천에게 편지를 쓰는 것으로 외로움을 달랬다. 편지를 못 쓰는 날은 대개 작품에 매달려 신음하는 시간들이었다. 작품을 끝내면 다시 편지를 썼다.

나는 그에게 온갖 이야기를 다 적어 보냈다. 아무에게도 이야기하지 못했던 우리 가족 이야기도 썼다. 그렇게 편지를 쓰며 나는 문장력을 연마했고, 더 문학적인 문장으로 그가 답장을 보내 주었다. 하루에 두 통의 편지를 쓰기도 했고 두 통의 편지를 받기도 했다.

객지에서의 두 번째 여름 방학. 그런데 뜻밖에도 방학 이튿날, 그러니까 실질적인 방학이 시작되는 그날 배익천이 우리 동네까지 걸어왔다. 그의 고향인 영양이 바로 이웃 군인 줄은 알았지만 그가 고향으로 가는 길에 우리 마을까지 올 줄은 전혀 상상하지 못한 일이었다. 나는 그를 따라 영양으로 갔고 그의 가족들의 따뜻한 환영을 받았다.

배익천의 어머니는 기품이 있고 정감이 넘치는 분이었다. 그가 그토록 아름다운 동화를 쓸 수 있는 것은 그 어머니에게 물려받은 성품일 거라고 가끔 생각한다. 그리고 시골 집 벽에 오도카니 걸려 있던 바이올린. 나는 그 악기를 그때 처음 보는 촌놈이었다. 초등학교 교장이었던 배익천의 아버지는 드물게 바이올린을 하던 분이었다. 배익천의 음악성은 아버지에서 받은 것이다. 지금도 눈에 선하다. 아름답고 단정한 기품의 어머니와 형아를 부르던 그 동생들, 그리고 배익천 선생을 따라 소쿠리를 들고 옥수수를 따던 그 저녁 하늘. 그가 쓴 동시 〈식구 수 대로 / 옥수수를 따고〉 같은 구절들.

배익천이 미성을 가지고 있다는 것을 확인한 것은 노래방이라는 것이 일반화되면서부터였다. 이흥렬의 가곡 '바위 고개'에서부터 최성수의 가요 '동행'까지 그의 미성에 어울리는 노래는 한 두 곡이 아니다. 그를 동화작가답게 하는 것은 어디서건 마무리는 대개 동요로 끝낸다는 점이다. '나뭇잎배', '과꽃', '겨울나무', '꽃밭에서' 같은 동요들이 그의 애창곡들이다.

그가 결혼하고 나서도 우리의 편지는 이어졌다. 편지 속엔 첫아이 보늬를 안고 찍은 사진도 들어있었는데 사택 마당은 온통 노란 국화였다. 그는 어디서건 그렇게 동화를 쓰듯 꽃을 가꾸며 살았다.

보늬가 다 크기 전에 보늬 엄마가 생활 근거지인 부산으로 옮겨갔고, 얼마 후 그도 부산 MBC로 직장을 옮기며 부산 사람이 되었다.

나도 결혼하면서 편지를 쓰는 일은 거의 없어졌지만 동화작가라는 같은 길을 걸었기에 우정의 끈은 계속 이어졌다. 이런 저런 행사에서 만났고 친구들과 함께 부산으로 내려 가기도 했다.

그러던 어느 날이었다. 우리 동화작가 몇이 배익천의 초대를 받아 부산으로 가게 되었는데 느낌이 좋은 횟집으로 우리를 데리고 갔다. 나는 거기서 '또 한 사람의 배익천'을 만나게 되었다. 부산 민락동에 자리잡은 횟집 '방파제'.

그 음식점을 경영하는 분은 바로 홍종관 박미숙 부부이다. 홍 사장과 배익천은 음식점 주인과 손님으로 처음 만나 그 인간됨에 서로 끌려 순식간에 가까워졌고 어느새 형제보다 더 가깝게 지내고 있었다. 나는 홍종관 사장을 '또 한 사람의 배익천'이라고 표현했다. 내가 아는 한 배익천은 인간성을 중시하는 사람이다. 그런데 그가 형제처럼 지내는 사람이라면 전폭적으로 믿어도 좋은 사람일 터였다. 홍 사장을 만나며 그의 삶이 더욱 풍성해지는 것 같았다. 처음 만남에서부터 홍종관 부부는 서울에서 내려간 우리들을 위해 밤을 같이 새워 주었고 잠자리까지 마련해 주었다. '허허, 정말 배익천이 자기하고 똑같은 사람을 만났구나.' 나는 부신 눈으로 감로 선생이라 부르는 홍 사장을 보았다.

그날 이후 부산의 배익천을 떠올리면 방파제의 감로 선생을 함께 떠올리게 되었다. 감로 선생은 음식점을 운영하는 틈틈이 창을 하고 서도를 즐기는 분이다. 부인인 미숙 씨가 보여준 사군자의 수준도 상당했다. 감로 선생은 우리 아동문학에도 지원을 아끼지 않은 분이었다. 나는 그런 모습을 볼 때마다 감탄하곤 한다. 사람이 어떻게 저럴 수 있을까.

배익천은, 오래 전부터 가꾸어 온 고성 땅으로 들어가 일만 평의 산으로 꾸민 '동화나무의 숲'에서 또 다른 동화나라를 만들며 산다고 했다. 그 동화의 숲을 '방파제'와 함께 가꾸고 있다.

어느 신문의 신간 서평에 그의 동화를 장자 같은 동화라고 했던 게 기억난다. 그렇다. 그는 이 시대의 마지막 선비다.

그의 동화는 내게 '교과서'였다

이규희

동화가 뭔지도 모른 채 얼떨결에 등단을 한 나는 곧이어 아이를 낳았다. 그러니 동화를 배우고 쓸 겨를도 없이 바삐 지내게 되고, 그저 속으로만 이제 막 사랑을 시작한 연인처럼 동화에 대해 뭔가 알고 싶어 애만 태울 뿐이었다. 하지만 학교와 집을 오가며 고단하게 살아가는 내게 마땅한 교재가 있을 리 없었다. 기껏해야 마해송, 이원수 등 선배 작가들이 쓴 책을 읽는 게 고작이었으니까.

그러던 어느 해였던가. 마치 나를 위한 선물처럼 일주일에 한번씩 『작은 글 마을』이라는 동화가 배달되어 왔다. '배익천'이라는 작가가 직접 쓰고, 인쇄하고, 우표를 붙여 부쳐주는 동화였다. 그렇잖아도 잔뜩 목말라있던 내게 그가 보내주는 한 편의 동화는 다름 아닌 달콤한 샘물이었다.

나는 연애편지를 기다리는 사람처럼 그의 동화를 기다렸고, 몇 번이고 그의 동화를 읽었다.그를 한 번도 본 적이 없었지만—설령 보았다 해도 기억을 못했던가—그가 보내준 동화는 너무나도 문장이 아름답고 서정적이며 감동적이었다. 나무와 풀, 별 등 자연에 대한 묘사뿐 아니라 환상적인 내용까지 곁들여 도저히 내가 흉내조차 낼 수 없을 만큼 빼어났다.

'아, 동화가 이런 것이구나!'

그의 동화는 점점 내게 '교과서'가 되어갔고, 난 일주일에 한 번씩 그와 데이트를 하는 기분이었다.

그러던 어느 날, 설레는 마음으로 그가 보낸 동화를 펼친 순간 나는 깜짝 놀랐다.

'규희 궁전'

그 제목을 본 순간 나도 모르게 얼굴이 빨개지고 진짜 연애편지를 받은 것처럼 가슴이 쿵쿵거렸다. 그 동화는 마치 나를 위해— 순전히 나의 착각이지만-쓴 것만 같았다. 나는 그에게 전화나 편지라도 하고 싶었다. 그러나 아무도 믿지 않겠지만, 등단 무렵의 난 무척 수줍음이 많은 편이었다. 감히 그에게 전화는커녕 편지 한 장 쓸 엄두를 내지 못할 만큼. 그 후 세미나나 총회 때 그를 만났지만 난 한 번도 '규희 궁전'에 대해서는 물어보지 못했다. 그냥 주인공 이름일 뿐인 '규희 궁전'에 내가 의미를 갖는 것처럼 보일까봐 부끄러워서였다.

그렇게 세월이 지나고 나를 가슴 두근거리게 했던 그와 나는 언제부터인가 친구가 되었다.

아마도 내가 학교를 그만두기 전인 1990년 무렵부터가 아닌가 한다. 우리 몇몇 또래 작가들은 무슨 그룹이나 스터디모임과는 상관없이 부산으로, 고성으로, 광주로, 양평으로, 천안으로 일 년에 한 두 번씩 만나서 즐겁게 술 마시고 노래하며 놀았다.

그런데 참 이상한 일이었다. 만나서 그저 실컷 놀고, 먹고, 마시는 일밖에 하지 않았는데도 돌아올 때면 늘 가슴이 무언가로 가득 차 있고, '더 열심히 써야겠구나.' '그래, 다음엔 이런 동화를 써봐야지.' 하는 의욕이 샘솟으니 말이다. 아마도 '동화'라는 말은 한 마디도 하지 않았지만, 이미 서로의 모습을 통해서 신선한 자극을 받고, 그 자극으로 동화를 쓸 새로운 힘을 얻곤 한 게 아니었을까?

이처럼 내게 신선한 기쁨이자 마음 든든한 문단 동료들이 있다는 건 참으로 행복한 일이다. 그러나 가만히 생각해보면 그 중심에는 늘 '배익천'이 있었다. 만약 그가 없었다면 우리의 모임도 그처럼 오랜 시간동안 이끌어 나오지 못했을 것이다. 그가 넓은 마음과 아량으로 우리에게 '놀이판'을 만들어 주었기 때문에, 우린 그 안에서 어린아이처럼, 철없는 스무 살짜리들처럼 아무 꾸밈없이 자신을 들어내 보이고, 마음껏 청춘과 낭만을 즐길 수 있었던 게 아닐까?

하지만 그는 나만의, 우리 모임만의 '배익천'이 아니라는 걸, 잘 안다. 그는 모든 사람들의 연인이며, 모든 사람들의 선배이며, 모든 사람들의 동료이자, 친구이다.

그가 그렇게 많은 사람들의 사랑을 받는 이유는 무엇일까?

무엇보다 그는 다정하다. 그의 전화를 받은 사람들은 그가 얼마나 덩치에 어울리지 않는 감미로운 목소리를 가졌는지 알 것이다. 마치 연인에게 속삭이듯 다정한 그 목소리를 들으면 저절로 그가 좋아지고, 괜히 기분이 좋아질 테니까.

거기에다 그가 노래를 부르는 모습은 또 어떤가. 초등학교 선생님을 지낸 그는 음감도 뛰어나서 마이크를 잡고 동요며 발라드, 트로트 등 장르를 가리지 않고 노래를 부를 때면 어찌나 감미롭고 애절한지 모두 그에게 빠져들고 만다. 아동문학계의 대표 음치인 나는 말 할 것도 없지만.

게다가 그는 아무리 술을 마셔도 흐트러지는 법이 없다. 늘 그 자세, 그 분위기, 그 템포로 함께 술 마시는 사람들과 끝까지 어울리고, 그 뒷바라지를 모두 도맡아 한다.

어디 우리가 그를 좋아하는 이유가 그 뿐이랴. 그렇게 사람들을 많이 만나고, 술을 마시고, 회사에서 바쁘게 지내면서도 좋은 동화를 계속 써내고 있으니 놀라울 수밖에.

이제 그런 그가 내년 2월이면 정년퇴직을 한다고 한다.

나는 내심 속으로 기뻤다. 이제야 말로 그가 정말 자기가 하고 싶었던 일을 할 수 있을 테니까. 아마도 그는 제2의 전성기를 맞이할 것이고, 『꿀벌의 친구』나 『별을 키우는 아이』, 『오미』를 능가하는 또 다른 걸작들을 쓸 수 있을 테니까.

어쩌면 그 옛날 나를 설레게 하고, 내게 교과서가 되어주었던 주옥같은 동화들을 써서 또 다시 우리에게 보내주지 않을까? 그 때의 그 열정과 용기, 부지런함으로 우리 모두를 놀라게 할 근사한 동화를.

참, 그 때는 차마 부끄러워서 못 물어보았지만 '규희 궁전'을 쓴 이유가 무엇인지 물어봐야지. 그러면 그는 뭐라고 대답을 할까? '그거 모르나? 그 때 내가 니를 짝사랑 했다 아이가!'라는 대답을 듣는다면 난 얼마나 좋을까? 하지만 반대로 '뭐 별다른 뜻이 있나. 그냥 쓴기다!'라고 말하면 어쩌지? 그래, 괜히 멋없는 대답을 듣고 실망하는 것보다, 궁금한 건 궁금한 대로 그냥 묻어두는 게 제일이다.

그 대신 나의 선배이자, 친구인 배익천이 앞으로 써 낼 새로운 동화, 멋진 동화를 기다리는 게 내가 할 일이겠지. 배익천, 파이팅!

늘 거기 있는 사람

손기원

배익천, 한 마디로 그는 있을 곳에 늘 있는 사람이다. 그는 나와 남다른 인연을 지니고 있다. 우선 둘은 친구이자, 문우이다. 고향도 이웃이고 고등학교도 담 하나를 사이에 두고 나왔으며, 대학도 같은 대학, 같은 과, 출석번호도 앞뒤다. 가족도 1남 2녀이다. 더욱이 같은 동화를 쓰고 있다는 것은 운명이라면 운명이라고 생각한다. 하지만 그와 내가 다른 것은 그는 늘 나보다 앞에 있었다는 것이다. 결혼도 나보다 앞이고, 출석번호도 나보다 한 칸 앞이었고, 문단 등단도, 자녀 결혼도 모두 나보다 앞이었다. 조그만 글방 마련도 그렇다. 슬프지만 아버지를 여읜 것도 그렇다. 말하자면 그는 내 인생을 이끌고 있는 셈이다. 생각하면 참으로 이상한 인연이다. 그렇지만 나는 아직도 그에 대해 모르는 게 참 많다. 그의 인간 깊이는 빙산과 같기 때문이다. 나는 어떨 때 그의 고집을 보기도 했다. 잘 삐치기도 한다. 그러나 나는 안다. 그의 고집은 그의 인생과 문학에 대한 신념이었고 삐침은 그에 대한 순수성 때문이라는 것을—.

대학 시절 둘은 학교에서 천덕꾸러기였다. 시험을 앞 둔 날 낙동강으로 가서 말술을 마치고 이튿날 시험을 치기도 했다. 재시(再試)는 항상 둘 차지였다. 학교 게시판 앞에 둘의 이름이 지워질 날이 없었다. 공부는 늘 뒷전이었다. 그렇다고 문학청년이랍시고 입에 거품을 물고 문학을 논하고 그런 것은 전혀 아니었다. 둘이 있어도 별로 주고받는 말이 없었다. 왜 그랬는지 몰랐다. 그러니 둘 다 졸업을 제대로 할 리가 없었다. 그런데도 그는 나보다 수월하게 졸업을 했다. 졸업 후 서로의 임지도 달랐다. 자주 만나지 못했다. 그러다가 그가 한국일보 신춘문예에 「달무리」로 어깨를 필 무렵 경주에 한번 온 일이 있다. 그 때 동화작가 송재찬 인형과 같이 만났다. 그때도 그는 나더러 등단을 하라느니 말이 없었다. 그저 술만 마셨다. 단지 문학의 길을 같이 걷게 될 것이라는 공감대 하나만 있었지 등단 이야기나 나에 대한 걱정을 하지 않았다. 그러나 같이 술을 마시는 가운데 나에 대한 그의 격려와 질책이 있었던 것이다. 대학 시절 시화전을 열 때(그때 우리는 '일요문예'라는 클럽을 조직했었다.) 그는 누구보다 열정적이었다. 송판에 글씨는 그가 도맡아 썼다. 그는 자전거를 좋아했다. 술이 취해 자전거와 함께 비틀거렸을 그의 모습을 상상해 보라. 그러나 그는 전혀 그런 모습을 보이지 않았다. 의연하게 그는 '동구 밖 과수원 길♪♬~' 노래를 부르면서 자전거를 끌었다. 이런 모습이 진정한 그의 모습이었다. 그는 술을 마시면서도 작품 구상을 하는 작가이다. 이 사실에 우린 속지 말아야 한다. 이런 태도가 지금껏 그가 이룩한 문학의 탑을 쌓았다고 생각한다.

청년시절 그는 호를 '립우'라고 썼다. 이는 (내가 생각컨데) 배익천의 가운데 글자 익(翊)자를 해자하면 립우(立羽)가 되기 때문이 아닌가 생각한다. 그 호는 참으로 그에 걸맞다고 생각한다. 립우! 깃털을 세운 사람, 즉 날개를 단 사람이다. 문학을 위해, 인생을 위해 날개를 단 사람이다. 그러나 그는 오늘에 주저앉지 않을 것이다. 더 큰 날개로 웅비할 것을 우리 모두는 믿는다.

한 때 교직생활을 하다가 사모님을 따라 부산문화방송에서 지금까지 어린이 문예지를 이끌고 있는 그의 끈기를 보면 놀랍다. 그가 아니면 그 잡지는 벌써 어둠 속에 잠겼다고 생각한다. 문단에서 그가 보인 애정과 끈기도 마찬가지이다. 문인의 대소사에, 문학관련 행사에 그는 어김없이 나타난다. 경향각지에서 문인, 화가가 찾아오면 그는 주머니 걱정 않고(그에게 돈이 많아서가 아니었다.) 밥을 사고 술을 사고 아니면 집으로 데리고 가 잠까지 재웠다. 어떨 때는 그가 안쓰러웠다. 다 같이 어려운 시절이었는데도 말이다. 요즈음도 마찬가지다. '방파제'를 거점으로 한 문학, 예술인에 대한 그의 사랑은 눈물겹다.

그런 그가 이제 정년을 앞두고 있다. 세월이 무상함을 느낀다. 그러나 그는 앞으로도 늘 그 자리에, 우리 곁에 있을 것이다. 그리고 그는 그 많은 작품을 쓰면서도 나서지 않는 스타일이다. 그 무게가 빙산과 같다는 생각을 해본다. 거대한 빙산이 늘 거기에 있듯이—.

근년에 모 작가 수상 축하 모임에서 공재동 선생님이 그를 두고 한 말이 생각난다. '배익천이와 술 마시면 명이 단축된다.' 나는 반대로 들었다. 얼마나 정겨운 말인가.

이제 자리를 바꾸어도 그는 변함이 없을 것을 믿는다. 더 많은 작품, 더 훌륭한 작품을 쓸 것이다. 일신의 영달보다 더욱 애틋한 정으로 우리의 방파제가 되어 줄 것이다.

립우, 일산 해수욕장에서 나무가 없어 탱자나무 가시를 잘라 불을 지펴 냄비 밥을 해서 고추장 하나로 둘이 아침 끼니를 때우던 그 시설 오기와 야망으로 문학과 인생의 찬연한 탑을 세워 주게. 그러리라고 우린 믿네. 자넨 늘 그 자리에 있으니까. 이젠 십팔번 바위 고개 혼자만 넘지 말게. 남은 세월 진달래꽃 더욱 열심히 사랑하며, 더욱 건강하시고, 더 큰 날개를 펼치시라!

부산의 커다란 당산나무 되어

최영희

내가 대학 1학년이었던 시절, 친구 여럿과 시골길을 가다가 소나기를 맞은 적이 있었다. 갑작스런 소나기에 일행들은 어쩔 줄 모르고 당황하고 있었는데 어떤 한 친구가 "저기, 나무."라고 외치며 어딘가를 가리켰다. 그 친구가 가리킨 쪽은 마을 입구에 서있는 커다란 당산나무였다. 모두들 일제히 그곳을 향해 뛰었고 커다란 당산나무 아래서 지나가는 한줄기 시원한 소나기를 여유 있게 바라볼 수 있었다. 그때 나는 당산나무 아래서 떨어지는 빗줄기를 하염없이 바라보며 '아, 이렇게 큰 나무는 시원한 그늘만 내려주는 줄 알았는데 큰 우산처럼 소나기도 막아주는구나.' 하며 새삼 자연의 섭리에 감탄을 하였다.

막상 배익천 선생님에 관한 이야기를 청탁받고 쓰려고 하니 처음엔 아무 생각도 나지 않았다. 그리고 오랫동안 정말 아무런 생각도

나지 않았다. 마치 엄마가, 아빠가 왜 좋은지 누군가 내게 질문했을 때 대답하지 못하고 우물쭈물 하는 어린애처럼 말이다.

우리 가까이 있어서 늘 우리의 삶을 기름지게 하는 햇빛, 공기, 바람이 왜 소중한가를 자세히 말해보라는 질문과 같아서 아무 대답이 나오지 않았다. 그러다가 문득 내가 대학 1학년 시절 소나기를 피했던 어느 시골 마을의 커다란 당산 나무가 생각났다.

수호신처럼 마을 어귀에 꿋꿋이 서서 마을사람들뿐만 아니라 지나가는 길손에게 그늘을 드리워주고 비를 막아주던 커다란 당산나무. 당산나무의 우람한 몸매와 당산나무의 넉넉한 마음이 마치 배익천 선생님과 닮았다고 한다면 나만의 생각일까?

작은 나무처럼 여린 가지나 섬세한 잎을 자랑하거나 화초처럼 어여쁜 자태는 뽐내지 않지만 그 자리에 서 있는 자체만으로도 듬직하고 모든 이에게 위안을 주는 당산나무가 바로 배익천 선생님이다. 때로는 그늘에서 쉬어가거나 또 지나가는 한줄기 소나기를 피해가는 길손들이 괴로움을 주거나 섭섭함을 남겨도 결코 내색하지 않고 굳건히 그 자리를 지키는 당산나무가 바로 배익천 선생님이다.

배익천 선생님은 경북 영양 출생이라 부산에 대해 어떤 감정을 가지고 있는지 여태껏 드러내고 내색한번 하지 않았지만 내 개인적으론 배익천 선생님이야말로 바로 부산 사람이라고 말하고 싶다. 아니 부산 출생인 나보다 더 부산적인 기질을 많이 지녔다고 생각된다. 사소한 일보다 큰일에 더 비중을 두고, 사나이다운 너른 배포와 어떠한 일에도 싫은 내색하지 않는 점이다. 또 부산 사나이처럼 화끈하게 술도 잘 마시고 모든 일에 추진력이 있다는 점이다. 아니 그 무엇보다도 부산 아동문학에 누구보다도 깊은 애정을 갖고 기여하고 있다는 점이다.

천성적으로 술을 좋아하지 않는 나는 배익천 선생님과 거나하게 대작한 적도 없고 더욱이 같은 남자가 아니라서 술잔을 기울이며 흉금을 털어놓은 적은 없다. 그러나 배익천 선생님이 술자리에서 남의 실수도 웃음으로 넘기는 걸 보면 그만큼 모든 것을 너른 마음속에 담을 줄 아는 바로 부산 사나이이기 때문이다. 또한 바쁜 회사 일에 쫓기면서도 열심히 술잔을 기울이고 좋은 동화를 끊임없이 빚고 있는 점은 정말 부산 사나이답다.

이제 내년 3월이면 고성에 가서 묻혀 땅도 파고 열심히 글만 쓰겠다고 입버릇처럼 말씀하시는 배익천 선생님, 그러나 내 생각엔 선생님 뜻대로 될 것 같지 않다. 시골 곳곳엔 제 나름대로 자리 잡은 당산나무가 이미 있을 게고 또 30년 가까이 이곳 부산 토양에 자리 잡은 당산나무는 옮길 사람도 그리고 옮길만한 마땅한 도구도 없을 테니까. 이제 남은 세월동안에도 우리 부산아동문학의 든든한 당산나무가 되어 많은 후배들에게 그늘도 되고 비바람막이도 될 것 같다.

배익천에게 보내는 나의 어설픈 찬사

이동렬

내가 배익천을 안 지는 아주 오래 됐다. 아마도 내가 문단에 나오고 그 이듬해쯤 되는 걸로 기억하는데, 햇수로 따지면 근 30여 년이 된다.

내 고향은 그와 같은 지역이 아니다. 그렇다고 학연이 닿아 있는 것도 아니다. 내 고향이 그와 같았다면 이런저런 연유로 더 만날 기회가 있어 좀 더 친해졌겠지만 내 고향은 경기도라 그도 아니다. 나는 문단 친구관계에서만은 늘 외돌토리였는데 그가 나를 친구로 받아줘 고마울 따름이다.

나는 10년 동안 교사로 있다가 신춘문예에 당선되면서 교육신문사 출판국으로 소위 스카웃 되어 갔다. 가서는 교단 잡지 파트에 근무했다. 그런고로 전국에서 유명한 선생님이나 좋은 학교를 취재하러 갈 기회가 많았다.

80년 초 어느 날, 부산에 어느 학교를 취재 갈 때 누군가가 부산에 가면 배익천이를 만나보고 오라고 권했다. 나이도 비슷한 연배라면서.

나는 지금은 약장사가 다 되어 혼자 좌중을 차지하려는 사람이 되었지만 당시만 해도 수줍음을 잘 탔다. 그래 전혀 모르는 사람을 남의 소개 없이 스스로 찾아서 만난다는 것은 상상도 못했고 자신이 없었다. 그렇게 나는 용렬한 인간이었다.

배익천 씨의 전화번호를 적어가지고 가서 볼일을 다 본 다음에 혹시나 하면서 전화를 했다. 『어린이문예』 잡지 마지막 교정을 보러 인쇄소에 나가 있던 그와 어렵게 통화가 되고, 내 소개와 인사를 몇 마디 주고받았다. 존댓말로 하는 대화는 계속되었다.

"저 아무개 씨가 부산에 가면 배익천 선생님을 만나보라고 해서……"

"니 그럼 나를 안 만나고 가려고 했나? 아무 소리 말고 퍼뜩 택시 타고 이리 온나. 술 한 잔 하고 가래이."

"네……. 야, 너, 맘에 든다!"

나는 말씨를 어떻게 할지 몰라 엉거주춤하던 차에 그의 반말을 들으니 금세 필링이 통했다. 나 또한 가장 친해지려면 서로 반말을 해야 한다고 생각하던 터였다. 나는 택시를 타고 그가 일러준 인쇄소로 달려갔다.

가서 보니 가입한 아동문학 단체가 달라 내가 전혀 몰랐던 선용 선배가 그 잡지의 주간이셨다. 나는 인사를 올린 후, 셋은 이야기를 나누다가 술집으로 옮겨 권커니받거니했다. 어느 정도 취기가 오를 때 선 주간님은 자기 집에 좋은 중국술이 있다며 우리를 데리고 갔다. 나는 선 주간 댁 마호타이 주에 완전히 간 상태가 됐다.

배 선생과 나는 그 댁을 나와 택시로 배 선생 집 근처에 이동해 '뽈

락구이'로 한잔 더하고 집에 들어갔다. 통금 시간이 있던 시절인데 이미 자정이 가까웠던 거 같다. 나는 처음 가는 배 선생 집에 들어가자마자 화장실에다 토했다. 지금 생각해도 사모님한테 미안한 짓을 초면에 했던 것이다.

그 다음부터는 배 선생과는 서로가 버릇없는 반말을 하고 지낸다. 친구 사이에는 반말이 편하고 좋다. 마음을 다 드러내 보여주는 것 같아 좋다. 그와는 그렇게 30여 년을 사귀어 오고 있다.

사실 그는 나와 호적상 나이가 동갑이지만 문단은 5년이나 선배다. 하늘같은 선배다. 그런데도 만나자마자 반말을 받아준다는 것은 그의 가슴이 넓고 푸근하다는 증거다. 더구나 덩치 차이는 10년이나 나는데!

지면이 부족하던 시절에 그는 『작은 글마을』이라는 쪽지에 순수 동화를 써서 매달 선배와 동료 작가들한테 부치는 열성을 보였다. 그가 지향하고 걸어가는 지표를 보여주는 행위였다. 나는 그걸 하지 못했다. 지면에 이름이 많이 나오면 좋은 줄 알고 매명하기에 바빴다. 인기에 안주했다.

배 선생과 나와의 차이는 실력의 차이도 있지만 출발부터 의식의 차이가 뚜렷했다. 나는 출발부터 부족했던 것이다. 더구나 내가 직장을 그만두고 프리랜서로 살면서 마음 내키지 않는 기획물을 많이 쓰느라 내 색깔이 본의 아니게 바랬고 이미지가 나빠졌다.

아동문학에 관계된 이로 전국에서 배익천을 모르는 사람은 드물다. 부산은 물론 서울에 거주하는 이들도 배익천과 그의 친구 홍종관을 모르면 사이비다. 이는 그들이 알아달라고 이야기한 적도 없지만 그들이 베푸는 인정이 남들은 도저히 따라갈 수가 없는 것이라 입에서 입으로 소문이 나 다 알게 된 것이다.

그를 아직 만나보지 못한 이들에게 무용담처럼 배익천과 홍종관의 전설(?)은 퍼져간다. 그래서 한번쯤은 부산을 가게 되고, 가서는 연락이 닿으면 위아래를 막론하고 내 살붙이처럼 대접받는 것에 반해 그들의 전설은 더욱 위세를 얻게 된다.

부산의 손님 대접 문화는 서울내기에 가까운 내가 보면 무지막지(?)한 수준이다. 우선 홍사장네 자연산 횟집에서 배껏 먹고, 2차는 바닷가로 가서 바람을 쐬며 맥주를 한다. 그리고 3차는 노래방에 가서 새벽까지 노래 부르고 뛴다. 각자의 성격과 끼가 다 드러나는 시간이다. 그것으로 끝나는 게 아니다. 광안리 해수욕장 가에 즐비하게 늘어선 어느 해장국집에 가서 해장국을 먹고 나면 몸이 나른해진다. 대개 해가 떠오를 즈음이 된다.

그때 손님들은 모텔에 재우고 자기들은 출근 준비를 한다. 술을 먹더라도 12시를 넘기기가 힘든 서울 사람들과는 판이하게 다르다. 그렇게 긴 시간을 대접하려면 돈도 많이 내야 한다. 그렇게 희생하며 긴 세월 동안 배익천은 외지에서 온 사람들을 대접했다. 홍종관도 마찬가지로 많은 희생을 했다. 아마 우리 같으면 집사람 등쌀에 어림도 없는 일을 이들은 실천하고 있는 것이다. 배익천은 내가 볼 때 그렇게 자기 몸과 돈을 희생시키며 30여 년을 살아온 사람이다. 그러면서도 정통 동화만 썼다. 대단하다.

나는 배익천이 어떤 사람한테도 모진 소리하는 것을 보지 못했다. 가끔 바른 소리라고 해서 상대방의 기분을 헝크러뜨려 놓는 나와는 성격도 사뭇 다르다. 그것 또한 그의 장점 중 장점이다. 그는 상대방을 입으로 대하는 게 아니고 가슴으로 대한다. 그래서 상대방을 편하게 만들고 정을 느끼게 만드는 큰 장점을 가지고 있다.

그는 거기다 자기 관리를 잘해 순수 동화 이미지를 풍기는 큰 언덕을 이루고 있다. 그래서 그의 원고를 받고 싶어 하는 출판사가 많다. 그와 연을 맺고 싶어 하는 출판 종사자들도 부지기수다.

이런 면에서 배익천은 나이로는 나와 동년배지만 문학으로나 인품으로나 나보다는 훨씬 윗길이다. 아니 스승이라는 표현이 더 어울릴 거다.

그의 문학이 백년이고 천년 후에도 만인에게 회자되기를 바란다. 회자될 때 사비를 털어 이번 잔치를 마련한—현세에서는 아주 보기 드문—그의 친구 홍종관도 함께 주인공이기를 바란다. 더 욕심을 낸다면 나, 이동렬도 그의 친구 중 한 사람이었다는 것도 알려졌으면 한다.

마당발, 그 내면의 진실

노원호

배익천, 그는 '마당발'이다. 나만 그렇게 부르는 것이 아니라, 많은 사람들이 그렇게 부른다. 내가 마당발이라고 부르는 데는 그럴만한 이유가 있다. 아동문단에서 그를 모르는 사람이 있다면, 아마 변죽에 있는 사람일지도 모른다. 부산에 살면서도 서울에 있는 사람보다 서울 사람을 더 많이 안다. 그냥 아는 정도가 아니라, 모두 한 형제 같은 느낌으로 알고 지낸다. 내가 이렇게 말하면 누가 이의를 달거나 부정하는 사람이 있을지 모르지만, 아마 내 추측으로는 없으리라고 생각한다. 그것은 그를 아는 사람이라면 누구든 나와 똑같은 느낌을 가지고 있을 거라는 믿음 때문이다.

마당발은 사전적 의미로 '볼이 넓은 발'을 말한다. 그러나 사전적 의미보다는 '모르는 사람이 없을 정도로 많은 이와 교우 관계를 잘 맺고 있는 사람'을 비유적으로 사용하는 좋은 말이기도 하다. 그런데 그 말이 왜 배익천에게 꼭 어울리는 말일까? 그의 내면을 들여다보면 그렇게 말할 수 있는 진실을 발견하게 된다.

그는 사람을 사귀더라도 가려서 사귀지 않는다. 좋든 싫든 그가 가지고 있는 모든 의식을 진실하게 내 보인다. 그리고 누구에게나 베푸는 것을 원칙으로 한다. 남이 자기한테 어떻게 해 주든 그런 것은 상관하지 않는다. 오직 자기가 베풀 수 있는 것은 모두 베풀어 주는 스타일이다. 한 번 알게 된 사람에게는 누구든 꼭 베풀어 준다. 아마 우리 아동문단에도 물질적이든 정신적이든 그의 마음을 받아본 사람이 많을 것으로 생각된다.

또한 그는 예의가 바르고 정이 많다. 웬만한 일이 아니고서는 서울까지 올라오는 일이 어려울 텐데, 그는 서울을 부산 시내를 오가는 것처럼 드나든다. 누구 병문안을 하거나, 문상을 해야 하는 일은 말할 것도 없거니와 누가 상을 받는 일이 있어도 올라와서 축하해 준다. 이게 아무나 할 수 있는 일인가? 그만이 할 수 있는 일이다. 그래서 사람들이 그를 더 좋아하고 따르고 있는지 모르겠다. 이쯤 되면 그를 왜 마당발이라고 하는지 짐작할 수 있을 것이다.

내가 그를 알게 된 것은 30여 년 전으로 거슬러 올라간다. 1974년 내가 《매일신문》 신춘문예에 동시가 당선되었을 때, 그는 《한국일보》 신춘문예에 동화가 당선되었다. 그 때 그는 경북 월성군의 양동초등학교에 근무하고 있었고, 나는 울진군 부구초등학교에 근무하고 있었다. 서로 떨어져 있으면서도 문단에 같이 등단한 관계로 대구아동문학회에 가입하여 한 달에 한 번씩 만나는 기회를 가지게 되었다. 당시 대구아동문학회에는 동화작가 김성도 선생을 비롯하여 쟁쟁한 분들이 많았는데, 그 분들을 만나는 기쁨으로 우리 둘은 모임에 빠지지 않고 참석하게 되었다.

그보다 그에게 더 매료된 것은 그의 작품이었다. 신춘문예 당선 작품이 「달무리」였는데, 그 당시 내가 받은 감동은 어쩌면 이렇게 시적으로 썼는가 하고 그를 다시 한 번 생각하게 되었다. 나중에 그를 보니 겉모습이 시적으로 생기기는커녕, 그나 나나 촌스러움만 가득했다. '흰나비를 사랑한 아기별이 사랑을 이루지 못하고 결국 달무리가 되었다'는 내용인데 상황이나 장면 묘사가 시적으로 표현되어서 지금까지 그 여운이 사라지지 않고 있다. 그 뒤 그가 발표하는 작품과 인간 됨됨이를 보면서 그의 마음 속에는 늘 시가 들어 있구나 하는 느낌을 가지게 되었다. 어떻게 보면 마음이 여려서 슬픈 일이 조금만 있어서도 눈물을 펑펑 쏟을 것 같은 그런 사람으로 여겨진다. 그것은 나만의 느낌이겠지만 적어도 그의 마음에는 넉넉한 눈물샘이 있어서 금방이라도 눈물을 쏟아낼 것 같은 생각이 든다. 그만큼 그는 감정이 풍부하고 인간으로서 갖추어야 할 기본 요건을 모두 다 갖추고 있는 듯하다.

당시 대구아동문학회에는 우리보다 조금 먼저 등단한 동화작가 강준영과 동시인 하청호, 김재수가 있었다. 우리들은 그들과 쉽게 어울리게 되었고, 그 이듬해 송재찬, 권오삼 등 동시인, 동화작가 아홉 명이 '한뜻모임'을 만들어 한뜻 문고를 발행하게 되었다. 당시 대구에 거주했던 강준영, 하청호 선생이 주축이 되었는데, 제1집 『꽃과 항아리』를 1976년 5월에 발행하여 학교 도서관과 어린이들에게 무료로 나누어 주었다. 제3집까지 발행하고 몇몇의 동인들이 서울과 부산 등으로 흩어지는 바람에 문고 발행은 그만 중단이 되고 말았다. 지금 생각하면 좀 안타까운 일이지만, 1970년대 들어 등단한 젊은 그룹 중에 배익천은 당당히 그 중심에 서서 오늘날까지 왕성하게 작품을 쓰고 있다.

이는 그의 천부적인 성격 탓도 있지만 누구보다도 노력하는 사람이란 점이 더 클 것이다. 한 때는 4면으로 된 동화편지 『작은 글마을』을 펴내어 무료로 배포하기도 했다. 그것은 창작의 게으름에서 벗어나고자 하는 자기 스스로의 채찍일 수 있다. 그만큼 그는 노력하고 있다는 증거를 보이고 있는 셈이다. 오늘날 우리 아동문단에서 중심 위치를 차지하고 있는 것도 그런 노력의 결과라고 본다. 다시 말하면, 그는 성격 좋은 남자일 뿐 아니라 남을 위해 베풀 줄 알고, 정이 많고, 자기를 위해 부단히 노력하는 사람이다. 그러다보니 많은 사람들이 그를 좋아하고 마당발이라는 닉네임도 붙여 주었는지 모른다.

또한 배익천을 얘기하면서 부산의 '방파제'를 빼놓을 수 없다. 그를 아는 사람이라면 그 곳을 모르는 이가 없을 것이다. 여기서는 방파제를 얘기하려는 것이 아니라, 그 곳을 운영하는 '감로'와 '예원' 선생이다. 배익천이 이 두 분과 어떻게 만났는지는 잘 모르지만, 지금 형제 이상이라는 것은 알고 있다. 물론 배익천 때문에 두 분을 알게 되었지만, 이 두 분도 배익천 이상으로 남을 위해 베풀어 주는 사람이다. 배익천과 이 두 분과은 아마 전생에서부터 필연적으로 만나야 되는 운명을 가지고 이 세상에 나왔는지도 모른다. 서로 이해하고 베풀어주는 마음이 어느 한쪽으로도 기울지 않는다. 지금까지 그렇게 좋은 관계를 유지해오는 것도 바로 그런 마음가짐 때문이 아닌가 싶다. 자기 자신보다 남을 먼저 생각해 주는 베품의 정신을 그대로 실천하는 분들이다. 수 년 전에 연필시 동인들과 동화작가 십여 분이 부산에서 만남의 시간을 가진 적이 있다. 그 때 모든 준비를 배익천과 방파제의 두 주인장이 해 주었는데, 1박 2일 동안 갖은 고생을 다 하셨다. 그 때를 생각하면 정말 미안하기도 하지만, 너무도 좋은 추억거리를 만들어 주어서 지금도 생생히 떠오른다.

배익천, 그는 분명 마당발임에 틀림없다. 그가 뿌려 놓은 씨앗들이 곳곳에 싹이 나서 우리 아동문단을 아름답게 만들고 있다. 그가 보여준 인간 됨됨이와 문학적 업적이 앞으로 많은 사람들에게 빛을 남겨 주리라 생각한다. 그가 있어 오늘 내가 더 행복한 것은 어쩐 일일까? 그와의 만남은 내 인생에 큰 수확이다.

아름다운 인연

홍종관

늘 곁에 있는 건호 선생(배익천 선생님을 우리는 건호 선생이라 부른다)에 대해 펜을 들려하니 새삼스럽기만 합니다.

그는 생전에도 만났었고 생후에도 만날 것만 같은, 늘 나의 마음을 평안하게 하는 마력을 가진 사람이기 때문입니다.

막상 글을 쓰려하니 그의 몸을 떨쳐 멀리서 바라보아야 할 것 같아 두렵기도 합니다.

그를 떠올리면 늘 같이 있는 것만 같은 느낌이 드는 것은 무엇일까…….

문득 어릴 적 읽은 동화 한 편이 생각납니다.

누구나 다 알고 있는 「큰바위 얼굴」.

얼마나 감동적이었는지 저의 메마른 가슴은 작은 물줄기 하나로 샘이 이루어지는 듯하였고, 가슴속에 인자한 할아버지를 그리며 '나도 커서 큰 바위 얼굴 같은 사람이 되어야지!' 하고 다짐을 하였습니다.

하지만 세월의 흐름과 함께 그런 할아버지의 모습도 점차 사라져 가슴속엔 다시 바짝 마른 샘터만 남아 있는 저에게, 또 다시 싱그러운 향기와 맑은 물을 길어준 사람이 바로 지금 제 마음속에 늘 한결같이 있는 건호 선생입니다.

초등학교 2학년 여름, 인천으로 전학한 이후로도 다섯 번의 전학과 졸업 등, 복잡했던 30년의 도시 생활을 마감하고 부산 방파제에 온 것이 1987년 6월 6일입니다.

그때의 방파제는 세 살짜리 딸아이 세미 엄마와 운영하는 조그마한 횟집이었습니다.

모든 것이 서툴렀고, 친구도 친척도 없이 방파제는 그렇게 외롭게 시작됐지만 우리 부부는 정성껏 열심히 일했습니다.

그해 늦가을 어느 날, 주방에서 일하는 저를 예원(세미엄마)이 불렀습니다.

젖은 손을 대충 닦고 서로 인사를 주고받은 사람은 건호 선생이었습니다.

이것이 그와 저의 운명적인 첫 만남이었습니다.

그러던 어느 날, "오늘 한 잔 할 수 있습니까? 몇 시에 어디서 만날까요?" 하고 건호 선생이 물어 왔습니다.

얼마만의 술 한 잔 하자는 소리였는지!

사업이랍시고 매일 술과 함께 생활하며 11시 이전에는 귀가한 적 없던 저이지만, 부산으로 내려와 방파제를 시작한 이후로는 혼자 하는 술이 싫어 거의 끊다시피 했습니다. 그런 제게 술 한잔 하자는 소리는 얼마나 반가운 소리였는지 모릅니다.

약속 장소에서 먼저 한 잔을 들이키고 있으니, 늦게 도착한 건호선생은 저와 속도를 맞춘다며 몇 순배 술을 들이키는 것이었습니다.

전생에 얼마나 대단한 인연이었는지 모르겠지만, 이생에서 다시 만난 우리의 정은 이렇게 시작된 것 같습니다.

언제나 자신보다 남을 먼저 생각하는 그의 배려는 메말라가던 우리 부부의 마음을 따뜻하게 녹여주어 어려운 방파제 살림살이에도 힘든 줄 모르고 일했습니다.

건호선생의 도움으로 방파제도 바쁜 날이 많아졌고, 그런 날이면 그는 손수 두 팔을 걷어 올리고 일을 도와주겠다며 공깃밥을 푸기도 하고 심지어 부침개도 직접 구워 손님상에 올리기도 하였습니다.

세상에 어쩜 저런 사람이 있나 싶었습니다.

또, 그는 방파제 식구들에게도 항상 진심어린 마음으로 대하며, 20년 동안 매년 명절마다 직원들에게 선물로 감사를 표시하여, 저의 체면도 세워주고 있으니, 제가 참 복 많은 놈이란 걸 깨닫게 해 주었습니다.

이렇게 점점 건호 선생의 마음을 알게 되면서 저의 마음은 새털처럼 가벼워 하늘을 나는 듯 하였고, '몇 년 만 부산에 있다가 서울로 돌아가리라' 하던 맘 또한 어느새 날아가 버려, 이젠 건호 선생이 있는 부산이 진짜 저의 고향이 되었습니다.

1992년 4월 1일 건호 선생은 즐기던 담배를 끊었고, 한 달만 더 피기로 약속한 저의 줄담배도 5월 1일이 마지막 날이 되었습니다.

그해 여름 저와 건호 선생 등의 일행은 모스크바, 시베리아 철도, 바이칼 호수…… 백두산까지 19일 동안 같은 방을 쓰며 함께 여행을 하였습니다.

얼마나 기쁘고 즐거운 나날이었는지, 김치와 된장찌개에 익숙한 한국 사람은 냄새조차 견디기 힘들다는 몽골음식까지 그저 맛있게만 느껴져 몸과 마음이 한껏 부풀어 돌아왔습니다.

이렇게 건호 선생과 저의 인연은 더욱 두터워 졌고 더불어 전국각지의 문인, 특히 아동문학인들을 알게 되었으며 같이 어울려 동심의 세계로 빠져들게 되었습니다.

휴일이면 멀고 가까운 산으로 산행을 하였고, 밤이 되면 광안리 바닷가에 우리가 직접 라면박스로 지은 일명 '모래성 카페'에 둘러앉아 바다와 하늘을 바라보며 이야기꽃을 피우기도 하고, 술병을 무수히 자빠뜨리기도 하였습니다.

백사장에서의 건호 선생의 감미로운 노랫소리는 저희의 심금을 울렸고 저의 어설픈 소리마저도 건호 선생의 추임새로 힘을 얻었으며 다함께 부르는 동요 소리는 파도 소리에 흥을 더해 갔으니 백아와 종자기도 이만은 더하였겠는가 싶습니다.

일상을 그와 함께 나누던 2002년 11월 28일 저녁,

우리는 모처럼 술집에 들러 술을 한잔 나누었습니다.

동생에게 신장이식을 하기 위한 수술날짜를 잡고 우리 두 사람은 말없이 술잔을 기울였습니다.

두려움과 긴장을 날려 보내기 위해 노래를 부르기도 하고 춤을 추기도 하였지만,

그의 품에 안기니 소리 없이 그저 눈물만 흘러나왔습니다.

그의 팔은 조용히 힘 있게 저를 감싸 안아주었고, 그제야 저는 마치 부모 품에 안긴 어린 아이처럼 마음의 평안을 느낄 수 있었습니다.

건호 선생은 제 마음의 기둥이었고, 거친 파도를 잠재우는 잔잔한 바람이었습니다.

수술 뒤 병실에서 기다리던 건호 선생의 편지 한 통은 제 마음을 어루만져 주었습니다.

참으로 무엇과 비교하리오!

이렇듯 방파제를 위해 저희를 위해 온갖 정성을 다한 건호 선생은, 정작 저로 인해 작품 활동의 많은 시간을 빼앗겼습니다.

언젠가 읽은 김현숙 선생님의 「배익천 작품론」에서 "배익천은 1980년대 후반에서 1999년 『별을 키우는 아이』를 내놓기까지 무게가 실린 작품이 그리 많지 않고……."라고 지적한 바가 있습니다.

그 원인이 꼭 저 때문인 것 같아 정작 저는 건호 선생의 마음을 헤아리지 못한 것만 같아 후회막급 이었습니다.

이제 MBC의 배익천 국장님은 2008년 3월 정년이십니다.

하루는 길고 일 년은 짧다고 했나요.

세월이 너무 빠른 것만 같습니다.

건호 선생도 더 나은 창작활동을 위한 새로운 시작을 준비 할 때가 된 것 같습니다.

제가 건호 선생의 만류에도 불구하고 이 기념회를 준비한 이유가 여기에 있습니다.

기념문집의 준비 등등은 김종회 교수님과 김용희 선생님의 수고로움이 합하여 이와 같은 방법으로 이루어 졌습니다.

건호 선생의 의지와 관계없이 시작한 이 기념회가 혹여 그에게 누가 될까 염려스럽기도 합니다.

그러나 한 가지 분명한 것은 건호 선생이 가꾸는 고성의 아름다운 숲이 '동화나무의 숲'을 이루어서 그곳이 새로운 동화, 시, 노래가 샘솟는 터전이 될 것임을 믿어 의심치 않습니다.

그의 순수하고 맑은 맘을 동화로 만들어 그 동화를 읽은 어린이들이 장차 우리의 제2, 제3의 '큰 바위 얼굴'이 되길 바랍니다.

모름지기 우리 나라는 효를 숭상하는 민족입니다.

우리 선조의 얼을 이어나갈 인재를 배출하는 정신의 밑거름이 되었으면 하는 바람입니다.

저 역시 건호 선생과의 인연을 소중히 여기고 우리의 지란지교를 꿈꾸며 살아가고자 합니다.

수고하여 주신 분들에게 거듭 감사드리고 한국 아동문학의 발전을 진심으로 기원합니다.

달무리 같은 내 친구

권택명

내 마음 속의 배익천은 주로 우리가 처음 만나 함께 어울렸던 40여 년 전 고등학교 시절의 모습이다. 말수가 적은 편이고 약간은 수줍은 듯한 표정이던 10대 후반의 배익천. 그 후 40여 년 동안, 각기 살아가는 길과 장소가 달라 자주 얼굴을 대하지는 못하고 지내지만, 내 안의 배익천은 여전히 조용하고 헌신적이며 내면으로 향하는 따뜻한 시선을 지닌, 그런 문학소년으로 동거하고 있는 것이다.

아마도 내 마음 속에 투영되어 있는 그의 이런 모습은, 50대 후반을 넘어가고 있는 지금의 동화작가 배익천에 비추어도 크게 다르지는 않을 것으로 생각된다. 10대 후반의 그가 지니고 있었던 모습들은, 인간 배익천의 DNA거나 원형질이라는 것이 변함없는 나의 생각이므로.

우리가 다닌 상업고등학교는 취업을 위주로 하는 학교로, 주산과 부기 등 숫자와 연관된 과목의 비중이 높아, 문학과는 거리가 먼 셈이었다. 이런저런 사정으로 실업계 고교에 들어가게 되었지만, 초등학교 시절부터 글쓰기를 좋아하여 계속 문예반 활동을 해온 터여서, 실업계 고교의 과목들은 매우 생소하였다. 들어온 이상 공부는 열심히 해야 하였지만, 나와 비슷한 성향이었을 배익천 역시 분위기에 쉽게 적응하기는 어려웠을 것이다.

일 년쯤 지나니, 개인적으로 문학에 대한 갈증도 생기고, 졸업 후 바로 사회로 나가는 학교의 특성상 인문계 고교보다 오히려 재학 시절의 정서 함양이 더 필요하다는 느낌도 들어, 배익천과 '소라문학 동인회'라는 교내 최초의 문학 서클을 만들게 되었다. 배익천과의 첫 만남은 잘 기억이 나지 않는데, 같은 반이 아니었지만 매년 한 번씩 있던 교내 백일장 같은 데서 배익천의 이름을 기억하고, 문학 서클 결성을 위해 찾았던 것 같다.

문학 서클의 이름을 정하기 위해 사전에 교섭한 몇몇 회원들과 방과 후 모였는데, '소라'라는 이름은 배익천이 제안한 것이다. 남학교의 서클 이름으로서는 너무 여성적이라는 생각이 들어 나는 내심 다른 이름을 원했지만, '소라는 구심점을 향해 성장한다. 문학도 내면적 성장과 성숙이 중요하므로, 문학 서클명으로서 적합하다'는 취지로 발언한 배익천의 주장에 모인 동인들 모두가 공감하여, 그리 정해진 것이다. 당시부터 배익천이 지니고 있던 문학의 본질에 대한 통찰력이 아닐까 생각된다.

매월 등사원지에 철필로 긁어 동인지를 발간하여 교내 각 교실에 비치하였는데, 글씨는 주로 내가 쓰고, 삽화는 그림에도 재주가 있던 배익천이 그렸다. 동인지 만드는 작업은 대부분 당시 같은 학교 동급생인 고종사촌과 함께 자취를 하고 있던 배익천의 자취방에서 이루어졌다. 한여름 더위에 등사용지가 팔에 달라붙던 기억이 지금도 생생하다.

배익천은 항시 남을 배려하고 격려하는 성격이어서, 서클의 후배들이 특히 많이 따랐다. '소라문학동인회'가 만 40년이 지난 지금, 모교에서 42대 후배들까지 이어져, 고교생 문학 서클로서는 기록을 세워가고 있는 것도, 어쩌면 초창기부터 지금까지 글 쓰기에서나 모임에서나 항상 어머니처럼 자상하게 배려하고 챙겼던 배익천의 덕분이 아닐까 생각하곤 한다.

배익천은 시종여일 마음이 곧고 순수하면서도 따뜻하고 정이 많은 친구이다. 고교 졸업 후 우리는 각자의 길을 찾아 헤어졌다. 배익천은 회사로, 나는 은행으로 취업하게 된 것이다. 내가 한 달여 서울에서 연수를 받고 대구로 내려왔더니 하숙집 누님이 배익천 얘기를 해주었다. 하루는 문간에 배익천이 얼씬거려 나가 보았더니 내 하숙집 담과 대문을 왔다 갔다 하는데 눈에 물기가 어려 있더라는 것이다. 제 앞가림 하느라 비교적 관계에 대해 무심했던 나에 비해 배익천의 정 깊은 마음이 하숙집 누님과 내 속에 오래 새겨지게 된 사건이기도 하였다.

1974년 1월 1일자 《한국일보》 지상에서 나는 배익천의 「달무리」라는 신춘문에 당선 동화를 읽었다. 오래 되어 큰 줄거리만 머리 속에 남아있지만, 전체적으로 배익천의 천성처럼 맑고 고운 동화였던 것으로 기억된다. 게다가 달무리처럼 환상적이기도 하여 성인동화로서도 매우 감동을 줄만하다는 느낌을 받았다. 고교 시절에 우리는 주로 시를 썼지만, 시적인 감수성이 돋보이는 작품이기도 하였다.

생각해보면 오랫동안 초등학교 교장선생님으로 계셨던 선친의 영향도 있었겠지만, 때묻지 않은 순수하고 착한 심성을 지닌 배익천이, 언제까지나 동심의 세계를 잃지 않을 수 있는 동화의 영역으로 나간 것은 참 잘 어울리는 선택이었다는 생각이 든다. 감사하게도 같은 해 7월 당시 박목월 선생님이 주재하시던 『심상』 신인상에 졸시가 당선되어, 장르는 다르지만, 우리 둘은 같은 해에 공식적으로 문단에 데뷔하는 인연의 끈을 잇게 되기도 하였다.

배익천과의 인연을 회상하면 몇 년 전 별세하신 배익천의 자당 얘기를 꺼내지 않을 수 없다. 내가 배익천의 자당을 처음 뵌 것은 고교를 졸업하던 해 겨울 영양에 있던 배익천의 집에 함께 놀러 갔을 때이나. 당시 배익천의 선친이 재직하고 계셨던 입암초등학교 교장 관사였는데, 아들만 다섯 형제가 있는 집의 어머니치고는 매우 호리호리하신 분이셨다. 깔끔하신 인상에 섬세하신 느낌이었고, 친자식 이상으로 따뜻하게 맞아주셨던 기억이 있다.

그 후 또 인연이 닿아 배익천의 집과 우리 집이 대구 만촌동에서 20여 미터 거리를 두고 나란히 산 적이 있는데, 그 때 배익천과 나는 부산과 서울로 흩어져 있을 때라, 양가 모두 홀로 되신 어머님들만 계셨다. 일년에 불과 몇 차례지만 집에 내려가는 기회에는 배익천의 집에 들러 자당께도 인사를 드리곤 했는데, 당신의 아들이 온 것처럼 반가이 맞아주시고 사랑을 베풀어주셨다. 그래서 나는 배익천이 외모는 선친을 닮았지만, 그 내면 세계는 섬세하시며 항상 남을 배려하셨던 자당으로부터 물려받은 게 아닐까 생각하고 있다.

배익천이 경주 산내면의 명계초등학교와 강동의 양동초등학교에 근무하고 있을 때, 한번씩 학교로 찾아간 적이 있다. 버스에서 내려 한참을 걸어가야 했던 명계학교로 가는 시골 길의 선연한 초록과 올망졸망한 집들, 양반 마을로 유명한 민속촌 안에 자리잡은 양동학교의 정돈된 자연과 고즈넉한 배경의 역사. 이런 모든 것들이 부산이라는 대도시, 그것도 방송국이라는 현대문명의 총아이자 최첨단인 기관에 있으면서도, 쉼 없이 아이들은 물론 어른들에게도 꿈과 소망을 주는 동화를 풀어내고 있는, 배익천의 내면세계를 형성하는 데 기여했을 것이다.

두서 없는 원고를 끝낼 때가 되었다. 20년 전 내가 크리스천이 되고 난 후 술을 끊은 것이 배익천에게는 못내 아쉬운 일일 것이다. 그는 지금도 내가 부산에 내려오면 광안리 어느 까페에서 둘이서 원 없이 동요를 부르던 그 때를 되살리고 싶어하리라. 그러나 생각할 때마다 마음이 훈훈해지는 내 좋은 친구 배익천에게 내가 거꾸로 부탁하고 싶은 말이 있다.

첫째가 절주와 체중감량이다. 최근 자료인지 어떤지는 모르겠으나 인터넷 검색 사이트에 공개된 배익천의 체중이 82 킬로그램으로 나와 있다. 절대적으로 체중을 좀 줄여야 할 것인데, 첩경이 아마도 절주와 운동일 것이다.

절주라면 해운대 방파제 횟집의 홍종관 사장님과 부산의 문우들이 매우 섭섭해 하겠지만, 나의 함량미달 우정 뿐만 아니라, 앞으로 오랫동안 배익천의 아름다운 동화를 읽어야 할 독자들을 위해서라도, 배익천은 이제부터 건강관리에 좀더 신경을 써주기를 바란다.

둘째는 영적인 세계에도 관심을 가져주기 바란다는 것이다. 둘 다 인생의 후반전을 가고 있는 시기이다. 내리막길을 가면서 그 동안 보이지 않던 세계를 보는 눈을 가져주기를 바라는 것이다.

창조주에 대한 신앙은 인간의 냄새를 사라지게 하는 것이 아니라, 인간의 가장 본질적인 모습을 보게 하는 것이라는 게, 40년 지우 배익천에게 꼭 들려주고 싶은 나의 지론이다. 그리하여 이제 정년 이후 더욱 그 폭과 깊이가 넓어지고 깊어질 배익천의 작품 세계가, 하나님과 인간을 함께 아우르며 영혼의 심연을 길어내는 작품으로 더욱 확대되어가기를 바란다.

항상 은은히 달을 감싸고 있는 달무리처럼, 부드럽고 고운 심성의 내 친구 배익천의 정년을 진심으로 축하하고, 앞으로의 건승과 건필을 간절히 기원하며, 졸필이나마 그와의 감사한 인연을 되새기게 된 것을 더 없는 기쁨으로 생각한다.

자운영을 닮은, 아니 자운영!

이기창

내가 인간 배익천을 처음 만난 것은 1987년 1월 초였다. 일러스트레이터인 선배가 나의 부산행 소식을 듣고 소개해 준 이가 바로 그였다. 그때 나는 건강 검진 결과 두어 달 요양이 필요하다는 의사의 권고에 따라, 시집 간 여동생이 살고 있던 부산으로 가려던 터였다

"부산에 가면 꼭 만나볼 사람이 있어. 동화작가인데 사람이 아주 그만이야. 내가 기창 씨 얘기를 해 두었으니까, 부산에 가거들랑 꼭 연락해서 만나라고. 둘이 죽이 잘 맞을걸."

'죽이 잘 맞을 거라고? 그럼 술꾼인가?'

부산으로 내려간 바로 다음날, 나는 그에게 전화를 했고, 바로 만났다. 광복동 언저리에서 만났는데, 처음부터 오래된 만남처럼 편했다. 명색이 요양을 온 이튿날이라 그날은 술 한 잔 나눔 없이 그냥 헤어졌다. 어쩌겠는가? 부산으로 뚝 떨어져 내려온 까닭이 서울 벗들의 술 유혹에서 벗어나려는 궁여지책인 것을. 그러나 그 계획은 作

心三日의 오래된 검증의 덫에 걸려 두 번째 만남에서부터는 여지없이 무너졌다. 나도 그도 문학청년이나 앓는 결핵 따위에 휘둘려 술을 마다할 위인들이 아니었던 것이다. 한 번은 두 번을 부르고, 한 잔은 두 잔을 불렀다. 한 달 보름쯤 부산에 머무르는 동안 나는 그를 뻔질나게 만났고, 문학과 어린이와 책을 안줏거리로 늘 술과 함께했다. 이미 그의 인간미에 취한 내가 다시금 술에 취한들 무슨 상관이랴, 싶었다.

모든 만남이 그렇듯, 편하고 좋으면 만남이 잦아지고, 그러다 보면 정들기 마련이다. 그러나 술벗으로 시작한 만남이 신의로 변하고, 나아가 그의 사람(또는 나의 사람)이 되려면, 그만한 감동이 깃든 풍경이 있기 마련이다.

그해 여름휴가 때, 나는 회사의 입사 동기 너덧 명과 함께 다시 부산을 찾았다. 아니 배 작가를 찾았다. 초저녁부터 시작한 술자리는 광안리 해변으로 옮겨져 자정을 넘겨서까지 이어졌다. 그리고 예상대로 늙은(?) 그는 끝까지 남았고, 젊은 우리 몇몇은 먹지도 않은 빈대떡을 부쳐가며 고꾸라졌다.

다음날 아침 우리 일행은 배 작가를 다시 만났다. 우리들의 사양(빈말이 아니었다. 가시나 둘은 다이어트를 이유로 아침을 생략하는 이들이었고, 나를 뺀 남정네들은 잠이 더 중요한 이들이었으므로.)에도 불구하고 굳이 해장국을 사겠다고 나타난 것이었다. 그는 당시 부산역 부근에 있던 부산문화방송 가까운 곳의 시장 골목으로 우리를 몰고 갔다.

우리의 다음 목적지는 휴가 직전에 TV에서 방영된 베스트셀러 극장의 배경 '지심도'였다. 그 섬이 부산과 가깝다는 것과 화면에서 본 호젓한 선착장의 풍경에 헛헛한 남녀의 스토리가 겹쳐져 우리를 사로잡은 것이었다.

해장국으로 뒤틀린 뱃속을 달랜 우리는 연안부두로 향했다. 연안부두는 해장국집에서 지척. 그래서였을까? 배 작가는 우리들의 손사래에도 아랑곳하지 않고 대합실까지 따라왔다. 아니 앞장섰다. 그리고는 내가 팔을 붙잡고 말리는데도 기어코 뿌리치고는 성큼성큼 매표소로 가 우리 일행의 표를 샀다(그를 아는 이는 아무리 말려도 소용없다는 것을 알리라). 이미 우리 일행은 배 작가의 살가운 환대에 감동하고 있었는데, 그것은 시작에 불과했다. 내가 곧은창자를 가진 터라 잠시 화장실을 다녀오는 동안, 배 작가는 비닐봉지 가득 소주 몇 병과 안줏거리를 준비해 왔고, 아직도 시간이 제법 남아 있는 배 출발 때까지 자리를 지켰다. 그것은 아무나 할 수 있는 일이 아니었다.

마침내 개찰이 시작되자, 배 작가의 한없는 배웅이 부담스러운 우리 일행은 빨리 그를 보내드리고자 서둘러 배에 올랐다.

"감사합니다. 또 뵙겠습니다."

"낼 다시 부산에 오면 연락해, 알긋제?"

"아, 예. 고마 들어 가이소."

나는 건성으로 대답을 그렇게 했다. 속으로는 '다음에는 오지만, 이번에는 더 안 옵니다. 이리 미안스럽게 하시는데…….'라고 중얼거리면서. 그 뒤로도 여러 번의 머리 숙임과 빠이빠이 손놀림이 있고서야, 우리는 가까스로 배에 오를 수 있었다.

"후우~!"

"이별이 왜 이리도 힘드냐?"

우리는 배 작가의 고래 심줄마냥 질긴 환대에 고개를 절레절레 흔들었다.

잠시 뒤, 마침내 배가 부두를 떠나고 있었다. 우리는 갑판으로 우르르 몰려 나가 '연안부두 떠나는 배'의 정취를 느끼고자 했다. 그때였다.

"저기 배 선생님이시다."

누군가의 외침에 놀라 모두들 부두 쪽으로 눈길을 확 돌렸다. 그때 우리들 눈에 들어온 것은— 아, 배익천! 연안부두 2층 난간에 서서 눈을 못 마주칠 지도 모를 우리를 향해 쉼 없이 손을 흔드는 사람, 배익천이 거기에 있었다.

그때 우리는 모두 손으로 입나팔을 만들어 "배 선생님~!", "사랑해요!" 등을 외쳤다가 손을 흔들었다가 했지만, 지금도 그때 우리가 내질렀던 "우와, 우와!" 그 감탄의 말밖에 다른 표현이 있을까 싶다.

그 뒤로 나는 그를 "배 대장!"이라고 부른다. '술 대장', '배불뚝이 대장'으로 여기는 이도 있으리라. 그러나 나에게 그는 그때부터 영원한 마음의 고향이자 멘토다.

요즈음 내 사무실 책상 위에서는 자운영이 수시로 피고 진다. 컴퓨터 모니터 바탕 화면을 자운영 꽃밭으로 바꿨기 때문이다. 올 봄, 『삼별초 항쟁 가까이』를 펴내고자 남해로 출사를 갔다가 찍은 것이다. 최근 그 책을 펴내고 사진 파일을 정리하다가 다시 자운영을 보았고, 당연 배 대장이 떠올랐다. 창피스런 고백이나 서울에서 나고 자란 서울뜨기인 내가 문학 작품 속에서나 만나던 자운영을 직접 눈으로 처음 본 것이 바로 배 대장 문학의 텃밭으로 자리 잡은 고성으로 가는 길에서였기 때문이다.

한 남자를 꽃에 비유하는 것은 적절치 않다는 생각에 나도 동의한다. 그것도 덩치가 불룩한 반백의 장년 사내를 꽃과 연결하는 것은 더욱 가당찮은 것이리라. 그럼에도 불구하고 나는 그를 자운영이라

믿는다.

자운영, 꽃을 피워주는 꽃이여!

농부 같은 작가, 배익천

김 영

나는 배익천을 평소 여불(如佛)이라 부른다. 때로는 석인(石人)이라 부르기도 한다. 배익천은 립우(立羽)와 건호(虔晧), 여동(如潼)이라는 아호가 있다. 그럼에도 내가 부를 때 여불 또는 석인이라 부르는 것은 그가 간직한 성품과 평소의 언행 때문이다.

듬직한 체격에 말수가 적은 묵중(默重)한 풍모는 부처 같기도 하고 큰바위 얼굴 같기도 하다. 그는 만남을 소중히 여기는 작가요, 베풀며 살아가는 모습에서 사심이라고는 찾아보기 힘든 순수한 사람이다. 마치 하늘의 뜻에 따르고 자연의 섭리에 따라 씨 뿌리고 거둬들이는 순후한 농부를 닮은 작가다. 흔히들 말하는 법(法) 없이도 살아갈 수 있는 어진 사람이다. 작품을 구상 할 때도 누구와 의논하거나 내놓고 말하는 것을 보지 못했다. 혼자서 고뇌하고 작품을 다듬으며 보이지 않게 창작에 열중하는 작가가 배익천이다.

나는 그와 세 가지 연분(緣分)으로 만나 30여년을 같은 직장에서 생활했다. 사람은 살아가면서 수많은 인연과 만난다. 주로 두드러진 것이 혈연이요, 지연이며 학연이다. 지연과 학연, 직연이 나와 그를 끈끈하게 묶어줬다.

1979년 경주 어느 초등학교에서 근무하던 여불이 부산문화방송에서 발행하는 『어린이문예』 편집장으로 입사하면서부터 나와 그는 세 가지 인연으로 확실하게 맺어진 것이다.

부산문화방송이 창사이념인 '어린이에게 꿈을' 심어주기 위해 순수 아동문예지 『어린이문예』를 발간하기로 하고 유능한 작가를 공개 모집한 결과 배익천이 선발된 것이다. 1974년 한국일보 신춘문예에 「달무리」가 당선돼 왕성하게 창작활동을 하고 있던 그가 나와 같은 직장에서 근무하게 되면서부터 선배와 후배요, 동료로서 인연이 다시 한번 맺어진 것이다. 특히 선배와 후배의 관계는 겹쳐 있다.

배익천은 그의 학력에서 나타나듯이 안동교육대학 출신이다. 내가 졸업한 안동사범학교가 폐지되고 그 법통을 이어 받은 것이 안동교육대학이다. 지금은 안동대학교로 발전했다. 10년 후배다. 그러니까 출신학교와 직장에서 나와 배익천은 이중으로 선배와 후배가 되었으니 이보다 더 기쁜 일이 또 어디 있을까? 그러나 내가 보도국장이 되고 이사가 되고 사장이 되었을 때도 그는 나와의 선후배 관계를 들어내지 않았다. 오히려 내가 그를 챙기려하면 사양하고 한발 물러서는 겸손하고 아름다운 모습을 보여줬다. 그래서 그는 힘들고 복잡한 일들을 해가면서도 불평한마디 하지 않았고 승진은 다른 직원들보다도 늦었다. 『어린이문예』를 편집하고 출판하는 전문직으로 입사했지만 IMF사태가 일어났을 때 『어린이문예』가 사정에 의해 발간이 중단되자 FM방송의 PD로 근무부서를 옮기기도 하는 등 어려움이 많았지만 평소의 근성 그 모습대로 잘 참고 견디는 사람이 배익천이었다.

특히 『어린이문예』는 배익천과 뗄래야 뗄 수 없는 깊은 사연을 안고 있다. 교편을 잡고 있던 그가 『어린이문예』 편집장으로 직장을 옮기긴 했지만 그렇게 생각했던 것만큼 편안한 일터는 아니었을 것이란 생각이 든다. 편집하고 출판하고 판촉하고 수금하고 하는 일련의 과정이 그렇게 호락호락하지 않는 업무였을 것이다. 자존심이 상한 경우도 허다했을 것이다. 교사가 장사꾼이 되었으니 말이다. 더더구나 IMF로 『어린이문예』가 정간되고 생소한 부서에서 근무한다는 것이 그렇게 쉬운 일은 아니었을 텐데도 잘 참아 가면서 동료들과 친숙하게 지내는 모습에서 나는 그의 인내심과 원만한 인간관계를 확인했다.

그는 작품과 출판을 통해 우리나라 아동문학 발전에 크게 기여 하고 있는 작가다. 그의 작품에 대한 평가는 이미 많은 분들이 언급한 바 있지만 동화집 『내가 만난 꼬깨미』와 『별을 키우는 아이』가 30쇄를 넘기면서 10만부 이상 독자의 사랑을 받았다는 사실은 배익천의 작가적 능력을 인정받고도 남음이 있다. 동화집이 10만부 이상 팔려나갔다는 것은 성인문학의 '밀리언셀러'에 필적 할만한 놀라운 작가의 인기이다.

서울도 아닌 지방에서 『어린이문예』를 발간하는 일이 그렇게 쉽지만은 않다. 더더구나 상업주의에 물들어 있는 서울의 물량공세에 맞서 지방에서 출판하는 순수 『어린이문예』잡지가 경쟁하며 살아남기란 쉬운 일이 아니다. 그러나 그는 해냈다.

2000년의 일이다. IMF로 한때 중단했던 『어린이문예』를 복간하자고 졸라댔다. 졸라대는 말의 뜻을 잘 음미해보면 선후배 사이에 있을 수 있는 응석 부림일 수도 있다. 나는 그 때 부산문화방송 총괄이사로 재직하고 있었다. 그가 찾아와서 이제 회사 형편도 많이 나아졌으니 『어린이문예』를 복간하는 것이 좋겠다고 건의해 왔다. 모든 것이 중앙에 집중돼 있는 우리의 현실에서 아동문학 잡지마저도 예외는 아니니 부산문화방송에서라도 『어린이문예』를 복간하자고 했다. 그래서 어린이들의 정서를 함양시키고 아동문학작가들에게도 발표 지면을 확대 제공하는 것이 꼭 필요하다고 강력하게 건의하는 것이었다. 그의 간곡한 호소를 나는 받아들였다. 결정권자인 Y사장에게 건의하여 『어린이문예』를 복간하기로 결정한 것이다.

대한민국 민간 상업방송의 효시사인 부산문화방송이 창사이념에 걸맞게 『어린이문예』를 복간하는 것이 지역사회에 공헌하는 길이요, 우리나라 어린이들에게 희망과 용기를 심어 주리라는 기대와 소망을 확신했기 때문이다.

『어린이문예』를 복간하면서 회사는 그를 주간으로 발령했다. 뿐만 아니라 『어린이문예』를 무가지로 발행하되 작가들에게 사례하는 원고료는 우리 나라에서 최고의 예우를 하기로 회사는 결정했다. 『어린이문예』 한 권에 얼마씩 책값을 받으려는 얄팍한 상업성을 포기하고 작가에게는 최고의 예우를 하기로 한 이 같은 부산문화방송의 결정은 한국아동문학 발전에 기여하는 획기적 계기가 되었음을 나는 자부하고 있다. 그 이면에 배익천이 있었다는 것을 밝혀두는 바이다.

그와 나는 직장에서는 선배와 후배요, 상사와 동료로서의 관계와 한계가 엄격하고 돈독하기도 했다. 이 세상 살아가면서 아무리 공과 사를 구분한다고 하지만 때로는 그 한계가 흐트러지기 쉬운 것이 인간사이다. 그러나 그는 나와의 선후배 관계란 인연을 내세워 사적인 욕구를 챙기려 하지 않았다. 오히려 나와의 관계를 멀리하거나 사양하는 경우가 많았다. 이점을 나는 그에게 항상 고맙게 생각하고 있다. 그러나 직장을 떠난 자연인으로 돌아가면 깊은 인연으로 얽혀 있고 참으로 친하게 지낸 후배의 한 사람이 배익천이다.

학교와 고향과 직장에서의 인연뿐만이 아니라 한국문단의 거봉(巨峰) 향파 이주홍 선생님을 모시는 데 있어서도 나와 그는 한결 같았다. 나의 대학 은사이신 향파 선생님은 우리 나라 문학에 남기신 업적이 뛰어나신 분임에 두말할 여지가 없다.

나는 향파 선생님의 문학적 업적과 그 정신을 기리고자 강남주, 성기정 같은 선배 문하생들과 추모사업을 함께 했다. 이주홍 문학재단을 설립하고 이주홍문학관 건립, 이주홍 문학상 제정 등이 우리가 펼친 주요 사업들이다.

배익천은 이주홍아동문학상 수상 작가이기도 하지만 이주홍문학재단의 사무국장으로도 오랫동안 일했다. 선생님의 문학정신을 이어받아 기념사업에도 헌신하며 훌륭한 작가를 찾아내 시상하고 격려하는 데도 열성적이었다. 이주홍문학재단을 함께 이끌어 오면서 느낀 그의 심성은 참으로 훌륭했다. 어떻게 하면 훌륭한 작가를 찾아내 시상하는 것이 이주홍 문학상을 빛나게 하는 것인가를 두고 마음 쓰는 그의 자세는 성실하고 사심(私心)이 없었다.

자기와 친한 작가에게 문학상을 주고 싶은 마음이 있을 법한데도 그렇지 않았다. 사무적인 일에만 열심이었지 심사에는 관여하지 않는 그의 자세는 나에게 큰 감명을 줬다. 지금 생각해도 자랑할 만한 후배요, 동료였고, 정신이 살아있는 작가라는 생각에는 변함이 없다.

나는 배익천과 고향이 이웃해 있다. 나는 영주가 고향이고 그는 영양이다. 함께 자주 고향 쪽으로 여행을 떠나기도 했다. 영양은 경상북도 동북부 산간오지이나 이름난 문향(文鄕)이다. 영양에는 이름난 문인들이 많이 태어났다. 오일도와 조지훈이 있다. 이문열도 있다. 배익천도 있다. 비록 산간벽지이긴 하지만 선비의 고장이요, 예의와 전통을 숭상하는 지조 있는 사람들이 모여 사는 고장이다. 출향인사들의 훌륭한 면모를 자랑으로 여기며 그들의 업적을 빗돌에 다 새겨 놓고 오래오래 추모하는 땅, 영양에서 배익천은 아름다운 고향산천을 바라보며 유년시절을 보냈다. 그의 작품 속에는 아름다운 고향이 자주 등장한다. 산촌 아이들의 때 묻지 않은 동심이 살아 숨쉬기도 한다.

배익천은 효성이 지극한 작가이다. 알려진 대로 그는 부자 2대에 걸친 교육자 집안이다. 부인도 교사다. 그의 선친이 영양 중앙초등학교 교장으로 계실 때 숙직실에서 연탄가스에 중독돼 돌아가신 사실은 많은 교육자들의 가슴을 아프게 했다. 순직이 분명함에도 순직으로 예우 받지 못한 선친에 대해 불효의 무능함을 자책하는 모습을 나는 여러 번 봐 왔다. 순직 당시에 자료를 제대로 챙겨 놓지 않아 끝내 순직으로 예우 받지 못한 무능함을 한탄했다.

『별을 키우는 아이』가 베스트셀러가 되었을 때 나는 그에게 이렇게 권유한 바 있다. "저작권료가 좀 나왔을 테니까 아파트나 좀 큰 곳으로 옮겨보라"고 했더니 한 푼도 없다고 했다. 오랫동안 병석에 누워계시는 어머니의 치료비에도 쓰고 친구나 동료들과 술 마시느라 다 썼다고 했다. 하기야 쓸 곳에 다 썼구나 하고 웃어넘긴 적이 있지만 그는 효성이 지극할 뿐만 아니라 친구를 참 좋아한다.

능력 있는 작가에다 심성이 순후하니 전국에서 친구들이 모여든다. 그 누구 하나 싫어하지 않고 응대하니 그의 사람 됨됨이는 이제 전국에 소문이 자자하다. 그의 집필실이 있는 경남 고성 어느 산자락에 전국의 동화작가들을 위한 수목장(樹木葬)을 마련하고 있다는 얘기도 들었다. 비록 부산에서 살고 있지만 전국구이다.

배익천과 함께 모여드는 곳은 부산 MBC 아랫동네 민락동의 횟집

'방파제'다. '방파제'에 가면 그를 만날 수 있다. 인심 좋은 횟집주인 '감노'와 '예원' 부부도 있다. 이 부부도 배익천을 따라 아동문학발전에 헌신하고 있다. 이제 배익천이 정들었던 직장 부산문화방송을 떠난다니 그의 앞날에 문운이 창성하기를 기원한다. 배익천이 『어린이문예』를 이끌어오면서 우리 나라 아동문학발전에 끼친 공로 또한 높이 평가될 것으로 확신한다.

내가 만난 인간 배익천

이진두

아동문학가 배익천(裵翊天). 나는 그를 '배 국장'이라 부른다. 그는 나를 '이 국장'이라 한다. 서로가 부르는 이 호칭은 내가 그를 만난 게 신문사 재직 때이고 그가 부산문인협회 사무국장을 할 때였기에 그렇다.

배 국장은 스스로에게 엄격한 사람, 사람과의 만남을 중하게 여기는 사람, 말보다 실천을 앞세우는 사람이다.

— 일로써 만나 '사람'으로써 사귀고 있다

《부산일보》 문화부 문학담당 기자로 있을 때다. 부산 문협 배 국장이 우편물을 보내왔다. 자기가 만든 것이라면서 내게 준 것은 《작은 글 마을》이란 이름의 타블로이드 4면(A4 4면)분량의 얇은 신문이었다. 그 때 그가 한 말이 잊히지 않는다. "매달 한 편씩 쓰기로 스스로에게 다짐했습니다. 그게 그 글입니다."

이렇듯 그는 자신을 채찍질하며 글을 쓰고 있었다.

문협 사무국장을 맡고 있으면서도 그는 군말이 없었다. 문협에서 행사를 벌이면 그 안내를 청했고 일이 있으면 알려주는 게 고작이었다. 그게 자신의 일이기도 했으니까 그러했겠지만 나는 약간은 썰렁한 감을 갖게 되었다. 그 후 그의 그런 '밋밋함'이 그 자신의 성정(性情)임을 알고 난 후 그가 달리 보였다.

나는 문화부에 있으면서 여러 분야를 맡았고 여러 사람을 만났다. 그러면서 느낀 것은 한 분야에서 그와 관련한 인사를 만나는 것은 일로써의 만남이라는 것이다.

그 분야를 떠나 다른 분야를 맡게 된다든다 그 일이 끝나면 '그 사람'과의 만남은 소원해지는 게 통례였다.

그런데 배 국장과의 만남은 그렇지가 않았다. 일을 떠나고서도 계속 만났고 그 만남은 신문사를 떠난 지금도 지속되고 있다.

— 사람과의 만남을 중히 여기는 배 국장

내가 기자로 있을 때였다. 배 국장이 "한 잔 하자"고 했다. 민락동 한 횟집에서 만나자고 했다. 그 자리에는 여러분이 와 있었다. 소개를 받고 보니 그들은 모두들 아동문학에 관여하는 분이었다. 동화책에 삽화를 그리는 화가, 글을 쓰는 작가들이었다. 배 국장은 자기가 맡고 있는 『어린이 문예』에 글을 주고 삽화를 주는 분들을 초청하여 '한 잔 하는' 자리였다.

그 횟집 주인 또한 배 국장과 '만남'을 가진 사람 중의 한 사람이었다. 그날 이후 나는 그 주인을 '방파제 홍 사장', '조카 사장'이라 부르며 만남을 갖고 있다. 방파제는 그 횟집이름이고 조카라는 말은 사장 성(姓)이 홍씨이고 내 처가 홍씨이기에 그렇게 부르고 있는 것이다.

그 홍 사장이 이번 배 국장의 문집 발간에 큰 몫을 한다니 기꺼운 일이 아닐 수 없다.

—『작은 글마을』에서 종합대학 강단까지

배 국장은 스스로를 채찍질하며 『작은 글마을』을 시작하여 여러 권의 창작집을 펴냈다. 그리고 국내에서 아동문학가에게 주는 상을 많이 받았다. 그만큼 그의 역량이 널리 알려진 것이다. 그는 이제 신춘문에 심사위원을 맡기도 하고 부산의 사립 종합대학인 동의대(東義大) 문예창작과에서 강의도 하고 있다. 그가 등단시킨 신인들, 그리고 그가 길러낸 문학도들이 그의 품성과 끈질긴 노력, 어린이를 사랑하는 마음을 배우고 익히면 얼마나 좋을까를 나는 늘 생각한다.

— 동화가 어디 어린이만을 위한 것인가요

어느 날 내가 배 국장에게 전화했다. "배 국장, 동화가 어린이만을 위한 게 아니지않소. 요즘 동화를 읽으면 젊은 날 읽던 것 하고 영 달라요. 내가 그리 느끼는데 다른 사람은 어떻겠소. 동화는 결코 어린이만을 위한 것이 아니에요." 내 딴엔 큰 깨달음이라고 배 국장에게 자랑하려고 한 말이었다. 배 국장한테서 내게 돌아온 말은 이러했다. "아이고 이 국장님, 그걸 인제서야 아셨소."

— 딸 시집보내는 배 국장 심정

"국화향기 그윽한 시월을 보내면서 그 꽃만큼이나 무던하게 제 곁에 있던 큰 딸아이 보늬 결혼소식을 알려드립니다. 11월 11일 토요일 오후 3시 해운대에 있는 '호텔 리베라 해운대' 8층입니다.

사위 될 사람은 LG전자 창원지점에 근무하는 배석형군이고 주례 선생님은 보늬의 은사이자 석형군의 아버지 죽마고우 심봉근 동아대 박물관장입니다.

경남 문화재 연구원에 다니는 보늬네는 결혼 후 바다가 내려다보이는 진해 경화동에서 살게 될 것입니다.

단풍이 아름다운 이 계절, 그것도 '놀토'인 토요일이라 알려드리기가 참 송구스럽지만 그냥 통과의례인 냥 해량해 주십시오.

제 마음속에 오래 간직한 국화 향기도 함께 전하면서 가내 평안을 기원합니다.

2006년 10월 배익천 드림"

청첩장 전문이다. 나는 이 청첩장을 받고 여느 청첩장과는 전혀 다른 것이어서 '아, 청첩장을 이렇게 만들기도 하는구나' 하고 감탄했다. 그래서 마침 부산일보 문화칼럼을 쓰고 있던 때라 이 청첩장 이야기를 소재로 칼럼을 썼다. '오래 기억될 그 청첩장'이라는 제목으로 쓴 이 칼럼은 2006년 11월 14일 실렸다. 이 청첩장을 나는 지금 소중히 보관하고 있다. 청첩장의 모범문안이기에 .

— 『어린이문예』는 어쩝니까

이 글을 쓰면서 배 국장에게 물었다. "배 국장, 배 국장이 부산 MBC를 그만두면 『어린이 문예』는 어찌되는 거요. 누가 맡을 거요? 배 국장이 회사를 그만 두어도 계속 맡게 되는 거요?" 그의 대답은 "모르겠소"였다. 나는 지금도 '『어린이문예』 = 배익천'이라는 생각이기에 걱정이 되지 않을 수 없다.

『어린이문예』는 한국 장수 어린이 문예지 중의 하나다. 1979년 8월호를 창간호로 하여 이제껏 이어져 오고 있다. 그 중간에 휴간, 격월간 등의 일이 있었지만 지금도 꾸준히 펴내고 있는 것은 배 국장의 힘이라 여기고 있다. 통권 2백 38호이니 그 연륜이 얼마이며 배 국장이 그에 쏟아 부은 적공(積功) 또한 그 얼마이겠는가.

『어린이문예』 창간 정신을 생각하고 배 국장의 적공을 헤아린다면 『어린이문예』는 배 국장이 계속 맡아주었으면 하는 게 나의 바람이다.

— '눈에서 멀어지면 마음에서도 멀어진다'는 말은 배 국장과 나 사이에는 해당되지 않는 말이다

배 국장 얼굴을 본 지 오래되었다. 얼마 전 "내가 나가겠으니 시간 잡으라"니까 "아닙니다, 내가 갈게요. 기다리시오" 했다. 생각이 같고 가치관이 같으면 비록 오래 못 보아도 그 사람이 지기(知己)가 아니겠는가.

배 국장 건강하소. 좋은 글 계속 쓰시고.

내가 만난
동화아저씨
나오너라 뚝딱♪
동화 방망이
오원석
도깨비가 요즘 동화책 읽는 재미에 푹~ 빠졌어요.
거 좋지♪
그래, 어떤 동화책을 읽고 있니?
마해송의 '떡배 단배', 강소천의 '진달래와 철쭉'…
나도 읽었지!
이원수의 '숲속 나라,' 이주홍의 '피리부는 소년', 그리고…
명작들이지!
배익천의 '내가 만난 꼬깨미,' 넘넘 재미났어요♪
내가 만난 꼬깨미
아~ 동화아저씨 배익천, 나도 잘 알지♪
저… 정말?

보셔요, 모두 그 선생님 동화책이에요!
내마음의 하늘
동산 밑이 어두웠군 네가 애독자인 줄 몰랐으니...
사인을 받아야지♪
'어린이 문예'에서 퇴임하고 요즘 뭘 하시나?
새 작품 구상하러 시골의 집필실로 가셨는데 어쩌나...?
하긴 대한민국의 아동문학상은 골고루 수상하셨으니...
고성
이젠 동화로 '노벨문학상'에 도전해 보심이...?
어? 여기까지?
스톱! 오자마자 이런 법이~~?
사인 받았으면...
명작 탄생 방해 말고 어서 돌아가자,
애고~ 죽다 살았네!
내가 만난 동화 아저씨, 안~녕♪

제4부

배익천 연구 자료

나의 아동관과 문학관(작품집 서문) | 배익천

배익천 자술 연보

배익천 작품집 목록

배익천 연구 목록

나의 아동관과 문학관[1]

배익천

빛이 쌓이는 마을(단편 동화집)
1980년 7월 10일/태화출판사/그림 조영제

빛이 쌓이는 마을에 오신 분들에게—.

내게는 마음속 깊이 소중하게 간직하고 있는 것이 있습니다. 이것은 내 마음의 전부일 수도 있고 또 여러분들이 끝없이 찾고 있는 것일지도 모를 '고향'이라는 것입니다.

작은 개울을 끼고 산비탈마다 자리잡은 마을과 미루나무, 그리고 심심한 한낮에 한번쯤 울어줘도 좋을 황소나

1) 여기에서는 배익천의 「아동관과 문학관」을 그동안 그가 펴낸 작품집의 서문으로 대신하였다.

장닭 몇 마리가 싱싱한 흙냄새를 맡으며 한가하게 거닐고 있는 곳. 나는 이런 것들을 벗하며 어린 시절을 보낼 수 있었다는 것이 한없이 자랑스럽고 또 부모님께 감사드리고 싶습니다.

남들에게 내놓고 읽어 주기를 바라는 것은 참으로 부끄러운 마음이 앞서는 일이지만 미운 자식이 없는 부모의 마음처럼 내 작품에 대한 가슴 깊은 곳에 버티고 앉은 오만스런 고집만은 쉬 꺾을 수가 없을 것 같습니다.

다만, 어느 한 마음속에라도 내 보잘 것 없는 한 편의 글이 자리할 수 있다면 그것으로하여 한 송이 풀꽃같은 향기를 품으며 살고 싶을 뿐입니다.

어린이들을 위해 배우고, 가르치고, 또 어린이들을 위한 책을 만들면서도 진정한 도움을 주지 못한 이제까지의 나를 부끄러워하고, 그를 채찍으로하여 더욱 노력할 것을 이 초라한 「마을」을 찾아주신 분들에게 약속드립니다.

1980년 6월

머리말

나는 얼마 전부터 《작은 글마을》이란 공책 크기의 4쪽 짜리 신문을 만들어 내고 있습니다.

한 달에 한 번씩, 한 편의 짤막한 동화를 담으면서 그 한 장의 종이가 동화를 사랑하는 어른과 어린이들의 손에 의해 닳아지기를 바랐습니다.

그러나 자신의 게으름과, 쓰면 쓸수록 동화가 어렵다는 마음 때문에 이제 겨우 열 한 번 째의 신문이 나왔습니다.

이 책에 실린 9편의 동화는 《작은 글마을》의 1호부터 9호까지의 차례대로입니다.

매달 신문을 내지 못하는 안타까움과, 우리 어린이들이 어떻게 읽어 줄는지에 대해 조바심이 있었는데, 이렇게 한자리에 모아 두고 보니 그 마음은 더욱 큽니다.

자신있게 동화를 쓰고, 그 동화를 어린이들이 재미있게 읽어 줄 날은 언제일런지 ……….

다만 풀꽃을 사랑하는 마음으로 동화를 사랑하고, 《작은 글마을》을 첫 번째의 '큰 글마을'로 만들어 주신 정해상 사장님과, 이름없는 마음을 아름다운 색깔로 꾸며준 최준식 님께 감사를 드립니다.

1984년 9월

큰 바위와 산새(단편 동화집)
1985년 5월 15일/웅진출판/그림 김봉철

지은이의 말

써 둔 글을 책으로 묶는다든가, 책으로 묶기 위해서 글을 쓸 때의 마음은 두근거리는 마음입니다.

이 두근거림은 기쁨일 수도 있지만 부끄러움과 두려움일 수도 있습니다. 그러나, '이것도 동화야?' 하는 나무람이 아픔으로 돌아오고, 그 아픔으로 인하여 아름다운 동화를 쓸 수 있다면 그런 아픔과 부끄러움은 소중하게 간직할 것입니다.

이 책에 실린 스물 두 편의 동화에는 분량에 비해 많은 이야기를 담으려는 욕심이 숨겨져 있습니다. 그래서 읽기에 퍽 어려운 점도 있지만 쉬운 것부터 읽고, 어려운 것은 학년이 차츰 높아질 때 읽어 줄 것을 부탁드립니다. 여기에 실린 동화나 저의 모든 동화가 읽는 이에게 다 도움이 된다고는 생각하지 않기 때문입니다. 단 한 편이라도 읽는 이의 마음에 남아 주었으면 하는 것은 오직 저 혼자만의 바람일 뿐입니다.

끝으로 흩어져 있던 것들을 한자리에 모아 준 웅진출판사에 감사를 드리며, 저는 독자들에게 매끈한 회초리를 나누어주는 한 그루 미루나무나 되어야겠습니다.

1985년 1월

'거인과 소녀'에게

원고지 7장~13장 내외의 짧은 이야기를, 책으로 묶으면서도 더 다듬지 않고 그대로 둔 것이 과연 스스로의 작품을 아끼는 것인지, 아니면 게으르고 오만한 것인지 선뜻 결정하지 못한 채 한 편의 긴 이야기와 스물 두 편의 짧은 이야기를 네 이름으로 묶었다.

읽는 이의 가슴에 어떤 모양으로든 작은 씨앗을 심어 주고 싶은 것은 그냥 욕심일 뿐, 내 가슴은 더욱 허전하고 미지근해지고 있음을 느낀다.

이 허전함을 무엇으로 채우고, 이 미지근한 것을 무엇으로 데울 수 있을까?

비록 내 자신은 초라하지만 그대조차 초라하게 한 것이 한없이 죄스럽기만 하다. 그러나 내 안에서 자라는 한 포기 풀꽃을 위해, 그 한 송이 풀꽃을 위해, 그 풀꽃의 향기를 위해 다시 한번 연필을 곱게 깎아야 할 것 같다.

1987년 초여름

냉이꽃의 추억(중편동화집)
1991년 6월 10일/아동문예사/그림 김승연

꽃피는 사월에 바다를 보며

중편동화집이란 이름으로 『냉이꽃의 추억』을 선보이지만 사실 여기에 실린 여섯 편은 동화라기보다 소년소설이라야 옳다. 그런데도 굳이 중편동화집이라고 내세우는 것은 이를 계기로 해서 정말 아름답고 환상적인 동화로 엮어진 중편동화집이 많이 탄생되기를 바라는 뜻에서다.

이는, 단편은 단편대로 장편은 장편대로 좋은 점을 지니고 있지만, 요즘처럼 동화가 점점 짧아짐으로 해서 어린이들의 생각이나 행동이 쉽게 싫증을 내고 포기하는 쪽으로 기울어지지 않나 하는 생각 때문이기도 하다.

동화가 우화와는 달리, 어린이의 일상과 생각의 테두리에서 공감하고 새로운 것을 얻도록하는 데 기여할 수 있다면, 적당한 길이의 읽을거리에 재미와 문장과 내용의 아름다움, 자연의 아름다움, 마음의 아름다움을 심어주는 것이 좋을 것 같다.

모쪼록 이 『냉이꽃의 추억』이 정말 읽는 이들의 가슴에 '추억'으로 남아, 동화를 쓰는 분들이 아름다운 내용의 중편동화를 많이많이 쓰고, 어린이들은 그 알맞은 길이의 아름다움 속에서 자기의 아름다움을 가꿀 수 있도록 바람해 본다.

아울러 내 자신도, 이처럼 '써 놓고 부끄러운 작품'에서 '써 놓고 흐뭇한 작품'을 쓰도록 노력하며, 첫시도를 선뜻 받아들여 출판해 준 아동문예사에 감사를 드린다.

1991년 사월

꽃씨를 먹은 꽃게(단편동화집)
1992년 1월 8일/새남/그림 강인춘

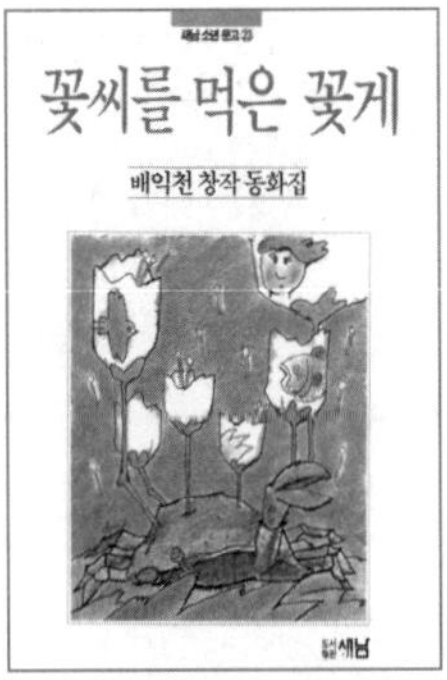

책 머리에

데뷔 직후에 쓴 「아기 바람과 때찔레」와 동화집 『거인과 소녀』 이후에 쓴 스물두 편을 묶어 『꽃씨를 먹은 꽃게』란 제목으로 선보인다.

청탁을 받아 글을 쓰면 짜증 날 때가 참 많다. 마음먹은 대로, 쓰고 싶은 대로 쓰여지지 않기 때문이다.

날짜를 아무리 많이 주어도 마찬가지다. 그와는 반대로 문득 생각나는 이야기, '이런 것은 글로 써 봐야지.' 하고 쓰는 것은 몇 날 며칠이 걸려도 그렇지 않다. 밤을 새워도 피곤하지 않다. 한 달에 한 편을 쓰더라도 그런 글을 자주 썼으면 하는 것이 요즘의 내 바람이다.

그러나 이런 바람의 뒤편에는 '과연 내가 쓴 동화가 읽는 이들에게 어떻게 받아들여질까.' 하는 걱정이 가득 숨어 있다. 이는, 너무 내 고집대로 글을 쓰고 있기 때문이다.

내 고향과 내 어린 시절, 내가 자란 환경과 내 생각의 테두리 속에 꼭꼭 갇혀서 도시와 요즘 어린이들의 생활과 생각을 너무 모르고 있기 때문일 것이다.

그러나 걱정은 하면서도 이 고집을 쉽게 버릴 수는 없다. 나는 어린이 독자들의 비위를 맞추기 위해 그들의 말을 그대로 쓰거나 그들의 생활을 그대로 글 속에 옮겨 놓기 싫기 때문이다.

자기만 아는 어린이, 버릇이 없는 어린이, 너무 공부만 하는 어린이, 어른스러운 어린이, 사치스러운 어린이를 보면 나는 괜히 신경질이 난다. 동화를 쓰는 일이 한갓 내 사치에 불과하다는 생각과 함께 몹시 우울해진다. 그러면서도 나는 계속해서 동화를 쓴다. 내가 보면 신경질이 나는 어린이를 내 곁에서 한 명이라도 줄이기 위해서. 내가 내 사치에 빠지지 않고 우울해지지 않기 위해서.

나는 정말 동화만 쓰고 싶다.

내 동화를 읽는 어린이가 어른이 되어도 가슴 깊은 곳에 아련히 남아 있을 그런 동화를 쓰고 싶다.

아름다운 것을 아름답게 볼 줄 알고, 작고 볼품없는 것도 소중하게 생각할 줄 아는 마음, 나약하고 불쌍한 것을 보고 그냥 지나칠 수 없는 마음을 가슴 한 귀퉁이에 심어 줄 수 있는 동화를 쓰고 싶다.

이런 동화가 언제쯤 쓱쓱 써질지는 알 수 없지만, 그때까지 마음을 닦으며 연필을 깎을 테다.

『꽃씨를 먹은 꽃게』를 만들어 준 도서출판 새남에 감사드리며.

1991년 6월

눈사람의 휘파람(단편 동화집)
1992년 3월 5일/늘푸른/그림 김천정

동화 나라를 꿈꾸며

동화를 쓰는 사람마다 동화 쓰기가 참 어렵다고 한다. 쓰면 쓸수록 더욱 어렵다고 한다. 동화를 쓰는 사람이 아니더라도 한 가지씩 자기의 일이 있는 사람이라면 누구든 그렇게 말할 것이다. 그러나 나는 동화 쓰는 일이 정말이지 '죽을 지경'이라고 말하고 싶다.

동화를 쓰기 위해 원고지 앞에 앉으면 '나는 동화를 써도 될 사람일까?' 하는 부끄러운 마음이 앞선다.

동화를 쓰는 사람은 글로써 아름답고 훌륭한 동화를 쓸 것이 아니라, 정직하고 굳세고 아름다운 마음으로 동화를 써야 될 것 같은 생각 때문이다.

내 마음이 정직하고 굳세고 아름답다면, 동화를 써야겠다고 마음만 먹으면 저절로 원고지가 메워질 것 같다.

동화를 쓸 때마다 몇며칠씩 끙끙 앓다 보면 이런 부끄러움이 눈덩이처럼 커져 정말 '죽을 지경'의 마음이 된다.

언제쯤 이 부끄러움에서 벗어나 정직하고 굳세고 아름다운 마음을 가질 수 있을까? 끙끙 앓으며 억지로 글을 쓰지 않을 수 있을까?

그러나 나는 더 이상 정직하고 굳세고 아름다운 마음을 가질 수 없어 동화를 쓸 때마다 끙끙 앓을 수밖에 없기에, 내 동화의 주인공만이라도 정직하고 굳세고 아름다운 마음을 갖게 하고 싶다.

점점 나쁜 사람들만 득실거리는 이 세상, 아침 저녁 신문을 펼칠 때마다 가슴만 답답해지는 이 세상이 물 속에 푹 잠기고, 정말 착한 사람들만 사는 섬이 동그랗게 동그랗게 떠올랐으면 좋겠다. 나는 그 섬들을 동화 나라라고 부르고 싶다.

자, 이제부터 우리 모두 정직하고 굳세고 아름다운 마음을 길러 동화 나라로 가자. 거짓이 없는 나라, 누구나 평화롭게 살 수 있는 동화 나라로 가자.

1991년 가을

벽에서 나온 아이(단편 동화 선집)
1993년 4월 27일/중원사

더 많은 동화 독자를 위해

국어대사전에서는 동화를 '어린이를 상대로 동심을 기조로 하여 지은 이야기'로, 동심에 대해서는 '어린이의 마음', '어린이와 같이 순진한 마음' 또는 '어릴적 마음'으로 풀이해 놓고 있다.

이것을 바꾸어 말하면 착하든 나쁘든 현 시대 어린이의 마음이 되거나, 어린이의 마음 중에서 착하고 순진한 마음이 되거나, 아니면 자기의 어릴 적 마음이 되어 어린이를 상대로 쓴 글을 동화라 할 수 있다.

여기에 실린 작품들이 과연 이러한 마음으로 쓰여져 동화라는 이름으로 불리울 가치가 있는지에 대해서도 자신이 서지 않지만, 독자를 어른으로 해서 다시 묶는다는 데도 몹시 가슴이 떨린다.

여기에 실린 작품들은 특별한 기준을 정하고 고른 것은 아니지만, 읽고 난 뒤 주위의 어린이들에게 권해 주었으면 하는 것과, 한 작품을 통해서 자기의 일상과 생각을 한 번쯤 되돌아보았으면 하는 것, 동화 속에 자연과 사랑이 어떤 모습으로 자리할 수 있는가를 보여줄 수 있는 것 등을 골라보았다.

모쪼록 이것이 계기가 되어 어른들도 동화를 가까이 하고, 그로 인하여 우리 어린이들이 창작동화를 더 많이 읽게 되었으면 참 좋겠다.

동화문학이 설 땅을 넓혀 준 중원사에 감사드린다.

1993년 봄

잃어버린 세월을 찾아서

나는 책을 낼 때마다 이것처럼 '머리말'이라든가, '작가의 말'을 쓸 때가 제일 힘든다.

시인이든 작가이든 대부분의 글 쓰는 사람들이 이 부분에서 가장 많이 자기나 독자를 속이고 있기 때문이다. 쓸데없이 자기를 드러내 보이거나, 지키지도 못할 약속이나 하면서…….

지금 내가 쓰는 이 '작가의 말'도 그런 것과 다를 게 없을 것 같아 벌써부터 부끄러워진다.

나는 이제까지 10권이 조금 넘는 동화책을 대체로 쓰여진 순서대로 엮었으며, 한 작품을 두 권의 책에 싣지 않았다. 그래서 여기에 실린 작품들은 내 첫 번째 동화선집인 『벽에서 나온 아이』와 중복되지 않는 작품으로 골랐다.

나는 금년에 마흔여섯 살이다. 그런데도 나는 이 마흔여섯의 나이를 쉽게 인정하지 않는다. 어쩌면 서른 살을 조금 넘겼을 것 같고, 환갑이라고 하는 예순 살이 되려면 아직 몇십 년이 더 남은 것 같기 때문이다. 그러나 나는 분명 마흔여섯이고, 할아버지 소리를 들을 환갑도 불과 14년밖에 남지 않았다.

이렇게 엉뚱하고 억울한 계산이 나오는 것은 내가 동화를 써온 22년이라는 세월 때문이다. 이 22년이라는 세월이 내 나이에 구멍을

낸 것이다.

인생의 황금기라고도 할 수 있는 30대, 40대가 나도 모르게 훌쩍 지나가 버린 것이다. 이것은 '정말 아름다운 동화를 써야지' 하는 마음만 먹었을 뿐 실제로는 한 편도 쓰지 못했다는 말과 같다.

참 후회스럽다. 쓴 차례대로 엮어내는 책이 아니라 쓴 것 중에서 그런 대로 내 마음에 드는 것으로 골라 엮으려니 더욱 부끄럽고 한심스러워 지나간 세월이 후회스럽다.

그러나 한편으로는 참 다행스럽기도 하다. 이것을 계기로 '내가 왜 아름다운 동화를 쓰지 못했나' 하는 것을 생각해 볼 수도 있고, 그로 인해 잃어 버린 세월을 찾을 수도 있겠다는 희망 때문이다.

늦다고 생각할 때가 가장 이르다고 했다. 나도 이제 이 잃어버린 세월을 찾기 위해서라도 이 땅의 동화를 더욱 눈여겨볼 줄 아는 여유와 지혜를 길러야겠다. 이것이 지키지 못할 약속이 아니길 바라면서.

1995년 여름

다시 기다림의 나무를 심으며

며칠 전에, 까치집이 있는 풍경을 만들기 위해 마당 한 귀퉁이에 미루나무를 심는 아저씨, 그 미루나무 꼭대기에 까치가 집을 지을 무렵이면 그리운 사람, 이 세상에서 오직 자기만을 사랑하며 살아 줄 그리운 사람이 나타나기를 기다리는 아저씨의 이야기를 썼다. 그 아저씨가 꼭 나 자신이라고는 할 수 없지만 내게 있어서의 기다림은 내 생각의 절반, 내 일상의 절반이라고 해도 틀린 말은 아닐 것이다.

기다림은 마음을 여유롭게 할 때도 있지만 초조하게 할 때도 많다. 여유로운 기다림은 사람을 덕스럽게 만들 수 있지만 초조한 기다림은 인성을 파괴할 수도 있다.

나는 요즘, 내 기다림의 끝을 보고 있는 것 같다. 내가 그리워하고 기다리는 것이 모두 내게로 와서가 아니라, 결코 이루어질 수 없을 것이라는 절망으로서의 끝이다.

동화를 쓰는 사람으로서 내 가정과 내 아이의 마음에도 동화의 나라를 만들지 못하면서 어떻게 이 땅의 어린이들과 이 땅의 마을마을에 동화나라의 깃발을 꽂을 수 있을까 하는 절망에서 오는 서글픔 때문이다.

그러나 나는 동화를 쓰고 싶다.

내 아이들이 내 동화를 못 본 척하고, 이 땅의 모든 어린이들이 내 동화를 외면한다 해도 나는 또 하나의 기다림을 만들고 싶다. 오직 나만을 사랑하며 살아 줄 사람을 기다리면서가 아니라 오직 한 사람을 사랑하며 사는 사람의 마음으로 나도 내 마음에 한 그루 미루나무를 심고 싶다.

그리고 이 글이 어린이들에게 어울리지 않는다고 해도 나는 상관하지 않겠다. 이제 동화도 꼭 어린이들만 읽어야 한다는 것에서 나는 자유롭고 싶다.

말 없는 기다림 속에서 태어난 『므므와 재재』다. '책 만드는 집'의 책만드는 모든 분들께 감사를 드린다.

1996년 5월

밤도깨비와 싸우는 아이 (단편동화집)
1997년 6월 17일/성바오로/그림 정경혜

알려 줄 것이 너무 많아 초조한 마음

세월이 흐르고 나이가 들수록 시간의 소중함이 절실하게 느껴지는 것은 이제까지의 세상살이가 그리 마음에 들지 않은 탓일 것입니다. 지나간 시간이 아깝다 못해 짜증스럽고, 앞으로의 시간, 지금 이 순간의 시간을 생각하면 괜히 초조해지는 것도 거기에서 비롯된 것 같습니다.

시간이 소중한 것은 어제 오늘의 일이 아닙니다. 옛날부터 시간의 소중함은 누누이 강조되었고, 온갖 말씀들이 기록으로 남아 있거나 입에서 입으로 전해지고 있습니다. 그러나 참으로 시간의 소중함을 깨달았을 때는 대부분 시기를 놓치고 후회할 무렵입니다.

하나의 씨앗이 싹을 틔워 꽃을 피우고 열매를 맺는 일이나, 작은 나무가 큰 나무가 되는 것은 결코 저절로 되는 일이 아닙니다. 뿌리를 품어 주고 영양분을 공급해 주는 흙을 바탕으로 주위의 풀, 나무와 끊임없이 경쟁하고, 살아 움직이는 모든 것들과 기상 조건의 도전에 맞서서 살아남았을 때에야 비로소 가능한 일이며, 그 노력의 정도에 따라서 크고 탐스러운 열매를 맺거나 웅장하고 든든한 나무가 되는 것입니다, 이것이 바로 자연의 힘이자 법칙이겠지요.

사람이 아무리 잘난 척해도 자연이 하는 일을 흉내내는 것일 따름이며, 사람들의 발견이란 자연의 순리를 뒤늦게 깨닫는 것에 불과한 것이라고 했습니다. 뿌리를 품어 주는 것이 흙이듯 사람에게는 자기를 낳고 길러 준 부모가 있습니다. 흙의 소중함을 모르고, 스스로를 지키고 가꾸지 않으면 탐스러운 열매를 맺거나 웅장한 나무가 될 수 없듯이, 부모의 고마움을 모르거나 스스로 노력하지 않는 사람은 참된 사람이 되지 못할 것입니다. 나는 내 아이나 요즘 아이들의 생활을 지켜보면서 어떻게 해서든지 이러한 사실을 알려 주고 싶지만 서두른다고 해서 빨리 깨우치는 것이 아님을 이제야 깨닫습니다. 부모가 되어 보아야 부모 마음을 안다는 말처럼 말입니다. 그러나 한 숟가락의 밥으로도 허기를 면할 수가 있듯이 대체로 짧게 꾸며진 이 책의 이야기들이 읽는 사람들의 마음을 깨우는 데 조금이라도 보탬이 되었으면 하는 것이 지금의 내 마음입니다.

원고 뭉치가 이렇게 예쁜 책으로 만들어지기까지 한없이 게으름을 피웠는데도 꾹 참아 주신 성바오로 출판사 모든 분들에게 감사를 드리며, 꽃 피는 이 4월, 모든 이들의 가슴 속에도 아름다운 꽃들이 활짝 피어나기를, 그 향기가 온 세상으로 고루고루 스며들기를 바랍니다.

1997년 4월

별로 뜨는 민들레 (장편소년소설)

1997년 8월 30일/교학사/그림 최준식

진정한 가르침을 꿈꾸며

나는 젊은 시절 초등 학교에서 수년간 어린이들을 가르쳐 본 경험이 있는데, 그때나 지금이나 변하지 않는 생각 하나는 적어도 초등 학교 3학년까지는 국어니 산수니 하는 것을 하나도 가르치지 않았으면 하는 것이다.

그 대신 재미있게 만든 비디오나 실생활을 통해서 예절과 바른 생활 습관을 익히고, 공중 도덕과 질서와 약속을 지키는 지혜를 기르게 하는 것, 산이며 들로 나가 그곳에 사는 풀과 나무들이 어떤 모습으로 자라서 어떻게 꽃을 피우고 열매를 맺는지 알아보게 하는 것, 어떤 벌레가 어떤 모습으로 어떻게 살아가는지 알아보게 하는 것, 풀이나 꽃잎의 냄새, 그리고 두엄더미에서 나는 냄새까지도 기억하게 하는 것이야말로 소중하고 필요한 가르침이 아닐까 싶다.

자연은 정직하고, 무엇이든 순리대로 이루려 하고, 순리대로 살아가야 하는 것을 가르쳐 준다. 그래서 자연을 바탕으로 하지 않은 가르침은 진정한 가르침이 될 수 없고, 정직한 사람이 살지 않는 사회는 썩은 물이 괴어 있는 저수지와 같은 것이 아닐까 하는 생각이 든다.

『별로 뜨는 민들레』는 어린이 잡지 『나이테』에 연재되다가 잡지의 폐간으로 14회까지 쓰다 만 것을 5년이 지난 뒤에 다시 이어서 쓴,

꽤나 오래 동안 끌어 왔음에 비해 끝맺음이 참 힘들었던 작품이다. 하고 싶은 이야기가 많은 욕심 때문이다. 정직하지 못한 사람들이 우글거리는 사회가 싫고, 나를 비롯한 어른들도 도대체 아이들에게 무엇을 가르치고 있는 것일까 하는 답답함 때문이다.

모쪼록 이 『별로 뜨는 민들레』가 하고 싶은 내 이야기를 모두 담지는 못했더라도 적어도 우리 어린이들은 '과외'에서 벗어나게 하는 데 조금이나마 도움이 되었으면 싶다.

게으른 사람의 원고 때문에 인내하고 인내해 주신 출판사 모든 분들에게 고개 숙이며 감사를 드린다.

1997년 7월

은빛 날개의 사슴(장편동화)
1997년 12월 30일/해성/그림 조소영

넉넉하고 향기로운 사람을 꿈꾸며

나는 어릴 때부터 산을 참 좋아했습니다.

낮은 산이든 높은 산이든 갖가지 풀꽃을 피우고 나무를 키우는 산이, 맑은 물을 품고 착하고 순박한 물고기를 기르는 산이 좋았습니다. 중학교 2학년 여름방학 때는 또래들 셋이서 내 고향의 상징인 일월산에 오른 적이 있는데, 높은 곳에서 밥짓는 상식이 없었던 우리는 세 번이나 밥짓기에 실패하고 끝내는 그 냄비에 가재만 삶아먹고 온 기억도 있습니다. 그러나 그 하루 낮 하루 밤 일월산의 추억은 아직도 내 마음밭 한 쪽을 따뜻하고 풍요롭게 만들고 있습니다.

그러다가 마흔이 다 될 무렵에 이틀 밤 사흘 낮 동안 노고단에서 백무동까지 지리산을 다녀온 적이 있는데, 천왕봉에서 내려다본 산봉우리들과 해돋이며 저녁노을, 그리고 별무리와 달빛 등 어느 것 하나 신비롭고 감동스럽지 않은 것이 없었습니다. 이 『은빛 날개의 사슴』은 그때 내 머릿속에 담아온 지리산을 배경으로 1990년 10월부터 2년에 걸쳐 쓰고 『어린이 동산』에 연재한 것입니다.

나는 이 『은빛 날개의 사슴』을 쓰면서 글 속에 등장하는 사람보다 지리산 이야기를 쓰는데 더 많은 시간을 보냈습니다. 지리산의 그 넉넉함과 향기롭고 아름다운 것들을 읽는 이들의 마음 속에 심어주고,

그로 인해 넉넉하고 향기로운 사람이 되었으면 하는 바람 때문이었습니다.

그후 몇 년의 세월이 흘러도 그 때의 마음은 변함이 없습니다. 오히려 요즘처럼 세상이 어려운 쪽으로 변할 때는 넉넉하고 향기로운 사람이 더욱 더 간절해지기에 내 마음이나 독자의 마음이나 그 곁으로 한 발 가까워지기를 바래며 이 책을 세상에 내놓습니다.

1997년 10월

별을 키우는 아이(장편동화)
1999년 11월 15일/문공사/그림 최철민

별나라를 꿈꾸며……

세상 사람들은 누구나 별을 아름답다고 말합니다. 그리고 누구나 별과 같은 그 무엇을 하나쯤 마음 속에 간직하고 있습니다. 별은 여럿이 함께 반짝입니다. 아주 먼 곳에 있으면서도 가까이에 있는 듯 반짝이는 별은 기다리며 사는 사람들에게는 꿈도 될 수 있고 희망도 될 수 있지요.

나는 요즘 어린이들을 보면 가슴이 답답해집니다. 어른으로서, 아이들을 키우는 아버지로서, 동화를 쓰는 사람으로서 부끄럽고 속상할 때가 많습니다. 나는 자기만 아는 어린이, 그런 어린이로 키우는 어른이 참 싫습니다. 자기만 아는 어린이는 자기 외의 다른 사람은 모두 낮게 보게 마련이지요.

자기를 길러 주신 부모님도, 애써 가르쳐 주신 선생님마저도요. 산들이 저마다 높게만 솟으려고 하면 어떻게 될까요? 뾰족산에는 나무들이 자랄 수 없습니다. 나무가 자라지 못하면 숲이 되지 못하고, 숲이 없으면 새와 짐승을 품을 수 없지요. 나는 『별을 키우는 아이』를 읽는 어린이의 마음에 별을 심어 주고 싶습니다. 힘들어하는 것들에게 꿈과 희망을 나누어 주는 '다니' 같은 별 친구의 마음을 심어 주고 싶습니다. 그래서 다시 시작하는 새천년의 금수강산은 베풀고 사는 사람들이 서로 정답게 살아가는 아름다운 별나라가 되었으면 좋겠습니다.

1999년 가을

꼬깨미와 함께 아름다운 세상을

'꼬깨미'는 호랑이도 무서워서 도망간다는 '곶감'의 내 고향 영양 말입니다. 그러나 내 고향 사람들은 누구도 곶감을 꼬깨미라고 말하지 않습니다. 곶감은 그냥 '꼬깜'이라 하고 꼬깨미는 호랑이보다 무서운, 아주 커다랗고 무서운 짐승으로만 알고 있지요. 나도 그렇습니다.

"울면 꼬깨미가 잡아간데이."

하는 어머니의 생생한 목소리와 함께 그렇게만 알고 있지요. 그러나 나는 무척 그립습니다. 눈물이 날만큼 그립습니다.

내 마음에 꼬깨미가 살던 시절에, 그 시절 어머니와 함께 오래오래 살고 싶기 때문이지요.

과학이 발달해서 세상살이가 아무리 편안해진들 자주감자꽃 피던 시절만큼 아름답고 행복한 세상이 될까요?

나는 지금, 꼬깨미 함께 어머니와 함께 그 세상에서 살고 싶습니다. 내 이야기에 가슴이 따뜻해지는 분들과 함께!

오미 ①②(장편소년소설)
2003년 6월 14일/배동바지/그림 이관수

꽃보다 아름다운 눈물

아름다운 것은 꽃만이 아닙니다. 꽃이 지고 난 뒤의 초록은 꽃보다 아름다울 때가 있으며, 꽃과 어울려 사는 산은 아름답고도 아름답습니다. 바로 자연이 아름다운 것이지요.

그런데 더러 사람이 꽃보다 아름다울 때가 있습니다. 얼굴이 예쁠 때도 아니고, 예쁜 옷을 입었을 때도 아닌 마음이 예쁠 때지요. 그리고 또 하나 눈물을 흘릴 때입니다. 엉엉 소리내어 울 때가 아니라 마음 속 깊은 곳에서 방울방울 만들어 떨어뜨리는 진주 같은 눈물을 흘릴 때 말입니다.

'오미'는 아직 흘리지 않은 내 마음의 눈물입니다. 내 마음 깊은 곳에 말없이 고여 있다가 어느 날 슬며시 뾰루지처럼 돋아나 한없이 나를 슬프게 하는 이름이지요.

나는 이 슬픈 이름 하나를 10년이 넘도록 꽃밭 가꾸듯 가꾸어 왔습니다. 그리고 오미를 슬프게 만들었던 사람들의 마음을 잡초를 뽑듯 하나하나 뽑아 내면서, 지우개로 지우듯 하얗게 하얗게 지우면서, 이 땅에 오미처럼 슬프게 우는 사람이 없었으면 좋겠다고 생각하고 또 생각했습니다.

이제 우리의 오미는 절대 울지 않을 것입니다. 그 대신 '오미'를 읽는 분들이 마지막 책장을 덮을 때, 꼭 한 방울의 눈물을 흘려 주었으면 좋겠습니다. 그리고 그 눈물 방울방울이 비가 되어 세상 모든 사람들의 마음을 적셔 주고, 그로 인해 이 세상이 꽃보다 아름다워졌으면 좋겠습니다.

참 좋겠습니다!

2003년 봄

오이밭이 된 손수건(단편동화집)
2006년 1월 30일/은하수 미디어/그림 오은영

소중하고 아름다운 사람

박명희 선생님이 쓴 동화 중에 이런 이야기가 있어요.

어느 날 짝시가 신주머니 가득 일밤을 담아 와서 '엄마가 갖다 드리래요.' 하고 선생님께 드렸지요. 그날 밤 또 다른 짝지가 밤늦도록 산을 헤매며 밤톨 다섯 개를 주워 와 '엄마가 드셔 보시래요.' 하며 상처투성이 손을 선생님께 내밀었지요. 사실 그 아이는 엄마가 없었는데 말입니다.

세월이 한참 흘러 밤톨 다섯 개를 갖다 준 아이가 청년이 되어 밤 한 자루를 메고 선생님께 왔지요. 그날 청년은 선생님의 아이들을 통해서 선생님이 그 밤톨 다섯 개를 아직도 보물 상자 속에 간직하고 있다는 것을 알게 되지요.

소중하고 아름다운 것은 금은보화도 아니고, 산더미처럼 쌓인 곡식도 돈도 아니라는 것을 말해 주는 동화에요.

그렇습니다. 소중한 것은 간직하고 있는 사람은 몰라도 그것을 아는 사람에게는 눈시울을 뜨겁게 하고 마음을 한없이 따뜻하게 해주는 것 같아요.

『오이밭이 된 손수건』에 담긴 12편의 동화는 짧게는 원고지 9장부터 길게는 13장까지 대체로 짧은 이야기인데요, 재미있게보다는 한번쯤 깊이 생각해 보았으면 하고 쓴 작품들입니다. 그러니까 책장만 넘기지 말고 한 번쯤 더 생각해 보았으면 좋겠어요.

소중한 것, 그 곳에 소중한 사람도 들어가지요. 마음 속에 소중한 사람을 품고 사는 사람은 아름다운 사람이에요. 이처럼 마음 속에 소중한 사람을 품고 사는 사람이 많을수록 우리나라는 더 아름다운 나라가 되지 않을까요? 싸우고 헐뜯는 사람들이 더 많은 요즈음, 정말 소중한 사람, 아름다운 그 사람이 그립습니다.

2005년을 보내며

내 마음의 하늘 (장편소년소설)
2006년 5월 30일/해성/그림 문상은

넓고넓은 하늘을 꿈꾸며

하늘은 해와 달을 품고 있으면서 이루 헤아릴 수 없이 많은 별도 품고 있습니다. 그리고 그 별중에는 우리가 상상할 수 없을 만큼 아름다운 별도 있을 수 있지요. 그래서 하늘을 '넓고도 넓다' 하고 그 하늘을 알면 어머니 품속에 안겨 있는 것처럼 편안함을 느끼기도 하지요. 어디 그것뿐일까요? 하늘이 품고 있는 해와 달과 별이 없다면 이 세상에 온전히 살아있을 수 있는 게 무엇이며, 우리는 또 무엇을 꿈꾸며 살아야 할까요?

나는 『내 마음의 하늘』을 쓰면서 내내, 누구나 마음속 깊은 곳에 자기만의 하늘을 하나씩 간직했으면 좋겠다고 생각했습니다. 그러면 그 하늘은 아름다운 별을 끝없이 생각할 수 있는 상상력을 길러주기도 하고, 어려움에 빠졌을 때 쉽게 헤쳐나올 수 있는 용기와 지혜를 길러 주기도 하겠지요. 더구나 그 하늘이 소중하고도 소중한 단 한 사람, 아끼고 또 아끼고 싶은 단 한 사람이라면 더욱 좋겠지요.

『내 마음의 하늘』은 1995년 3월부터 7월까지 《소년동아일보》에 연재했던 작품인데요. 그때나 지금이나 사람들의 입에 오르내리는 말이 '학교폭력'이라는 말입니다. 책으로 엮으면서 '삐삐'를 '핸드폰'으로 고쳐야 할 만큼 문명은 발달했지만 그런 것은 왜 없어지지 않는지, 지키자고 만들어 놓은 법이 왜 잘 지켜지지 않는지, 아직도 내 가슴은 답답하기만 합니다.

이야기가 너무 길어서 선뜻 책으로 엮어지지 못했던 『내 마음의 하늘』입니다. 늦게나마 햇빛을 보게 해준 '해성출판사' 김성배 사장께 감사드리며 이 꽃피는 봄날, 서로가 서로의 마음에 넓고넓은 하늘이 되는 아름다운 세상을 꿈꿔 봅니다.

2006년 5월

안녕, 이구아나(단편동화집)
2006년 12월 20일/계림/그림 한수진

동화를 읽으면서 씨앗을 키우는 연습을……

나는 동화를 쓸 때마다 내 마음 깊은 곳에 샘물처럼 고여 있는 동화 한 편을 생각하지요. 내가 초등학교 다닐 때 도덕 교과서에 실린 것인데 '임금과 목동' 이야기지요.

옛날에 가난한 목동이 공부를 열심히 하여 정승이 되었는데, 청렴하게 살면서도 어찌나 나랏일을 잘 보았던지 다른 신하들이 시기하여 정승의 집에는 금은보화가 가득 쌓여 있다고 소문을 냈지요. 처음에는 믿지 않던 임금도 계속해서 그런 말을 들으니까 슬그머니 의심이 생겼지요. 그래서 신하들을 이끌고 정승의 집에 갔는데 과연 듣던 대로 다 쓰러져 가는 초가삼간에 살기는 했지만 금은보화가 가득 들어 있는 창고는 없었지요.

그런데 어느 신하가 작은 창고 하나를 가리키자 정승이 그 앞에서 두 팔을 벌리며 제발 이곳만은 보지 말아 달라고 애원했지요. 바로 여기로구나 하고 의심이 커진 임금이 문을 활짝 열자 그 안에는 정승이 어릴 적 소 먹일 때 입던 누더기옷 한 벌과 모자 그리고 소를 몰던 회초리가 초라한 모습으로 들어 있었지요.

이 글을 읽으면서 내 머릿속에 남은 것은 '정직'이라는 두 글자였습니다. 지금까지 살아오면서 정직하지 못한 일과 부딪힐 때는 언제나 이 이야기가 떠올랐지요. 그리고 작은 것 하나라도 소중하게 생각할 줄 아는 마음을 키웠지요.

나는 동화를 쓸 때도 이 이야기를 떠올리며 내 동화에도 그 무엇인가 들어 있어서 읽는 어린이가 어른이 되어서도 사라지지 않고 남아 있었으면 좋겠다고 생각하지요. 그것이 씨앗이 되어 새싹을 틔우고, 아름다운 꽃을 피우고, 또 훌륭한 열매를 맺었으면 더욱 좋겠다고 생각하지요.

자, 이제부터 여러분도 동화를 읽으면서 그 무엇을 찾아 씨앗으로 만드는 연습을 해 보세요. 어느 누구의 동화를 읽든.

2006년 겨울

배익천 자술 연보

1950년 3월 22일, 경북 영양군 석보면 주남리 166번지에서 아버지 배문수 씨와 어머니 서옥주 씨의 5형제 중 장남으로 태어남.

1962년 신사, 영양, 방전 국민학교를 거쳐 청기 국민학교에서 졸업.

1963년 영양중학교 졸업.

1965년 대구상업고등학교 졸업, 고등학교 3학년 때 대구상고 재학생들의 모임인 〈소라 문학동인회〉와 대구시내 고등학생 문예 서클인 〈회귀선문학동인회〉를 만들어 현재까지 이어지고 있음.

고등학교 3학년 때 대한적십자사 경북지부 주최 제5회 도내 고교생 백일장에서 시부 장원, 전북대학교 학보사 주최 제13회 전국 고교생 작품모집에 수필이 당선 없는 입선.

1971년 ~ 1972년 안동교육대학 교내 문예 현상모집에서 동화, 수필 당선, 백일장 시부 장원 2회.

1973년 안동교육대학 졸업.

1973년 ~ 1979년 경북 월성(현 경주)군 내남면 명계 국민학교, 강동면 양동국민학교, 외동면 모화 국민학교 교사를 지냄.

1974년 한국일보 신춘문예에 동화 「달무리」 당선.

1975년 〈새교실 대상〉 동화부문 우수상과 〈교육자료 대상〉 문예부문 특상을 받음.

1976년 강준영, 하청호, 김재수, 송재찬, 김충도, 권오삼, 손원상, 노원호, 김상삼 선생과 함께 '한뜻모임'을 만들고 동인지 『꽃과 항아리』 발간(3집까지)

1979년 부산문화방송으로 일자리를 옮겨 월간 『어린이문예』 편집장으로 일함.
1980년 첫 동화집 『빛이 쌓이는 마을/태화출판사』 펴냄.
1981년 ~ 1988년 장편동화 『꿀벌의 친구』 씀.
1982년 ~ 1990년 매달 동화신문 《작은 글마을》 발행(62호까지).
1983년 소년조선일보에 소년소설 『비탈 위의 작은 집』 연재.
1984년 동화집 『떡갈나무네 식구들/예문당』 펴냄.
동화집 『마음을 찍는 발자국/견지사』 펴냄.
1985년 동화집 『큰바위와 산새/웅진출판사』 펴냄.
장편소년소설 『비탈 위의 작은 집/동아일보사』 펴냄.
장편소설 『비탈 위의 작은 집』이 KBS TV에 단편 드라마로 방영.
1985년 ~ 1988년 부산문인협회 사무국장 지냄.
1986년 동화집 『큰바위와 산새』로 제12회 한국아동문학상 받음.
1987년 동화집 『거인과 소녀/써레』 펴냄.
1988년 장편동화집 『꿀벌의 친구/대교출판』 펴냄.
동화집 『거인과 소녀』로 제8회 해강아동문학상과 제8회 이주홍아동문학상 받음.
동화집 『꿀벌의 친구』로 제21회 세종아동문학상 받음.
1989년 ~ 2006년 〈이주홍아동문학상〉 심사.
1990년 월간 『어린이동산』에 동화 『은빛 날개의 사슴』 연재.
장편소년소설 『오미』 씀.
1991년 중편동화집 『냉이꽃의 추억/아동문예』 펴냄.
월간 『나이테』에 소년소설 『별로 뜨는 민들레』 연재.
장편동화 『꿀벌의 친구』가 MBC-TV에서 만화영화로 제작되어 설날 특집으로 방영.
1992년 동화집 『꽃씨를 먹은 꽃게/새남』 펴냄.
동화집 『눈사람의 휘파람/늘푸른』 펴냄.
동화집 『꽃도깨비의 옛날 이야기/학원출판사공사』 펴냄.
동화집 『꽃씨를 먹은 꽃게』로 대한민국문학상 아동부문 우수상 받음.

제12회 〈대교문학상〉 신인상 심사

1993년 동화 「꽃씨를 먹은 꽃게」가 KBS라디오에서 단편 드라마로 제작 방송됨.

동화선집 『벽에서 나온 아이/중원사』 펴냄.

1995년 소년동아일보에 소년소설 『내 마음의 하늘』 연재.

동화선집 『그림자를 잃은 아이/꿈동산』 펴냄.

동화 「해가 세 번 뜨는 산」이 EBS라디오에서 단편 드라마로 제작 방송됨.

『어린이문예』가 11 · 12월로 휴간. 편성국 FM제작부로 자리를 옮겨 FM PD로 일함.

제5회 『어린이동산』 중편동화 심사.

1996년 동화집 『므므와 재재/책만드는 집』 펴냄.

제29회 〈세종아동문학상〉 심사.

1997년 동화집 『밤도깨비와 싸우는 아이/성바오로』 펴냄.

장편소년소설 『별로 뜨는 민들레/교학사』 펴냄.

장편동화집 『은빛 날개의 사슴/해성』 펴냄.

동화 「왕거미와 산누에」가 초등학교 6학년 1학기 국어 읽기 교과서에 수록.

1998년 《부산일보》 신춘문예 동화부문 심사(이후 2006년까지).

1999년 장편동화집 『별을 키우는 아이/문공사』 펴냄.

2000년 동화집 『별을 키우는 아이』로 박홍근아동문학상 받음.

『어린이문예』가 5 · 6월호로 복간되어 편집주간을 맡음.

2001년 장편동화집 『내가 만난 꼬깨미/효리원』 펴냄.

제44회 〈부산시문화상〉 문학부문 심사.

2002년 동화선집 『이상한 옛친구/진선출판사』 펴냄.

동화집 『내가 만난 꼬깨미』로 제12회 방정환문학상 받음.

2003년 장편소년소설 『오미①②/배동바지』 펴냄.

동의대학교 문예창작학과 강사, 2005년 9월부터 겸임부교수.

2004년 제47회 〈부산시문화상〉 문학부문 심사.

2006년 동화집 『오이밭이 된 손수건/은하수미디어』 펴냄.

동화집 『오이밭이 된 손수건』으로 제38회 소천아동문학상 받음.

장편소년소설 『내 마음의 하늘/해성』 펴냄.

동화집 『안녕, 이구아나/계림』 펴냄.

《국제신문》 신춘문예 동화부문 심사.

제39회 〈세종아동문학상〉 심사.

〈눈높이문학상〉 심사.

2007년 《국제신문》 신춘문예 동화부문 심사.

제39회 〈소천아동문학상〉 심사 및 〈소천아동문학상〉운영위원에 선임.

장편동화집 《꿀벌의 친구/담터미디어》 다시 펴냄.

김종회 · 김용희 엮음 『한국 동화문학의 흐름과 미학/청동거울』 발행.

동화선집 『할머니와 돌장승/효리원』 펴냄.

단편동화집 『잠자는 고등어/예림당』 펴냄.

현재 부산문화방송 기획심의실 홍보심의부에서 홍보 · 출판담당 부국장으로 격월간 『어린이문예』 편집주간을 맡고 있음.

배익천 동화집 작품 목록

	책 명	출판사명	발행일	구 분	비 고
1	**빛이 쌓이는 마을**	**태화**	1980. 7	**단편**	
	수록 작품 1. 숲 속의 시장님 2. 돌 이야기 3. 노을을 그리는 아이들 4. 달무리 5. 벽에서 나온 아이 6. 병정개미의 날개 7. 한 가지 소원 8. 찔레꽃 9. 진달래꽃 10. 눈꽃 11. 코스모스 12. 작은 바퀴 이야기 13. 정 소리 14. 소나무 밑에서 15. 꽃씨 16. 겨울새 17. 오원 한 닢 18. 황금 귀고리 19. 크리스마스 종소리 20. 빛이 쌓이는 마을 21. 징검다리				
2	**떡갈나무네 식구들**	**예문당**	1984. 6	**단편**	
	수록 작품 1. 아버지와 황금새 2. 작은 꽃게의 붉은 꽃잎				
3	**마음을 찍는 발자국**	**겸지사**	1984. 11	**단편**	
	수록 작품 1. 겨울새가 물고 간 봄 2. 버드나무 잎눈에 맺힌 물방울 3. 봄꽃 나비 4. 마음을 찍는 발자국 5. 낮잠 6. 털보아저씨와 방울 7. 오리들의 고향 8. 노래하는 전나무 9. 갯버들과 미루나무				
4	**큰바위와 산새**	**웅진출판사**	1984. 12	**단편**	**한국 아동문학상**
	수록 작품 1. 큰바위와 산새 2. 아파트의 할머니 3. 씨앗이 되고 싶었던 탄실이 4. 풀꽃 다발 5. 아버지의 아버지 6. 들국화와 코스모스 7. 돌아온 조각가 8. 봉선화 9. 규희의 궁전 10. 대추나무집 소녀 11. 볼펜 시계 12. 눈사람 13. 노래하는 병 14. 그림자를 잃은 아이 15. 석류와 항아리 16. 물 속의 고향 17. 민우와 비둘기 18. 할아버지의 냉이 19. 산나리 20. 왕거미와 산누에 21. 바람과 음악책 22. 외삼촌				
5	**비탈 위의 작은집**	**동아일보사**	1985. 8	**장편**	**《소년조선일보》 연재**
	차례 1. 가정 환경 조사 2. 또 하나의 집 3. 비밀의 바다 4. 숨어 사는 햇살 5. 시장 안의 숨바꼭질 6. 보물을 찾는 열쇠 7. 보물이, 보물이				
6	**거인과 소녀**	**써레** **동화문학사**	1987. 12 1992. 5 · 6	**중단편**	**해강 아동문학상, 이주홍 아동문학상**
	수록 작품 1. 거인과 소녀 2. ①세 거인의 섬 3. ②할아버지의 나라 4. ③ 그리움으로 피는 꽃 5. 목마를 타고 간 아이 6. 꽃을 잃은 지리산 7. 나비와 풀꽃 8. 마음에 단 꽃등 9. 돌 꽃 10. 미류나무와 풀꽃 11. 꽃씨와 병아리 12. 고래를 타고온 아이 13. 아이와 옥수수 14. 공작과 참새 15. 모과나무와 돌멩이 16. 집나온 덜렁이 17. 동물원의 참새 18. 아파아트의 해바라기 19. 달과 귀뚜라미 20. 마음좋은 호랑이 21. 노래하는 청소차 22. 그림 속의 참새 23. 보물이 된 병뚜껑 24. 꽃을 피운 무화과나무 25. 못생긴 조개의 꿈 26. 검은 고양이의 봄				

	책 명	출판사명	발행일	구 분	비 고
7	**꿀벌의 친구**	**대교출판** **담터미디어**	1988. 4 2007. 11	**장편**	**세종 아동문학상**
	차례 · 집이 없는 사람들 · 지우고 싶은 기억 · 할아버지의 겨울 · 일월산의 봄 · 꿀벌의 친구 · 할아버지의 아들 · 안녕, 일월산				
8	**냉이꽃의 추억**	**아동문예**	1991. 6	**중편**	**부산시 문예진흥 기금 지원**
	수록 작품 1. 눈부신 손님 2. 냉이꽃의 추억 3. 탑 4. 해가 세 번 뜨는 산 5. 강 건너 마을의 새 6. 우동 국물에 뜬 금메달				
9	**꽃씨를 먹은 꽃게**	**새남출판사**	1992. 1	**단편**	**대한민국 문학상**
	수록 작품 1. 산새들이 물고 가는 연등 2. 꿈꾸는 빗방울 3. 해아이 4. 젊은이의 집 5. 금붕어와 뽀뽀한 아이 6. 할아버지 7. 하늘 나라로 간 사진첩 8. 이상한 꿈 9. 꽃씨를 먹은 꽃게 10. 털보 선장의 배 11. 눈물을 주는 아이 12. 땅 세 평 13. 잠자는 곰 14. 작은 악마의 눈물 15. 아기바람과 때찔레 16. 숲 속의 쌍안경 17. 집이 된 할아버지 18. 파란 깃발 19. 우산 밑에 또 우산 20. 장난꾸러기 왕눈이 21. 진주를 낳는 눈				
10	**눈사람의 휘파람**	**늘푸른**	1992. 3	**단편**	
	수록 작품 1. 섬이 되고 싶은 섬 2. 첫 손님 3. 오월에 이는 바람 4. 우리 동네 팔바우 5. 눈물로 만든 보석 6. 하얀 부표의 꿈 7. 할아버지와 뻐꾹새 8. 청군 바보 9. 밥풀 귀신 10. 종이새의 꿈 11. 구슬과 민들레 12. 구두 병원 아저씨와 비둘기 13. 까치밥의 꿈 14. 눈사람의 휘파람 15. 혼이 난 물방울 16. 새가 된 장독 17. 꽃이 없는 나라 18. 봄비 맞은 도깨비 19. 낚시터의 물도깨비 20. 색종이꽃 21. 도깨비 굴렁쇠22. 감자꽃 23. 길고 깊은 강가의 미루나무 24. 꿈밭을 지나는 기차 소리 25. 아버지의 종소리 26. 혼자 사는 새 27. 목어의 눈물 28. 흰구름과 소녀				
11	**꽃도깨비의 옛날이야기**	**학원출판공사**	1992. 6	**단편**	
	수록 작품 1. 혼자가 된 대장 2. 귀신이 붙은 아이 3. 현이와 그네 타는 인형 4. 커다란 이불 5. 주인 없는 발자국 6. 홍이와 그 아이 7. 두고 온 눈사람 8. 가로등과 눈사람 9. 아빠의 선물 10. 꽃도깨비의 옛날 이야기 11. 미루나무 위의 작은 집 12. 오월새 13. 별과 노랑 민들레꽃 14.커다란 배의 먼 바다 이야기 15. 바람 장수 할아버지				
★	**벽에서 나온 아이**	**중원사**	1993. 4. 27	**단편선집**	
	수록 작품 1. 오월새 2. 땅 세 평 3. 벽에서 나온 아이 4. 소나무 밑에서 5. 꽃씨를 먹은 꽃게 6. 돌 이야기 7. 눈 꽃 8. 달무리 9. 주인 없는 발자국 10. 병정개미의 날개 11. 찔레꽃 12. 작은 꽃게의 붉은 꽃잎 13. 노을을 그리는 아이들 14. 진주를 낳는 눈 15. 오 원 한 닢 16. 겨울새 17. 황금 귀고리 18. 작은 바퀴 이야기 19. 숲 속의 시장님				
★	**그림자를 잃은 아이**	**꿈동산**	1995. 8. 20	**단편선집**	1999. 6.20 **구두병원 아저씨와 비둘기**
	수록 작품 1. 눈사람 2. 그림자를 잃은 아이 3. 석류와 항아리 4. 왕거미와 산누에5. 섬이 되고 싶은 섬 6. 눈물로 만든 보석 7. 구슬과 민들레 8. 구두병원 아저씨와 비둘기 9. 숲 속의 쌍안경 10. 커다란 배의 먼 바다 이야기 11. 큰 바위와 산새 12. 냉이꽃의 추억				

	책 명	출판사명	발행일	구 분	비 고
12	**므므와 재재** 수록 작품 1. 풀무치와 병정개미 2. 슬픈 예루와 누렁이 3. 므므와 재재 4. 소년과 의자 5. 새가 된 할아버지 6. 꿈 꾸는 은행나무 7. 바위를 닦는 아이 8. 참새와 돌부처 9. 장군의 눈물 10. 발이 시린 눈사람 11. 풀종다리의 노래 12. 꿈속에서 화해를 하고 13. 노랑 민들레의 슬픔 14. 스님과 산새 15. 까치네 감나무 16. 농부와 호박 17. 울고 싶은 강아지 18. 퐁네의 눈물 19. 두 다리 사람이나 네 다리 짐승이나 20. 이상한 옛 친구 21. 네잎 클로버꽃 22. 물빛 풍선 하나 23. 텔리비전에서 나온 아이	책만드는 집	1996. 5	단편	
13	**밤도깨비와 싸우는 아이** 수록 작품 1. 밤도깨비와 싸우는 아이 2. 별이라는 별이, 별이라는 아이에게 3. 영웅과 동상 4. 손끝이 빨개진 아이 5. 왕이 된 멸치 6. 그림자를 잃은 나무 7. 땅도깨비와 물도깨비 8. 고물나라 대통령 9. 네모 속의 얼굴 10. 꽉 찬 세상 11. 말하는 장승 12. 해가 보고 싶은 조개 13. 마음을 키우는 씨앗 14. 왕이 되고 싶은 새 15. 허수아비의 어깨 16. 봄을 먹은 강아지 17. 작은 동그라미의 모험 18. 물의 소리 19. 아이와 싫어 싫어 20. 크기 싫은 복숭아 21. 고향 만들기 22. 점박이 수채의 꿈 23. 눈물로 채운 연못 24. 세미의 겨울잠 25. 구복이의 소원 26. 작은섬의 꿈 27. 시인과 엉겅퀴	성바오로	1997. 6	단편	
14	**별로 뜨는 민들레** 차례 ·외로운 별 ·춤추는 바다 ·겨울 나무의 노래 ·떠도는 별 ·길고 깊은 강 ·별로 뜨는 민들레	교학사	1997. 8	장편	월간 「나이테」 연재
15	**은빛 날개의 사슴** 차례 ·은빛 날개의 사슴 ·해를 보고 웃는 민들레 ·별이 된 누렁이 ·산 가득 마음 가득 ·먼먼 나라의 별	해성	1997. 12	장편	월간「어린이 동산」 연재 97한국문예진흥원 문예진흥기금 지원
16	**별을 키우는 아이** 차례 ·아버지의 선물 ·야광별 다니 ·별과 어머니 ·또 하나의 별 ·먼 별 ·돌아온 다니 ·세 개의 풍선 ·가슴 속에 심은 별 ·새로 뜨는 별 하나 ·먼 곳에 켜진 등대불 ·풀꽃 시계 ·별과 풀꽃 ·별을 키우는 아이 ·다니 알지?	문공사	1999. 11	장편	박홍근 아동문학상
17	**내가 만난 꼬깨미** 차례 ·돌아온 꼬깨미 ·나, 너 봤어! ·너, 나 봤지? ·내 동무 꼬깨미 ·꼬깨미의 집 ·마음의 이불 ·날아가는 시험지 ·한여름 밤의 꼬깨미 ·청군이 된 꼬깨미 ·희미한 이별 ·어머니, 꼬깨미가 왔어요	효리미디어	2001. 2	장편	방정환 문학상
★	**이상한 옛친구** 수록 작품 1. 소나무 밑에서 2. 퐁네의 눈물 3. 이상한 옛 친구 4. 왕거미와 산누에	진선출판사	2002. 10. 30	단편선집	
18	**오미①②** 차례 1권 ·멀고 먼 옛길 ·까치 두 마리 ·세 얼굴 ·떠나는 사람들 ·아득한 바다 2권 ·산 너머 산 ·미운 햇살 하나 ·물빛, 눈물 빛 가을 ·여무는 마음 하나	배동바지	2003. 7	장편	
★	**봄비 맞은 도깨비**	한국헤밍웨이	2005. 1. 10	그림책	그림/김준식

	책 명	출판사명	발행일	구 분	비 고
19	**오이밭이 된 손수건** 수록 작품 1. 하늘 나라로 출장 가신 아빠 2. 해님의 병아리 3. 할머니의 눈물 4. 맨발로 떠난 산타클로스 5. 아이스크림이 먹고 싶은 도깨비 6. 별 집이 된 미루나무 7. 연등이 열리는 나무 8. 약속이 있는 고양이 9. 오이 밭이 된 손수건 10. 들쥐와 해바라기 11. 어떤 잔칫날 12. 한여름 밤의 선물	은하수 미디어	2006. 1. 30	단편	38회 소천아동문학상
20	**내 마음의 하늘** 차례 · 오는 봄 가는 겨울 · 풀꽃 목걸이 · 돋아나는 뿔 · 잡초와 풀꽃 · 마음의 철조망 · 하나가 하나에게 · 안개와 등대 · 기쁨과 슬픔 · 내 마음의 하늘	해성	2006. 5. 30	장편	
★	**숲으로 간 크레파스**	한국헤밍웨이	2006. 4. 10	그림책	그림/김순영
21	**안녕, 이구아나** 수록 작품 1. 구복이는 황금 거북이 2. 국화꽃 편지 3. 다리가 된 방아깨비 4. 동그란 벽시계의 기도 5. 멧돼지 푸우 6. 별이 되고 싶은 불가사리 7. 소영이와 네로 8. 안녕, 이구아나 9. 장승의 눈물 10. 첫 눈 11. 할머니와 돌장승 12. 훈장이 된 무당 장군 13. 꽃그늘 14. 할머니의 별	계림	2006. 12. 25	단편	
★	**할머니와 돌장승**	효리원	2007. 10. 20	단편선집	
22	**잠자는 고등어**	예림당	2007. 11	단편	

배익천 연구 목록

박상재, 「자연애를 통한 박애사상의 확산 : 배익천론」, 『한국동화문학의 탐색과 조명』(집문당, 2002)

박상재, 「자연애를 통한 박애사상의 구현 : 배익천론」, 이재철편 『한국현대 아동문학 작가 작품론 Ⅱ』(청동거울, 2001)

김현숙, 「할 말과 공감이 있는 동화를 찾아서 : 배익천 작품론」, 『시와 동화』(2005, 겨울)

송재찬, 「이 시대 마지막 선비 : 배익천 인물론」, 『시와 동화』(2005, 겨울)

권영호, 「교과서 수록 창작 동화의 분석 및 지도 방법의 연구」, 한국교원대학교 대학원 석사학위논문, 1998

손수자, 「인물을 보면 주제가 보인다」, 『문학도시』(2006. 11. 12)